Louise Jensen

Ihr letztes Date

EDITION M

Das Buch

Entsetzt schaut Alison in den Spiegel. Sie erkennt ihr eigenes Gesicht nicht mehr – ebenso wenig die ihrer Familie und Freunde. Wer war der Mann, dem sie in der Nacht zuvor begegnet ist, und was hat er mit ihr gemacht? Woher hat sie ihre Kopfverletzung?

Ein Albtraum voller Angst beginnt, aus dem es kein Erwachen gibt, denn der Täter ist noch längst nicht fertig mit ihr. Auf der Suche nach Antworten stolpert die junge Frau orientierungslos durch eine Welt, die nicht mehr ihre ist. Und sie weiß, dass der Stalker sie ständig im Visier hat, aber sie ihn nicht erkennen würde …

Die Autorin

Louise Jensen ist weltweite Bestsellerautorin der psychologischen Thriller »The Sister«, »The Gift«, »The Surrogate« und »The Date«. Sie hat über eine Million englischsprachige Bücher verkauft und wurde in über 20 Sprachen übersetzt. Louise lebt mit ihrem Mann, ihren Kindern, einem verrückten Hund und einer ziemlich frechen Katze in Northamptonshire. Sie liebt es, von Lesern und Autoren zu hören, und ist unter www.louisejensen.co.uk zu finden, wo sie regelmäßig Flash Fiction und Schreibtipps bloggt.

LOUISE JENSEN

IHR LETZTES DATE

Thriller

Aus dem Englischen von Katja Rudnik

EDITION M

Die englische Ausgabe erschien 2018 unter dem Titel »The Date« bei Bookouture, London.

Deutsche Erstveröffentlichung bei
Edition M, Amazon Media EU S.à r.l.
38, avenue John F. Kennedy, L-1855 Luxembourg
Oktober 2019

Die Übersetzung dieses Buches wurde durch Amazon Crossing ermöglicht.

Umschlaggestaltung: semper smile, München, www.sempersmile.de
Umschlagmotiv: © Juanmonino / Getty; © Ensuper / Shutterstock;
Lektorat und Korrektorat: Verlag Lutz Garnies, Haar bei München,
www.vlg.de
Gedruckt durch:
Amazon Distribution GmbH, Amazonstraße 1, 04347 Leipzig /
Canon Deutschland Business Services GmbH, Ferdinand-Jühlke-Straße 7,
99095 Erfurt /
CPI books GmbH, Birkstraße 10, 25917 Leck

ISBN 978-2-91980-081-0

www.edition-m-verlag.de

Es ist egal, wie alt und wie groß wir werden, wir brauchen alle eine Mutter, nicht wahr?

Dieses Buch ist für meine. In Liebe.

Kapitel 1

SONNTAG

Irgendetwas stimmt nicht.

Das weiß ich, sobald ich aus einem bleiernen, wirren Schlaf aufwache und sogar bevor ich das Pochen in meiner Schläfe wahrnehme. Es hat nichts mit der Enttäuschung zu tun, die mich jeden Morgen überkommt, wenn ich merke, dass Matt nicht neben mir im Bett liegt und ich nicht mehr in meinem eigenen Haus wohne, in dem ich nicht mehr willkommen bin. Es ist etwas anderes. Mir brummt der Schädel, mein Verstand ist wie benebelt, und das ganze Zimmer scheint sich zu drehen.

Irgendetwas stimmt nicht.

Im Zimmer riecht es sauer. Es ist ein Geruch, den ich nicht genau bestimmen kann, und zuerst frage ich mich, ob jemand bei mir im Bett liegt. Ich habe das furchtbare Gefühl, beobachtet zu werden, und zwar nicht auf die liebevolle Art, wie Matt es immer tat, wenn ich die Augen öffnete und er mich, auf einen Ellbogen gestützt, anschaute, als wäre ich das einzige Mädchen auf dieser Welt. Doch das hier fühlt sich unheimlich an, und sofort bildet sich eine Gänsehaut auf meinen Armen. Ich hätte mich von Chrissy und Jules niemals dazu überreden lassen sollen, zu einem Date zu gehen. Ich war nicht bereit dazu, und außerdem habe ich immer noch ein Fünkchen Hoffnung, dass meine Ehe nicht vorbei ist. Erst im letzten Jahr hatten Matt und ich entschieden, es auf eine Schwangerschaft ankommen zu lassen. Die Zukunft, wie ich sie mir vorstellte, legte sich wie eine kuschelige warme Decke um mich. Doch das war, bevor Matt mich mit einem unvermittelten Ruck aus meinen Träumen riss und mich leer und betäubt zurückließ.

Meine Freundinnen hatten sich um mich geschart, wie das gute Freundinnen tun, und vor ein paar Wochen saßen wir bei einem Glas Wein, als sie mich überredeten, auf einer Dating-App ein Profil zu erstellen.

»Ich bin verheiratet!«, protestierte ich.

»Getrennt«, korrigierte mich Chrissy, und bei ihr hörte es sich so endgültig an, obwohl weder Matt noch ich von Scheidung sprachen. »Das wäre gut für dich. Du gehst nie aus. Außerdem musst du es doch nicht ernst nehmen.« Sie grinste mich an. »Es ist doch nur ein bisschen Spaß. Ein gelegentliches Abendessen oder ein Drink. Du musst nichts tun, was du nicht möchtest.«

»Wie zum Beispiel ein Profil erstellen?« Ich verzog das Gesicht, als Jules laut von der Homepage *Inside, Out* vorlas. »Wir posten keine Fotos, bis wir die Person kennengelernt haben. Innerlich sind wir alle schön.« Sie tat so, als würde sie sich zwei Finger in den Hals stecken, aber schließlich hatte auch sie die Nase voll von Männern und lebte, wie ich, von ihrem Mann getrennt. Chrissy war geschieden. Gott weiß, weshalb ich mich von ihnen beziehungstechnisch beraten ließ. Wir sind eigentlich alle eine Katastrophe.

»O Gott, das ist ja noch schlimmer!«, rief ich. »Und was, wenn er zwei Köpfe oder so was hat?«

»Wann hast du das letzte Mal jemanden mit zwei Köpfen gesehen?« Chrissy lachte. »Außerdem dachte ich, du wärst nicht interessiert.«

»Bin ich auch nicht«, betonte ich und war es auch nicht, scrollte aber trotzdem durch die App. »Was bedeutet ADSN Liebe – Antworten SEDS?« Ich hatte das Gefühl, eine Speisekarte im Ausland zu lesen.

»Auf der *Suche nach Liebe* und *Sei einfach du selbst.*« Chrissy riss eine Tüte Doritos auf, als sie mir über die Schulter schaute. »Jeder benutzt Akronyme. Vermeide aber LIKDE.«

»Und was bedeutet das?«

»*Lebe im Keller der Eltern.* Der würde dich wahrscheinlich im Keller in Ketten legen!« Chrissy drehte den Deckel des Salsaglases auf.

»Dann sehen wir dich vielleicht nie wieder. Bekomme ich deine Michael-Kors-Tasche?«, fragte Jules. »Die ist an dir sowieso verschwendet.« Das stimmte allerdings. Bei meinem ersten Weihnachtsfest mit Matt hatte ich Aufregung vorgetäuscht, als ich die Schleife aufzog, am metallischen Geschenkpapier zerrte, das so steif war wie mein Lächeln, und eine Handtasche zutage förderte, die wahrscheinlich so viel gekostet hatte, wie ich monatlich für Lebensmittel ausgab. Ich küsste Matt leidenschaftlich, wahrte den Schein und fragte mich, ob ich ihm sagen sollte, weshalb ich mich so unwohl fühlte, wenn ich Geschenke bekam. Von allen Geheimnissen, die ich über mich offenbaren konnte, war es bei Weitem nicht das schlimmste.

»Ich kann nicht zu einem Date gehen«, beteuerte ich. Was ich jedoch meinte, war, dass ich nicht hingehen würde.

»Was kann denn im schlimmsten Fall passieren?«, wollte Chrissy wissen, und bevor ich eine Liste herunterleiern konnte, redete sie weiter. »Vielleicht lernst du jemanden kennen, der DUBMEGS ist.«

»Was heißt das?« Ich belud einen Tortillachip mit gestückelten Tomaten und Paprika.

»Durchtrainiert und braun mit einem großen …«

»Das hast du erfunden!« Lachend füllte ich unsere Gläser nach, und dann verbrachten wir die nächsten Stunden damit, gebannt auf unsere Handys zu starren und gemeinsam zu erfahren, dass Andy, 32, gern viele neue und interessante Leute kennenlernte, was Chrissy interpretierte als: »Der kann ihn nicht in der Hose lassen.« Lewis, 35, wollte sich nicht über seinen Job definieren, woraufhin Jules erklärte: »Arbeitslos.«

Später verharrte ich den Bruchteil einer Sekunde zu lange auf dem Profil eines Mannes, der hausgemachte Braten, Hunde und Angeln liebte. »Langweilig«, meinte Chrissy, doch ich fand, er hörte sich normal an. Irgendwie sicher. Ich fand den Gedanken, mich mit einem Fremden zu treffen, absolut furchterregend.

»Er scheint …«, ich zögerte, »… nett zu sein.« Und schon schnappte sich Jules mein Handy und schickte eine Antwort, von der sie wusste, dass ich sie niemals gesendet hätte, und erläuterte meinen baldigen Singlestatus im Alter von achtundzwanzig Jahren.

Jetzt wünsche ich mir, sie hätte es nicht getan. Ich umklammere die Bettdecke mit zu Fäusten geballten Händen und liege ansonsten so reglos wie möglich da, gebe keinen Laut von mir, tue so, als würde ich noch schlafen, und lausche auf Bewegungsgeräusche. Auf Atmen. Doch alles, was ich höre, ist sehr laut klingendes Vogelgezwitscher vor dem Fenster. Wie viel habe ich letzte Nacht getrunken? Noch nie hatte ich solche Kopfschmerzen. Ich musste doch noch fahren und hatte gedacht, ich wäre bei Limonade geblieben und hätte mich im Griff gehabt. Kurz frage ich mich, wo ich das Auto stehen gelassen habe. Vor dem Prism? Alles ist so verschwommen. Ich hatte das Prism ausgewählt, weil ich dachte, eine Bar in der Stadtmitte wäre so ungefähr das Öffentlichste, was es gibt, obwohl das Prism nicht so ganz meine Kragenweite ist. Ich mag gemütliche ländliche Lokale viel lieber, wollte aber nicht auf

Romantik machen. Ich hole tief Luft. Meine Kehle ist rau, und wenn ich vorsichtig mit den Fingern gegen den Hals drücke, spüre ich eine Prellung.

Trotz der weichen alten Matratze, die unter meinem Gewicht nachgibt, tut mir die Schulter weh. Ich berühre sie vorsichtig, spüre unter den Fingerspitzen, dass die Haut aufgerissen und klebrig ist. Die Mascara von gestern Abend verklebt mir die Wimpern, und es kostet mich Mühe, die Augen zu öffnen. Die Sonnenstrahlen schieben sich durch den Schlitz in den Vorhängen und tauchen das Gästezimmer, das ich bei Chrissy seit meiner Trennung von Matt bewohne, in ein weiches bernsteinfarbenes Licht.

Als ich mich aufsetze, ist der Schmerz im Kopf kaum auszuhalten. Behutsam taste ich ihn ab. Eine Beule. Bin ich letzte Nacht gefallen? Schon möglich. Ich war schon immer tollpatschig und habe nie die Kunst erlernt, auf High Heels zu laufen. Während ich, so vorsichtig ich kann, die Wunde abtaste, schlagen Wellen von Übelkeit über mir zusammen, und ich habe das Gefühl zu fallen. Schnell nehme ich die Hände vom Kopf, um mich abzustützen, und dann sehe ich es.

Das Blut.

Ich halte mir die Handflächen vors Gesicht, betrachte sie, als hätte ich sie noch nie zuvor gesehen, und drehe langsam die Hände. Sie sind über und über rot und um die Fingernägel herum blutverkrustet. Das muss von meiner Kopfverletzung stammen. Kein Wunder, dass ich mich so krank fühle. Mein Blick wandert zu den Handgelenken, und ich stelle erschrocken fest, dass sich dort vereinzelt kleine runde, schmerzhafte Hämatome befinden. Ich streiche mit den Fingerspitzen der linken Hand über den rechten Unterarm. Auch dort entdecke ich vier Hämatome. Sind das vier Finger? Sie sind größer als meine Fingerkuppen, und als ich den Arm drehe, sehe ich einen größeren Daumenabdruck. Jetzt weiß ich, dass ich festgehalten worden bin. Voller Panik huscht mein Blick durchs Zimmer, und ich stelle beruhigt fest, dass ich allein bin. Weshalb klafft an der Stelle, an der meine Erinnerungen sein sollten, eine Lücke?

Ich schlage die Bettdecke zurück und schwinge die Beine aus dem Bett, als wollte ich flüchten, doch das war zu schnell. Ich habe das Gefühl, als würde die Matratze schwanken. Deshalb schließe ich die Augen und warte darauf, dass die Übelkeit, die fast vom Presslufthammer in meinem Kopf überdeckt wird, vorübergeht, und als das der Fall ist, schaue ich mich im Zimmer um und suche meine wenigen Habseligkeiten nach Ungewöhnlichem ab. Meine Kleidung liegt verstreut im Zimmer. Der BH baumelt am Griff des Schranks, als wäre er dorthin geschleudert worden. Die Strumpfhose liegt zusammengeknüllt unter dem Sessel, auf dem sich die gewaschene Wäsche stapelt, die ich noch wegräumen muss. Das Zimmer sieht schrecklich aus, aber das ist nicht ungewöhnlich. Hier ist niemand, und als ich das Kissen neben mir betrachte, sehe ich dort auch keinen Abdruck, der verrät, dass dort jemand geschlafen hat. Mit der Hand streiche ich über das Bettlaken neben mir, aber es ist kalt.

Ich taste auf dem Nachtschrank herum, wo ich, egal, wie betrunken ich auch bin, immer mein Handy ablege. Doch da liegen das übliche Kleingeld und Taschentücher, eine *Marie-Claire*-Zeitschrift, das *Ladybird Book of Dating*, das Chrissy mir gekauft hat und über das ich eigentlich lachen sollte, doch einige Seiten bringen mich zum Weinen. Von meinem Handy keine Spur. Wo ist meine Handtasche? Auf dem Sessel liegt sie nicht. Vorsichtig stehe ich auf, doch trotz meiner Bewegungen in Zeitlupe neigt sich der Raum und schwankt unter meinen Füßen. Ich stolpere vorwärts und lande unsanft auf den Knien. Tränen schießen mir in die Augen, als ich mich auf die Fersen setze und mir über die Kniescheiben reibe. Die Haut ist rot und abgeschürft.

Ich strecke die Arme aus und sammle die Kleidung zusammen, die ich letzte Nacht getragen habe. Meine dicke Winterjacke ist schmutzig und feucht. Das erklärt zumindest den Geruch. Das smaragdgrüne schulterfreie Kleid ist entlang der Naht gerissen, der cremefarbene Schal schlammbespritzt, die dazu passenden Handschuhe scheinen verschwunden zu sein und meine schwarzen Schuhe mit den spitz zulaufenden Absätzen und den silbernen Schleifen ebenfalls. Als ich die zusammengeknüllte Strumpfhose entwirre und sehe, dass sie Laufmaschen hat und zerrissen ist, kann ich nicht anders und breche schluchzend in Tränen aus.

Was ist mit mir passiert? Warum kann ich mich an nichts erinnern? Bereits als mir die Frage im Kopf herumschwirrt, denke ich an das Schlimmste. Bin ich vergewaltigt worden? Von dem Mann, den ich online kennengelernt habe? Aber ich fühle mich eigentlich nicht so, als hätte ich Sex gehabt, einvernehmlichen oder anderen, und das würde ich doch wissen, oder?

Oder?

Die Frage haut mich um. Gallenflüssigkeit steigt mir die Kehle hoch, und eine Flut von Speichel sammelt sich im Mund. Ich schaffe es gerade noch ins Badezimmer, bevor ich mich in die Toilettenschüssel übergebe. Jede noch so kleine Bewegung verursacht mir Kopfschmerzen, und meine Bauchmuskeln verkrampfen, bis schließlich, wie ich annehme, das Schlimmste vorüber ist. Auf den Fersen hockend, rolle ich eine Handvoll Toilettenpapier ab und wische mir damit über den Mund.

Ich zittere so heftig, dass meine Zähne aufeinanderschlagen. Die nackten Füße frieren auf den Badfliesen, und die Beine fühlen sich an wie aus Gummi, als ich mich in eine aufrechte Position hochhieve. Schwer lastet das Grauen auf mir, und ich stehe einen Moment regungslos da und versuche, mich an die letzte Nacht zu erinnern. Doch bis auf die blinkenden bunten Lichter und das wummernde Geräusch des Basses ist da nichts.

Ich kann den Kopf nicht aufrecht halten. Er ist zu schwer, und ich bin dermaßen benommen, dass ich mich eigentlich wieder hinlegen müsste, aber ich habe einen furchtbaren Geschmack im Mund, der mich ans Waschbecken treibt, wo ich mir die Zähne putzen will. Als ich nach der Zahnbürste greife, halte ich einen Moment inne und frage mich, ob ich vielleicht Beweise vernichte. Beweise wovon? Die Frage ist kalt und schneidend. Ich schiebe sie beiseite, aber die ätzende Stimme in meinem Kopf gibt einfach keine Ruhe. Ich halte es kaum aus. Als könnte ich meine düsteren Gedanken abwaschen, drehe ich den Wasserhahn auf und halte die zitternden Hände unter das kalte Wasser. Zuerst fließt es klar ins Becken, doch als sich das angetrocknete Blut löst, wird es purpurrot und dreht sich wie ein Tornado, bevor es gluckernd im Abfluss verschwindet. Da ist noch etwas unter meinen Fingernägeln. Dreck? Blut? Instinktiv greife ich nach der Nagelbürste und schrubbe meine Nägel, bis sie eine rosa Farbe annehmen, doch ich fühle mich immer noch schmutzig. Ich sehne mich nach dem Gefühl von Sauberkeit. Als ich das Wasser von den Händen schüttle, wird mein Blick vom Spiegel angezogen.

Der Anblick meines Spiegelbildes löst einen erdrückenden Ansturm von Angst und Verwirrung aus, der mir den Atem verschlägt, bis ich mit aller Kraft einen langen Schrei ausstoße. Ich rede mir ein, dass ich noch schlafe. Es muss sich um einen Albtraum handeln. Ganz sicher!

Doch das stimmt nicht.

Kapitel 2

Das kann nicht wahr sein.

Ich schlucke die saure Flüssigkeit hinunter, die sich erneut meine Kehle hinaufarbeitet. Dann schließe ich die Augen und hole dreimal tief Luft, um mich zu beruhigen, bevor ich mich getraue, wieder in den Spiegel zu schauen.

Nichts hat sich geändert.

Das Gesicht, das mich anschaut, ist nicht meins.

Das ist unmöglich.

Der Vorhang aus langen blonden Haaren schwingt mit, als ich den Kopf von links nach rechts drehe. Das bin ich. Aber auch wieder nicht. Das sind nicht meine Gesichtszüge.

Ich muss noch schlafen. Objektiv betrachtet weiß ich, dass das gerade nicht sein kann, aber ich erinnere mich nicht daran, je einen Traum so anschaulich erlebt zu haben. Ich höre das Geräusch eines draußen vorbeifahrenden Autos, spüre, wie das kalte Wasser von meinen Fingern tropft, und rieche die nach Himbeeren duftende Flüssigseife, mit der ich mir gerade die Hände gewaschen habe. Doch ich kann nicht wach sein. Das kann einfach nicht sein.

Ich sehne mich nach meinem kuscheligen Bett, möchte wieder in einen dunklen, warmen Schlaf fallen, aber ich kann mich nicht bewegen, kann meinen Blick nicht von der Frau im Spiegel losreißen, der Tränen über die Wangen laufen, die nicht meine sind. Langsam öffne ich die Faust und hebe eine zitternde Hand, sehe, wie mein Spiegelbild das Gleiche tut. Meine Beine geben nach und ich sinke zu Boden.

Was ist hier los? Ich ziehe die Knie vor die Brust, lege den Kopf darauf und wiege mich vor und zurück, als könnte ich abschütteln, was ich gerade gesehen habe. Doch das kann ich nicht. Ich weiß nicht, wie viel Zeit vergeht. Minuten? Stunden? Ich spüre die kalten, harten Keramikfliesen unter mir und wie mein ganzer Körper schmerzt. *Denk nach! E*s muss eine Erklärung geben. Unbedingt. Fast erleichtert komme ich zu dem Schluss, dass ich letzte Nacht unter Drogen gesetzt worden sein muss. Mir wurde etwas in mein Getränk getan. Natürlich! Deshalb habe ich Halluzinationen und kann mich an nichts erinnern. Der Boden scheint hin und her zu schlingern, als ich aufstehe. Langsam wie eine Seiltänzerin bewege ich mich mit ausgebreiteten Armen, um das Gleichgewicht zu halten. Mein flauschiger fliederfarbener Bademantel hängt hinter der Tür. Ich ziehe ihn an und binde den Gürtel um die Taille. Die kuschelige Behaglichkeit, die ich sonst immer empfinde, bleibt aus.

Chrissy kann vielleicht die dunklen Stellen in meinem Kopf erhellen. Ich mache mich schwankend auf den Weg den Flur entlang zu ihrem Zimmer. Ihre Tür ist geschlossen, aber ich bin zu ungeduldig, um anzuklopfen und auf eine Antwort zu warten, deshalb stoße ich sie auf.

Das Zimmer ist leer. Die Pralinenschachtel, die sie vor Wochen mitgebracht hat, steht noch immer auf dem Nachtschrank. Ihr Marc-Jacobs-Parfüm, dessen Flaschenhals ein Gänseblümchen ziert, liegt auf dem Bett. Auf Chrissys Frisiertisch befindet sich mehr Make-up als auf dem Verkaufstresen von Boots No. 7. Ich erinnere mich dunkel daran, dass wir uns gestern Abend fertig gemacht haben. The Human League schmetterte »Don't

You Want Me«, als mich Chrissy überredete, meine gewohnten Jeans auszuziehen.

»Das hier finde ich ganz toll.« Sie hatte sich mein grünes Kleid bis unter das Kinn gehalten und den Stoff glatt gestrichen. »Falls du es heute Abend nicht anziehen willst, kann ich es dann noch mal ausleihen?«

»Wenn du nicht willst, dass ich Jeans anziehe, dann habe ich keine große Auswahl. Die meisten meiner Kleider sind noch bei Matt im Haus.«

Ich hatte Chrissy erst vor sechs Monaten im Fitnessstudio kennengelernt, aber wir verstanden uns auf Anhieb, sodass wir schnell dazu übergegangen waren, nicht nur den Kuchen nach dem Work-out miteinander zu teilen, sondern auch Vertraulichkeiten. Matt hatte meinen aussichtslosen Versuchen, die Sache zwischen uns in Ordnung zu bringen, immer ablehnender gegenübergestanden. Da ich von unseren permanenten Streitigkeiten die Nase voll gehabt hatte, war ich widerwillig zu Chrissy gezogen, um uns beiden ein wenig Freiraum zu verschaffen. In der Hoffnung, die Zeit würde unseren Bruch kitten, hatte ich nicht viel mitgenommen, aber das Gegenteil war eingetreten und wir hatten uns noch weiter voneinander entfernt.

Ich hatte mich also in das Kleid geschlängelt und ein Lächeln aufgesetzt, als ich glänzendes Pink auf die Lippen auftrug und nicht an Matt zu denken versuchte, während Chrissy mir die Nägel in Schaut-mich-alle-an-Fuchsia lackierte.

Ihr Bettlaken ist zerknittert, und darauf liegt eine Unmenge von Klamotten, die sie gestern Abend anprobiert und dann schnell verworfen hatte. Es war zwar mein Date gewesen, aber sie war mitgekommen, um ein Auge auf mich zu haben. Damit ich sicher war. Doch sie hatte ihre Aufgabe nicht erfüllt. Und wie es jetzt aussieht, war sie auch nicht nach Hause gekommen.

Wo ist sie? Ich mache mir ernsthafte Sorgen. Zwar möchte ich gern so tun, als wäre gestern Abend nichts passiert, aber das funktioniert nicht. Ich verliere bereits den Boden unter den Füßen und stehe kurz vor einem Zusammenbruch.

Wieder wird mir schlecht und Panik überkommt mich. Erneut denke ich an das Blut an meinen Händen beim Aufwachen und an die Wunde auf dem Kopf. Gedanken stürmen auf mich ein, während das Zimmer schwankt. Ich verliere den Halt und lasse mich auf Chrissys Bett fallen, wo ich mich zusammenrolle, als könnte ich damit die Erinnerungen abwehren, die mich attackieren, und dann wieder den Rückzug antreten. Schreiende Stimmen. Unförmige Schatten. Die letzte Nacht streckt ihre Hände nach mir aus, um mich an einen Ort zu zerren, an den ich nicht will. Trotz meiner inneren Starre trete ich um mich und schreie. Als die Angst zurückkehrt, ist sie erschreckend real. Ich umklammere mich noch fester.

Ein Klopfen an der Haustür durchschneidet die trüben und verschwommenen Bilder. Mich überkommt ein ungutes Gefühl. Branwell bellt, und ich erinnere mich daran, ihn noch nicht aus der Küche gelassen zu haben. Darüber wundert er sich wahrscheinlich. Wenn ich morgens aufwache, lasse ich ihn als Erstes in den kleinen Garten und beobachte ihn durchs Fenster, während ich darauf warte, dass das Teewasser kocht. Er schnüffelt dann immer wieder am Zaun entlang, als hätte sich über Nacht etwas verändert.

Jetzt klingelt es an der Tür.

Langsam stehe ich auf. Meine Unfähigkeit, mich an die Einzelheiten des gestrigen Abends zu erinnern, beschämt mich. Ich fühle mich schmutzig. Besudelt. Ich möchte nicht, dass mich jemand anschaut und sofort weiß, was passiert ist, während ich selbst keine Ahnung davon habe. Aber was, wenn es Chrissy ist? Sie vergisst oft ihre Schlüssel und hat dann keine

Lust, ums Haus herum zum Schlüsseltresor zu gehen. Ich muss nachschauen, wer es ist.

Widerwillig und langsam gehe ich die Treppe hinunter, wobei jeder Schritt das Stechen im Kopf verstärkt. Auf dem Flur ist der Rollladen vor dem kleinen Fenster heruntergelassen, aber durch das Sicherheitsglas der Haustür kann ich eine schemenhafte Gestalt erkennen, die aber viel größer ist als Chrissy. Ist das er? Mein Date von gestern Abend? Ethan? Ich kann mich nicht mehr richtig an seinen Namen erinnern. Nein, es war Ewan, da bin ich mir sicher. Ich versuche, mir sein Gesicht ins Gedächtnis zurückzurufen, doch alles, was ich sehe, ist eine verschwommene Masse, die sich drohend auf mich zubewegt.

Ich breche in Schweiß aus und habe wahnsinnige Angst. Als ich die Arme um mich schlinge, zucke ich wegen der Prellungen zusammen. Auf keinen Fall werde ich die Tür öffnen. Wieder klopft es. Dieses Mal wütend. Vollkommen erstarrt stehe ich da und atme kaum. *Geh weg. Geh weg. Geh weg.* Jemand räuspert sich tief und laut. Es ist definitiv ein Mann. Und dann Stille und Licht, als der Schatten verschwindet. Kurz glaube ich, dass er gegangen ist. Die Zeit vergeht furchtbar langsam, und dann höre ich ein Klimpern. Das Geräusch eines Schlüssels, der ins Schlüsselloch gesteckt wird. Vor Schreck erstarre ich und erinnere mich an meine verschwundene Handtasche mit den Schlüsseln, dem Portemonnaie und meinem Ausweis. Ist er gekommen, um mir wieder wehzutun? Mich zum Schweigen zu bringen?

Die Türklinke beginnt sich zu bewegen. Alles in mir schreit mich an, mich davonzumachen, aber ich kann den Blick nicht von der Tür abwenden. Langsam öffnet sie sich. Ein hellbrauner Schuh tritt auf die Fußmatte mit der Aufschrift *Willkommen.* Danach erscheint ein Bein, das in Jeans steckt, und dann ist er im Haus. Der Fremde. Ungewollt löst sich ein gellender

Schrei aus meiner Kehle, und das Geräusch setzt meine Füße in Bewegung.

Der Schmerz in meinem Körper und das Hämmern im Kopf werden völlig ausgeblendet, als Adrenalin durch mich hindurchschießt. Mit nackten Füßen und rudernden Armen renne ich über den Laminatboden in die Küche und werfe die Tür hinter mir zu. Branwell springt auf mich zu und freut sich, mich zu sehen. Auf den Hinterbeinen stehend, die Vorderpfoten auf meinen Knien, leckt er mir mit der rauen Zunge über die Hand, als hätte er mich ein Jahr lang nicht gesehen. Matt und ich machten uns immer darüber lustig, dass Branwell einen eventuellen Eindringling zu Tode lecken würde. Jetzt ist das nicht mehr witzig. Zu spät merke ich, dass ich ins Badezimmer hätte rennen sollen, wo ich die Tür abschließen kann. Oder ins Wohnzimmer, wo das Festnetztelefon steht. Irgendwohin, aber nicht in diesen kleinen Raum.

Hier kann ich mich nirgends verstecken.

Schritte nähern sich, laut und zielstrebig. Mein Blick springt hektisch zwischen dem Messerblock auf der Arbeitsfläche und der Hintertür hin und her. Ich wäge ab, welches von beidem ich schneller erreichen kann. Der Türknauf wird quietschend gedreht. Instinktiv stürze ich mich auf den Block und ziehe ein Messer heraus. Die Schneide aus Edelstahl funkelt in der schwachen Wintersonne, deren Strahlen sich unter dem Rollladen hindurchzwängen.

Die Schalter des Herdes drücken sich in mein Kreuz, als ich davorkauere. Ich bin ein einziges Nervenbündel. Der Mann betritt die Küche, und ich hebe das Messer. Doch meine Hand zittert so stark, dass es zu Boden fällt. Ein Schrei löst sich aus meiner Kehle, und ich falle auf die Knie. Das Messer ist unter die Frühstückstheke gerutscht, und zuerst weiß ich nicht, ob ich heranreiche, doch dann strecke ich mich und umklammere fest den Griff. Trotz allem fällt mir komischerweise ein schwarzes

Pommesstäbchen unter dem Herd auf, und ich frage mich, wann ich das letzte Mal den Boden gewischt habe.

»Ali?«, sagt eine Stimme.

»Ben!« Beim Klang der Stimme meines Bruders springe ich auf die Füße und schlage mir den Kopf an der Frühstückstheke an. Vor Schmerz verschwimmt mir die Sicht.

»Ben«, flüstere ich jetzt mit schwacher Stimme. »Da ist ein Mann …« Ich halte das Messer locker in der Hand und lasse die Arme hängen. Zunehmend sehe ich zwar klarer, erkenne jedoch meinen Bruder nicht. Vor mir steht ein Fremder und streckt die Hände nach mir aus.

Nein!

Seine Hand ergreift meine. Weinend versuche ich zurückzuweichen, doch sein Griff ist fest. »Ali?«

Völlig fassungslos starre ich ihn an. Das ist die Stimme meines Bruders. Bens Stimme. Und der Mann trägt Bens Brille mit dem silbernen Gestell. Aber er hat *nicht* sein Gesicht.

»Ich bin's, Ali-Kätzchen.«

Nur er nennt mich so, aber trotzdem überzeugt mich das nicht.

Sein Gesicht.

»Hier ist sonst keiner, ehrlich. Überhaupt keiner.« Er spricht im gleichen sanften Tonfall wie früher, als er noch klein war und sich auf meinen Schoß kuschelte. Als wir beide nicht in der Lage waren, die Tragödie, die über unsere Familie hereingebrochen war, zu verstehen, und er mich immer wieder bat *Eulerich und Miezekatz* vorzulesen. Etwas, was den Eindruck von Normalität schuf.

Wie das Gedicht ergibt auch das hier keinen Sinn. Branwell legt dem Fremden eine Pfote gegen das Bein und wedelt mit dem Schwanz. Das tiefe Knurren, das er normalerweise von sich gibt, wenn er auf einen Unbekannten trifft, ist nicht zu hören. Kann das wirklich Ben sein? Die Küche bewegt sich hin und her, als wäre ich in jenem Boot mit einem Honigtopf und sechs Groschen, verpackt in einen Tausendmarkschein. Das ist Nonsens. Alles Nonsens.

Der Ben, den ich nicht erkenne, spricht erneut, aber dieses Mal hört es sich an, als kämen seine Worte aus weiter Ferne. Eine Finsternis rast auf mich zu, die ich mit offenen Armen willkommen heiße.

Kapitel 3

Ich habe das Gefühl, seekrank zu sein. Ein Meer aus Kummer und Verwirrung schwillt an und ab, während ich auf einem kalten Rollwagen aus Edelstahl schwimme. Die verblassten blauen Vorhänge um meine winzige Kabine helfen wenig, das Geplapper der Krankenschwestern und das Schlagen von Türen abzuhalten, aber der Lärm ist nichts im Vergleich zu der bissigen Stimme in meinem Kopf, die *ich werde verrückt, ich werde verrückt, ich werde verrückt* schreit. Ich höre sie nicht nur, sondern ich glaube auch, dass sie recht hat. Ich habe Ben losgeschickt, damit er etwas zu essen holt. Wir sind bereits seit Stunden hier, und nichts deutet darauf hin, dass ich entlassen werde. Und wenn ich ehrlich bin, dann ertrage ich es auch nicht, ihn anzuschauen.

Meine Augen brennen vor Kummer. Auf der Fahrt zum Krankenhaus habe ich die ganze Zeit geweint. Ich saß zusammengekauert auf Bens Beifahrersitz, umklammerte den Griff und drückte mich gegen die Tür, um Abstand zwischen mich und den Mann zu bringen, der wie mein Bruder klang, sich wie mein Bruder verhielt, jedoch bis auf die Brille irgendwie überhaupt nicht wie er aussah. Auf vorherigen Fahrten hatten wir Britpopsongs wie »Don't Look Back in Anger« mitgesungen, die Ben ganz toll fand, und der Liedtext schien eine

Botschaft zu übermitteln, die nur für uns bestimmt war. Wir hatten uns erzählt, wie unser Tag gewesen war, hatten zusammen gelacht und ab und zu betrübt geschwiegen. Dann wusste ich, dass wir beide an unsere Kindheit dachten. Oft gab uns die Lücke zwischen den Worten Trost. Manchmal sagte das Fehlen von Konversation mehr, als wir je hätten sagen können. Es war immer noch schwierig, über das zu reden, was geschehen war. Das würde es wahrscheinlich immer sein. Doch unsere Bindung wurde dadurch enger als bei den meisten Geschwistern, die ich kenne.

Aber heute Morgen auf dem Weg zur Notaufnahme war die Stimmung extrem angespannt gewesen. Um mein Schluchzen zu besänftigen, legte mir Ben die Hand auf den Arm, und ich schlug sie weg, als hätte sie mich verbrannt. Ich ertrug es einfach nicht, von einem Menschen berührt zu werden, dessen Gesicht ich nicht kannte, und ich spürte, wie ich Ben damit verletzte, meinen kleinen Bruder, den ich immer hatte beschützen wollen.

Als ich aus dem Fenster starrte und versuchte, mich auf das Normale zu konzentrieren, hatte ich ein Geräusch im Ohr, das dem Wellenrauschen in einer Muschel glich. Bonbonfarbene Eimer- und Spatensets standen aufgetürmt vor den Zeitungsgeschäften. Möwen zogen am Himmel ihre Kreise und kreischten, wenn sie sich auf etwas Essbares stürzten. Dort drüben stand das braune Schild, das den Weg zum Fun Pier wies, der wegen der wackligen Holzbretter, unter denen das Meer nach trampelnden Füßen schnappte, der kümmerlichen Anzahl von Glücksspielautomaten mit blinkenden Lichtern und hineinfallenden Zweipencemünzen, des einzigen Kiosks, der winzige Eiskugeln in oft faden Waffeltüten anbot, alles andere als Spaß versprach. Dennoch war es besser, irgendwo anders hinzuschauen als in Bens Gesicht. Jedes Mal, wenn ich an mein eigenes Spiegelbild dachte, hatte ich das Gefühl, mein Magen befände sich in einem Schraubstock.

»Du musst dich doch an *irgendetwas* erinnern, Ali.«

Ich hörte die Skepsis, die sich hinter seinen Worten verbarg, als wir an der Kreuzung warteten. In einiger Entfernung waren die Klippen zu erkennen, auf denen wir als Kinder in der zerfallenen Cottageruine gespielt hatten. Wir hatten vorgegeben, sie gehöre uns. Diese Erinnerungen schienen klarer zu sein als der verschwommene Nebel der letzten Nacht. Da ich nichts wusste, konnte ich ihm nichts erzählen. Der Motor brummte, und meine gegen das Seitenfenster gedrückte Wange vibrierte. Bens sich in mich bohrenden Blick spürte ich mehr, als dass ich ihn sah, aber ich drehte mich nicht zu ihm.

»Ich habe dir doch bereits gesagt, dass ich das nicht kann.«

In der Küche hatte Ben mich mit Fragen bombardiert, nachdem ich wieder zu mir gekommen war. Ich spürte, wie seine Wut direkt unter der Oberfläche brodelte. Hatte mich jemand verletzt? Immer wieder wollte er Antworten. Wer war es gewesen? Sollten wir nicht die Polizei rufen?

»Nein!« Wir hatten uns angeschaut, und ich war nicht in der Lage gewesen, den Ausdruck in seinem unbekannten Gesicht zu lesen. Ben war noch klein gewesen, als die Polizei aufgetaucht war, aber dennoch musste er sich daran erinnern, dass danach alles anders und unsere Welt zerbrochen war. Noch heute dreht sich mir der Magen um, wenn ich eine Polizeiuniform sehe.

»Ich glaube, ich bin nur in der Bar gefallen.« Ich war unklar und vage geblieben, als ich ihm die Schwellung am Kopf zeigte. Meine Haare waren von dem getrockneten Blut verklebt. Ich hatte versucht, Ben zu erklären, dass ich sein Gesicht nicht erkannte und meines auch nicht. Meinen Verdacht, dass ich unter Drogen gesetzt und überfallen worden war, verschwieg ich allerdings. Ich schämte mich, wann immer ich daran dachte. Mit jeder Sekunde, die verging, wurden die von meinem Verstand heraufbeschworenen Szenarien düsterer und verworrener. Wie konnte ich meinem Bruder meine Befürchtungen erklären? In der Vergangenheit hatten mich zu oft Leute mitleidig angeschaut. Oder angewidert. Das würde ich von ihm nicht auch noch ertragen können.

Im Auto war die Befragung weitergegangen und meine Unruhe hatte zugenommen. Ich starrte auf die rote Ampel, die uns aufhielt, und da war plötzlich ein Fünkchen Erinnerung an etwas, das sich vor ein paar Tagen abgespielt hatte. Chrissy, die mir Rotwein ins Glas goss, obwohl ich den Kopf schüttelte, und mir so lange das Glas in die sich sträubende Hand drückte, bis ich nachgab und meine Finger um den Stiel schlang.

»Ich habe es mir mit diesem Date anders überlegt«, sagte ich zu ihr. »Ich bin noch verheiratet und will es auch weiter bleiben.«

»*Du* schon«, meinte sie demonstrativ und legte dann eine Pause ein, als würde sie sich ihre Worte genau überlegen. »Komm schon, Ali. Es ist doch nur ein bisschen Spaß. Du hast so viel durchgemacht. Und nicht nur mit Matt.« Sie schaute mich so bekümmert an, dass ich mir nicht zum ersten Mal wünschte, ich hätte ihr nichts über meine Vergangenheit erzählt. Aber mein Geburtstag war immer eine schlimme Zeit für mich, und als sie mir einen Kuchen überreicht hatte, war das mein Verderben gewesen. Der Wein hatte meine Zunge gelöst, und damals war ich erleichtert gewesen, mich endlich jemandem anvertrauen zu können. Allerdings fragte ich mich hinterher, ob sie mein Geheimnis auch würde bewahren können.

»Wäre gut, wenn du mal ein wenig aus dir herausgingst.« Sie tätschelte meine Hand. »Was kann dabei schiefgehen?« Mit ihrem Lächeln und der gekräuselten, mit Sommersprossen übersäten Nase blendete sie mich. Ich hatte einen zu großen Schluck Shiraz genommen und gehofft, er würde die Schmetterlinge vernichten, die in meinem Bauch herumflatterten.

»Alles«, seufzte ich. Und ich hatte nicht gewusst, wovor ich mehr Angst hatte. Dass ich mein Date nicht attraktiv finden würde oder das Gegenteil. Aber Chrissy hatte recht. Das mit Matt und mir war vorbei, und irgendwann würde einer von uns jemand Neues kennenlernen. Ich musste nach vorn schauen. Vielleicht wäre es einfacher, wenn ich zuerst jemanden kennenlernte.

Die Befürchtungen, die ich zu jenem Zeitpunkt hatte, erscheinen jetzt so nichtssagend. Belanglos. Niemals hätte ich das hier erwartet.

Ich zog die Ärmel herunter und verbarg die Prellungen, die sich bereits lila färbten.

Die Reifen des Autos drehten sich immer schneller, trieben uns voran, und mein Herz hielt damit Schritt. Als wir auf den Parkplatz fuhren, war ich überzeugt, einen Herzinfarkt erlitten zu haben. Schweißüberströmt umklammerte ich den Ausschnitt meines Pullovers, zog ihn vom Hals weg, denn meine Lunge schrie nach Sauerstoff. Während Ben den Parkplatz umkreiste und nach einem freien Platz suchte, atmete ich abgehackt und schmerzvoll. *Ich kriege keine Luft!* Tief in mir verspürte ich einen Ruck, als mir bewusst wurde, dass ich mich schon einmal so gefühlt hatte. Als würde ich mich erinnern, griff ich mir an den Hals.

»Verdammte Scheiße!« Ben kam mit kreischenden Bremsen auf einem Parkplatz für Behinderte zum Stehen, riss seine Tür auf und rannte auf meine Seite, um mir aus dem Auto zu helfen. Er stützte mich, und ich ließ mich mit meinem ganzen Gewicht gegen ihn sinken. Als sich die automatischen Türen der Notaufnahme öffneten, schlug mir der ekelerregende Geruch von Desinfektionsmitteln entgegen.

»Hilfe!«, rief Ben, und die Köpfe wartender Patienten drehten sich wie bei Eulen zu uns, doch niemand bewegte sich. Halb trug mich Ben zur Anmeldung, halb schleifte er mich dorthin, und die Krankenschwester erhob sich von ihrem Platz.

»Bringen Sie sie in den Triageraum«, wies sie Ben an. Dann fühlte sie meinen Puls und maß den Blutdruck, während ich röchelte und nach Luft rang.

Raschelnd öffnete sie eine Papiertüte. »Schön langsam ein- und ausatmen.« Der Druck der Finger, die eben noch meinen Brustkorb untersucht hatten, ließ nach. »Eine Panikattacke. Hatten Sie das schon einmal?«

Ich schüttelte den Kopf und bereute es sofort, als Sterne vor meinen Augen explodierten.

»Wie heißen Sie, Schätzchen?«

»Sie heißt Alison Taylor«, hatte Ben für mich geantwortet und seine Brille die Nase hochgeschoben, wie er es immer tat, wenn er nervös war.

»Bin sofort zurück.«

Ein willkommener Luftzug war ins Zimmer geweht, als die Tür geöffnet und wieder geschlossen wurde. Ein paar Minuten später ging sie erneut auf.

»Lassen Sie uns ein paar Sachen ausfüllen.« Eine andere Krankenschwester stand mit einem Klemmbrett in der Hand vor mir.

»Ich heiße Alison Taylor.«

»Ich weiß. Das wurde mir gerade gesagt.«

Nicht sie auch noch! Ich starrte sie entsetzt an. Sie sah überhaupt nicht aus wie die Krankenschwester, die sich um mich gekümmert hatte, als ich im Krankenhaus angekommen war. Und die Finger drückten immer wieder auf meinen Brustkorb, als mir die Tüte erneut vor den Mund gehalten wurde.

Bitte! Ich will nicht!

Finger um meinen Hals, Tunnelblick. Ich kriege keine Luft. Eine kalte, wütende Stimme.

Schlampe.

Kapitel 4

Die Heftigkeit, mit der sich mein Hüftknochen in die zu dünne Matratze bohrt, lässt nach, als ich die Augen schließe. Ich habe das Gefühl, als wäre ich schon ein Leben lang hier, und es ist kaum zu glauben, dass immer noch Sonntag ist. Ich bin völlig erschöpft. Als ich höre, wie der Vorhang beiseitegeschoben wird, ist es sogar anstrengend, den Kopf zu drehen.

»Mrs Taylor«, sagt der Arzt, und ich frage mich, ob es derselbe ist wie der von vorhin. »Ist Ihr Bruder da?«

»Er holt sich gerade einen Kaffee.«

»Möchten Sie mir vielleicht etwas sagen, solange wir allein sind?«

»Nein.« Ich zupfe am Saum des ausgefransten Bettlakens. »Ich bin gefallen. Das ist alles.«

»Ja, das haben Sie gesagt. Und die Hämatome an Ihrem Arm stammen von Ihrem Bruder, der Sie hochgehoben hat.« In seiner Stimme schwingt Überdruss, so, als habe er das bereits zuvor gehört, und das hat er vielleicht auch. Ausreden wie »Ich bin gegen eine Tür gelaufen« oder »Ich bin im Bad ausgerutscht« sind so faul wie »Die Schwellung an meinem Hals stammt daher, dass ich zu laut gesungen habe«, was sich anhört, als hätte ich den tollsten Abend aller Zeiten gehabt.

Bitte. Aufhören. Ich will nicht.

»Möchtest du nicht mit der Polizei reden?« Das hatte Ben gefragt, als ich ihn gebeten hatte, den Arzt für mich anzulügen, um die Lücken in meinem Lügenmärchen zu füllen. »Um herauszufinden, was mit dir passiert ist?«

»Ich will nur nach Hause.«

»Sie können nicht allein bleiben, wenn Sie eine Gehirnerschütterung haben.«

Ben hatte Chrissy eine SMS geschickt, um sich zu vergewissern, dass mit ihr alles in Ordnung war, ihr jedoch nicht geschrieben, dass ich mich im Krankenhaus befand. Ich wollte nicht, dass sie sich Sorgen machte. Sie hatte geantwortet, dass sie bei einem Mann sei. Ich hatte mir schon gedacht, dass es da einen Neuen gab, weil sie in letzter Zeit öfter als sonst ausging. Sie schrieb, es tue ihr leid, dass sie mich letzte Nacht nicht mehr habe finden können, und sie habe angenommen, ich sei mit Ewan nach Hause gegangen.

»Was auch immer geschehen ist, es ist vorbei. Ich will es einfach vergessen.«

Ben versteht das. Wir hatten schon einmal der Polizei vertraut und sie hatte uns belogen. Hatte versprochen, uns zu beschützen, doch davon waren wir weit entfernt gewesen. Ich will so etwas niemals mehr durchmachen. Und ich will auch nicht, dass Ben so etwas noch einmal durchmacht. Der Prozess hatte unsere Familie zerrissen. Und wenn ich ehrlich sein soll, dann möchte ich nicht riskieren, dass die Polizei meine Freunde befragt und Matt herausfindet, dass ich bei einem Date war.

Doch es gibt einen nörgelnden Teil in mir, der etwas anderes denkt. Wenn Ewan mir etwas angetan hat, dann könnte er das auch einer anderen antun, und ich sollte ihn wirklich bei der Polizei anzeigen. Doch als ich mich bei der Dating-App angemeldet habe, war ich nicht nach meiner Adresse gefragt worden und Ewan sicherlich auch nicht. Ich glaube kaum, dass die Polizei in der Lage wäre, ihn ausfindig zu machen.

»Ihr Bruder hat Ihnen gesagt, dass Sie gefallen sind«, erklärt der Arzt. »Aber Sie erinnern sich immer noch nicht daran. Glauben Sie nicht, dass es möglich ist …

»Ich bin gefallen«, behaupte ich wieder mit Nachdruck.

Der Arzt seufzt, und ich spüre, wie ihm diese Antwort missfällt. Als er fortfährt, ist sein Ton schärfer. »Wie Sie wollen. Es interessiert Sie vielleicht, dass Ihre Urintests alle in Ordnung sind. Es gibt keine Anzeichen von Drogen, was jedoch nicht unbedingt heißt, dass Sie keine zu sich genommen haben. Im Allgemeinen kann Rohypnol innerhalb von zweiundsiebzig Stunden nachgewiesen werden und GHB innerhalb von zwölf, obwohl diese Zeitintervalle auch schwanken können. Und natürlich kann es jetzt schon gut zwölf Stunden her sein, dass Ihnen etwas ohne Ihr Wissen verabreicht wurde. Falls das der Grund für Ihr *Hinfallen* war.«

»Und die anderen Tests? Die Gesichter … Ihr Gesicht. Sie sagten, ich hätte Sie bereits kennengelernt? Ich erinnere mich nicht daran.« Nur mühsam bringe ich die Worte mit tränenerstickter Stimme heraus.

»Und da kommen wir zu Ihrer CT-Untersuchung. Es gab eine Blutung in Ihrem Gehirn.«

»O Gott!« Ich ziehe die Bettdecke fest um mich.

»Ich habe die Aufnahmen den Chirurgen gezeigt, und wir werden nicht operieren. Sie zeigen eine Abnormalität im Temporallappen, besonders im rechten Gyrus fusiformis.« Er macht eine Pause, als sollte das als Erklärung ausreichen, aber das tut es nicht.

»Und?« Meine Stimme klingt zu hoch. Zu laut.

»Es ist zu früh, um etwas zu sagen, und nicht meine Aufgabe, eine Diagnose zu stellen, Mrs Taylor. Der rechte Gyrus fusiformis koordiniert das neuronale System, das die Fähigkeit steuert, Gesichter zu erkennen. Es ist möglich, dass die von Ihnen erlittene Kopfverletzung einen Verlust der Gesichtserkennung ausgelöst hat. Es könnte durchaus eine Begleiterscheinung eines Schlags auf den Kopf sein, aber erst nach einer MRT-Untersuchung werden wir mehr wissen.«

Schon wieder dieses erdrückende Gefühl. Ich werde von medizinischer Terminologie erdrückt, die ich nicht verstehe.

»Versuchen Sie, sich keine Sorgen zu machen«, sagt der Arzt und drückt die Finger auf mein Handgelenk, um den Puls zu fühlen.

»Aber ich werde wieder gesund, oder? Das ist doch nur vorübergehend.«

Er schreibt etwas Unleserliches auf sein Klemmbrett und weicht meinem Blick aus. »Versuchen Sie, sich keine Sorgen zu machen«, sagt er erneut.

Ich bin zur Beobachtung und Regeneration aufgenommen worden und glaube, teilweise auch als Kuriosität für die Gruppe von Assistenzärzten, die sich heute Nachmittag um mein Bett versammelten, mich anstarrten, als wäre ich Teil einer Monstrositätenschau, und Fragen stellten wie »Sie erkennen sich selbst auch nicht?«, »Sie würden mich tatsächlich nicht wiedererkennen, wenn ich nach fünf Minuten erneut ins Zimmer käme?«, während mich meine Unfähigkeit erröten ließ. Trotz des Hämmerns im Kopf und meines mit Blutergüssen übersäten schmerzenden Körpers sehne ich mich danach, nach Hause zu fahren. Ich denke bereits an morgen und frage mich, wer mich im Pflegeheim vertreten soll. Ich liebe meinen Job und die Bewohner: Mrs Thorn und ihren unendlichen Vorrat an After-Eight-Täfelchen, Mr Linton und seine Witze. Wer wird die Zahlen beim Montagsbingo ausrufen, wenn ich nicht da bin?

Ben packt die Kleidung, die ich bei der Einlieferung trug, in eine Tasche – der Geruch nach Krankenhaus hat den Stoff durchdrungen – und wird mir einen Schlafanzug und meine

Zahnbürste bringen. Ich drehe mich auf die Seite zur Wand und rolle mich einsam zusammen.

Ich muss eingenickt sein, denn das Nächste, was ich höre, sind das Geräusch eines Tabletts auf Rädern, das quietschend an mein Bett gerollt wird, sowie das Klappern des Tellers mit dem Abendessen.

»Essen fassen, Ali«, ertönt eine Stimme in einem weichen walisischen Tonfall.

Den habe ich schon einmal gehört. Für den Bruchteil einer Sekunde keimt Hoffnung in mir auf, und ich frage mich, ob vielleicht alles vorbei ist. Der Albtraum dieses nie enden wollenden Tages. Ich rolle meinen schmerzenden Körper herum. Die Krankenschwester lächelt mich an und sagt: »Gebackene Kartoffel, Käse und Bohnen mit einem leckeren Salat – das wird Sie wieder gesund machen. Geht es Ihnen schon besser?« Unglücklich schüttle ich den Kopf. Ihr Gesicht erkenne ich nicht, nur ihren Akzent.

»Alles wird gut. Ihr Bruder wird bald zurück sein, und in Ihrem eigenen Schlafanzug werden Sie sich wohler fühlen. Besser als dieses Flügelhemd, in dem man Ihren Hintern sieht.« Sie gießt Wasser in ein Glas.

Das Essen auf meinem Teller ist kalt und unappetitlich. Eine offensichtlich in der Mikrowelle gekochte kleine Kartoffel mit blasser Pelle, nicht gebräunt und kross, wie ich sie mag. Erstarrter geschmolzener Käse, ein Häufchen trockene gebackene Bohnen und ein paar welke Blätter, die einen Salat imitieren. Essen erkenne ich, aber ich bezweifle langsam, dass das, was ich sehe, auch wirklich da ist.

Als Ben und ich klein waren, verteilte Mum verschiedene kleine Gegenstände auf Omas silbernem Tablett, und wir mussten sie uns einprägen. Kim-Spiel nannte sie das. Sie deckte ein rot kariertes Geschirrtuch darüber, und Ben und ich zogen vor Konzentration die Stirn in Falten und zählten an den

Fingern ab, was wir uns gemerkt hatten: ein Bleistiftspitzer, eine Sicherheitsnadel, eine Mandarine. Ich konnte mich immer an alles erinnern, denn mein Gedächtnis war gut. Ben erinnerte sich jedoch nur an Dinge, die er gern auf dem Tablett gesehen hätte, und nicht an die, die dort lagen: eine Tafel Schokolade, eine Einpfundmünze, eine Fußballkarte. Oft sagte ich absichtlich etwas Falsches, um Ben gewinnen zu lassen, aber ich wusste tatsächlich jedes Mal, was unter dem Geschirrtuch lag.

Jetzt teste ich mich noch einmal, halte mir die Augen zu und zähle langsam bis zehn. Erleichtert stelle ich fest, dass alles noch da ist, als ich die Hände sinken lasse. Eine gebackene Kartoffel, Käse und Bohnen, und das muss ein gutes Zeichen sein, denke ich. Es scheinen nur Gesichter zu sein, die sich verändern, wenn ich wegschaue. Wenn nur eine Sache nicht mit mir stimmt, muss es doch einfacher sein, sie wieder hinzubekommen, oder? An diesen Gedanken klammere ich mich, als wäre er ein wertvoller Preis, umschließe ihn fest mit den Händen wie einst die Zehnpencemünze, die ich bekam, wenn ich Zweite wurde. Daran zu glauben, dass ich Gesichter wiedererkennen werde, ist besser als die Alternative. Wenn Ewan mich überfallen hat und zurückkommt, dann werde ich nicht in der Lage sein, ihn zu erkennen.

Ich werde mich nie wieder sicher fühlen.

Kapitel 5

MITTWOCH

Ben sitzt links von mir. Eigentlich hätte er heute in Edinburgh sein sollen. Er ist stellvertretender Direktor einer expandierenden kleinen Hotelkette, deren Hauptsitz sich zwar hier befindet, aber er muss oft im Land herumreisen.

»Ich möchte nicht, dass du Ärger bekommst, weil du dein Meeting verpasst«, hatte ich protestiert.

»Glaubst du, ich lasse dich jetzt im Stich?« Er sah gekränkt aus. »Dann wärst du ganz allein.«

Der Arzt hatte verfügt, dass mich nur Familienangehörige besuchen dürfen. Es ist zu quälend für mich, Gesichter zu sehen, die ich eigentlich erkennen sollte, an denen ich aber scheitere. Unsere Familie besteht nur aus drei Personen. Ich wusste, dass es zu viel für Tante Iris sein würde, einen Fuß ins Krankenhaus zu setzen, deshalb sagte ich ihr, sie solle mich nicht besuchen. Aus einem unerfindlichen Grund bin ich dennoch enttäuscht, dass sie nicht gekommen ist, und versuche es nicht damit gleichzusetzen, dass sie uns schon einmal im Stich gelassen hatte. Da waren wir *Kinder*. Doch noch immer bricht es mir das Herz, wenn ich daran denke, was wir durchgemacht haben. Ben ist mein einziger Besucher, und ich mache mir Sorgen wegen des

Drucks, der auf ihm lastet, weil er meint, er müsse Tag und Nacht an meiner Seite sein. Er ist erschöpft und angespannt. Kalter Mentholrauch klebt an ihm, und ich weiß, dass er wieder raucht. In stressigen Zeiten greift er immer wieder zur Zigarette. Obwohl er damals noch so jung war, frage ich mich, ob ihn der Geruch auf der Station auch an damals erinnert.

Jules, meine beste und älteste Freundin, und ihr Cousin James, bei dem sie wohnt, haben mir eine Karte und einen Strauß mit roten und weißen Blumen geschickt, der auf meinem Nachtschrank so viel Platz einnimmt, dass für den Wasserkrug keiner mehr vorhanden ist. Von meinem alten Nachbarn Mr Henderson und von Matt kamen ebenfalls Karten. Ich habe ewig damit zugebracht, Matts Nachricht zu analysieren. Alles Liebe hatte er in seiner schwungvollen Handschrift geschrieben, und ich fragte mich, ob er das auch so meinte.

Ich bin ein Nervenbündel. Heute soll ich einige Antworten bekommen und bin froh, dass Ben da ist.

In meinem peripheren Sichtfeld sehe ich, dass er seine Hände zu Fäusten geballt hat. Sie liegen auf den Knien, die sich zu einem Rhythmus auf und nieder bewegen, den nur er hören kann. Direkt vor mir sitzt Dr. Saunders in einem Chefsessel, den er hin und her dreht, während er redet. Er ist der klinische Neurologe, auf den ich all meine Hoffnungen setze. Ich schaue keinen von beiden direkt an, sondern fixiere den Sonnenstrahl, der auf das fleckige Linoleum fällt.

»Ali erinnert sich an nichts, was in jener Nacht vorgefallen ist, nicht wahr?«, sagt Ben.

»Nein.« Obwohl es furchtbar unangenehm ist, sich nicht mehr an die Einzelheiten erinnern zu können, ist es auch erleichternd. Doch die Unwissenheit hält die Panik nicht davon ab, mir die Kehle zuzuschnüren, wenn ich mich frage, was passiert ist. Und das tue ich häufig. Sobald mich Dr. Saunders wiederhergestellt hat und ich zurück zu Hause bin, zurück bei der Arbeit, wird es einfacher werden, da bin ich ganz sicher.

»Ihre Schwester hat sich ziemlich den Kopf angeschlagen, als sie gefallen ist«, sagt Dr. Saunders. Sie reden beide, als wäre ich gar nicht da.

»Aber ihr Erinnerungsvermögen kommt doch zurück, oder?«, fragt Ben.

»Möglicherweise, aber garantieren kann man das nicht. Und wenn es zurückkommt, kann es auch unvollständig sein. Das Schädel-Hirn-Trauma, das Ali erlitten hat, hätte tödlich sein können. Sie hat wirklich Glück gehabt.« Wieder dreht er den Chefsessel von links nach rechts. Ich kämpfe gegen den Drang an, nach den Armlehnen zu greifen und ihn zu stoppen. Mir ist schlecht, ich bin wütend und habe Angst. Ich bin alles andere als froh. Ich beiße die Zähne zusammen, und wieder schießt dieser Schmerz durch meinen Kopf.

»Wir haben bereits Ihre CT- und MRT-Bilder besprochen. Es sieht jedenfalls so aus, als hätte die ungewöhnliche Form der Wunde, die Sie sich von einem Schlag auf den Kopf zugezogen haben, eine Anomalie am Temporallappen verursacht, der an der Gesichtserkennung beteiligt ist. Ich möchte weitere Tests durchführen, wenn Sie damit einverstanden sind, Ali. Eine kognitive Beurteilung. Das ist nicht zu anspruchsvoll.«

Das Letzte, auf was ich scharf bin, sind weitere Tests, aber je eher er eine Diagnose stellen kann, desto schneller kann er mich heilen, und deshalb nicke ich. Der Raum schwankt, und die allgegenwärtige Übelkeit verstärkt sich.

»Bist du sicher? Du siehst so blass aus.« Ben verschränkt seine Finger mit meinen und drückt sie behutsam.

Ich schenke ihm ein dankbares Lächeln, das mir vergeht, als mein Blick auf sein nicht wiederzuerkennendes Gesicht fällt und zwischen seinem Mund, seiner Nase und seinen Augen hin und her huscht. Ich entziehe ihm meine Hand und streiche damit über den Morgenmantel.

* * *

Die Wut überkommt mich aus dem Nichts und lässt mich auf die Füße springen.

»Das ist zu schwer.« Ich laufe durchs Zimmer und lege Handflächen und Stirn gegen die Fensterscheibe. Mein Atem lässt das Glas beschlagen, und ich wische mit dem Papiertaschentuch darüber, das ich ständig in der Faust zusammenknülle. »Ich verstehe nicht, was mit mir los ist.« In der letzten Stunde sollte ich mir Gesichter einprägen, die ich noch nie gesehen hatte, und sie dann wiedererkennen. Das kann ich nicht. Dr. Saunders Kugelschreiber kratzt über meine Akte.

»Setzen Sie sich wieder, und wir versuchen es jetzt mit ein paar berühmten Gesichtern.«

Obwohl ich den Kopf schüttle, setze ich mich wieder. Welche Wahl bleibt mir denn auch? Dr. Saunders zeigt mir das erste Bild. Aufgrund der Frisur und Gesichtsbehaarung kann ich erkennen, dass es sich um einen Mann handelt, aber ich habe ihn noch nie zuvor gesehen.

»Mach schon, Ali.« Die Unruhe in Bens Stimme schmerzt.

»Ich mache das nicht absichtlich.«

»Aber den hier *kennst* du«, beharrt er. »Du wolltest ihn mal heiraten.«

»Channing Tatum?«

»Gut gemacht«, lobt mich Dr. Saunders, und wieder ist das Kratzen seines Stiftes zu hören. Wir alle wissen, dass ich es ohne Bens Hinweis nicht gewusst hätte, aber ich spüre trotzdem einen leichten Triumph.

»Jetzt versuchen wir etwas anderes«, sagt Dr. Saunders, und ich spüre, dass er mich aufgibt.

Sosehr ich mich auch bemühe, es ist keineswegs leichter, im nächsten Test Ähnlichkeiten und Unterschiede zwischen den Gesichtern auszumachen, auch wenn die Bilder nebeneinander angeordnet sind. Alter, Geschlecht oder emotionalen Ausdruck einzuschätzen, ist etwas einfacher, und ich fühle mich nicht ganz so unfähig. Ich lerne bereits, auf Anhaltspunkte zu achten, auf lange Haare, Bärte, Schmuck.

»Das sind dann alle Gesichtserkennungstests.« Dr. Saunders drückt auf seinem Kugelschreiber herum, als er das sagt. Ich hoffe, ich kann mich ausruhen, bevor die Behandlung beginnt, denn ich bin furchtbar müde.

»Was hat sie?«, fragt Ben.

»Noch ein paar Dinge, und dann sage ich Ihnen, was ich davon halte. Ich werde Ihren IQ ermitteln, Ali.«

»Denken Sie, ich bin bescheuert?« So fühle ich mich allerdings. Ich kann nicht glauben, dass ich Channing Tatum nicht erkannt habe. Dr. Saunders antwortet nicht.

Ich habe das Gefühl, schon tagelang in diesem winzigen, stickigen Raum zu sitzen. Dr. Saunders hat sich entschuldigt, weil er ein Telefonat führen muss. Ich nippe am warmen Wasser aus einem Styroporbecher. Ben schaut wieder auf sein Handy. Ohne meines fühle ich mich verloren, aber für Ersatz zu sorgen, kam mir bisher überhaupt nicht in den Sinn.

»Ich habe übrigens die Schlösser austauschen lassen«, erklärt Ben. »Und ich habe mich in deinem Zimmer umgeschaut, konnte aber die Tasche nicht finden, von der du behauptet hast, du hättest sie mitgenommen. Diese Kuverttasche?«

»Die Clutch.«

»Richtig. Ich dachte, es wäre das Beste, die Schlösser zu tauschen. Nicht dass ich davon ausgehe, jemand würde versuchen, ins Haus zu kommen«, fügt er hinzu, um mich zu beruhigen, aber er klingt kurz angebunden, und ich weiß, dass er sich auch Sorgen macht.

»Aber wenn Chrissy zurückkommt, wird sie nicht …«

»Ich habe ihr eine Nachricht geschickt, dass sie bei Jules nebenan einen neuen Schlüssel abholen kann. Ich konnte mich nicht mehr an den Code eures Schlüsselsafes erinnern. Matt hat wieder angerufen und gefragt, wie es dir geht. Er möchte wissen, ob er sonst irgendetwas für dich tun kann.«

»Ich wünschte, du hättest Branwell nicht zu ihm gebracht.«

»Hierher kann ich ihn ja wohl nicht mitbringen, oder? Außerdem gehört er zur Hälfte auch Matt. Der ist rechtlich immer noch dein Ehemann.«

Das Wort Ehemann hat seine Schroffheit verloren. Ich habe hier zu viel Zeit zum Nachdenken, und Matt geht mir oft durch den Kopf. Obwohl vorher alles zwischen uns so kaputt erschienen war, komme ich nicht umhin, mich zu fragen, ob es zu spät ist, es wieder in Ordnung zu bringen. Der Schock, mit meiner eigenen Sterblichkeit konfrontiert worden zu sein, hat in mir ein Gefühl der Machtlosigkeit und Verletzlichkeit zurückgelassen, und ich sehne mich nach einer Art von Beständigkeit. Das Leben scheint plötzlich unglaublich wertvoll zu sein. Unglaublich kurz. »Weiß Matt, dass ich ein Date hatte, Ben?«

»Er hat nichts erwähnt.«

Die Tür geht auf, und wir verstummen, als sich Dr. Saunders wieder hinter seinen Schreibtisch setzt. Plötzlich bin ich nervös.

»Ali, ich habe die Ergebnisse von all Ihren Tests miteinander kombiniert, einschließlich der MRT- und CT-Aufnahmen, und abgesehen vom Gedächtnisverlust, über den wir bereits gesprochen haben, bin ich ziemlich sicher, dass Sie Prosopagnosie haben, obwohl mir in der Klinik noch nie ein solcher Fall untergekommen ist.« Ich bemerke eine leichte Spur von Begeisterung in seiner Stimme und hasse ihn unlogischerweise, als wäre das alles seine Schuld.

»Und was bedeutet das?«, fragt Ben.

»Alis Verstand kann keine Gesichtszüge mehr identifizieren. Sie wird nicht in der Lage sein, Gesichter wiederzuerkennen, auch nicht die von Familienangehörigen und Freunden.«

»Und kommt das häufig vor? Diese Proso…« Ich gerate ins Stocken. Wie kann ich etwas haben, das ich nicht aussprechen kann?

»Pro-so-pag-no-sie.« Dr. Saunders betont die einzelnen Silben. »Das kommt vom griechischen Prosopon, was Gesicht bedeutet, und von Agnosie, dem Nichterkennen. Es ist auch als Gesichtsblindheit bekannt.«

Das Wort Blindheit macht mir Angst, und mein Blick huscht im Zimmer umher, erfasst die staksige Graslilie auf der Fensterbank mit ihren hängenden braunen Blättern und die quadratische schwarze Uhr an der Wand, als wollte ich mir selbst versichern, dass ich immer noch sehen kann.

»Es gibt zwei Arten. Die erste wird als angeborene Prosopagnosie bezeichnet. Damit kommt man zur Welt, und sie ist verbreiteter, als man denkt. Etwa zwei Prozent oder 1,2 Millionen Menschen in Großbritannien leiden unter verschiedenen Ausprägungen von Gesichtsblindheit. Viele davon wissen gar nicht, dass sie sie haben, und denken oft, sie könnten sich schlecht Gesichter merken oder dass sich die Leute ähnlicher sehen, als sie es tatsächlich sind. Zum Beispiel, wenn sie eine ähnliche Frisur tragen. Die Krankheit wird oft vererbt, obwohl wir noch kein spezielles Gen gefunden haben, das für angeborene Prosopagnosie verantwortlich ist. Es ist interessant, dass …«

»Ich wurde also damit geboren, aber die Krankheit tritt erst jetzt auf? Unsere Eltern hatten das nicht, oder, Ben?« Er ist zu jung, um sich richtig an Dad zu erinnern, aber wir wüssten sicher, wenn das bei uns in der Familie läge.

»Nein, Sie haben erworbene Prosopagnosie, Ali. Sie tritt nach einem Schlaganfall oder einer Kopfverletzung auf und kommt seltener vor als die angeborene. Auf Ihren CT-Aufnahmen sieht man eine Abnormalität des rechten Gyrus fusiformis. Das würde zu Ihrer Kopfverletzung passen. Eine Schädigung in diesem Bereich kann zwei Untertypen verursachen: apperzeptive Prosopagnosie und assoziative …«

»Wie lange wird es dauern, bis ich wieder normal bin?«, unterbreche ich ihn. Im Moment interessiert mich nur diese eine Frage.

Es folgt eine merkwürdige Pause. Zu hören sind nur das Quietschen des Chefsessels, der von links nach rechts gedreht wird, und das Klicken der Kugelschreibermine.

»Tut mir leid, aber es ist wahrscheinlich bleibend.« Seine Stimme klingt, als käme sie aus einem Tunnel.

Was ich höre, kann ich nicht verarbeiten. Ich trinke einen Schluck Wasser und zerdrücke das Styropor. Wasser tropft mir in den Schoß, doch ich kann nicht durchs Zimmer gehen, um Kleenextücher aus der Schachtel auf der Fensterbank zu ziehen. Dr. Saunders' Worte haben mich auf meinem Stuhl festgenagelt.

»Ali wird mich also nicht mehr erkennen? Das ist verrückt!«, sagt Ben. »Ich kann es mir nicht vorstellen.«

»Für Leute, die nicht davon betroffen sind, ist es schwer zu verstehen«, setzt Dr. Saunders wieder an. »Das Erkennen von Gesichtern ist so ein automatischer Prozess, dass sich viele Leute Gesichtsblindheit überhaupt nicht vorstellen können. Ich war an Studien beteiligt, bei denen Patienten mit ihren Familien kamen und wir die Familien baten, die Kleidung zu tauschen und ruhig in einem Raum mit ein paar anderen Leuten zu stehen. Dann forderten wir die Patienten auf, ihre Angehörigen zu identifizieren. Es ist herzzerreißend, wenn man sieht, wie verzweifelt die Patienten sind, wenn sie das nicht können. Kinder erkannten ihre Eltern nicht und Ehefrauen nicht ihre Ehemänner. Männer sind besonders schwer zu identifizieren, weil sie sich oft sehr ähnlich sehen, wenn man ihre Besonderheiten ausblendet. Sie haben kurze Haare und tragen bequeme Kleidung. Man stößt auf einen Mangel an Empathie und Verständnis. Am besten kommt man damit klar, wenn man die Leute aufklärt. Seien Sie ehrlich und schämen Sie sich nicht.«

Aber genau das tue ich. Ich schäme mich.

»Aber Sie müssen doch irgendetwas dagegen tun können.« Aus Bens Stimme klingt ein Flehen, das ich jahrelang nicht gehört habe. Mit demselben Tonfall bat er mich früher, noch einen Vers des albernen Gedichts vorzulesen, das er so liebte.

Drauf fuhren sie weiter und immerzu fort, ein
ganzes Jahr bis zu jenem Ort, wo der Bim-
Baum wächst, da stand jemand dort.

Das hier muss ein Albtraum sein, denn wenn es Realität wäre, wäre es mehr, als ich ertragen kann.

»Sicher gibt es Dinge, die wir tun können«, beginnt Dr. Saunders, und ich werde ins Zimmer zurückkatapultiert, doch die durch seine Worte ausgelöste aufkeimende Hoffnung verpufft, als er hinzufügt: »Es gibt viele Kompensationstechniken, die Ihnen tagtäglich helfen können.« Seine Worte verschwimmen ineinander. Bleibend. Es ist bleibend. Ich spüre bereits, dass ich damit nicht klarkomme. Während Dr. Saunders Bens Fragen zur Krankheit beantwortet, tippt er auf seiner Tastatur herum und der Drucker springt an. »Ich habe mit der Stonehill University gesprochen. Kennen Sie die?«

Ich nicke. Sie befindet sich ungefähr eine Stunde entfernt in der Stadt.

»Dort arbeitet man sehr eng mit dem National Hospital for Neurology and Neuroscience in London zusammen. Sie werden in sicheren Händen sein. Dort gibt es einen Spezialisten, Dr. Wilcox, der ein Forschungsprogramm durchführt. Ich habe gerade mit ihm gesprochen, und er brennt darauf, Sie kennenzulernen. Es gibt einen Versuch mit transkranieller Magnetstimulation, mit der einige Funktionen zurückerlangt werden können. Ich habe auf dem Gebiet aber keine Erfahrungen«, setzt er schnell hinzu und unterbindet damit meine Fragen. »Er wird sich wegen eines Termins schriftlich direkt an Sie wenden. Es sollte nicht allzu lange dauern. In der Zwischenzeit wird er Ihnen ein Merkblatt mit einigen Informationen und Bewältigungsstrategien zuschicken. Ich werde Sie jetzt entlassen. Ich wette, Sie sind froh, gehen zu können.«

»Warten Sie! Ich werde also nie wieder jemanden erkennen können? Dann können Sie mich nicht einfach nach Hause schicken.«

Dr. Saunders muss den grenzenlosen Kummer in meinem Gesicht und die Tränen in den Augen sehen, denn er spricht jetzt mitfühlender.

»Sie werden vielleicht einen unter tausend Leuten erkennen. Zugegebenermaßen nicht viel, aber besser als gar nichts. Das ist normal, und falls es passiert, machen Sie sich nicht allzu große Hoffnungen. Es bedeutet nicht, dass Sie wieder gesund werden. Ich weiß, Sie müssen jetzt eine Menge verdauen. Körperlich gibt es nichts, was wir noch für Sie tun können, und emotional …« Er räuspert sich. »Schauen Sie, ich weiß, dass es hart klingt, aber wir brauchen die Betten. Sie wissen doch, wie überbeansprucht unser staatliches Gesundheitssystem ist. Tut mir leid. Allerdings möchte ich Sie noch einmal sehen. Vereinbaren Sie bitte gleich mit meiner Sekretärin einen Termin. Arbeiten Sie?«

»Ja. Ich bin Altenpflegerin. O Gott! Wie soll ich denn die Heimbewohner auseinanderhalten? Ich werde nicht … Ich kann nicht …«

»Zunächst müssen Sie sich ausruhen und wieder zu Kräften kommen. Ich gebe Ihnen eine Krankmeldung für zwei Wochen mit und Schmerzmittel für den Kopf. Und danach werden wir sehen, wie Sie mit … mit allem klarkommen. Einverstanden?« Er reicht mir meine Papiere. Ich klammere mich daran wie an eine Boje, als er die Tür seines Büros öffnet und ich wieder in die ungestüme See hinausgestoßen werde.

Auf Station ziehe ich die Kleidung an, die Ben mitgebracht hat: einen pinkfarbenen Rock und ein geblümtes Oberteil in einem beißenden Rot und Orange. Er hat an BH und Slip gedacht, aber Strumpfhose und Schuhe vergessen. Ich fröstele, als ich in Hausschuhen über den winterkalten Parkplatz schlurfe.

Es ist erst sechzehn Uhr, aber die Dämmerung verschluckt bereits das Tageslicht. Als wir losfahren, beuge ich mich vor, als könnte ich dadurch das Tempo beschleunigen. Ich sehne mich danach, den an mir klebenden Geruch nach Krankheit abzuduschen und in meinem eigenen weichen Bett zu schlafen, das nach Sommerwiesenweichspüler duftet. Ich freue mich, dass ich wieder zu meinen eigenen Sachen zurückkomme, in eine sichere, vertraute Umgebung, wenn auch nicht in mein Zuhause. Ich denke an Matt und kann nicht glauben, dass ich das Gesicht des Mannes, den ich geheiratet habe, nicht erkennen werde, obwohl ich noch ein klares Bild von ihm vor Augen habe. Lange schwarze Wimpern, die haselnussbraune Augen umrahmen. Der Mund, der sich zu einem Lächeln verzog, wenn er mich sah, und später zu einer dünnen, geraden Linie wurde, wenn ich den Raum betrat.

Ben stellt den Motor aus und greift nach dem Türgriff.

»Macht es dir etwas aus, wenn ich allein reingehe?« Sobald ich gegessen und geduscht habe, will ich ins Bett gehen.

Er zögert. »Wenn du es so möchtest.« Er drückt mir den neuen Haustürschlüssel in die Hand.

»Ist es okay, wenn ich morgen nach Edinburgh sause? Der Hotelbetrieb dort oben verschlingt Unmengen an Geld. Ich muss herausfinden, warum.«

»Klar«, antworte ich. »Ich habe doch James und Jules nebenan, wenn ich etwas brauche, und Chrissy kommt bestimmt auch bald zurück.«

Es entsteht eine kurze Pause.

»Ehrlich, Ben. Die Schmerzmittel machen mich platt. Ich werde wahrscheinlich den ganzen Tag schlafen.«

»Du wirst mich doch anrufen, wenn du etwas brauchst oder dich an irgendetwas erinnerst?«, fragt er.

Ich nicke, und er beugt sich zu mir, um mir einen Kuss auf die Wange zu drücken, wie er es immer tut, zögert jedoch, als ich zurückweiche. Dafür drückt er meinen Arm. Unsere Beziehung hat scharfe Ecken und Kanten bekommen. Zwischen uns gibt es eine Distanz, die vorher nicht dagewesen ist. Ich weiß, dass es nicht gerecht ist, ihn anders zu behandeln, denn ich bin diejenige, die sich verändert hat, aber ich kann nicht anders.

Mein Körper ist bleischwer, und ich schleppe mich den Weg entlang, als ich in Richtung Haustür stolpere. Unten in der Einfahrt sehe ich den Schatten meines hellgelben Fiat 500. Es ist beunruhigend zu wissen, dass ich ihn in meinem Zustand noch gefahren bin. Was, wenn ich jemanden verletzt hätte? Nicht auszudenken!

Auf der Türschwelle liegt ein Strauß pinkfarbener Rosen. Als ich ihn aufhebe, fallen Blätter herunter.

Drinnen stoße ich die Tür mit dem Fuß zu. »Chrissy?« Trotz des starken Vanilledufts aus unserem elektrischen Lufterfrischer ist die Luft stickig, als sei tagelang niemand hier gewesen, und ich weiß, dass sie nicht zu Hause ist. Das Haus fühlt sich leer an, aber ich bin zu erschöpft, um Branwell heute noch abzuholen. Ich hebe die Post von der Fußmatte auf und werfe sie auf die Arbeitsfläche. Die Blumen lege ich in die Spüle. In der Post ist viel Werbung, aber auch Genesungskarten von der Arbeit. Auf einer haben meine Kollegen und Kolleginnen unterschrieben, und eine ist rührenderweise von den Bewohnern.

Ihre Handschrift ist so wackelig wie ihr Gang. Ich wende meine Aufmerksamkeit wieder den Blumen zu, ziehe die Schublade auf und wühle auf der Suche nach einer Schere zum Anschneiden der Stiele darin herum. Zwischen den Batterien, zerknitterten Rezepten und Gefriertüten finde ich meine Schlüssel. Komisch. Wenn sie nicht in meiner Handtasche sind, hängen sie immer am Schlüsselbrett neben der Haustür. Hätte ich wegen der Blumen nicht nach der Schere gesucht, dann hätte ich sie vielleicht niemals gefunden. Ben hätte die Schlösser überhaupt nicht austauschen müssen. Ich nehme die Rosen aus der Spüle. Unerklärlicherweise läuft mir ein kalter Schauer über den Rücken. Fast widerwillig öffne ich den kleinen Umschlag, der mit Tesafilm am Strauß befestigt war und auf dem handgeschrieben mein Name steht. Diese Blumen sind nicht von einem Floristen angeliefert worden. Ich ziehe die steife weiße Karte heraus, deren Ecken mit gelben Rosen verziert sind. Sechs Worte. Nur sechs mit einem dicken schwarzen Stift hingekritzelte Worte.

Hast Du das Date genossen, Schlampe?

Kapitel 6

O Ali, ich wünschte, ich könnte dein Gesicht sehen, wenn du den Umschlag öffnest. Ich wette, du dachtest, dein Albtraum sei vorbei, aber er fängt gerade erst an. Wir werden Spaß haben. Und damit meine ich, dass ich Spaß haben werde. Du? Du wirst schreien.

Kapitel 7

Jemand muss gesehen haben, wer die Blumen vor die Tür gelegt hat. Ich laufe zu Jules und bin wieder einmal dankbar, dass Chrissy das Haus neben James gemietet hat und wir nun alle Nachbarn sind. Das war das Gute, das einzig Gute, das bei meiner Trennung herausgekommen ist. Ich kann meine Freunde treffen und mit ihnen eine Flasche Wein trinken, ohne mir Gedanken darüber machen zu müssen, wie ich nach Hause komme.

Die Türglocke läutet. Ein eiskalter Wind beißt mir in Nase und Ohren. Es ist Schnee vorhergesagt. Wolken haben sich vor die Sterne geschoben. Die Arme um mich geschlungen, wippe ich auf den Fußballen und versuche verzweifelt, mich warmzuhalten.

Die Tür wird aufgerissen, und da steht ein Mann. Ich rede mir ein, dass ich nichts zu befürchten habe. Es ist nur James. Dennoch starre ich auf den Boden, kann ihm nicht in die Augen schauen und will mir sein Gesicht so vorstellen, wie ich es in Erinnerung habe, und nicht, wie mir mein Verstand den Mann vor mir vorgaukelt. Seine Stiefel sind an der Spitze abgestoßen, und ich konzentriere mich auf die winzigen Kratzer, als ich herausplatze: »Jemand hat mir einen Blumenstrauß auf die Türschwelle gelegt. Hast du gesehen, wer das war?«

»Ali!«, ruft er, als wäre ich diejenige, die anders aussieht. »Jules ist unterwegs, aber komm doch rein.« James ist Buchhalter, und obwohl er mir einmal bei einem Glas Wein gestanden hat, dass er seinen Job hasst, spart er Geld für ein Boot. Ich nehme an, um von allem wegzukommen.

»Nein, danke«, lehne ich ab und spüre eine verzweifelte Traurigkeit, als ich feststelle, wie unwohl ich mich zurzeit unter Leuten fühle. Bisher war James fast wie ein zweiter Bruder für mich gewesen. Wir haben den gleichen Musikgeschmack, und er hatte mir ein paarmal Eintrittskarten für Konzerte angeboten. Entspannte Leute, die Matt zu Tode gelangweilt hätten.

»Die Blumen?«, erinnere ich ihn an meine Frage.

»Tut mir leid. Ich habe niemanden gesehen. War keine Karte dabei?«

Mir steigen Tränen in die Augen.

»Bist du okay?«

Ich schüttle den Kopf.

»Natürlich bist du das nicht.«

Viel mehr ist nicht zu sagen, außer: »Kann ich den Haustürschlüssel haben, den Ben bei euch abgegeben hat?« Ich werde ihn in den Schlüsseltresor legen.

James geht ins Haus und legt mir Sekunden später das kalte Metall in die Hand. »Es tut mir leid«, sagt er. »Was dir zugestoßen ist. Erinnerst du dich schon an etwas?«

»Nein.« Meine Wangen brennen. Ich drehe mich um und gehe. Er ruft meinen Namen, und seine Stimme ist voller Emotionen. Ich zögere, doch alles, was ich höre, ist der in den Bäumen peitschende Wind. Er wird nicht noch einmal rufen, und auch wenn er es täte, könnte er nichts sagen, was es für mich besser machen würde.

Ewan hat meine Adresse. Ich überprüfe dreimal, ob die Haustür hinter mir abgeschlossen ist. Er hat meine Adresse! Sofort gerate ich in Panik. Ich hatte darauf geachtet, keine persönlichen Informationen weiterzugeben. Wir hatten uns an einem öffentlichen Ort getroffen. Hatte er mich verfolgt oder war er in jener Nacht mit mir nach Hause gekommen? Was will er von mir?

Hast Du das Date genossen, Schlampe?

Immer wieder überfliege ich die Nachricht, als könnte ich diesen Satz in etwas anderes verwandeln. In etwas Nettes. »Gute Besserung, Ali« oder »Ich liebe Dich, Ali«. Ich kann mich nicht mehr daran erinnern, wann ich das das letzte Mal gehört habe. Ich drehe die Karte. Auf der Rückseite ist kein Logo zu sehen. Sie kann von überallher kommen. Er war hier. Mein logischer Verstand rät mir, die Polizei zu rufen, aber mein zynischer Verstand bezweifelt, dass sie tatsächlich etwas tun kann. Dieser anonyme Blumenstrauß kann aus einem Dutzend Supermärkten stammen, und sie werden wohl kaum hierherrasen und mir wegen eines Blumenstraußes Rund-um-die-Uhr-Bewachung anbieten, oder? Sie hatten uns damals auch nicht beschützt, obwohl die Drohungen real und unerbittlich und total furchterregend gewesen waren. Kurz überlege ich, Ben anzurufen, aber ich weiß, dass er darauf bestehen würde, sofort herzukommen, und er braucht seinen Schlaf, bevor er morgen wieder die lange Strecke zurückfährt. Wenn noch etwas passiert, werde ich es jemandem erzählen. Ganz bestimmt.

Der Duft der Rosen ist widerlich. Ich reiße sie aus der Spüle und trete fröstelnd aus der Hintertür, um sie in die Mülltonne zu werfen. Es ist stockdunkel. Unser Garten grenzt an unbebautes Gelände, einer der Gründe, weshalb Chrissy das Haus gemietet hat – Sommer im Bikini und Zubereitung von Frühstück in BH und Slip. Ich hatte unseren privaten, geschützten Raum geliebt, aber jetzt sehe ich überall mögliche Verstecke. Ein Rascheln. Könnte der Wind sein. Aber vielleicht auch etwas anderes. Jemand anderes. Ich werfe die Blumen in die übervolle Mülltonne – Chrissy war letzte Woche dran, sie rauszustellen, hatte es aber vergessen – und haste zurück ins Haus. Mit klopfendem Herzen und zitternden Händen werfe ich die Tür hinter mir zu und drehe den Schlüssel herum. Immer wieder prüfe ich, ob sie abgeschlossen ist.

Nachdem ich geduscht habe, vertraue ich darauf, dass mich mein rot karierter flauschiger Lieblingspyjama entspannt, doch das tut er nicht. Obwohl ich unausgeschlafen und von Schmerzmitteln benebelt bin, bin ich immer noch nervös. Ein schnelles Abendessen und dann werde ich ins Bett fallen. In der Küche ignoriere ich den immer noch in der Luft hängenden Rosenduft und schalte das Radio ein. Musik aus den Achtzigern, die Chrissy so liebt, dröhnt durch die Küche – A-ha's »Take on Me«. An den Knöpfen drehend, stelle ich die Lautstärke ein und den Sender auf Classic FM um. Vivaldis *Vier Jahreszeiten* schweben aus dem Lautsprecher. Ich wühle in den Schränken und hole eine Dose heraus.

Tomatensuppe von Heinz dreht sich in der Mikrowelle. Branwells Hundekorb steht einsam neben der Hintertür. Darin eine rote Decke, die voller Sand von unserem letzten Strandspaziergang ist. Branwells Lieblingskauspielzeug in Form eines Affen liegt mit gespreizten Gliedmaßen auf dem Boden. Das Haus erscheint so leer und still ohne seine Pfoten, die auf den Küchenfliesen trappeln, und ohne sein tiefes Knurren, wenn im Garten Füchse herumschleichen. Draußen ist es stockfinster. Die Strahler in der Küche haben die Fensterscheibe in einen Spiegel verwandelt. Ein Schaudern erfasst mich, als ich auf die Weiten des Brachlandes hinter unserem Zaun starre und mich wieder frage, wer die Blumen gebracht hat. Mir läuft es kalt den Rücken herunter.

Ich zerre am Band des Rollos, das ich nur bis auf Höhe der Wasserhähne an der Spüle herunterlassen kann. Der mit

Sonnenblumen bedruckte Stoff war nie lang genug, um die Fensterscheibe vollkommen abzudecken, aber das war bisher nicht wichtig. Chrissy mochte den Stoff. Sie sagte, er bringe auch bei noch so trübem Wetter ein bisschen Sonnenschein in die Küche. Doch jetzt, mit dem fünf Zentimeter breiten Spalt, durch den man mühelos schauen kann, fühle ich mich furchtbar entblößt. Zum x-ten Mal rüttle ich am Griff der Hintertür, bevor ich das Gleiche mit der Haustür mache und noch einmal sorgfältig prüfe, ob jedes Fenster verriegelt ist.

Das Pling der Mikrowelle durchbricht die Stille. Der Teller ist kochend heiß. Schnell hebe ich ihn mit den Fingerspitzen auf ein Tablett und hole mir eine Scheibe Brot, die ich jedoch auf Schimmelstellen überprüfe, bevor ich mein Abendessen nehme und ins Wohnzimmer eile, wo die Vorhänge fest zugezogen sind.

Trotz meiner Unruhe ist es gut, wieder zu Hause zu sein, denke ich und lasse mich aufs Sofa fallen. Die pastellrosa Tapete mit den taubengrauen Vögeln beruhigt mich automatisch. Chrissy und ich sind völlig gegensätzlich. Dieses Haus ist so vollkommen anders als mein minimalistisches, aber heute Abend bin ich dankbar für die Regale voller merkwürdiger Engel ohne Gesichter, mit weit gespreizten Flügeln, die eine unsichtbare Schar beschützen, alles Dekoartikel, die Chrissy so liebt. Die Kerzen. Die Bücher. Ausnahmsweise fühlt es sich nicht erdrückend, sondern heimelig an.

Wieder muss ich gähnen. Im Krankenhaus habe ich nicht viel geschlafen. Das Rattern der fahrbaren Krankenbetten, das Summen der Nachtlichter, das leise Gemurmel der Krankenschwestern war allgegenwärtig gewesen, doch das hielt mich nicht wach. Sobald ich durch die Türen der Notfallambulanz getreten war und den Krankenhausgeruch eingeatmet hatte, war alles wieder auf mich eingestürmt. Krankenhäuser können helfen und heilen, aber auch heute noch setze ich sie mit

Verlust gleich, und beim Anblick der Arbeitskleidung der Krankenschwestern, die mich an Polizeiuniformen erinnert, fährt es mir in den Magen. Trotz der Jahre, die vergangen sind, bin ich nie über das hinweggekommen, was passiert ist. Nicht wirklich.

Meine Suppe schlürfend, halte ich die Fernbedienung in Richtung Fernseher, bin fest entschlossen, etwas Anspruchsloses zu finden, was mich ablenkt. Mit den Seifenopern bin ich im Rückstand, also öffne ich iPlayer, und als die Titelmelodie von *Eastenders* einsetzt, spüre ich, wie die Anspannung aus meinen Schultern weicht. Mum und ich, wir hatten ein Ritual. Bereits in unseren Schlafanzügen, kuschelten wir uns aufs Sofa, und egal, wie das Wetter draußen war, wir hielten eine Tasse heiße Schokolade in der Hand und zwischen uns lag eine offene Packung Doppelkeks mit Vanillecremefüllung. Die Kekse tauchten wir in die süße Flüssigkeit. Dabei kam es darauf an, die Zeit richtig abzuschätzen. Zu lange hineingetaucht, sank der Keks aufgelöst auf den Boden des Bechers. Ben war immer schon im Bett. Egal, was tagsüber geschehen war, mit welchen Übergriffen wir konfrontiert gewesen waren und womit auch immer wir klarkommen mussten, es war eine feste Konstante. Unsere besondere Zeit. Ich vermisse das. Ich vermisse sie.

Während ich versuche, mich an die letzte Episode zu erinnern, durchbohrt mich Phil Mitchells knurrende Stimme, und das Brot, das ich in die Suppe eingetaucht hatte, bis es orangefarben und weich war, liegt mir schwer im Magen. Ich erkenne Phil nicht. Plötzlich wird mir die enorme Tragweite, die die Prosopagnosie auf mein Leben haben wird, mit aller Deutlichkeit bewusst. Suppe schwappt auf meinen Schoß, weil die Heftigkeit des Aufschreis, der mir entfährt, meinen Körper erzittern lässt. Tränen tropfen in den Teller.

Als Dr. Saunders die Krankheit erklärte, begriff ich es noch nicht. Aber jetzt, als ich vor dem Fernseher knie, als würde ich beten, und mit den Fingerspitzen die Gesichter der Schauspieler nachfahre, erscheint es entsetzlich real. Diese Leute in Albert Square sind fast so etwas wie Familie für mich. Die Familie, die ich verloren hatte, und ich werde sie wahrscheinlich nie wiedererkennen. Ich werde wahrscheinlich *nie wieder* jemanden erkennen. Es war unmöglich, sich vorzustellen, wie das Leben sein würde, wenn meine Freunde, meine Familie wie Fremde aussahen, aber an Fernsehsendungen, Kinofilme oder Theater hatte ich kein einziges Mal gedacht. Ich drücke den Ausschalter mit solcher Wucht, dass die auf dem Regal darunter stehenden DVDs herunterfallen.

Obwohl wir das meiste streamen, kaufe ich meine Lieblingssendungen auf CD. Die Komplettbox von *Friends*, die *Step Up*-Filme und *Bridesmaids*, unser Lieblingsfilm an schlechten Tagen, den Chrissy und ich viel zu oft gesehen hatten, während wir eine Schachtel Malteser zwischen uns hin und her schoben, unseren Gin mit zischendem Tonic krönten und uns die Muskeln vom Lachen wehtaten.

Meine Lieblingsfilme werde ich nie wieder ansehen. Und neue auch nicht. Die Gesichter der Schauspieler werden für mich nicht wiedererkennbar sein, sobald sie vom Bildschirm verschwinden, und sich in jemand anderen verwandeln, sobald sie zurückkehren. Ich fühle mich, als hätte ich nicht nur sie verloren, die Charaktere meiner Lieblingssendungen, sondern auch ein Stück von mir selbst. Unverständlicherweise habe ich auch das Gefühl, ich würde Mum noch einmal verlieren. Mein Leben wird nie wieder dasselbe sein. Ich setze mich auf den Boden, lege den Kopf auf die Knie und schluchze unaufhörlich, als würde mir das Herz brechen. Als würde mir erneut das Herz brechen.

Aus dem Garten ertönt ein krachendes Geräusch.

Sofort überkommt mich Angst. Jetzt ist ein Scharren zu hören. Irgendetwas wühlt dort draußen herum. Ich sage mir, dass es ein Fuchs ist. Wäre Branwell hier, würde er, begleitet von einem tiefen Knurren, die Nackenhaare aufstellen. Aber er ist nicht hier, und ich bin völlig allein und total verängstigt. Vom Küchenfenster aus ist außer völliger Finsternis nichts zu sehen. Ich weiß, dass ich den Fuchs verscheuchen könnte, wenn ich die Hintertür aufreißen würde – falls es ein Tier ist, das in der Dunkelheit herumschleicht.

Falls.

Ich durchwühle die Kramschublade, finde die unter Geschirrtüchern und Speisekarten von verschiedenen Lieferdiensten versteckte Taschenlampe und laufe mit großen Schritten nach oben. In meinem Zimmer öffne ich weit das Fenster, schaue angestrengt in den Garten und leuchte den Rasen ab. Die Rosen liegen darauf verstreut. Ich rede mir ein, dass der Wind den Deckel der Mülltonne angehoben und den Strauß herausgeweht hat, aber sogar von hier aus kann ich sehen, dass die Blüten gewaltsam von den Stielen gerissen wurden.

Ein Fuchs, der nach Futter gesucht hat. Das ist alles.

Ich halte den Lichtstrahl der Taschenlampe auf die Mülltonne gerichtet. Sie steht aufrecht da. Der Deckel ist fest verschlossen.

Kapitel 8

Ich komme nicht zur Ruhe. Der Gedanke an die zerfetzten Rosen lässt mich nicht schlafen. Die Stunden vergehen, während ich auf dem Rücken liege und die Matratze sich senkt, als ich mich seufzend auf die Seite wälze. Es ist spät. Autos rauschen jetzt selten vorbei. Der Pub am Ende der Straße muss geschlossen haben. In der Ferne bellt ein Hund. Jedes Geräusch klingt lauter, durchschneidet die Stille. Meine Finger umklammern die Bettdecke. Als Kind hatte ich Angst vor Monstern und zog mir deshalb die Decke über den Kopf. Die Hämatome in Form von Fingerabdrücken auf meinen Armen, die immer noch schmerzende Kopfverletzung erinnern mich daran, dass Monster real sind. Sie sind unter uns, sehen aus wie wir, reden wie wir. Sind nicht erkennbar. Als ich im Krankenhaus war, wollte ich unbedingt nach Hause, aber jetzt sehne ich mich nach der Sicherheit der Station, wo mich die stetigen Hintergrundgeräusche daran erinnerten, dass ich nicht allein war. Der Schmerz pocht in meinen Schläfen. Ich wünschte, eine erschöpfte Krankenschwester würde mir Schmerztabletten in die Hand kippen und mir einen Plastikbecher mit warmem Wasser reichen. Blöderweise habe ich das Co-Codamol, das mir verschrieben worden war, auf dem Couchtisch im Wohnzimmer liegen lassen. Ich setze mich auf. Draußen heult ein Motor auf und ärgerlich wird eine Tür zugeworfen. Ein Quietschen. Unser Tor? Kommt Chrissy früher von ihrer Auszeit zurück? Die Haustür ist allerdings nicht knarrend geöffnet worden, aber dann fällt mir das neue Schloss ein, und ich kann mir fast vorstellen, wie Chrissy frustriert auf der Unterlippe kaut, während sie immer wieder versucht, ihren Schlüssel ins Schloss zu stecken. Sicher fragt sie sich, ob sie zu viel getrunken hat oder vor dem richtigen Haus steht. Der richtigen Tür.

Ich schlüpfe in meine Hausschuhe und werfe mir den Morgenmantel über. Dann gehe ich die Treppe hinunter in den dunklen, engen Flur. Das Mondlicht dringt durch die Ritzen des Rollladens vor dem kleinen Fenster links neben der Haustür.

Ich halte die Luft an, obwohl ich nicht weiß, warum. Das Licht schalte ich nicht ein und wünsche mir jetzt, ich hätte Ben gebeten, über Nacht zu bleiben. Aber James und Jules sind gleich nebenan. Ich bin okay. Alles ist okay.

Draußen ist ein Schlurfen zu hören. Ein Murmeln.

»Chrissy?« Meine Stimme ist kaum hörbar.

Die Türklinke bewegt sich rauf und runter. Ich mache einen Schritt darauf zu. Meine Finger umklammern den Schlüssel, doch anstatt ihn zu drehen, trete ich zur Seite und ziehe mit einem Ruck den Rollladen hoch, damit ich aus dem Fenster schauen kann. Ein Gesicht drückt sich gegen das Glas. Schockiert taumele ich zurück. Das Gesicht starrt mich an. Chrissy ist es nicht, so viel weiß ich. Automatisch denke ich, es ist ein Mann. Es ist zu dunkel, um etwas Genaues zu erkennen, aber unter der Mütze, die bevorzugt von Handwerkern getragen wird, schauen keine langen Haare hervor. Es können nur Sekunden sein, die wir uns anstarren, doch es fühlt sich an wie eine Ewigkeit.

Der Mann hebt die behandschuhte Hand und schlägt damit gegen die Scheibe. Langsam, systematisch, immer wieder. Bumm, bumm, bumm, bis das Pochen an der Scheibe mit dem in meinem Kopf verschmilzt. Ich presse die Hände auf die Ohren und kneife die Augen zu, bete, dass es ein Albtraum ist, an dem die Medikamente schuld sind, doch als ich die Augen wieder öffne, ist das Gesicht immer noch da.

Weiterhin schlagen die Hände gegen die Scheibe.

Es ist wie eine Szene aus den Horrorfilmen, die Matt so gern sah. Er legte dann immer den Arm um meine Schultern und gab mir Küsse aufs Haar, wenn ich bei den grauenvollen Szenen das Gesicht gegen seine Brust drückte. Das geräuschvolle Knabbern von Toffee-Popcorn, das ich mir in den Mund stopfte, ließ die vom Bildschirm kommenden Schreie schwächer klingen. Aber das hier ist kein Film. Durch den Atem dieses Mannes vor meinem Fenster beschlägt die Scheibe. Das hier ist rasiermesserscharf real und wirklich, wirklich furchteinflößend. Wäre es ein Film, würde ich die Schauspielerin anschreien, davonzurennen, *irgendetwas* zu tun. Meine Beine fühlen sich an wie aus Pudding, als ich mit langsamen Schritten den Flur entlang und immer noch mit auf das Fenster gerichtetem Blick zurückweiche, als könnte es zerspringen, wenn ich den Blick davon abwenden würde. Es muss er sein. Ewan.

Er kann nicht herein, sage ich mir, doch das beruhigt mein rasendes Herz nicht. Es trocknet auch nicht den Schweiß, der in Rinnsalen zwischen meinen Brüsten hinunterläuft. Plötzlich will ich unbedingt die Polizei rufen. Hinter mir taste ich nach der Türklinke zum Wohnzimmer und stolpere rückwärts. Ich fange mich wieder und schalte das Licht ein. Das Festnetztelefon steht auf dem Bücherregal, und ich reiße es von der Station. Mit den zitternden Fingern der anderen Hand drücke ich auf den Schalter der Tischlampe. Ich verscheuche die Dunkelheit, doch die Angst hat mich immer noch fest im Griff. Mein Abendessen, die Tomatensuppe, arbeitet sich die Kehle hoch, als ich mit dem Daumen die Ruftaste drücke. Das Telefon ans Ohr gedrückt, warte ich auf das beruhigende Surren und habe sämtliche schlechten Filme im Kopf, die ich je gesehen habe. Ist es wirklich so einfach, eine Telefonleitung zu kappen? Die Erleichterung, die ich verspüre, als das Freizeichen in mein Ohr dringt, ist unermesslich. Ich nehme das Telefon vom Ohr und tippe die erste Neun ein.

Das Schlagen gegen die Fensterscheibe hört auf.

Die zweite Neun.

Die Stille ist irgendwie lauter als das Schlagen gegen das Glas.

Zögernd lasse ich die Hand mit dem Telefon sinken, umklammere es aber immer noch fest. Ich schleiche zurück in den Flur. Ist er gegangen? Es ist zu dunkel, um wirklich etwas zu sehen. Den Rücken an die Wand gedrückt, schleiche ich zur Haustür und bleibe nach jedem Schritt kurz stehen.

Warte.

Lausche.

Alles, was ich höre, ist mein in den Ohren rauschender Puls. Jetzt bin ich nah am Fenster. Das Telefon halte ich zu meiner Beruhigung fest in der Hand, als ich mich ducke und mit der Vorstellung, von den Schatten verschluckt zu werden, unbeholfen vorwärtsschleiche. Unter der Fensterbank nehme ich kurz meinen ganzen Mut zusammen. Immer weiter hebe ich den Kopf, bis meine Augen durch die beschlagene Scheibe spähen können.

Ein Schatten bewegt sich.

Für den Bruchteil einer Sekunde bin ich erstarrt, atme nicht. Panische Angst erfasst mich und mein Blick ist von der Bewegung gefesselt, aber es sind nur die Zweige des Baumes. Es ist nur der Baum. Vorsichtig stehe ich auf, umfasse die Schläfen mit den Händen und drücke mein Gesicht gegen die Scheibe.

Es ist niemand da.

Das bedeutet jedoch nicht, dass er gegangen ist.

Kapitel 9

Donnerstag

Die Uhr schlägt Mitternacht, und das Geräusch setzt mich in Bewegung. Mein Bedürfnis, nachzuschauen, ob der Mann gegangen ist, stellt alles andere in den Schatten. Das Telefon noch immer umklammernd, flitze ich im Haus herum, flute jedes Zimmer mit Licht, reiße die Vorhänge zur Seite und ziehe die Rollläden etwas hoch. Der Garten hinter dem Haus wimmelt vor trübseligen Schatten, die der sanfte Schein des Mondes hervorruft, der auf die Bäume vor unserem Zaun fällt. Auf der anderen Seite des Hauses sprenkelt das Licht von Laternen die Straße. Kürzlich hat die Gemeinde verfügt, jede zweite Laterne auszuschalten, und der schattige Zwischenraum sieht riesig aus. Die meisten anderen Häuser sind in einen finsteren Schlaf gehüllt. Wer auch immer an mein Fenster gehämmert hat, er ist verschwunden, und es ist völlig sinnlos, jetzt noch die Polizei zu rufen. Aber ich will nicht allein sein. In der Küche ziehe ich das Tranchiermesser aus dem Messerblock. Seine Klinge glänzt beruhigend, als ich zur Haustür pirsche, wo ich den Schlüssel so fest umklammere, dass sich meine Fingerspitzen blau färben. Doch ich bringe es nicht fertig, ihn zu drehen, um den kurzen Weg zu Jules' Haus zu rennen. Ich habe zu viel Angst, vor

Sonnenaufgang hinauszugehen. Stattdessen setze ich mich aufs Sofa und bin entschlossen, wach zu bleiben. Sicherheitshalber.

Ich reiße den Kopf hoch, als wäre ich eine Marionette und jemand hätte an den Fäden gezogen. In die Helligkeit des Zimmers blinzelnd, wische ich mit dem Handrücken den Speichel weg, der mir aus dem Mund gelaufen ist. Ich hatte gedacht, dass ich sicher nicht würde schlafen können, muss aber für ein paar Stunden eingenickt sein, und jetzt habe ich das Gefühl, dass es nichts Einsameres gibt als fünf Uhr morgens. Es herrscht absolute Stille. Keiner hämmert mehr an die Fensterscheibe, und doch stellt sich dieses Gefühl der Nervosität ein. Als ich aufstehe, habe ich vor Erschöpfung weiche Knie und muss all meine Kraft zusammennehmen, um mich fortzubewegen. Mein Herz hämmert gegen die Rippen, als ich aus jedem Fenster schaue und darauf warte, dass ein Gesicht auf mich zuspringt. Doch nichts ist zu sehen. Ich gehe zurück ins Wohnzimmer. Es ist eiskalt. Ich hatte absichtlich nicht die Heizung eingeschaltet, weil ich dachte, die Kälte würde mich wachhalten, doch jetzt habe ich kalte Hände und Füße. Kniend staple ich Kleinholz auf dem Rost des Ofens, bevor ich ein Streichholz anreiße und den Feueranzünder entfache. Lebhafte Flammen begrüßen mich fröhlich, als ich Holz nachschiebe und mich nicht mehr ganz so allein fühle.

Die Aussicht, Branwell in ein paar Stunden abholen zu können, lässt mein Herz ein wenig höher schlagen. Ich habe ihn so sehr vermisst. Für einen so kleinen Hund hat er eine enorme Persönlichkeit. Ab und zu nehme ich ihn für die Bewohner mit zur Arbeit. Einige von ihnen fanden es schmerzhafter, ihr Haustier aufzugeben als ihre Wohnung. Die blanke Freude in Mrs Thomas' Gesicht zu sehen, als Branwell sich auf ihrem Schoß niederließ und sie ihn mit ihren arthritischen Händen streichelte, war das reinste Vergnügen.

Der elektrische Lufterfrischer stößt Vanilleduft aus und erschreckt mich. Als ich in seine Richtung schaue, fällt mein Blick auf den mit Blumen verzierten pinkfarbenen Aufbewahrungskarton auf dem Bücherregal. Wie ein Magnet zieht er mich an, und obwohl ich es nicht will, obwohl ich weiß, dass das, was ich gleich tun werde, qualvoll sein könnte, hole ich den Karton herunter und nehme den Deckel ab.

Vor meinen Augen bildet sich ein Schleier, als ich auf das starre, was ich eigentlich nicht sehen will. Meine Geschichte liegt in Hochglanzfotos vor mir ausgebreitet. Ich habe mich an die schwache Hoffnung geklammert, dass mein Leben in zwei Teile geteilt ist – ein klarer Schnitt – und dass die Gesichter aus der Zeit vor dem besagten Abend in meiner Erinnerung noch intakt sind und nur die danach betroffen. Doch ich lag völlig falsch damit. Ich ziehe ein Foto aus dem Stapel. Seit Jahren wollte ich Alben kaufen und die Fotos einkleben, wie Mum es immer getan hatte. Teilweise waren es diese Alben gewesen, die mich aufrecht gehalten hatten, nachdem sie von uns gegangen war. Stundenlang hatten Ben und ich uns aneinandergekuschelt und unsere Vergangenheit durchgeblättert. Wir hatten Erinnerungen miteinander geteilt, wie zum Beispiel den im Backofen brutzelnden Braten am Sonntagmittag und den goldbraunen Yorkshire-Pudding, aber auch Dinge, die wir nicht vergessen wollten, wie warme Getränke vor dem Zubettgehen und das Rühren in heißem Kakao, bis die Milch schäumte und Blasen warf. Indem wir auf diese Weise unsere Erinnerungen teilten, waren die Farben in meinem Gedächtnis nicht so ausgeblichen wie einige der älteren Aufnahmen in der Schachtel vor mir. Meine Mum würde niemals eine schwarz-weiße Version von sich selbst werden. Ich bin auf ewig dankbar, dass in jener Zeit Fotos nicht in einer Cloud, passwortgeschützt und nicht abrufbar, gespeichert wurden. Für immer verloren, wie die Person, die sie liebevoll aufgenommen hatte. Ich glaube, deshalb drucke ich meine Fotos auch aus. »Altmodisch«, sagte Matt immer, wenn ich eine weitere Snapfish-Lieferung von der Fußmatte aufhob. »Bind deine Schürze um und beweg deinen Hintern zurück in die Küche, Frau«, zog er mich auf und gab mir einen Klaps auf den Po. Keiner schaffte es so gut wie er, mich zum Lachen zu bringen.

Wir lachen auf dem Foto, das ich gerade in der Hand halte. Nicht Matt, sondern Chrissy, Jules und ich. Es war Jules' dreißigster Geburtstag, und wir trugen hell rosafarbene T-Shirts, die in dicken schwarzen Buchstaben unsere Namen zierten. Chrissys und mein Kopf berühren sich, und die langen blonden Strähnen sind ineinander verschlungen. Ich wünschte, sie wäre hier. Morgen muss ich mir ein neues Handy besorgen, damit es leichter ist, in Verbindung zu bleiben. Ben hat bereits meine Kreditkarten gesperrt.

Beim Gedanken an Matt durchwühle ich den Karton. Der Schmerz in meiner Brust schafft es nicht, meine Finger dazu zu bringen stillzuhalten. Die meisten unserer Hochzeitsfotos sind noch im Haus – ich nenne es *das* Haus, weil ich es nicht mehr als unseres betrachte, und es nicht ertrage, es sein Haus zu nennen. Die Fotos dort sind größer als diese hier und eingeklebt in ein braunes Lederalbum mit Schutzseiten aus Seidenpapier, die sich als stärker erwiesen als mein zerbrechliches Herz. Ich weiß, dass hier noch ein paar in Reserve sind. Mein Blick fällt auf die Blumen. Die gelben Rosen in meinem Strauß, den ich nach unten halte, sind so leuchtend wie die strahlende Sonne. Unsere Gesichter kann man nicht sehen, und ich sehne mich danach, vorzugeben, es hätte sich nichts geändert, doch das hat es. Als ich das Foto betrachte, bin ich voller Emotionen. Wir steigen gerade vom Bürgersteig, der mit pastellfarbenem Konfetti übersät ist, ins mit Bändern geschmückte Auto, an dessen Stoßstange Blechdosen befestigt sind. Matts Hand liegt auf meinem Rücken, und für den Bruchteil einer Sekunde glaube ich, sie noch immer dort zu spüren – warm und beruhigend. Später zogen diese Hände den Reißverschluss meines Kleides herunter und die Strümpfe aus. Ich hebe den Karton an, schniefe tüchtig und lasse ihn ärgerlich zu Boden fallen, als wäre er verantwortlich für alles, was passiert ist.

Die Fotos fliegen durcheinander, und als ich auf den Deckel hauen will, sehe ich sie – Mum –, und ich bemerke sie nicht nur, ich *erkenne* sie. Ihr Anblick ist für mich, als würde ich in der Sahara über eine Flasche Wasser stolpern. Sofort überkommt mich Erleichterung, kühl und beruhigend. Ich nehme ihr Gesicht, ihr Lächeln und ihren Blick in mir auf. Sie sieht noch genauso aus. Kurz schaue ich weg und dann wieder in ihr Gesicht. Ich versuche mich zu ertappen, doch es ist immer noch dieselbe Frau. Es ist immer noch Mum. Im Karton herumwühlend, ziehe ich alle Fotos heraus, auf denen sie zu sehen ist, und lehne sie gegen den Fernseher, stelle sie auf die Bücherregale und schiebe sie in die Silberrahmen, die Chrissy mit pseudokünstlerischen Schwarz-Weiß-Landschaften an die Wände gehängt hat. In welche Richtung ich mich auch drehe, überall sehe ich sie, und tief in mir hebt die Hoffnung zaghaft ihre zerbrechlichen Flügel. Ich schlinge die Arme um mich, als versuchte ich sie in mir zu halten. Obwohl Dr. Saunders erwähnte, dass ich vielleicht eine unter tausend Personen erkennen würde und ich mir in diesem Fall keine Hoffnungen machen sollte, gibt es eine Chance, wenn auch eine winzige, dass ich auf dem Wege der Besserung bin. Und es ist dieser Gedanke, der mich bis zur Morgendämmerung trägt, als die Sonne die Dunkelheit vertreibt und den Himmel mit lavendel- und pinkfarbenen Streifen überzieht, und nicht die Angst, die Einsamkeit oder irgendetwas anderes, das mich die ganze Nacht beherrscht hat. Sanfte Farben, die allmählich die harten Kanten meiner Erinnerungen der letzten Nacht glätten, bis ich mich frage, ob tatsächlich irgendetwas Schlimmes passiert ist. Und als die

Farben intensiver werden und der Tag an Kraft gewinnt, fühle auch ich mich irgendwie gestärkt.

Ben ruft mich auf dem Weg nach Edinburgh aus dem Auto an. Das Knistern und Knacken der Freisprechanlage macht es schwer, ihn zu verstehen. Ich versichere ihm, dass es mir gut geht, obwohl wir beide wissen, dass das nicht der Fall ist, und ich verspreche ihm, ihn anzurufen, wenn ich ihn brauche.

»Ich mache mir Sorgen, weil du allein bist«, sagt er, und ich versichere ihm, dass ich das nicht mehr lange sein werde. Ich habe dafür gesorgt, dass ich Branwell um elf Uhr bei Matt abholen kann.

James steht barfuß in der Tür und nimmt ein Paket an, als ich die Haustür aufstoße.

»Morgen, Ali«, ruft er, und ich hebe grüßend die Hand, ohne ihn anzuschauen, und laufe mit dem Autoschlüssel in der Hand über den ungleichmäßig wachsenden Rasen.

»Hast du letzte Nacht etwas gehört?«, ruft er mir hinterher, und ich bleibe abrupt stehen und drehe mich um.

»Was denn?«

»Irgendein Idiot hat ungefähr um Mitternacht gegen meine Tür gehämmert und mich aufgeweckt.«

»Vielleicht ein Besoffener auf dem Nachhauseweg.« Der Paketbote schüttelt den Kopf und lacht. »Das ist uns allen schon mal passiert, und ich nehme an, das kommt dabei heraus, wenn man einen Pub in der Straße hat.«

Als ich meinen Weg fortsetze, bin ich einfach nur erleichtert. Es war nicht Ewan, und ich bin so froh, nicht die Polizei gerufen zu haben. Wahrscheinlich war die ganze Straße in Mitleidenschaft gezogen worden und nicht nur James und ich. Das macht es leichter, zu glauben, dass der Wind den Deckel von der Mülltonne gehoben und dann die Blumen zerfetzt hat. Auf der eintönig grauen Zufahrt stampfen meine Füße den Rhythmus zu den Worten: *Es ist vorbei, es ist vorbei, es ist vorbei.*

Ich habe mich fast selbst davon überzeugt, bis ich mich an der Reihe von Bäumen vorbeidränge, die im letzten Herbst mein Autodach mit Laub bedeckt hatten. Als ich mich von vorn dem Wagen nähere, bemerke ich, dass mein Außenspiegel auf der Fahrerseite abgebrochen ist und traurig herunterhängt. Ich gehe weiter, und mir schwirrt der Kopf, denn ich weiß, es ist wahrscheinlich überhaupt nicht vorbei. Das ist erst der Anfang.

Das sehe ich an dem Blut, das sich in einem dicken Streifen über die eingedrückte Stoßstange zieht.

Kapitel 10

Den Schock in deinem Gesicht zu sehen, als du das Blut auf deinem Auto anstarrst, ist unbezahlbar. Ich wüsste gern, was dir dabei durch den Kopf geht. Du kannst dich wirklich an nichts mehr erinnern, stimmt's, Ali?

Doch ich weiß, was du getan hast. Und ich beobachte dich. Warte auf den richtigen Zeitpunkt. Warte darauf, dass ich dich betteln höre.

Du wirst dich an alles erinnern. Dafür werde ich sorgen. Es wird dir alles wieder einfallen. Und wenn es so weit ist … wirst du dir wünschen, du hättest dich nicht daran erinnert.

Kapitel 11

Als ich auf das Blut starre, kann ich ein Gefühl von Panik nicht unterdrücken. Obwohl ich nicht weiß, woher es kommt, erweckt es in mir den heftigen und unvermittelten Wunsch, es wegzuwischen. Ich höre, wie James sich vom Paketzusteller verabschiedet und die Haustür schließt, und renne zurück ins Haus, wo ich einen Eimer mit heißem Seifenwasser fülle. Während ich mein Auto schrubbe, gehen mir mögliche Erklärungen durch den Kopf. Im Schutz der Dunkelheit wagen sich oft Muntjaks aus den Waldgebieten auf die Küstenstraße. Ich könnte einen erwischt haben. Das wäre doch eine Erklärung für den Schaden und das Blut, oder? Dennoch lege ich mir die Hand auf die Brust und drücke dagegen, versuche, das wilde Klopfen meines Herzens einzudämmen.

Weitere fünfundvierzig Minuten später fahre ich mit meinem jetzt glänzenden Auto rückwärts in die Auffahrt zu Matts Haus. Meinem Haus. Ich versuche den Schaden an der vorderen Stoßstange so gut es geht zu verbergen. Mein Blick schnellt automatisch zu unserem gemeinsamen Schlafzimmer. Die Vorhänge sind zugezogen, und ich frage mich, ob Matt überhaupt aufgestanden ist. Normalerweise zieht er sie morgens sofort auf und steckt sie in die Raffhalter. *Zog* sie auf, ermahne ich mich. Ich kenne ihn nicht mehr.

Auf meiner Windschutzscheibe haben sich nach dem Trocknen Streifen gebildet, und durch sie hindurch sehe ich jetzt Mr Henderson, der seinen Mülleimer durch den tadellosen Garten rollt. Die braune Cordhose, die er immer trägt, wenn er nicht arbeitet, ist an den Knien ausgeblichen, und sein weißes Hemd hängt auf einer Seite aus dem Hosenbund. Ich lerne bereits, mich darauf zu konzentrieren, welche Kleidung die Leute tragen, und nicht auf ihre Gesichtszüge.

Er wohnt länger in diesem Haus als die anderen Leute in der Straße. Sein Sohn und seine Tochter wurden hier geboren, und seine Frau verstarb mit Ende vierzig in diesem Haus an Krebs. Ich glaube, er ist unwahrscheinlich einsam. Obwohl er noch keine sechzig ist, sieht es so aus, als wäre er nicht daran interessiert, jemanden kennenzulernen. Er scheint isolierter zu sein als manche der Heimbewohner, um die ich mich kümmere, und die sind alle mindestens zwanzig Jahre älter als er. Er arbeitet von zu Hause aus als Hypnosetherapeut und ist außerdem Dozent für Psychologie an der örtlichen Universität. Als wir anfangs hierhergezogen waren, passte er mich oft am Freitag ab, wenn ich von der Arbeit kam, und wir hielten einen Plausch über den Gartenzaun. Es dauerte nicht lange und ich schaute am Wochenende bei ihm auf eine Tasse Tee vorbei. Eigentlich hatten wir nichts Besonderes gemeinsam, aber das Gespräch plätscherte immer dahin, während er Tee in Porzellantassen goss, wobei ein Sieb die Teeblätter zurückhielt, und große Stücke vom Früchtekuchen abschnitt, der »nicht so locker ist wie der, den Jeannie immer gebacken hat«. Er erwähnte sie selten, und wenn er es tat, merkte ich, wie schmerzlich es für ihn war. Wenn ich nach seinen Kindern fragte, von denen immer noch vergilbte Fotos in einem vergoldeten Rahmen über dem Drei-Bar-Gaskamin hingen, erschöpfte sich seine Antwort in: »Sie leben im Ausland.« Das geschah mir recht. Ich wollte auch nicht über meine Familie reden, außer mit Ben.

»Ali, ich bin's!«, ruft er, als ich aus dem Auto steige, und ich weiß, dass Matt ihm erzählt hat, was mit mir passiert ist.

»Ich weiß.« Ich zwinge mich zu einem Lächeln, obwohl es das Letzte ist, nach dem mir zumute ist.

»Mein Elf-Uhr-Termin hat heute Morgen abgesagt«, sagt er.

»Das muss frustrierend sein.« Ich gehe langsam weiter die Auffahrt hinauf und will mich nicht in ein Gespräch verwickeln lassen.

»Das passiert. Nicht jeder ist bereit, ehrlich über seine Gefühle zu sprechen. Das kann anstrengend sein. Sich zu artikulieren. Sind Sie zurück? Ich vermisse unsere Plaudereien.«

»Ich hole nur Branwell ab, tut mir leid.«

»Sie sollten zu Hause bei Ihrem Mann sein. Da draußen ist es nicht sicher.«

»Was meinen Sie damit?« Ich spüre, wie sich meine Gesichtszüge verhärten.

»Na ja, was Ihnen passiert ist …«

»Was ist mir passiert?« Ich bin neugierig. Was hat Matt erzählt?

»Sie …« Jetzt ist er durcheinander und stößt mit der Schuhspitze gegen den Randstein. »Sie hatten doch einen Unfall.«

»Entschuldigung, ich …« Freudiges Kläffen lenkt mich ab. Branwell springt am Fenster hoch. »Ich muss gehen.«

Und ich bin froh, dass ich noch nicht den Dreh herausbekommen habe, wie ich Gesichtsausdrücke lesen kann, deshalb sehe ich nicht, wie verletzt er ist, als ich meiner stürmischen Begrüßung entgegeneile.

Ich habe gerade den Schlüssel auf das Schloss gerichtet, da öffnet Matt die Haustür, als wäre ich nicht mehr als eine Besucherin. Branwell springt um mich herum und leckt meine Hand, als hätte er mich ewig nicht gesehen. Ich nehme an, aus Hundeperspektive ist das auch so. Auf der Fußmatte kniend, vergrabe ich mein Gesicht in seinem Genick und kraule seinen Bauch, während er mit den Vorderpfoten auf meinen Knien balanciert. Das tröstet mich und ist eine Verzögerungstaktik. Matt ist bereits in der Küche, wo er klappernd die Hundebox schließt und Näpfe und Spielzeug zusammensammelt. Kein Rauschen von Wasser aus dem Hahn oder Einschalten des Wasserkochers. Ich bin nicht willkommen. Immer noch nicht willkommen. Meine Kopfverletzung hat mich wirklich wachgerüttelt. Obwohl ich mich im Krankenhaus Tagträumen über eine Versöhnung hingegeben hatte, scheint es, als hätten sich Matts Gefühle nicht geändert. Hier zu sein und mich daran zu erinnern, wie wir auseinandergegangen waren, lässt mich jetzt daran zweifeln, ob ich Matt wirklich zurückhaben will oder nur Angst vor dem Alleinsein habe. In meinem Kopf herrscht ein heilloses Durcheinander.

Unsere Beziehung hatte sich über einen Zeitraum von Monaten verschlechtert. Matt war zunehmend distanzierter geworden. Die Blumensträuße am Freitagabend und die Kinobesuche waren im Sande verlaufen. Das Haus barg keine Terry's Chocolate Oranges mehr, die er an wahllosen Stellen, zum Beispiel hinter Kissen und in den Ärmeln meiner Jacke, versteckt hatte. *Nur weil ich dich liebe, Ali.* An den Wochenenden brütete er mit vor Müdigkeit geröteten Augen über seinem Laptop und war bissig und unkommunikativ. Er fand es zunehmend schwierig, selbstständig zu sein und eine Balance zwischen Arbeit und Freizeit zu finden. Wenn ich ihn drängte, sich freizunehmen, beschwerte er sich, ich würde nerven. Das Gleiche geschah, wenn ich das Thema Familienzuwachs ansprach, und das schmerzte. Im letzten Jahr hatten wir beschlossen, dass es Zeit für ein Baby sei, aber er wollte mich immer seltener. Manchmal streckte ich in der Stille der Nacht die Hand nach ihm aus, doch er drehte sich auf die andere Seite und atmete tief und gleichmäßig, als würde er schlafen, während mich seine

Zurückweisung tief traf und ich mich immer mehr gedemütigt fühlte.

Unsere Ehe bröckelte langsam, aber ich versuchte immer noch, sie mit Geduld, Liebe und hausgemachtem Essen zu kitten. An einem Freitag kamen Jules und ihr Mann Craig wie so oft zum Abendessen. Bevor sie eintrafen, ließ Matt fallen, dass Craig eine Affäre habe.

»Aber du hast keine, oder?« Dieser Gedanke kam mir sofort in den Sinn und würde, so unangenehm die Wahrheit auch sein mochte, vieles erklären.

»Nein.« Ein einziges klares Wort, das ich lieber von »natürlich nicht« oder »für mich gibt es nur dich« gefolgt gehört hätte.

»Wie lange weißt du das schon von Craig?«

Er zuckte mit den Schultern. »Ein paar Monate.«

»Dann hast du mich belogen.« Es traf mich bis ins Mark und war, als würde ich ihn nicht mehr kennen, könnte ihm nicht mehr vertrauen.

»Ich muss es ihr erzählen«, sagte ich. »Sie ist meine beste Freundin.«

»Und was ist mit Loyalität mir gegenüber?«, fragte Matt. »Was ist mit dem Geschäftlichen?« Craig war sein wichtigster Kunde. Doch bevor ich antworten konnte, klingelte es an der Haustür.

Jules hatte verheulte Augen, und sie schniefte, als sie mir in die Küche folgte. »Ich habe Kondome in Craigs Jackentasche gefunden, als ich nach Kleingeld suchte. Noch habe ich ihn nicht darauf angesprochen. Ich wollte erst mit dir reden. Glaubst du, er hat eine Affäre?« Ich schwankte zwischen der Wahrheit und Lügen, aber mein Zögern sprach Bände. Sie brach in Tränen aus, und ich führte sie zu einem Stuhl und hielt sie fest, als ihr Körper bebte und das Filet Wellington im Backofen verbrannte. Am Küchentisch sitzend, hatte sie ein großes Glas Wein hinuntergestürzt und sich angehört, was ich wusste und ihr stockend erzählte. Kurz darauf blaffte sie Craig an, dass sie gehen würden. Die Haustür wurde wütend zugeschlagen. Jules rauchte vor Zorn wie der das Filet umhüllende Teig, den ich so liebevoll ausgerollt hatte.

»Wie konntest du nur!«, fuhr Matt mich an. »Wehe, du hast meinen wichtigsten Kunden vergrault!«

»Wenn du besorgter um dein Geschäft bist als um meine älteste Freundin, dann bist du nicht mehr der Mann, den ich geheiratet habe!«, schrie ich zurück.

»Vielleicht will ich das auch gar nicht mehr sein!«, brüllte er.

»Was? Der Mann oder verheiratet sein?« Ich stand da und hatte die Hände in die Hüften gestemmt, während der Rauch immer noch aus dem Backofen quoll.

»Beides.«

Das Gerüst unserer Beziehung wurde nach jenem Abend wackliger. Loyalität und Respekt verschwanden. Jules fand heraus, dass Craigs Affäre bereits seit fast einem Jahr lief, und zog bei James ein, der ohne Murren seinen *Star-Wars*-Krimskrams wegräumte und in das kleinere Schlafzimmer zog, um Jules das größere zu überlassen. Sie reichte die Scheidung ein. Craig, der wütend auf mich war, entzog Matt die Aufträge und nahm dessen Anrufe nicht entgegen. Matt redete kaum noch mit mir. Es war schwer für mich, mir auf die Zunge zu beißen, wenn er völlig vernünftige Fragen mit Einwortsätzen beantwortete. Trotzdem wirkte ich unablässig beruhigend und unterstützend auf ihn ein, tat alles, was eine gute Ehefrau tun sollte, doch zwischen uns entstand eine undurchdringliche Barriere. Ich wurde immer unglücklicher, bis Chrissy vorschlug, ein bisschen Abstand täte uns beiden gut, und mir ihr Gästezimmer anbot.

»Ich ziehe für eine Weile aus«, teilte ich Matt mit und starrte ihn unverwandt an, wollte so gern, dass er meine Gedanken las, wusste, dass es das Letzte war, was ich wollte, aber mir nichts Besseres einfiel.

»Vielleicht ist es das Beste«, stimmte er zu und wich meinem Blick aus.

Das schnürte mir die Kehle zu, und ich stieß mit letzter Kraft hervor: »Dann packe ich jetzt meine Sachen.« Sogar für mich war es offensichtlich, dass mein Entschluss halbherzig gefasst war und sich in Luft aufgelöst hätte, sobald Matt mich bitten würde, zu bleiben. Doch das tat er nicht. Still klammerte ich mich mit feuchten Händen an meinem Stolz fest und schleppte mich die Treppe hinauf, um meine Sachen zu holen.

Das ist jetzt vier Monate her. Wir hatten uns an einen zerbrechlichen Status quo gewöhnt, teilten immer noch Branwell und die Hypothek, aber niemals unsere Gedanken, unsere Gefühle. Ich weiß nicht, ob es zu spät ist, unsere Beziehung zu kitten. Ich weiß noch nicht einmal, wo wir überhaupt beginnen sollen.

Branwells Pfoten klacken auf dem Laminatboden, als ich Matt in die Küche folge. Ich lehne mich gegen die Arbeitsfläche, auf der ich einst Gemüse fürs Abendessen geputzt habe.

»Geht's dir gut?« Er sieht zwar nicht mehr wie Matt aus, aber seine Stimme mit den heiseren Spitzen lässt meinen Magen immer noch Purzelbäume schlagen. Hinter jedem seiner Worte verbirgt sich Sorge.

»Ja«, antworte ich, meine aber Nein, und er kennt mich gut genug, um das zu verstehen. Er macht einen Schritt auf mich zu, zögert dann jedoch. Seine Arme hängen hilflos an den Seiten herunter.

»Sehe ich aus …? Erkennst du …?« Seine Stimme hebt sich, und ich weiß, dass er sich in mich hineinversetzt. Er versucht sich vorzustellen, wie er sich fühlen würde, wenn ich diejenige wäre, die aussieht wie eine Fremde. Ich schüttle den Kopf.

»Aber …« Seine Stimme verliert sich, doch ich weiß, er wollte sagen: »Ich bin's.« Und dann ist da dieser Unterton. Wie kannst du mich nicht erkennen? Frustriert reibt er sich in der ihm eigenen Matt-Geste, die ich so gut kenne, mit den Fingern übers Kinn, obwohl er schon seit Jahren keinen Bart mehr trägt. Vertraut. Er ist mir immer noch vertraut. Und das ist das erste Positive, was ich seit Tagen spüre. Das Verlangen, mein Gesicht an seinen Hals zu schmiegen, wächst. Er würde immer noch nach Spice riechen. Nicht alles ist verlorengegangen.

»Was ist passiert?«, fragt er.

»Ich bin nicht sicher.« Ich berühre die Wunde auf meinem Kopf. »Ich glaube, ich bin gefallen.« Ich erzähle ihm, was er hören möchte, was *ich* glauben möchte, denn etwas anderes kann keiner von uns ertragen. Ein anderer Mann hat mich vielleicht berührt. Ein anderer Mann, mit dem ich eigentlich gar nicht hätte ausgehen sollen.

»Ich wollte dich besuchen, aber Ben sagte, du wolltest keinen Besuch.«

»Stimmt. Ich war so fertig. Bin es immer noch. Ich bin zwei Wochen krankgeschrieben, aber der Arzt sagte, er könne die Krankschreibung auch noch verlängern. Hängt davon ab, was der Spezialist sagt, glaube ich.« Das Gähnen, das ich bisher unterdrückt habe, ist nicht mehr aufzuhalten.

»Tut mir leid. Du siehst angeschlagen aus. Ich belade dein Auto und lasse dich nach Hause fahren.« Die Worte *nach Hause* durchbohren mich, und ich drücke die Hände auf den Magen. Das hier ist mein Zuhause, möchte ich am liebsten sagen. Hier. Mit dir. Aber die Worte bleiben mir im Hals stecken. Ich wende mich zur Spüle um und lasse mir Wasser in ein Glas. Als ich mich wieder umdrehe, ist er aus der Küche gegangen.

Ich erlaube mir ein paar Momente des Selbstmitleids, bevor ich ihm folge. Auf der Türschwelle stehend, schaue ich schnell den Stapel Post durch, den Matt mir in die Hand gedrückt hatte, bevor er nach draußen ging, um die Hundebox in meinen Kofferraum zu schieben. Mr Henderson schaut zu, auf seiner rollbaren Mülltonne lehnend, und ich weiß, dass mich zumindest eine Person vermissen wird. Matt drückt sich an mir vorbei, um Branwells Spielzeug zu holen, und für einen Moment berühren sich unsere Körper. Matt hält inne, nur eine Sekunde lang, und dieses Innehalten sagt mir, dass die zwischen uns schwirrenden Emotionen nicht nur von mir auszuhalten sind. Ich bin hin und her gerissen zwischen Hoffen und Wollen. Der Vogel im Käfig in meiner Brust flattert, um freizukommen, aber statt etwas zu sagen, sammelt Matt Branwells Sachen zusammen und geht wieder zum Auto. Ich stehe allein auf der Türschwelle des Hauses, das einmal mein Zuhause war.

Das Zuknallen des Kofferraums sagt mir, dass ich fahren soll, aber ich lasse mir Zeit mit dem Einsteigen, dem Zündschlüssel und dem Sicherheitsgurt. Als es nichts mehr gibt, an dem ich noch herumfummeln kann, starte ich den Motor, und Matt sagt: »Pass auf dich auf, Ali«, und schlägt auf den Kofferraum.

Enttäuscht fahre ich los.

Je größer die Entfernung zwischen uns wird, desto mehr spannt sich das elastische Band zwischen uns um meinen Hals. Doch ich weiß, es wird uns nicht näher zusammenbringen, sondern eines Tages zerreißen. Mir ist nicht klar, was ich tatsächlich erwartet hatte, als ich heute lädiert, verängstigt und Trost suchend herkam, aber ich hatte auf Mitgefühl und Verständnis gehofft. Und Liebe. Ich hatte auf Liebe gehofft. Tränen laufen mir über die Wangen, und ich öffne auf der Suche nach einem Taschentuch das Handschuhfach. Und da ist sie. Terry's Chocolate Orange: *Nur weil ich dich liebe, Ali.* Ich nehme mir vor, nicht zu viel hineinzuinterpretieren. Es kann auch eine Mitleidsgeste sein, die auf Freundschaft beruht. Ich sollte es nicht als ein Zeichen der Hoffnung sehen, aber irgendwie tue ich das.

Die Fahrt vergeht wie im Flug, und ich bin fast zu Hause, als ich es höre, den Benachrichtigungston meines Handys. Ich bin erleichtert, ich muss es im Auto verloren haben. Jetzt brauche ich kein neues. Eine Sache weniger, die ich heute erledigen muss.

Begierig darauf, meine Nachrichten durchzusehen, drücke ich aufs Gaspedal. Farben verwischen, als Autos vorüberrasen, bis ich endlich mit quietschenden Reifen ziemlich schräg in unsere Auffahrt fahre, aber ich stelle den Motor trotzdem aus. Ich strecke die Hand unter den Sitz, taste nach dem Handy und bekomme meine Clutch zu fassen, die ich Samstagabend dabeihatte.

Der Bildschirm leuchtet auf, als ich die Home-Taste drücke. Nur noch sechs Prozent Akkukapazität. Eine Reihe von Nachrichten sind aufgelaufen, aber die letzte fällt mir ins Auge, und als ich sie lese, spüre ich, wie sich kalte Angst über mich ergießt. Sie ist von Instagram. Ein Kommentar zu einem meiner Fotos, obwohl ich weiß, dass ich schon ewig keines mehr hochgeladen habe.

Was zum Teufel führst Du im Schilde, Ali?

Kapitel 12

Nachdem Branwell draußen seine Blase entleert hat, macht er sich wieder mit dem Wohnzimmer vertraut, steckt seine Nase in jede Ecke und jeden Winkel. Ich schließe das Ladekabel ans Handy an und öffne noch einmal mein Instagram-Profil, ignoriere die Frage, was ich vorhabe, und schaue mir dafür das merkwürdige hochgeladene Foto an. Es ist auf meinem Profil in den frühen Sonntagmorgenstunden gepostet worden, vermutlich von mir. Es ist dunkel und unscharf, ein völliger Kontrast zu den Fotos von Brunchs am Samstag im Sonnenschein und den Herbstimpressionen beim Gassigehen, die ich sonst immer gepostet habe. Oder Matt und ich in die Ecke des Fotos gedrängt und ins Handy in der ausgestreckten Hand grinsend. Ich scrolle durch mein Profil und finde nichts, was ich nicht erkenne unter den endlosen Fotos des sich farblich verändernden Meeres: grau und zornig mit aufrührerischen, geballten Wolken darüber oder blau und funkelnd unter einem klaren blauen Himmel. Mein Lieblingsfoto ist vielleicht das mit dem Satz, den Matt mit einem von Branwell angeschleppten Stock in den feuchten Sand geschrieben hatte:

Ich liebe Ali

Ich hatte einen Schritt zurückgehen müssen, um es deutlich erkennen zu können. Knirschender schwarzer Seetang am Boden und der mir die Haare zerzausende Wind. Brennendes Salzwasser in meinen Augen. Branwell mit nassen Pfoten die tosenden Wellen anbellend, vor- und zurückpreschend. Matts Arm um meine Taille, mein Kopf an seiner Schulter. Ein Gefühl totaler Liebe. Völliger Zufriedenheit. Der perfekte Tag. Ich kann mich nicht ganz dazu durchringen, mein Profil zu löschen, aber es ist auch zu schmerzlich, die Fotos anzuschauen. Deshalb kann ich es kaum glauben, dieses Foto gepostet zu haben. Ich tippe zweimal darauf und runzle die Stirn, als es das Display füllt.

Viel ist nicht zu sehen. Im Vordergrund des Fotos sieht man Grautöne, die in erdrückende Schwärze übergehen. Rechts auf dem Display ist ein Rechteck zu sehen, das einen unterschiedlichen Kontrast zum Rest der Aufnahme bildet. Etwas kommt drohend und unheilvoll auf mich zu. Ich halte das Handy dichter vor die Augen. Ich glaube, es ist ein Gebäude. Was könnte sich darin befinden? Oder wer? Angst überkommt mich, aber da ist noch etwas. Ein Hauch des Wiedererkennens. Habe ich dieses Foto gemacht und warum habe ich es mit so einer mysteriösen Bildunterschrift gepostet?

Düstere Dinge geschehen in düsteren Nächten.

Kein Wunder, dass die Leute neugierig sind. Auf der verzweifelten Suche nach Antworten rufe ich Chrissy an. »Sorry, bin zu sehr damit beschäftigt, fabelhaft zu sein. Ihr wisst, was zu tun ist.« Aber als ich versuche, auf die Mailbox zu sprechen, sagt mir eine mechanische Stimme, dass sie voll ist. Also tippe ich stattdessen eine Nachricht ein.

Habe mein Handy gefunden! Geht's Dir gut? Wo bist Du?

Frustriert öffne ich Facebook, ignoriere die Nachrichten und suche Chrissys Namen, um nachzuschauen, ob sie irgendetwas gepostet hat, das mir einen Hinweis auf ihren Aufenthaltsort gibt. Als ihre Seite lädt, fällt mir auf, dass sie ihr Profilfoto geändert hat. Zuvor war es eines von uns bei Jules' Geburtstagsgrillparty gewesen. Im Hintergrund sah man James Burger brutzeln. Er trug eine Schürze, die ihn wie eine Frau mit Strapsen und Strümpfen aussehen ließ. Auf ihrem neuen Bild steht in geschwungenen pinkfarbenen Buchstaben: Wähl die Liebe, nicht den Hass. Ich verdrehe die Augen und frage mich, wen sie diese Woche liebt, doch dann sehe ich es, und es durchzuckt mich wie ein Blitz.

Freund/in hinzufügen

Wir sind doch schon Freundinnen, oder? Allerdings laut Facebook nicht. Ich scrolle. Die meisten ihrer Einträge sind auf privat gesetzt, aber der letzte, der einzige, den ich sehen kann, wurde ungefähr zur gleichen Zeit gepostet wie mein Instagram-Foto. Es ist ein Bild von einem aufgewühlten dunklen Meer und darunter steht:

> Es kommt eine Zeit, da hörst Du auf, Ozeane für jemanden zu überqueren, der noch nicht einmal über Pfützen für Dich springen würde.

Mir bleibt die Luft weg, und ich lasse mich gegen die Rückenlehne fallen, als hätte mich jemand gestoßen. Warum hat sie mich entfreundet? Was ist in jener Nacht *passiert*? Durch meine Fragen nimmt eine Erinnerung Gestalt an. Schreien, Weinen. Doch ich kann nicht sagen, ob ich diejenige bin, die schreit, oder ob ich angeschrien werde. So schnell mir diese Erinnerung gekommen ist, so schnell ist sie auch wieder verschwunden, und ich starre auf das Symbol für *Freund/in hinzufügen*. Mit dem Daumen drücke ich darauf, schaue zu, wie es zu *Freundschaftsanfrage ausstehend* wird, und schließe schnell die App. »Gut Ding will Weile haben«, sagte meine Mutter immer.

Stattdessen tippe ich zweimal auf *Inside, Out,* die Dating-App, die ich benutzt habe. Ich öffne meine privaten Nachrichten.

Ewan.

Beim Anblick seines Namens kommen Erinnerungen. Drinks werden geschlürft. Laute Musik dröhnt. Penetrantes, beißendes Aftershave hüllt mich ein. Er lehnt sich an mich. Trägt ein grünes Tweedjackett. Unsere Schenkel berühren sich. Grelle Lichter blitzen. Ich springe auf. *Ich bin nicht bereit dazu.* Spüre ein unangenehmes Gefühl im Bauch. Der Raum dreht sich. Rot, gelb, grün. Die Farben laufen ineinander, bis die Erinnerung schwindet und ich mich im Wohnzimmer wiederfinde, wo ich mich am Sofa festklammere, als triebe ich davon, wenn ich den Griff lockerte.

Mein Blick fällt auf eines der Fotos von Mum, die im Zimmer verstreut liegen. Sie bemerkt die Kamera nicht, ist über meine Geburtstagstorte gebeugt und spritzt fliederfarbenen Zuckerguss darauf. Zwölf pink-weiße Spiralkerzen liegen auf der Arbeitsfläche neben ihr. Ich glaube, es war das letzte Mal, dass sie wirklich glücklich gewesen ist, und sie erscheinen jetzt so wertvoll, diese normalen Momente, die damals selbstverständlich für uns waren. Das war die letzte Geburtstagstorte, die ich je bekam. Nach jenem Tag ertrug ich Geburtstagstorten nicht mehr. Sogar der Geruch eines Biskuits im Backofen weckt wieder die Erinnerungen. Der umgeworfene Tisch. Der in die Torte zu steckende silberne Schriftzug *Happy Birthday* unter trampelnden Füßen umgeknickt. Das Schreien. Der Schock. Mein Leben zerfetzt wie die veilchenblaue Decke, die auf dem Tisch lag, bis die Männer hereinstürmten und alles zu Bruch ging.

Als ich den Chat mit Ewan durchscrolle, sehe ich nichts, was meine Alarmglocken hätte läuten lassen müssen, auch nicht im Nachhinein.

Er scheint normal zu sein. Unauffällig.

Normalerweise erzähle ich keinem, dass ich gern angele. Ich werde dann für langweilig gehalten, aber es ist beruhigend. Friedlich. Gibt mir Raum zum Durchatmen. Meinen Kopf frei zu bekommen.

Der sensible Typ! So hatte ich geantwortet.

Ich könnte vorgeben, Rugby zu mögen, wenn es helfen würde, dass Du mit einem Date einverstanden bist …

Und ich hatte mein Handy in der Tasche verstaut wie ein Geheimnis und wieder die Beantwortung seiner Frage vermieden. Ich wollte mich mit niemandem treffen. Da war ich mir absolut sicher. Aber ein kleiner, dummer Teil von mir fühlte sich durch die Aufmerksamkeit geschmeichelt. Die nächste Nachricht war, als hätte Ewan meine Zurückhaltung gespürt.

Wenn Du möchtest, dass ich Dich in Ruhe lasse, dann werde ich das tun, aber ich mag Dich, Ali, und ich würde Dich gern auf einen Drink einladen, auf freundschaftlicher Basis. Ich schwöre, dass ich kein Axtmörder oder so etwas bin.

Würdest Du mir das denn erzählen?

Doch es war nicht die Angst davor gewesen, wer er sein könnte, die mich zurückgehalten hatte, sondern die Frage, wer ich war.

Ich hatte meinen goldenen Ehering am Finger gedreht. Hatten Matt und ich zu schnell aufgegeben? Auf einmal fühlte ich mich so verloren. Hoffnungslos, rettungslos verloren und ich sehnte mich nach Klarheit. Wenn es den Hauch einer Chance gab, dass meine Ehe gerettet werden konnte, dann war es doch einen Versuch wert, oder?

Verwirrt sprang ich in mein Auto und fuhr auf Glatteis langsam durch die Stadt. Das Haus war in Dunkelheit gehüllt. Frost lag wie in Mustern auf dem Weg und Schnee auf den Tannen. Ich klopfte energisch an die Haustür und ärgerte mich, dass ich meinen Schlüssel nicht mitgebracht hatte, bevor ich über den knirschenden Rasen zur Hintertür ging. Bis auf den roten Schein der Uhr auf dem Kochfeld war es dunkel in der Küche. Ich trat mit meinen eiskalten Füßen auf der Stelle, als ich Matt auf dem Handy anrief.

»Hallo.« Immerhin nahm er das Gespräch entgegen.

»Ich muss mit dir reden«, platzte ich heraus, und mein Atem bildete Nebelwölkchen in der kalten Luft.

»Das passt jetzt aber gar nicht, Ali. Mein Abendessen brennt gerade an.«

»Du kochst? Zu Hause?«

»In der Mikrowelle«, antwortete er. Er log. Log immer noch. »Ist es wichtig?«

Ja, es ist wichtig, wollte ich sagen. *Ich* bin wichtig, aber stattdessen sagte ich nichts. Noch nicht einmal Auf Wiedersehen.

Als ich zum Auto zurückkam, war Mr Henderson dabei, warmes Wasser über die Windschutzscheibe zu gießen.

»Sie ist schon überfroren«, sagte er. »Dachte mir schon, dass Sie nicht lange bleiben. Matt ist nicht zu Hause.«

»Wissen Sie, wo er ist?«

»Tut mir leid.« Mr Henderson zögerte, als würde er abwägen, ob er reden sollte oder nicht. »Er ist abends meistens nicht da.«

Das war wie ein Schlag in die Magengrube. Ich hatte keine Ahnung, wo mein Mann war. Oder bei *wem* er war. »Bitte erzählen Sie ihm nicht, dass ich hier war.«

»Natürlich nicht.« Mr Henderson wischte sich die feuchten Hände an der Cordhose ab. »Ich kann ein Geheimnis bewahren.«

Ich gab ihm einen Kuss auf die Wange, bevor ich davonfuhr und mein Haus im Rückspiegel immer kleiner wurde. Erst als die Dunkelheit es verschluckt hatte, kamen die Tränen. Ich fuhr an den Straßenrand, legte die Stirn aufs Lenkrad und ließ meinem Schmerz, meinem Frust freien Lauf. Sobald die Emotionen verebbt waren, zog ich den Ehering vom Finger, und die Zeile aus dem Gedicht *Eulerich und Miezekatz* kam mir in den Sinn, die ich nie werde vergessen können:

> »Lieb Schweinchen, verkauf uns den Ring,
> kriegst 'ne Mark!« Lieb Schweinchen sagte:
> »Na gut!«

Hatte mich Matt gegen etwas anderes eingetauscht? Eine andere? Ich riss das Handschuhfach auf und warf den Ring hinein. Erneut zog ich mein Handy aus der Tasche und schrieb ein einziges Wort.

Schwein.

Doch bevor ich es abschickte, überlegte ich es mir und sendete etwas völlig anderes. An jemand anderen.

Ja.

Und ich wusste nicht, ob ich einem Date mit Ewan zustimmte, weil ich wütend auf Matt war oder weil ich tief im Herzen einsam war oder weil ich Ewan wirklich mochte.

Großartig. Er antwortete schnell.

Habe ich Dich mit meinem Charme überzeugt?

Ich hatte tüchtig geschnieft und gescherzt: Das und Dein Versprechen, kein Axtmörder zu sein.

Nur, dass es jetzt nicht mehr lustig ist. Ich denke über die Möglichkeit nach, dass er noch jemandem wehtun könnte, und klicke auf das Symbol NEUE NACHRICHT VERFASSEN. Mir wird mitgeteilt, dass Ewan kein aktives Mitglied mehr ist, und eine schnelle Suche bestätigt, dass sein Profil gelöscht worden ist. Mir wird das Herz schwer. Es gibt jetzt keine Möglichkeit mehr, ihn ausfindig zu machen, aber vielleicht kann das die Polizei besser beurteilen. Mein Gewissen setzt mir immer noch zu, ja das Richtige zu tun.

Plötzlich ist mir kalt. Ich ziehe die pink-gelb karierte Decke, die mich an einen Dominokuchen erinnert, von der Rückenlehne des Sofas und decke damit meine Beine zu. Sie ist eine der wenigen Sachen aus meiner Kindheit. Eines Tages hatte ich aus der marineblauen Schultasche einen zerknitterten Brief gezogen und meiner Mutter in die Hand geschoben. Es war die Aufforderung, zu Hause ein paar Quadrate zu stricken und der Lehrerin zukommen zu lassen. In der Schule sollten wir sie dann zu Decken für Wohltätigkeitszwecke zusammennähen.

»Ich werde meine Stricknadeln ausgraben und schnell ein paar stricken«, bot Mum an.

»Bring's mir bei«, bettelte ich, und nach dem Abendessen, bestehend aus Miniwürstchen, Kartoffelbrei und über den Tellerrand ragenden Bohnen, saßen wir Seite an Seite auf dem knarrenden Rattanmöbelstück im Wintergarten, den Dad immer als Anbau bezeichnete. Der Wind rüttelte an der Plexiglasverkleidung. »Du räumst auf, Justin«, sagte sie zu Dad, als ich Wollknäuel aus ihrem Handarbeitskorb zog und die Farben entsprechend meinen Lieblingsweingummis wählte: gelb, orange und grün.

Mum nahm Maschen auf und reichte mir dann die Stricknadeln, die sich in meinen Händen lang und merkwürdig anfühlten. Geduldig wies sie mich an: »Einstechen, Faden holen, durchziehen, abstricken.« Und dann folgte eine zweite und eine dritte Reihe der ersten. Wir lutschten Süßigkeiten, während wir Wolle um die Nadeln schlangen, gehäkelte Decken auf unseren Knien lagen und der Sturm draußen heulte, dass der Apfelbaum im Garten fast auseinanderbrach. Die Äpfel prasselten wie Steine in den Garten des Nachbarn, und ich wusste, dass er sie am nächsten Tag auf unseren Rasen zurückwerfen und schreien würde, wir sollten das blöde Ding gefälligst absägen. Einmal hatte ein Apfel Ben im Gesicht getroffen, und daraufhin waren wie bei einem Ballwechsel Beschimpfungen über den Zaun hin und her geschleudert worden. Mum und Dad hatten danach nicht mehr mit den Nachbarn gesprochen, aber trotz der Fehde fühlte ich mich so zufrieden und behaglich. Vor meinem geistigen Auge tauchen kurze selbst gemachte Strickkleider und Schals auf, die so lang waren, dass ich sie mir dreimal um den Hals wickeln konnte. Ben war bereits im Bett, drückte mit seinen dünnen Armen Ollie, die Eule, an die Brust, und aus der Küche, wo Dad das Geschirr vom Abendessen abwusch, erklang ELOs »Sweet Talkin' Woman« aus dem Radio. Ich hörte das leise Schwappen des Wassers und das rhythmische Klappern von Mums Stricknadeln, die ihre Finger so schnell bewegte, dass sie vor meinen Augen verschwammen. Sie arbeitete bereits an ihrem dritten Quadrat.

»Oh!« Vor Enttäuschung verschluckte ich mein Weingummi. »Guck mal mein Quadrat an, Mum.« Das Teil als ein Quadrat zu bezeichnen, war sowohl optimistisch als auch mathematisch falsch. Es war schief und wurde nach oben hin immer schmaler, denn die Maschen waren von Reihe zu Reihe fester geworden. Ich hatte solche Angst gehabt, eine Masche fallen zu lassen, dass ich den Wollfaden immer straffer gezogen hatte. Fast hatte ich Angst gehabt, ihn loszulassen und zu riskieren, dass alles aufdröselte.

»Ab und zu musst du dich entspannen. Hab Vertrauen. Es wird alles gut«, tröstete mich Mum, und ich hatte es wieder versucht, konnte mich aber nicht entspannen. Hatte kein Vertrauen.

Und jetzt fühle ich mich wieder so. Ich klammere mich an meine Geheimnisse, als wären sie jenes Wollknäuel. Ich habe solche Angst, dass alles aufdröselt. Und obwohl ich mich danach sehne, Vertrauen darin zu haben, dass alles gut wird, weiß ich, dass Vertrauen in mich selbst unangebracht ist. Ich verdiene es nicht, nicht wirklich.

»Karma«, hatte unsere patzige Nachbarin geschnaubt, nachdem es passiert war, und damals war ich zu jung, um zu verstehen, was sie damit meinte. Doch jetzt weiß ich es. *Düstere Dinge geschehen in düsteren Nächten.* Vergeltung. Man kann niemals den Dingen entfliehen, die man getan hat, egal, wie sehr man es auch versucht. Ich bin in jede Lüge verstrickt, die ich jemals erzählt habe, und irgendwo auf diesem Weg habe ich eine Masche fallen lassen. Alles rächt sich irgendwann, sagt man doch, oder? Was gerade geschieht, kann doch nichts mit dem zu tun haben, was damals passiert ist, oder? *Hast du das Date genossen, Schlampe?* Wie schlimm es auch immer wird, ich habe Angst, dass es eine Art Strafe Gottes ist, die ich mir allein zuzuschreiben habe. Und sosehr ich mich vor dem fürchte, was noch kommt, so sehr heiße ich es komischerweise auch willkommen, denn da draußen scheint mich zwar jemand ungemein zu hassen, doch ich selbst hasse mich noch viel mehr.

Es ist immer noch kalt. Ich strecke den Arm über die Rückenlehne des Sofas und halte die Hand auf den Heizkörper. Er strahlt Wärme ab. Ich bin sicher, dass es von irgendwoher zieht, spüre es an den Knöcheln. Meine Zehen sind eiskalt. Also schäle ich meinen müden Körper vom Sofa. Jeder Muskel schmerzt, und ich überlege, ob ich nicht ein heißes Bad nehmen sollte. Mit einer der Badekugeln, die Chrissy so liebt und die sprudeln, wenn man sie ins Wasser wirft, das sich daraufhin gelb färbt und das ganze Haus mit Zitrusduft erfüllt. Ein Knall durchbricht meine Gedanken. Branwell stellt die Ohren auf.

»Was war das?«, frage ich ihn, als könnte er antworten. Als ich in den Flur hinaustrete, trifft mich ein kalter Luftzug. Die Haustür schwingt auf, als wäre gerade jemand hinausgegangen.

Oder hereingekommen.

»Chrissy?«, rufe ich vorsichtig, obwohl ich keine Handtasche am Treppengeländer hängen sehe und keine von den Füßen gestreiften Schuhe auf der Fußmatte. Kein »Schätzchen, ich bin wieder da!«, wie sie immer ruft, wenn sie das Haus betritt.

Ich bücke mich, um Branwell zurückzuhalten, doch bevor ich ihn zu fassen bekomme, rennt er hinaus. Verzweifelt seinen Namen rufend, laufe ich hinterher, während ich vor meinem inneren Auge noch einmal durchgehe, wie ich nach Hause gekommen war. Auf keinen Fall hatte ich die Haustür offen gelassen und unabgeschlossen schon erst recht nicht. Ich sehe mich mit Branwells Leine in der einen und dem Handy in der anderen Hand auf das Haus zueilen. Ich erinnere mich, wie dringend ich noch einmal auf mein Handy schauen wollte, und muss zugeben, dass die Möglichkeit besteht, in der Eile die Tür nicht abgeschlossen und vielleicht sogar nicht richtig zugemacht zu haben, sodass sie vom Wind aufgeweht wurde.

Branwell ist nicht weit gekommen. Ein paar Meter weiter kümmert sich ein Mann um ihn. Trappelnde Pfoten auf schwarzen Turnschuhen, wedelnder Schwanz.

»Danke«, murmele ich, greife nach Branwells Halsband und ziehe ihn zurück zum Haus.

Drinnen stoße ich mit dem Fuß die Tür zu, lasse Branwell los und schließe uns ein.

Ich bin kurz vor dem Wohnzimmer, als ich es höre.

Das Geräusch kommt aus der Küche.

Kapitel 13

Ich verharre im Flur und atme kaum, als das Geräusch erneut ertönt. Es ist die Stimme eines Mannes, dicht gefolgt vom Kreischen einer Gitarre. Ein klagender Vokal – wie Nägel, die über eine Tafel kratzen. Joan Jetts »I Love Rock 'n' Roll«. Ein ersticktes Lachen entweicht meinen Lippen. Das Radio! Es ist nur das Radio. Doch meine Erleichterung währt nur kurz. Wer hat es eingeschaltet?

Jemand ist hier.

Branwell läuft voraus und schlüpft durch den schmalen Spalt der offen stehenden Küchentür.

»Branwell«, flüstere ich hörbar seinen Namen und will unbedingt das Haus verlassen, höre jedoch kein freudiges Klacken von Krallen auf Fliesen. Stattdessen ein kaum die Musik übertönendes Klopfen, das mich sofort an gestern Nacht erinnert. Das hartnäckige Hämmern an mein Fenster. Das hereinstarrende ausdruckslose Gesicht. Jetzt zittern meine Beine. »Branwell.« Ich versuche es erneut, aber meine Stimme ist nur ein Krächzen und mein Mund staubtrocken.

Langsam, vorsichtig bewege ich mich zentimeterweise auf die Küchentür zu. Das Klopfgeräusch ist wiederkehrend, und ich weiß nicht, ob es Schritte sind. Ob jemand in dem kleinen Raum auf und ab geht. Ich schlucke ein Wimmern hinunter, und meine Kehle tut mir weh. Für den Bruchteil einer Sekunde spüre ich heiße Hände, die mir den Hals zudrücken. Meine Lunge brennt, und dann ist das Gefühl verschwunden. Mit den Fingerspitzen drücke ich die Tür auf und muss allen Mut zusammennehmen, um hineinzugehen. Ich suche den Raum ab. Branwell verschlingt sein Frühstück und stößt den Metallnapf immer wieder mit der Nase gegen die Sockelblende der Spüle. Auf der Fensterbank steht das digitale Radio. Trotz seines hübschen Orla-Kiely-Aufdrucks macht es einen bedrohlichen Eindruck.

»Halt den Mund!« Ich reiße den Stecker aus der Wand. Branwell beobachtet mich mit zur Seite gelegtem Kopf. Soße tropft ihm vom weißen Kinn.

Ich habe ihm nichts zu fressen gegeben.

Ich werde verrückt, ich werde verrückt, ich werde verrückt, ertönt die bissige Stimme, aber ich bin überzeugt, dass jemand hier gewesen ist. Auch wenn sich das Radio irgendwie unbeabsichtigt eingeschaltet hat, wäre nicht der Sender mit den Songs aus den Achtzigern eingestellt gewesen. Ich erinnere mich nämlich hundertprozentig daran, gestern Abend auf Classic FM zurückgestellt zu haben. Wer auch immer mit mir Spielchen treibt, kann immer noch hier sein. Mit Schwung hebe ich Branwell hoch und renne los.

Mir schlägt das Herz bis zum Hals, als ich auf die Haustür zulaufe und befürchte, dass jemand aus dem Wohnzimmer oder dem Garderobenschrank springt. Branwell liegt bleischwer in meinen Armen. Ich verlagere sein Gewicht, als ich die Haustür erreiche, und taste mit meiner eingeschlafenen Hand nach dem Schlüssel, der aus dem Schlüsselloch fällt. *Mist!* Ich gehe in die Knie und suche, über den Boden wischend, nach dem Schlüssel. Branwell bewegt sich nicht mehr, hat die Muskeln angespannt und die Ohren gespitzt. Hat er etwas gehört? Jemanden? Ich starre den Flur entlang, als ich mit zitternden Fingern den Schlüssel ins Schlüsselloch stoße. Hat sich gerade die Wohnzimmertür bewegt? Meine Sicht ist verschleiert. Adrenalin erzeugt ein Schwindelgefühl im Kopf. Branwell winselt, und ich bin nicht sicher, ob es seine Angst ist, die er spürt, oder meine. Schließlich gelingt es mir, die Tür aufzuschließen, sie aufzureißen und dem Tageslicht entgegenzulaufen, als hätte ich tausend Nächte in der Dunkelheit verbracht. Branwell schnüffelt an der Vertiefung zwischen meinem Hals und dem Schlüsselbein, während ich unablässig auf die Klingel an Jules' Haustür drücke, als würde mein Leben davon abhängen, dass sie die Tür öffnet, und genauso fühlt es sich in diesem Moment auch an.

»In eurem Haus ist definitiv niemand.« James wirft scheppernd meine Schlüssel auf den Sofatisch.

Ich greife nicht danach, sondern umklammere weiterhin den Becher, den mir Jules gereicht hat. Trotz der Wärme des Tees und der Decke, die ich mir über die Knie gezogen habe, kann ich nicht aufhören zu zittern.

»Allerdings war deine Hintertür nicht abgeschlossen. Du solltest vorsichtiger sein.«

»Sie war …«, beginne ich, oder etwa doch nicht? Ich hatte Branwell in den Garten gelassen, sobald wir zu Hause waren. Doch ich wollte schnellstens mein Handy aufladen und meine Nachrichten lesen. Da konnte es gut sein, dass ich die Tür nicht abgeschlossen hatte. Ich mochte mich zwar nicht daran erinnern, Branwell gefüttert zu haben, aber oft mache ich etwas automatisch, wie zum Beispiel den Haarglätter aus der Steckdose ziehen oder die Spülmaschine einschalten.

»Aber das Radio.« Ich lehne meinen vor Erschöpfung schweren Kopf wieder gegen die Rückenlehne des Sofas.

»Das kann passieren«, sagt James. »Stellst du es normalerweise über den Netzschalter aus oder lässt du es im Stand-by-Modus?«

»Stand-by.«

»Da haben wir's schon. Es war nur eine Überspannung. Nichts, worüber du dir Gedanken machen musst.«

»Verstellt die auch den Sender?« Ich bezweifle es.

»Es könnte zum zuletzt vor der Überspannung eingestellten Sender zurückgekehrt sein.«

»Hast du jedes Zimmer kontrolliert?«

»Sogar unter den Betten. Aber vielleicht ist es ein Geist.«

»James!« Jules wirft ein Kissen nach ihm.

»Tut mir leid, das war ein Witz. Guckt mal, ich lächle.« Er deutet auf seinen unbekannten Mund.

»Ich kann Gesichtsausdrücke immer noch nicht gut lesen. Tut mir leid«, erkläre ich, obwohl ich mich eigentlich nicht wirklich dafür entschuldigen muss.

»Ich weiß gar nicht, wie du das schaffst«, lobt mich Jules.

»Ich glaube, das tue ich auch nicht«, sage ich ehrlich. »Ich vermeide es rauszugehen, es sei denn, es lässt sich nicht umgehen. Und dann ist es ein Albtraum. Männer kann ich am schlechtesten unterscheiden, denn so viele haben ähnliche kurze Haarschnitte und sind oft gleich gekleidet. Jeans, T-Shirt, Turnschuhe.«

»Aber mich erkennst du, weil ich lange Haare habe?«, fragt Jules, und obwohl sie es als Frage formuliert hat, liegt in ihrem Tonfall eine Gewissheit, dass ich sie natürlich erkenne. Es ist fast unmöglich zu erklären. Ich verstehe es selbst kaum.

Als ich ungefähr fünf Jahre alt war, wachte ich am Weihnachtsmorgen auf und zog ein Mr-Fuzzy-Magnetspiel aus dem mit meinem Namen bestickten purpurfarbenen Strumpf am Fuße meines Bettes. Obwohl ich größer wurde und teurere

Geschenke bekam, war es das Mr-Fuzzy-Magnetspiel, das mich für Stunden begeisterte. Ich drückte den magnetischen Stift gegen die Plastikabdeckung von Mr Fuzzys Gesicht und bewegte die Eisenspäne, schuf Frisuren, einen Schnurrbart, Lippen, die sich zu einem Lächeln verzogen, oder ein trauriges Gesicht mit gerunzelter Stirn und geradem Mund. Wenn ich mein Meisterwerk fertiggestellt hatte, hielt ich es vorsichtig in den Händen und ging mit langen, langsamen Schritten zu Mum und Dad. Egal, wie sehr ich mich auch anstrengte, die Metallspäne verrutschten, und bis ich bei meinen Eltern ankam, sahen die Gesichter ganz anders aus und glichen nie den von mir geschaffenen.

»Ich weiß, dass du es bist, weil ich dich in der entsprechenden Umgebung sehe, aber außerhalb dieser vier Wände würde ich keine Ahnung haben, wer du bist. Millionen von Frauen haben lange dunkle Haare. Denk dir bei jemandem die Augen, die Nase, den Mund weg und lass ihm die Haare, und dann ist es fast unmöglich herauszufinden, um wen es sich handelt. Hast du etwas von Chrissy gehört?« Ich wechsle das Thema.

»Ja«, sagt Jules ein bisschen schärfer als nötig. Sie gibt mir ihr Handy.

Bist Du okay? Wir machen uns Sorgen um Dich.

Mir geht's gut. Alles Weitere nächste Woche bei der Arbeit. X

Also bin nur ich es, die sie ignoriert. Mir ist schlecht. Ich hatte mir eingeredet, sie hätte meine Freundschaftsanfrage auf Facebook nur deshalb nicht akzeptiert, weil der Akku ihres Handys leer war und sie das Ladekabel vergessen hatte. Alles wäre mir recht gewesen, nur nicht die Tatsache, dass sie nicht antworten will.

»Die Glückliche. Ich wünschte, ich wäre weggefahren, während der Laden renoviert wird. Das soll allerdings nicht heißen, dass ich mir eine Woche Urlaub erlauben könnte.« Jules und Chrissy arbeiten zusammen in der schicksten Boutique, die man sich vorstellen kann. Daher stammt auch das grüne Kleid, das ich bei meinem Date getragen habe. Trotz Chrissys Personalrabatt hatte es ein Vermögen gekostet, und dabei weiß ich, dass ich es nie wieder tragen werde.

Ich gebe Jules das Handy zurück und versuche angestrengt, mich daran zu erinnern, ob Chrissy etwas von einer Auszeit erwähnt hat, doch es gibt so vieles, an das ich mich nicht erinnern kann. Dinge, von denen ich mir nicht sicher bin, ob ich mich daran erinnern möchte.

»Dein Gedächtnis …« Jules verstummt, und ich spüre mehr, als dass ich es sehe, wie sie James einen Blick zuwirft. »Ben sagte, du denkst, dass dir der Mann, mit dem du das Date hattest, wehgetan hat. Aber du hast ihn nicht angezeigt, oder?«

»Noch nicht. Ich kann ihnen weiter nichts liefern, als dass er Ewan heißt und sein Profil gelöscht hat. Ich wünschte, ich könnte mich daran erinnern, wie er ausgesehen hat. Der Arzt sagte, es könne sein, dass mein Erinnerungsvermögen nie wieder zurückkommt.« Mir fällt etwas ein. »Vielleicht sollte ich mit Mr Henderson sprechen.«

»Deinem ehemaligen Nachbarn?«

»Ja, er ist Hypnotherapeut.«

»Es ist gefährlich, irgendeinen Laien in deine Seele eintauchen zu lassen. Ich habe einen Artikel über ein Mädchen gelesen, das Hypnotherapie hatte und danach unter einem False-Memory-Syndrom litt. Sie glaubte …«

Während Jules redet, erlaube ich mir, meinen Gedanken nachzuhängen. Ich bin immer noch schwach, und die Schmerzmittel machen mich schläfrig. Irgendwann muss ich eingeschlafen sein, denn als ich die Augen wieder aufschlage, schleichen Jules und James in der Küche herum, und im Wohnzimmer herrscht Dunkelheit. Gähnend erhebe ich mich vom Sofa und bewege mich auf ihr gedämpftes Flüstern zu. Ich schnappe Chrissys Namen auf und verfalle leicht in Panik. Wissen die beiden etwas, was ich nicht weiß?

»Bleibst du zum Abendessen?«, fragt mich James.

Kurz bin ich versucht, Ja zu sagen. Er kocht wirklich gut. Oft essen wir am Sonntagmittag zusammen, bevor wir das Monopoly-Spiel hervorholen. Jules kauft dann alles, worauf sie landet, ich warte auf die Farben, die mir gefallen, und James erlässt mir die Zahlung von Miete, wenn ich knapp bei Kasse bin. Doch ich kann nicht immer hierbleiben, weil ich zu viel Angst habe, nach Hause zu gehen. Ich weiß, dass dieses ständige Angstgefühl erst vergehen wird, wenn ich Ewan bei der Polizei angezeigt habe. Ich würde mir niemals verzeihen, wenn er jemand anderem etwas antäte.

»Tut mir leid. Kann ich nicht.«

»Kommst du morgen früh zum Kaffee?«, fragt Jules.

Ich nicke und schlüpfe in meine Schuhe. Dann gehe ich zur Haustür, dicht gefolgt von Branwell, der Angst hat, zurückgelassen zu werden.

Jules und James schließen die Tür hinter mir. Ich höre das leise Klicken des Sicherheitsschlosses, als ich Branwell den Weg entlangtrage, weil ich nicht will, dass er auf die Straße flitzt. Nachts ist er schlecht zu sehen, und seine weißen Flecken auf dem struppigen schwarzen Fell sind kaum auszumachen. Mein Atem wabert vor mir, und die Fingerspitzen kribbeln, als ich gegen das eiskalte Eisen des Gartentors drücke. Obwohl noch nicht einmal Abendbrotzeit ist, erscheinen am Himmel bereits Sterne vor einem sich verfinsternden Hintergrund. Mitternachtsblau würde man wohl sagen, und der Song des Electric Light Orchestra erfüllt mich wie die Alben der Gruppe das Zuhause meiner Kindheit, bevor Schock und Scham an die Stelle der Fröhlichkeit traten. Es ist merkwürdig, denke ich, dass ich mich manchmal nicht daran erinnern kann, was ich am Tag zuvor getan habe, obwohl ich mich immer noch an Liedtexte erinnere, die ich seit zwanzig Jahren nicht gehört habe. Und jetzt, wo sich der Track in meinem Kopf wiederholt, spüre ich eine Verbindung dazu, die ich zuvor nicht kannte. Die Einsamkeit. Die Sehnsucht. Ich stelle mir Mum vor, wie sie sich in ihrer Schürze in der Küche singend dreht und dabei den Teig für Yorkshire-Pudding quirlt. Sie sang immer. Damals wollte sie das. Damals konnte sie es. Und als ich auf unser leeres Haus zueile, wünsche ich mir so sehr, sie wäre da, damit ich mit ihr reden könnte. Vor allem würde sie mehr als jede andere verstehen, wie es sich anfühlt, wenn man auf einmal ohne Ehemann dasteht und sich plötzlich allein fühlt.

Tief in Gedanken versunken, fällt mir die Schachtel auf der Treppenstufe erst auf, als ich mit dem Fuß dagegentrete. Sofort überkommt mich Angst. Ich werfe einen Blick über die Schulter, bevor ich das Päckchen schnappe. Es ist so leicht, dass ich mich frage, ob überhaupt irgendetwas darin ist.

Im Flur ist es dunkel, als ich hineingehe. Meine Hand tastet über die glatt verputzte Wand, bis ich den Schalter finde und das Licht einschalte. Laut rede ich mit Branwell. Was ich gern zum Abendbrot essen würde, dass ich für eine Tasse Tee sterben könnte. *Ich bin nicht allein – ich bin nicht allein – ich bin nicht allein.* Die Küche sieht noch genauso aus wie vorhin. Ich werfe das Päckchen auf die Arbeitsfläche und kann mich nicht dazu durchringen, es anzuschauen. Bei Jules und James habe ich mich ruhiger gefühlt, aber jetzt bin ich wieder hier, und meine Nerven sind zum Zerreißen gespannt. Bevor ich die Polizei anrufe, lasse ich den Rollladen herunter und beschäftige mich, während ich darauf warte, dass das Wasser kocht.

Ich hole die Teedose aus dem Schrank und spüle meine Tasse vom Frühstück aus. Immer noch vermeide ich einen Blick auf das Päckchen wie auf die Anhänger einer religiösen Gruppe, die vor dem Shoppingcenter Broschüren verteilen. Die Schachtel könnte auch ein Tambourin schlagen und etwas in Sprechgesang vortragen. Egal, wie sehr ich mich anstrenge, es ist unmöglich, sie zu ignorieren. Genau betrachte ich die drei mit dickem schwarzem Marker hingekritzelten Buchstaben:

ALI

Und noch bevor ich mich bremsen kann, ziehe ich ein Messer aus dem Block und schlitze das dicke braune Klebeband auf. In der Schachtel befinden sich die Handschuhe, die ich an jenem Abend getragen habe. Blutrote Flecken auf der cremefarbenen Wolle und eine Nachricht in uneinheitlicher Schrift.

Du willst nicht zur Polizei gehen, Ali. Du hast Blut an den Händen. Vielleicht kommt die Polizei, um DICH zu holen.

Ich lasse den Zettel los, als wäre er so kochend heiß wie mein Teewasser, und schaue zu, wie er fast in Zeitlupe zu Boden schwebt. Branwell schlägt mit der Pfote danach und bekommt ihn mit der Schnauze zu fassen. Er kaut darauf herum, als wäre es ein Leckerli. Ich biege seine widerwilligen Kiefer auseinander und fische die durchweichten Reste des Papiers heraus, die ich in den Abfalleimer werfe. Den Deckel schlage ich zu, als könnte ich die Worte damit wegschließen, aber sie kriechen trotzdem hervor. *Du hast Blut an den Händen.* Langsam dämmert es mir, und gleichzeitig sammelt sich eine Flut von Speichel in meinem Mund. Ich beuge mich über die Spüle, denke, dass ich mich übergeben muss, als hätte ich vom vergifteten Apfel in den

Märchen abgebissen, die Mum mir vor so vielen Jahren immer vorlas. Jetzt kann ich das, was Samstagnacht passiert ist, nicht zur Anzeige bringen. Es geht einfach nicht. Ich hatte angenommen, das Blut an meinen Händen und unter den Nägeln stamme von meiner Kopfverletzung, aber jetzt driften meine Gedanken wild in eine Richtung, die ich nicht in Betracht gezogen hatte.

Was, wenn das Blut an mir nicht mein eigenes gewesen ist?

Kapitel 14

Das Radio einzuschalten, war ziemlich raffiniert, dachte ich mir. Doch dafür wurde nach dem ersten Schock einfach eine plausible Erklärung gefunden. Das Gleiche beim Futter für den Hund. Eine dieser Aufgaben, die man ohne nachzudenken erledigt und leicht vergisst. Doch ich weiß, dass du immer wieder darüber nachdenken wirst. Hast du seinen Napf gefüllt?

Fast hätte ich die Handschuhe auf der Frühstückstheke vergessen. Fast. Es wäre allerdings nicht gut für dich, wenn du wüsstest, dass ich in dein Haus gelangen kann. Noch nicht. Wir heben uns diese Überraschung für später auf.

Kapitel 15

Die Küche dreht sich unaufhörlich. Ich bin Dorothy, die von einem Wirbelsturm weggefegt wird. Tief und zittrig hole ich Luft und stopfe die blutbefleckten Handschuhe zurück in die Schachtel. Dann schiebe ich sie unter die Spüle zu den halb leeren Flaschen Zitrusreiniger und Lavendelpolitur und schlage die Tür zu. Der braune Karton hatte so harmlos ausgesehen, doch sein Inhalt könnte mein Leben abermals unwiderruflich verändert haben. Was habe ich getan? Ich wanke die Treppe hinauf, stoße mit der Schulter gegen die Wand, als hätte ich zu viele Gin Tonic gehabt. In meinem Zimmer werfe ich meinen Schlafanzug und Toilettenartikel in eine Reisetasche. Dann schnappe ich mir Branwell und flüchte in die Nacht, nicht sicher, ob ich vor der Schachtel oder vor mir selbst davonlaufe. Draußen versuche ich mich zu beruhigen. Wohin kann ich gehen? Jules und James würden mich natürlich aufnehmen. James würde mir wahrscheinlich sein Bett überlassen und auf dem Sofa schlafen, aber die beiden haben heute schon genug für mich getan. Ben ist in Edinburgh, und so, wie Matt mich vorhin abgewiesen hat, kann ich mich nicht dazu durchringen, mich an ihn zu wenden. Iris. Ich knalle dreimal die Hacken zusammen. Zu Hause ist es doch am schönsten. Ich verstaue

Branwell in seiner Transportbox im Kofferraum und werfe meine Tasche auf den Rücksitz.

Auf der ganzen Fahrt sitzt mir die Panik im Nacken, und mein Körper ist angespannt, als würde er sich unterbewusst daran erinnern, dass ich bei meiner letzten Fahrt etwas angefahren habe. Oder *jemanden*. Ein Polizeiauto fährt an mir vorbei. Ist es strafbar, mit nur einem Außenspiegel zu fahren? Ich erinnere mich nicht. Zu meiner Erleichterung werfen die Polizisten keinen zweiten Blick auf mich, und doch klebt mir mein T-Shirt schweißdurchtränkt am Rücken, als ich in die Einfahrt abbiege.

In das Zuhause meiner Kindheit zu kommen, fühlt sich an, als sähe ich es zum allerersten oder allerletzten Mal. Irgendwie scheint es kleiner geworden zu sein, oder vielleicht ist es auch nur Tante Iris, die geschrumpft ist. Sie hat Gewicht verloren und ist alt geworden. Ihre Hände sind mit Leberflecken übersät und runzlig wie bei den alten Leuten, um die ich mich kümmere. Ich fühle mich furchtbar, dass ich sie so selten besuche. Doch wenn ich es tue, ergießt sich eine Flut von Erinnerungen über mich, die mir den Atem nimmt und mich frieren lässt, als wäre ich in einen eiskalten Fluss gefallen. Hier habe ich natürlich nicht die mich prägenden Jahre verbracht. Dorthin zurückzugehen, wo wir alle glücklich waren, wäre irgendwie noch schlimmer. Wir waren hierhergezogen, als ich zwölf war und Ben sechs. Wohin ich mich auch wende, überall sehe ich immer noch Mum.

»Ali, was für eine nette Überraschung.« Iris hält mir die Wange hin, damit ich sie küsse, und ich rieche den Puder auf ihrem Gesicht. Ich schlinge die Arme um ihre spindeldürre Gestalt, und ihre hervorstehenden Knochen sind genauso wenig zu ignorieren wie mein Schuldgefühl. Es ist nicht richtig, dass ich Iris für das verantwortlich mache, was geschehen ist, doch genau das tue ich.

»Tut mir leid. Ich hätte anrufen sollen.«

»Sei nicht albern. Du musst dich nicht anmelden. Es ist schön, dich zu sehen. Euch beide.« Sie beugt sich hinunter und streichelt Branwell, der seine Nase gegen ihre Knie drückt.

Sie fragt nicht, ob es mir gut geht – offensichtlich tut es das nicht –, aber sie konnte noch nie mit schwierigen Situationen umgehen. Ich sage mir, dass ich unfair bin. Sie ist für Ben und mich Mutter und Vater geworden, und obwohl ihre mütterlichen Fähigkeiten fragwürdig waren, hätte sie uns nicht beide aufnehmen müssen. Sie eilt in der Küche hin und her, stellt den Wasserkocher an, wärmt die Teekanne, steht an Stellen, an denen Mum früher stand, und ich spüre, wie ich ihr gegenüber nachgiebiger werde.

»Kann ich heute Nacht hierbleiben? Ich muss nicht arbeiten und dachte …« Ich dachte, ich würde mich hier sicherer fühlen, aber das sage ich nicht laut.

»Das hier ist immer noch dein Zuhause.« Sie weicht meinem Blick aus, als sie das sagt, und wird die Tränen in meinen Augen nicht gesehen haben.

Sie öffnet die mit den Jahren vergilbte Kühlschranktür, und ich erinnere mich, dass Bens nicht identifizierbare Zeichnungen mit Magneten in Form von Früchten daran befestigt gewesen waren. Ich kann nicht glauben, dass sie den Kühlschrank noch nicht austauschen musste, und als ich Mums Portmeirion-Porzellan auf dem Abtropfständer sehe und mein Blick auf den Streifen auf der Arbeitsfläche fällt, den ich mit dem Bügeleisen hineingebrannt habe, scheint sich nichts verändert zu haben, aber natürlich hat sich alles geändert.

»Möchtest du noch etwas essen?«, fragt Iris, und ich schüttle den Kopf. Ich habe noch nicht gegessen, aber mir ist vor Nervosität sowieso ganz flau im Magen.

Nach einer unangenehmen Pause fragt sie schließlich: »Kuchen?«, und ich merke, wie ich nicke, denn ich will mich bemühen. Iris greift nach einer altmodischen

Quality-Street-Dose, die noch aus einer Zeit stammt, als Weihnachten in Plastikbottichen kam und nicht in Schokolade und leuchtende, knisternde Verpackungen gehüllt.

»Das sieht gut aus«, lüge ich, als ich auf die harte, krustige Glasur des Kuchens starre. Gedanklich mache ich mir eine Notiz, beim nächsten Besuch einen luftdichten Vorratsbehälter mitzubringen. Ich denke bereits an einen nächsten Besuch. Die Ereignisse der letzten Tage haben mir dermaßen Angst eingejagt, dass ich plötzlich für die Konstanten in meinem Leben dankbar bin. Und Iris ist eine davon.

»Hat Ben mitgebracht.« Iris treibt das Messer durch den steinharten Biskuit. »Er ist so gut«, sagt sie, und ich schließe daraus, dass ich es nicht bin. Meine Gesichtszüge verhärten sich, obwohl ich dankbar bin, dass Ben noch so jung war und sich kaum daran erinnern kann, was passiert ist. Er ist sehr sensibel, und deshalb bin ich mir nicht sicher, ob er mit der Last der Erinnerungen klarkäme, die ich mit mir herumschleppe. Ich bin mir nicht einmal sicher, wie ich das schaffe. Manchmal bezweifle ich es.

Wir sitzen am Tisch und unterhalten uns über Belangloses, während ich Kuchen hinunterwürge, den mein Magen nicht will. Als ich die Gabel wieder zum Mund führe, rutscht mein Ärmel herunter, und Iris zuckt zusammen, als sie die Blutergüsse auf dem Arm bemerkt. Doch sie fragt immer noch nicht, was mir in jener Nacht zugestoßen ist, und erwähnt mit keinem Wort meine Prosopagnosie. Wenn sie alles ignoriert, so scheint sie zu denken, wird es nicht real. Mit der Wahrheit konnte sie noch nie umgehen. Anstatt es als Fehler zu betrachten, was ich normalerweise tue, sehe ich es diesmal als einen Bewältigungsmechanismus an.

Als es acht Uhr ist, kann ich kaum noch die Augen offen halten. Wir haben Themen erschöpft wie den Kälteeinbruch, dessen Auswirkungen auf den Garten, wer dieses Jahr bei der

»Ich sagte: ›Das kostet dich aber einen Bananenshake.‹ Noch nie zuvor war ich so dreist gewesen, aber er hatte etwas an sich. Ich konnte meinen Blick nicht von ihm abwenden.«

»Hat er dir einen Milchshake ausgegeben?« Wir spielten beide unsere Rollen in der von ihr erzählten Geschichte.

»Ja, das hat er. Und dann haben wir uns unterhalten und er fragte: ›Außer hübsch zu sein, Marsha, womit verdienst du deinen Lebensunterhalt?‹ Ich erzählte ihm, dass ich erst sechzehn sei und noch meinen Schulabschluss machen müsse. ›Ich bin achtzehn‹, sagte er. ›Wenn du nach der Schule einen Vollzeitjob haben möchtest, kannst du dich immer um mich kümmern.‹ Ich sagte …«

»Mum!«

»Tut mir leid. Er wischte mir mit dem Daumen eine Wimper von der Wange, und ich wusste, wusste einfach, dass er der Richtige war. Ich sagte: ›Wie kommst du darauf, dass ich mich um dich kümmern möchte?‹ Und er sagte: ›Sorry, aber ich dachte, du glaubst an Liebe auf den ersten Blick oder …‹«

»Sollte ich noch einmal vorbeigehen?«, riefen Mum und ich im Chor.

Genau das wollte ich. Diese Liebe. Dieses Verständnis. Diese Gewissheit. All das hatte ich geglaubt bei Matt zu bekommen. Jemand, der auf mich aufpasste, wie Dad auf Mum aufgepasst hatte. In der Zeit davor, natürlich. Ich glaube nicht mehr an ein Happy End, aber das hält mich nie davon ab, mich danach zu sehnen.

Fast so, als hätte ich ihn mit meinen Gedanken herbeigezaubert, leuchtet auf meinem Handy Matts Name auf. Es rutscht vibrierend über den Nachtschrank.

»Hallo«, melde ich mich zaghaft.

»Hey«, sagt er, und irgendetwas tief in mir regt sich – Hoffnung. Seine Stimme ist dieselbe, genau dieselbe, und in meinem Kopf entsteht ein Bild von seinem Gesicht an unserem

Hochzeitstag. Damals lächelte er auf mich herab, als ein pastellfarbener Konfettiregen auf uns niederging. Um uns herum jauchzte und jubelte die Familie. *Zu achten und zu ehren.*

»Ich muss ständig an vorhin denken. Wir hätten ordentlich miteinander reden sollen, aber ich wusste nicht so ganz, was ich sagen sollte. Wie geht's dir?«

»Gut«, antworte ich, wie es von mir erwartet wird und was ich denke, das er hören möchte. Doch er glaubt es keine Sekunde.

»Nein, das stimmt nicht.«

»Okay«, seufze ich, »mir geht's nicht gut.« Ein Teil von mir sehnt sich danach, ihm von den Handschuhen zu erzählen. Vom Blut an der Stoßstange. Obwohl ich mich an Samstagabend überhaupt nicht mehr erinnern kann, glaube ich nicht, dass ich jemanden verletzt habe, und er sicher auch nicht. Er verdrehte immer die Augen, wenn ich im Wohnzimmer Spinnen mit einem Glas und einem Untersetzer hinterherjagte, sie vorsichtig in das Behältnis schaufelte und im Garten wieder freiließ. Doch in mir gibt es auch einen anderen Teil, einen dunkleren, der flüstert: Was, wenn ich doch jemanden verletzt habe? Und da weiß ich, dass ich Matt nicht in diese Sache hineinziehen darf, was auch immer *diese Sache* ist. Damit bin ich auf mich allein gestellt.

Von diesem Tage an.

»Ich habe die Schokoladenorange gefunden. Danke.«

»Nicht der Rede wert«, erwidert er, obwohl wir beide wissen, dass es sehr wohl der Rede wert ist. »Hast du sie schon gegessen?«

»Nein.«

»Du musst dich immer noch krank fühlen. Ich frage mich ständig, was dir zugestoßen ist. Erinnerst du dich schon an etwas?«

In Gesundheit und Krankheit.

»Nein.« Dann entsteht eine Pause. Matts Atem ist durchs Handy zu hören. Ein-aus-ein-aus. Ich lege den Kopf aufs Kissen und stelle mir vor, es wäre seine Brust, und seine Finger spielten mit meinem Haar.

»Ali.« Ein Wort. Nur ein Wort, umhüllt von Zärtlichkeit. »Es tut mir leid.« So nett war er schon ewig nicht mehr zu mir.

»Es ist nicht deine Schuld«, sage ich und weiß nicht, ob er sich für jetzt oder damals entschuldigt.

»Kann ich etwas für dich tun?«

Es gibt so vieles, was er tun könnte. Ich möchte, dass er mir erklärt, weshalb er sich keine Mühe mehr gegeben hat. Weshalb er mich hat gehen lassen. Doch stattdessen bitte ich ihn, mit mir zu reden. Und als er fragt: »Worüber?«, sage ich: »Über irgendetwas.« Ich stelle die Freisprechfunktion ein und lege das Handy neben meinem Ohr aufs Kissen. Dann schließe ich die Augen und höre ihm zu, und wir erinnern uns gemeinsam an die Zeit, als Branwell noch ein Welpe war und wir ihn vom Züchter nach Hause brachten. Seine Pfoten waren auf dem Laminatboden weggerutscht und er war den Flur entlanggeschliddert wie Bambi auf Schlittschuhen. Das Staunen in seinem Gesicht, als er das erste Mal Gras sah. Seine Verwirrung vor Terrassentüren, wenn draußen ein Schmetterling vorbeiflatterte und er mit der Pfote gegen das Glas schlug. Schließlich dämmere ich ein, und das Letzte, an was ich mich erinnere, ist, dass Matt Gute Nacht sagt.

Der Schlaf erhebt Anspruch auf mich, ist jedoch alles andere als erholsam. Ich werde von einem gesichtslosen Mann durch meine Albträume gejagt. Meine Füße platschen durch tiefrotes Blut, das zu einem Fluss anschwillt. Er erwischt mich.

Mit einem Keuchen erwache ich, meine Hände schnellen zum Hals, wo ich die unaufhörlich zudrückenden Finger wegreißen will, die ich dort zu spüren meine.

Niemand ist hier.

Ich schalte die Lampe an und durchquere das Zimmer. Die Wärme des Teppichs unter meinen Fußsohlen versichert mir, dass ich wach bin. Als ich die Vorhänge zur Seite ziehe, werde ich vom Mond mit seinem cremefarbenen Schein begrüßt. Durch die Schatten schlängelt sich eine Gestalt. Ich bin vor Schreck wie gelähmt, als ich darauf warte, dass sie sich umdreht. Mein Gesicht wird als geisterhafter Fleck vom Fensterglas reflektiert, doch die Gestalt bleibt nicht stehen, schaut nicht zu meinen Fenstern hoch, sondern schlendert die Straße entlang.

Es ist nicht Ewan. Nein.

Doch an der Straßenecke zögert die Person, und das Grauen meiner Albträume holt mich ein und streckt seine eisigen Finger nach mir aus.

Kapitel 16

Schlechte Nacht, Ali? Warte, bis du nach Hause kommst. Ich habe dir eine Überraschung dagelassen.

Kapitel 17

Freitag

Schlaf- und Wachphasen wechselten sich ab, in denen mich Albträume mit alarmierender Regelmäßigkeit heimsuchten und wieder aus ihren Klauen ließen, bis ich um sechs Uhr gähnend mit Branwell die Treppe hinunterschlich. Ich machte mir einen Kaffee und hörte, wie die alte Heizung gurgelnd ansprang, während ich am Becher nippte und darauf wartete, dass das Koffein seine Wirkung tat.

»Du bist aber früh auf.« Iris betritt die Küche und sieht, in ihrem Morgenrock versunken, den sie nach wie vor Hausmantel nennt, sogar noch kleiner aus. »Bist du okay?«

»Ja.« Ich antworte, ohne zu zögern, denn das tun wir immer. Wir vermeiden das Undenkbare, das Unvorstellbare, das Unaussprechliche. »Ich fahre nach Hause«, verkünde ich und stehe auf, denn ich werde hier, zwischen den Geheimnissen und Lügen und der verworrenen, qualvollen Vergangenheit, nicht die Sicherheit finden, die ich mir erhofft hatte. Ich hätte es mir eigentlich denken können.

Auf dem Weg nach Hause spüre ich ein Ziehen in der Magengegend. So fühlt man sich am Sonntagabend, wenn man am nächsten Tag wieder zur Schule muss oder wenn man nach einem Sommerurlaub in der Sonne zur Arbeit zurückkehrt. Meine Befürchtungen nehmen Gestalt an, als ich die Reisetasche vom Rücksitz hieve und Branwell aus seinem Kofferraumgefängnis befreie. Da sehe ich ihn. Auf der Stufe. Einen gepolsterten braunen Umschlag. Ich schaue mich um, bevor ich ihn dann aufhebe.

ALI

Geschrieben mit demselben schwarzen Marker. Dieselbe Blockschrift.

Im Haus fahre ich mit dem Finger unter dem Klebeverschluss entlang und wippe auf den Fußballen wie ein Boxer, der sich auf einen Kampf konzentriert, bevor ich hineinschauen kann. Ich ziehe eine rechteckige kleine Schachtel heraus. Antidepressiva. Ein neongelber Post-it-Zettel klebt darauf.

Für den Fall, dass Du mit dem, was Du getan hast, nicht leben kannst. Ticktack, Ali, die Zeit läuft ab.

Welche Zeit? Ich umklammere den Zettel so fest, dass er zerknittert, und schüttle den Kopf. Doch ich weiß, dass ich es nicht länger vermeiden kann.

Ich muss herausfinden, was *genau* in jener Nacht geschehen ist.

Ich muss herausfinden, was ich getan habe.

Mr Henderson nimmt nach dem ersten Klingeln ab.

»Können Sie mich hypnotisieren?« Undeutlich und schnell stoße ich die Worte aus, noch bevor ich Hallo gesagt habe.

»Natürlich. Wann wäre …?«

»Heute. Jetzt.« Meine Stimme klingt krächzend.

Er zögert kurz und sagt dann: »Sie können um elf kommen.«

Als ich Hundekuchen in Branwells Napf schütte, rufe ich Jules an, um unser Kaffeetrinken abzusagen. Nachdem ich ihr erzählt habe, wohin ich fahre, besteht sie darauf mitzukommen, und ich bin dankbar dafür. Ich bin nervös, wenn ich daran denke, was bei dieser Sitzung herauskommen kann, aber andererseits kann ich den Kopf nicht in den Sand stecken. Wenn derjenige, der mir diese Nachrichten schickt, zur Polizei geht, wie er immer andeutet, dann ist es besser, ich weiß, was passiert ist, um mich darauf einzustellen. Einen Plan auszuarbeiten. *Eine Lüge,* sagt die kleine Stimme in mir, und ich verscheuche sie.

Mr Hendersons Behandlungszimmer ist ganz in Weiß gehalten. Urkunden in vergoldeten Rahmen hängen in einer perfekten Linie an der Wand. Ich kann mir vorstellen, dass er dazu abwechselnd Maßband und Wasserwaage gebraucht hat. Er ist so penibel. In diesem Raum, der einmal seine Garage war, bin ich noch nie gewesen. Es ist komisch, sich vorzustellen, dass unsere Garage nebenan vollgestopft ist mit Matts Golfschlägern, dem Crosstrainer, den ich nie benutzt habe, und Weihnachtsdekoration. »Alles, außer einem Auto«, scherzte Matt immer. Kleine Rauchspiralen steigen von einem Räucherstäbchen auf, Jasmin, glaube ich, und verteilen sich im Raum. Ich frage mich, ob Mr Henderson es angezündet hat, um den leichten Feuchtigkeitsgeruch zu überdecken. In seinem Haus hat er das nie gemacht. Trotz der Wärme abgebenden orangefarbenen Röhren des elektrischen Heizstrahlers geht von den Ziegelsteinen Kälte aus.

»Es ist noch nicht zu spät abzuhauen«, flüstert Jules laut und starrt auf die Therapieliege, als wäre sie ein mittelalterliches Folterinstrument. Ich fordere sie auf, still zu sein, denn Mr Henderson kann sie wahrscheinlich auf dem Flur hören, wo seine Schritte widerhallen und die Teetassen auf dem Tablett klappern.

Er tritt hinter sich die Tür mit dem Fuß zu. »Bedienen Sie sich.« Er stellt das Tablett auf dem perfekt gewienerten Mahagonitisch ab. Der Raum ist spärlich eingerichtet, aber makellos. Hier gibt es keine dünnen Staubschichten, die oft die Fotografien in Mr Hendersons Wohnbereich bedecken.

Er sitzt auf dem Stuhl mit hoher Rückenlehne mir gegenüber, schlägt die Beine übereinander und nimmt sich ein Klemmbrett und einen Stift. Heute trägt er eine Krawatte, und das ist eine formelle Seite an ihm, die ich noch nicht kenne. Die Dynamik unserer Beziehung hat sich geändert, und ich nehme mir Zeit, als ich Zucker und Milch in meinen Tee schütte, um zu verbergen, wie unwohl ich mich fühle. Ich hatte angenommen, ich würde in seinem weichen Sessel im Wohnzimmer sitzen, in dem ich schon hundert Mal zuvor gesessen hatte. Dass es fast so etwas wie ein Höflichkeitsbesuch wäre.

Jules hat jedoch keine Skrupel, zu sagen, was sie denkt. »Ich glaube nicht an all das hier.« Dramatisch fuchtelt sie mit den Armen herum.

»Sie glauben nicht an Hypnotherapie?«

»An nichts davon«, antwortet sie bestimmt. »Das ist wie Homöopathie. Wie kann etwas, das man mit Wasser verdünnt, ein Heilmittel sein?« Sie schüttelt den Kopf und reckt sich nach einem Butterkeks. »Oder dieses Reiki-Ding. Heilen mit den Händen. Also bitte!« Sie lehnt sich zurück und knabbert mit herausforderndem Blick an ihrem Keks, aber Mr Henderson reagiert ruhig und bedächtig.

»Ich kann nicht für andere Therapien oder Therapeuten sprechen, aber Hypnotherapie ist ein sehr wirksames Mittel, wenn es richtig angewendet wird. Es gibt Hunderte von Forschungsstudien, die die Wirkung belegen. Ich kann Ihnen einige Berichte darüber zeigen, wenn Sie möchten.« Er spricht mit Jules, nicht mit mir, und ich staune, wie geduldig er ist. Wie nett. Das hier ist schließlich nicht ihre Sitzung.

»Ist in Ordnung. Ich sehe, dass *Sie* daran glauben.« Jules wischt sich Krümel vom Schoß. »Und was werden Sie tun? Eine Sitzung und Ali geht es auf magische Weise besser? Sie wird sich daran erinnern, was passiert ist, und wieder Gesichter erkennen?«

»Leider hat Ali eine Verletzung am Temporallappen des Gehirns erlitten, und Hypnose kann das nicht heilen. Bei der Gesichtserkennung kann ich nicht helfen. Aber bezüglich des Gedächtnisverlustes kann ich in diesem Stadium nicht sagen, wie viele Sitzungen bei Ali nötig sind. Ein Gehirn ist wie ein Fingerabdruck. Es ist einzigartig und jedes reagiert anders. Amnesie ist ein komplexes psychisches Leiden. Bei lokalisierter Amnesie, worunter Sie leiden, Ali, können Sie sich nicht an die Ereignisse jener Nacht erinnern, obwohl diese Erinnerungen immer noch irgendwo vorhanden sind. Man muss sie nur finden.«

»Aber ich werde mich erinnern?«

»Möglicherweise. Sie könnten sich heute, nächste Woche, nächstes Jahr oder vielleicht nie daran erinnern. Wenn wir etwas so Schockierendes erleben, was unser Verstand nicht verarbeiten kann, blenden wir es oft entweder aus oder geben vor, dass es nie passiert ist, indem wir völlig normale Dinge tun.«

»Das hier ist nicht normal«, murmelt Jules laut genug, dass man es hören kann.

»Was meinen Sie mit *normal*?« Ich versuche alles, was er sagt, mit meinen eigenen Erfahrungen zu vergleichen.

»Es gab zum Beispiel einen Fall, bei dem eine Frau nach jahrelanger häuslicher Gewalt ihren Mann und ihre Kinder umgebracht hat. Sich selbst hat sie jedoch nicht das Leben genommen, sondern für alle Essen gekocht, als wäre nichts geschehen.«

»Das gibt's doch nicht!« Ich bin entsetzt. Wie kann man nicht wissen, dass man seine gesamte Familie umgebracht hat?

»Die Mutter dieser Frau kam vorbei und erwischte sie dabei, wie sie über Körper hinwegstieg, um den Tisch zu decken. Die Wände waren mit Blut bespritzt. Sie hatte keine bewusste Erinnerung an die Tat. Sie waren in einer Bar?«

»Ja, im Prism.« Ich versuche, das Bild dieser Frau und dieser armen Kinder beiseitezuschieben. Was musste sie durchgemacht haben, dass es zu einer solchen Kurzschlusshandlung kam?

»Es ist sehr wahrscheinlich, dass Ihre Erinnerung wieder einsetzt, wenn Sie noch einmal in diese Bar gehen oder ein Lied hören, das an jenem Abend gespielt wurde, das gleiche Parfüm riechen, was jemand angelegt hatte, vom gleichen Getränk kosten. Wir werden oft durch unsere Sinne zu gewissen Ereignissen zurückgeführt. Der Geruch von Zimt erinnert mich zum Beispiel an den Kuchen, den Jeannie immer zu Weihnachten gebacken hat. Wir taten ein Fünfcentstück hinein, und dann hatte einer von uns einen Wunsch frei.«

Auf seinem Gesicht erscheint ein wehmütiger Ausdruck, und ich frage mich, ob er an seine Kinder denkt, sich fragt, was sie sich damals wünschten und ob es wahr wurde.

»Kokosnuss erinnert mich immer an Strand«, mischt sich Jules ein. »An Sonnencreme.«

Plötzlich ist es, als könnte ich das Schreien der Möwen hören und die Picknickdecke auf der Haut spüren. Wir liegen oben auf den Klippen vor dem zerfallenden Cottage. Matts Hände auf meinem Körper, wo sie Sonnencreme in die Schultern, das Schlüsselbein, das immer verbrennt, massieren, und in mein Bikinioberteil abtauchen, wo sie über die Brustwarzen streichen.

»Ali? Alles okay?«

Jules' Stimme holt mich in die Gegenwart zurück. Mein Gesicht ist so glühend heiß wie die Sonne, unter der ich mir gerade vorgestellt hatte zu liegen.

»Ist es gefährlich?«, frage ich. Wenn ein einfacher Auslöser ausreicht, um mich so lebhaft an Matts Haut auf meiner zu erinnern, will ich dann in jene Nacht zurückkatapultiert werden? Finger, die sich in meine Arme drücken, zerrissene Strumpfhosen. Meine Kehle rau vom Schreien.

»Nein. Es hat nie einen glaubhaften Bericht über jemanden gegeben, der durch Hypnose verletzt wurde. Sie üben die Kontrolle aus. Sie werden nichts tun, was Sie nicht wollen, und Sie werden sich an nichts erinnern, was Sie nicht verkraften können.«

»Und wenn sie es doch tut?«, fragt Jules. »Ich finde das alles sehr beunruhigend.«

»Ali muss sich alles Mögliche vorstellen.« Mr Henderson spricht langsam und geduldig, als er sich an Jules wendet, und ich möchte darauf hinweisen, dass ich auch noch im Zimmer bin. Ich bin durchaus in der Lage, meine eigenen Entscheidungen zu treffen, aber ich weiß, dass sich Jules nur Sorgen um mich macht. »Das ist ganz normal. Und manchmal schreien solche vermeintlichen Ängste nach Aufmerksamkeit, bis sie ständig im Bewusstsein verankert sind und nicht mehr ignoriert werden können. Die Wahrheit macht frei, sagt man. Es ist viel einfacher, mit Schwarz und Weiß klarzukommen als mit den Grautönen, die in den finstersten Tiefen unserer Seele lauern. Kenne deinen Feind, sozusagen.« Sein Blick trifft auf meinen, als er das sagt, und ich kann nichts gegen den Schauer tun, der mir über den Rücken läuft. »Erinnerungen können gefährlich sein, und nicht nur für die betroffene Person.«

»Können wir nicht einfach anfangen?«, frage ich. »Je schneller ich es weiß, desto besser.«

»Leider kann ich nicht einfach in Ihren Kopf hineingreifen und die Erinnerungen herauspflücken, um die es Ihnen geht. Es kann sein, dass Ihnen heute nichts einfällt, aber ich werde mein Bestes tun. Jules, würden Sie bitte draußen warten?« Mr Henderson steht auf und deutet auf die Tür.

»Keine Chance«, sagt Jules. »Ich bleibe hier, um zu sehen, was Sie mit ihr machen.«

»Jules!« Ich bin entsetzt. »Er wird mir nichts tun.«

»Du weißt doch, was ich meine. Wenn alles astrein ist, macht es doch wohl nichts, wenn ich bleibe, oder?«

»Es ist nicht üblich«, erklärt Mr Henderson. »Wenn noch jemand im Raum ist, kann das ablenken.«

»Mir ist es egal«, sage ich, als ich auf die Therapieliege zugehe. So langsam muss es mal losgehen.

»Gut«, räumt Mr Henderson ein, und dieses Mal klingt seine Stimme angespannt. Ich lege mich auf die kalte Liege und ziehe die flaschengrüne Fleecedecke über den unteren Teil meines Körpers. Musik flutet den Raum – Panflöten –, und ich kann mir vorstellen, wie Jules die Augen verdreht.

»Liegen Sie bequem, Ali?«, fragt Mr Henderson. Ich bejahe seine Frage, obwohl meine Muskeln angespannt sind und der Körper steif ist wie ein Stock.

»Gut. Zuerst führe ich Sie durch eine Visualisierung und Sie gleiten in eine Trance. Das ist nicht so beängstigend, wie es klingt. Wir verfallen mehrmals am Tag in Trance. Oft nennen wir es auch Autopilot. Fahren Sie manchmal mit dem Auto und kommen am Ziel an, ohne sich an die Fahrt dorthin zu erinnern?«

»Ständig.« Das Blut an meiner Stoßstange.

»Das ist eine Art von Trance. Wir sind körperlich anwesend, aber unser Unterbewusstsein hat die Führung übernommen. Sie werden Ihre Umgebung zu einem gewissen Grad noch wahrnehmen und in der Lage sein, mich jederzeit zu stoppen. Bereit?«

Nein.

»Ja.«

»Dann fangen wir an.«

Kapitel 18

Zunächst bin ich verlegen, als mich Mr Henderson durch die Visualisierung führt. Ich habe die Augen fest geschlossen, spüre jedoch, dass sich meine Wangen röten, als ich mir vorstelle, wie Mr Henderson und Jules mich beobachten. Und warten. Ehrlich gesagt habe ich Angst, dass es nicht funktioniert, andererseits aber auch, dass es funktioniert. Was täte Mr Henderson, wenn ich gestehen würde, dass ich jemanden verletzt habe? Wäre er verpflichtet, mich bei der Polizei anzuzeigen, moralisch verpflichtet? Eigentlich hatte ich ihn fragen wollen, aber ich wusste nicht, wie. Mir schwirrt der Kopf, während ich im Hintergrund durch einen Garten geführt werde, ein paar Steinstufen hinunter, tiefer und tiefer. Mr Hendersons Stimme ist sanfter, lindernder Balsam für meine geschundenen, bloß liegenden Nerven. Trotz meiner Vorbehalte spüre ich nach und nach, wie mein Körper schwerer wird, sich scheinbar in die harte Auflage drückt, auf der ich liege, obwohl ich weiß, dass das nicht sein kann.

»Sie gehen jetzt hinüber zu den Blumenbeeten, Ali. Stellen Sie sich die Farben vor. Den Duft.«

Gelbe Rosen an meinem Hochzeitstag.

Der Himmel ist wolkenlos und strahlend.

Die Wärme der Sonne auf meiner Haut.

»Spüren Sie die Erde unter Ihren Füßen.«

Grashalme kitzeln meine nackten Zehen.

Ein herrlicher Sommertag.

Vogelgezwitscher.

Ich treibe dahin. Unentzifferbare Worte tanzen um meine Ohren herum. Ich bin zufrieden. Entspannt. Benebelt wie nach einer halben Flasche Wein.

»Wir gehen zurück zu letztem Samstag. Zurück zum Prism.«

Ich will den Kopf schütteln, bringe jedoch nicht die Energie auf. Ich möchte im Garten bleiben, wo ich sicher bin. Ich will Nein sagen, aber meine Lippen sind vom Durst ausgetrocknet. Langsam stiehlt sich der Garten davon, und es ist, als verschwände die Sonne hinter einer Wolke. Ich zittere und spüre eine Gänsehaut auf den Armen, doch mein Körper ist schwer, und ich kann meine Hände nicht dazu bringen, die Decke bis zum Kinn hochzuziehen.

»Nein. Nein. Nein.«

Eigentlich denke ich, die Worte seien in meinem Kopf, aber Mr Henderson fragt mich behutsam, weshalb ich Nein sage, und ich weiß nicht, ob ich Nein zu jetzt oder zu letztens sage. Musik dröhnt mir in den Ohren. Ein wummernder Bass. Blinkende Lichter. Ich weiß nur, dass Angst an die Stelle der Entspannung getreten ist, die ich noch vor ein paar Momenten genossen habe. Weitere Bilder erscheinen. Tanzen. Lachen. Trinken. Das Gefühl, davonlaufen zu wollen. Wovor? Vor meinem Date? Dieser Sitzung? Zurück in den Garten. Ein Gänseblümchen pflücken. Die Blütenblätter abzupfen. Sie im Wind fliegen lassen wie Konfetti. Willst du diesen Mann nehmen? Er liebt mich, er liebt mich nicht. Nicht. Matt liebt mich nicht, obwohl er mir einen Ring an den Finger gesteckt hat.

> Da rief die Mieze: »O Federfreund, dein Sing-Song entzückt mich sehr. Auf, machen wir Hochzeit! Uns fehlt nur der Ring. Wo kriegen wir den aber her?«

»Wo sind Sie, Ali?«

Schlafzimmer. Bens Zimmer. Ich lese ihm vor. Wir liegen auf seinem Rennautobett, aber es wackelt. Wackelt. Jemand schüttelt mich. Packt fest meine Arme. Zu fest.

»Gehen Sie zurück zur Bar, Ali.«

Der Garten. Ich will wieder in den Garten, doch die kalten, knochigen Finger der Vergangenheit zerren mich zurück. Zerren mich dorthin, wo ich nicht sein will. Doch ich muss dorthin. *Ticktack*, hatte auf der Nachricht gestanden. Ich weiß nicht, wann die Zeit abgelaufen ist oder was passiert, wenn sie abgelaufen ist. Sand rinnt durch die Eieruhr in Chrissys Küche. Sand rinnt mir durch die Finger, als ich den Deckel des Tupperware-Behälters öffne und Matt ein Sandwich mit Ei und Mayonnaise anbiete. Wir liegen lang gestreckt auf der Picknickdecke auf der Felskuppe vor dem verfallenen Cottage. Konzentrier dich. *Ticktack, Ali.* Ich kann nicht denken! Gerede. So viel Gerede – Mr Henderson – ich möchte, dass er still ist. Schweigt. SCHWEIGT! Ich schreie in der Bar. Wegen des wummernden Basses ist meine Stimme kaum zu hören.

»Ali, wer ist bei Ihnen?«

Kalt. Es ist so kalt. Ich bin draußen. Regen prasselt, aber trotzdem ist die dröhnende Musik noch zu hören. Der Gestank faulender Lebensmittel in den Mülltonnen ist übermächtig, aber nicht daran schuld, dass es mir vor Übelkeit den Magen umdreht. In der Gasse ist es finster, nur vom Notausgangszeichen geht ein matter grüner Schein aus und ein rechteckiger von einer geöffneten Tür.

»Wir sollten nicht hier draußen sein. Ich möchte wieder rein.« Ich drehe mich um, doch Finger, die fest in meinen Ellbogen drücken, ziehen mich zurück. Ich rutsche auf meinen High Heels aus und schramme mit der Schulter an den glitschigen Ziegelsteinen entlang.

»Ich will nicht …«, wehre ich mich. Der Backstein wird weggetreten und das Licht verschwindet. Ich kann nirgends hin, als die Tür des Notausgangs zuschlägt.

Ich will nicht! Jetzt schreie ich. In jener Nacht und jetzt. Die Panik hat mich fest im Griff. Ich will nicht!

»Wer ist bei Ihnen, Ali? Schauen Sie hin.«

»Stopp!« Eine Hand auf meiner Schulter. Jules' Stimme. »Das reicht. Ali, alles ist gut. Du bist in Sicherheit.«

»Sie hätten sie nicht aufwecken sollen«, sagt Mr Henderson. »Wir waren dicht dran.«

»Aber schauen Sie sie doch an«, blafft Jules.

Ich blinzle. Blinzle und weine. Weine und blinzle. Zurück im Zimmer. Zurück in Sicherheit. Aber nicht wirklich, oder? Jetzt weiß ich mehr denn je, dass mir jemand wehgetan hat. Doch ich weiß immer noch nicht, wer.

Der Motor brummt, als wir vor der Ampel darauf warten, dass sie umschaltet. Ich lege die Wange gegen die Scheibe, spüre die winzigen Vibrationen bis in die Zehen. Jules tippt auf ihrem Handy herum. Ein Auto hält neben uns, und der Fahrer schaut mich an. Es könnte er sein. Es könnte jeder sein. Als wir uns von Mr Henderson verabschiedeten, schlug er vor, ich solle nächste Woche wiederkommen, um es noch einmal zu versuchen. »Allein«, hatte er betont, und ich wusste, dass er über Jules' Unterbrechung der Sitzung verärgert war. Irgendwie habe ich das Gefühl, ihn enttäuscht zu haben. Alle enttäuscht zu haben. Ich bin erschüttert über die undeutlichen Rückblenden, die auf mich eingestürmt waren, aber ich kann sie nicht zusammensetzen. Das Geschrei. Die Wut. Irgendjemand muss wissen, mit wem ich zusammen war.

»Wo, glaubst du, ist Chrissy?«, frage ich Jules, als ich die Handbremse löse und Gas gebe. Die Reifen des Autos drehen sich so schnell wie die Gedanken in meinem Kopf.

»Wahrscheinlich mit irgendeinem Mann unterwegs«, antwortet Jules. Seitdem Chrissy preisgegeben hatte, dass einer der Männer, mit denen sie zusammen gewesen war, noch in einer Ehe gesteckt hatte, fühlte sich Jules ihr moralisch überlegen.

»Frauen wie sie zerstören Ehen«, hatte Jules gesagt und ihr Glas Wein leer getrunken, nachdem Chrissy zur Toilette gegangen war.

Ich frage mich jetzt, ob sie froh ist, dass Chrissy nicht da ist und sie diejenige, die mich unterstützt, aber das ist nicht gerecht. Keinem gefällt das hier, zu allerletzt mir.

Ich blinke links und biege vorsichtig an der Kreuzung ab. »Sie antwortet nicht auf meine Textnachrichten.«

»Hör auf, dir Sorgen zu machen.«

»Ich muss herausfinden, mit wem ich das Date hatte, und sie war die Einzige, die ihn außer mir gesehen hat.«

»Herrgott!«, schreit Jules, und ich trete automatisch auf die Bremse. »Tut mir leid, ich dachte, der Hund würde auf die Straße rennen. Lass es dabei bewenden, Ali.« Sie berührt meinen Arm. »Schau nach vorn.«

Doch das kann ich nicht. Ich kann nicht nach vorn schauen und dachte, alles zu verdrängen, würde, wie schon einmal, helfen, es zu vergessen. Aber nicht in der Lage zu sein, sich genau zu erinnern, ist irgendwie schlimmer.

»Kommst du noch mit rein?«, fragt Jules, als ich in unsere Einfahrt fahre. »James arbeitet von zu Hause aus. Er ist bestimmt gespannt, wie alles abgelaufen ist.«

»Nein. Ich werde heiß duschen.« Ich zittere immer noch vor Kälte. Vor Schock.

Nachdem ich gegessen habe, kann ich die bettelnden Blicke, die Branwell mir zuwirft, nicht mehr ignorieren. Er dreht den Kopf zwischen mir und der Tür hin und her, und ein leises Winseln ist zu hören. Manchmal bin ich überzeugt davon, dass er die Uhrzeit kennt. Ich arbeite nur fünf Minuten entfernt und komme in meiner Mittagspause immer nach Hause. Nachdem ich dann mein Sandwich gegessen und meinen Teller in die Spülmaschine gestellt habe, kommt Branwell mit fliegenden Ohren und heraushängender Zunge den Flur entlanggeprescht und dreht sich im Kreis, sodass ich warten muss, bis er sich beruhigt hat und ich die Leine in seinem Halsband einhaken kann. Obwohl ich krankgeschrieben bin, möchte ich die gewohnte Routine beibehalten. Es scheint irgendwie wichtig zu sein, vorzugeben, dass alles normal ist, obwohl es das offensichtlich nicht ist.

Regen spritzt gegen das Fenster, deshalb ziehe ich die Regenjacke an und klopfe auf die Taschen, um zu prüfen, ob ich Hundekotbeutel dabeihabe.

Ich bin bereit, zögere aber, die Haustür aufzuschließen. Eine kalte, stechende Angst lässt mich wie angewurzelt stehen bleiben. Durch die hypnotherapeutische Behandlung fühle ich mich schlechter, nicht besser. Die Rückblenden, die sie bewirkt hat. Unbehagen verbirgt sich tief unter meiner Haut, winzige Kreaturen schlüpfen aus Eiern.

Branwell legt den Kopf zur Seite, und die Hoffnung steht ihm ins haarige Gesicht geschrieben. Ich weiß, dass ein Spaziergang uns beiden guttun wird, und trotzdem muss ich tief Luft holen, bevor ich vor die Tür trete.

Der Wind ist frisch, und die nackten Zweige der Bäume ragen als Schatten vor einem dunkelgrauen Himmel auf. Nieselregen weht mir ins Gesicht. Ich neige den Kopf, dränge nach vorn, während mich das Wetter zurückdrängt. Branwell zieht an der Leine, rennt zum Ende des Weges, biegt nach links ab und bleibt am Rasenstück stehen, an dem er immer schnüffelt, bevor er sein erstes Pipi macht. Autos fahren langsam vorbei. Reifen platschen durch Pfützen. Scheinwerfer durchschneiden die Trostlosigkeit. Ein Jogger mit Kapuzenjacke läuft vorbei, fängt meinen Blick auf und nickt mir zu. Schwarze Turnschuhe patschen auf den Beton, und als ich diese Schuhe sehe, regt sich etwas in meinem Unterbewusstsein. Ich konzentriere mich, bis mir der Mann vor unserem Haus einfällt, der sich um Branwell gekümmert hatte, als der mir durch die offene Haustür entwischt war. Ich schaue ihm nach, bis er um eine Ecke verschwindet. Ich bin nass bis auf die Haut. Paranoia und Regen haften an meiner Kleidung. Branwell ruckt vorwärts und zieht mich auf einen knallroten Briefkasten zu, als wäre es ein alter Freund. Seine Nase zuckt, bevor er erneut das Bein hebt.

Meine Nase und die Fingerspitzen sind vor Kälte ganz taub. Die Leine hängt durch, und ich stelle fest, dass wir uns an der Kreuzung befinden. Branwell sitzt geduldig am Bordstein und wartet darauf, dass ich den Knopf drücke. Als der Piepton erklingt, steht er auf und seine Pfoten klacken auf dem nassen Asphalt.

Die Strandpromenade ist menschenleer. Im Sommer drängen sich hier Touristen. Eiscremeverschmierte Kinder tragen Kescher und Eimer, Väter haben krebsrote Schultern, Mütter fischen Münzen aus Portemonnaies für die Spielhalle, die wie ein Leuchtturm blinkt und Familien anzieht, wenn sich der Himmel bezieht und Regen fällt. Im Sommer komme ich selten her. Die Einheimischen kennen Ecken und Winkel, die die Besucher nicht kennen. Die Bucht, die nur zu Fuß zu erreichen ist, und der Weg entlang der Klippen, zu dem man über einen zerfurchten Pfad gelangt, der auf keiner Karte verzeichnet ist. Dort ging ich immer mit Branwell spazieren und ignorierte das Schild, auf dem GEFAHR stand. Ich fand meinen Weg durch die verfallende Ruine des Cottage, das einst erhobenen

Hauptes und stolz dastand, bis dieser Küstenstrich allmählich ausgehöhlt wurde. Mum, Ben und ich picknickten immer am Cottage, hoch über dem überfüllten Strand. Später brachte ich Matt hierher, teilte Erinnerungen mit ihm, erzählte ihm, welch ein besonderer Ort es für mich sei, und hier machte er mir den Heiratsantrag. An die kahle Ziegelsteinwand gelehnt, hatten wir in dem alten Gebäude miteinander geschlafen. Als ich daran denke, erinnere ich mich an etwas aus der Hypnose. An ein Picknick mit Matt an unserem besonderen Ort. Ich spüre einen stechenden Schmerz von etwas, was ich nicht identifizieren kann, tief in mir, doch ich schiebe es beiseite. Wenn der Frühling kommt und in der Stadt wieder geschäftiges Treiben herrscht, werde ich vielleicht wieder dorthin gehen, aber heute bleibe ich auf der Promenade. Es ist trübe, und Wellen tosen im steingrauen Meer. Der Wind betäubt meine Wangen und Ohren, aber ich mag die Einsamkeit. Niemand macht zu dieser Jahreszeit hier Urlaub. Ich lasse Branwell von der Leine und schaue zu, wie er mit im Wind flatternden Ohren auf unserer gewohnten Strecke davonprescht. Erst als ich mich wieder aufrichte und ein Salzwassersprühnebel mein Gesicht befeuchtet, bemerke ich, dass jemand auf der Bank sitzt und aufs Meer hinausstarrt. Es erscheint mir merkwürdig, dass jemand bei diesem schlechten Wetter hier sitzt. Ich schaue sofort auf seine Schuhe. Schwarze Turnschuhe.

»Branwell!«, rufe ich und beschleunige das Tempo. Mein schwarz-weißer Hund ist ein Fleck in der Ferne, als er zum verlassenen Golfplatz und auf die Treppe zuflitzt, die wir normalerweise hinunter zum Strand nehmen.

»Branwell!«, rufe ich noch einmal. Sein Name wird vom Wind verschluckt, doch zu meiner Erleichterung steht er neben der Bank, wo in den drückend heißen Sommermonaten immer dasselbe ältere Ehepaar mit einer Thermosflasche und einem Tupperbehälter mit Sandwiches sitzt und den ihren Hunger herausschreienden Möwen Brotrinde zuwirft. Zuerst weiß ich nicht, weshalb Branwell dort stehen geblieben ist, doch als ich näher komme, sehe ich, dass er ein Hotdog frisst, was jemand fallen gelassen hat.

Ich schaue über die Schulter. Die Gestalt auf der Bank ist gegangen. Dennoch denke ich, als die Büsche rascheln, die den Golfplatz schützen, und die Bäume ächzen, dass es viele Stellen gibt, an denen man sich verstecken kann. Ich zittere, als ich in die Hocke gehe.

»Hast du noch nichts von der Fünf-Sekunden-Regel gehört?«, murmele ich, als ich Branwells Leine in sein Halsband hake. Auf keinen Fall werde ich am menschenleeren Strand entlanggehen. Ich richte mich auf, sehe, was auf der Bank zurückgelassen wurde, und alles um mich herum entfernt sich von mir. Das Rauschen der Wellen, der auf mein Gesicht prasselnde Regen, die Seebrücke.

Ein Paar Schuhe. Meine fehlenden Schuhe. Spitze schwarze High Heels mit einer silbernen Schleife. Die Schuhe, die ich in jener Nacht trug. Auf den Latten der Bank klebt eine Nachricht, die als Schutz vor Feuchtigkeit in einer Gefriertüte steckt.

Zwei Worte.

Lauf, Ali.

Ohne zu zögern, reiße ich die Schuhe an mich und renne nach Hause.

Kapitel 19

Ich habe ein klitzekleines bisschen Mitleid mit dir, als du entsetzt auf deine Schuhe starrst, den Mund wie ein Goldfisch öffnest und schließt, doch ich schiebe es schnell beiseite. Hast du jemals für jemand anderen als dich selbst Mitleid empfunden, Ali? Hast du das?

Du rennst schneller, als ich je gedacht hätte. Treibt es dich an, wenn du nicht weißt, vor wem du Angst hast? Vor wem du davonläufst? Strömt durch deine Adern Adrenalin? Rast dein Herz in der Brust?

Es ist fast schon komisch, wie du über den leeren Golfplatz auf die Hauptstraße zurennst. Der Hund ist genauso verwirrt wie du. Als deine Füße auf dem nassen Gras den Halt verlieren, ruderst du mit den Armen, um das Gleichgewicht zu halten, und die High Heels, die du in der Hand gehalten hast, fallen zu Boden. Du fällst mit voller Wucht auf die Hände und Knie. Der Hund springt vor und leckt dein Gesicht. Du schaust dich um, als würde dich jemand beobachten, und das tue ich, Ali. Ich beobachte dich. Um nichts in der Welt will ich dein verängstigtes Gesicht verpassen. Ich kann es mir nicht verkneifen, mit den Ästen des Busches zu rascheln, in dem ich hocke, und deine weit aufgerissenen Augen scheinen direkt auf mein Versteck gerichtet zu sein, doch du entdeckst mich nicht. Auch wenn du es könntest, wärst du nicht in der Lage, mich zu identifizieren, nicht wahr? Aus dieser kurzen Entfernung kann ich sehen, dass deine Wangen feucht sind, und ich hoffe, es sind neben dem Regen auch Tränen. Du rappelst dich wieder auf und läufst weiter, ohne die Schuhe aufzuheben. Doch trotz der Eile ist dein Gang langsamer, merkwürdig. Du vermeidest es, Gewicht auf deinen linken Fuß zu legen, und ich freue mich, dass du verletzt bist, Ali. Bin richtig froh. Aber du hast noch lange nicht genug gelitten. Ich komme gerade erst in Fahrt.

Auf der Hauptstraße hat ein Auto eine Fehlzündung, und tatsächlich duckst du dich, hältst dir die Hände über den Kopf, als würde jemand auf dich schießen. Als ob ich das täte, Ali. Dich zu erschießen, ginge viel zu schnell. Zu schmerzlos.

Dennoch ist da eine Regung tief in mir, als ich dich davonhumpeln sehe. Aber du hast dir das alles selbst zuzuschreiben, Ali. Das hast du wirklich.

Kapitel 20

Mein Knöchel schreit vor Schmerz, als ich halb laufend, halb humpelnd nach Hause renne und an der Leine des armen Branwell zerre, wenn er zurückbleibt. Ständig über die Schulter zu schauen, verlangsamt mein Tempo, doch ich kann nicht anders. Ich weiß, dass mich auf dem Golfplatz jemand beobachtet hat. Es ist, als hätte die Intensität seines Blickes meine Haut beschmutzt. Die Straßen sind fast menschenleer, denn wegen des Regens bleibt jeder zu Hause. Ich reiße das Gartentor auf, und es fällt hinter mir krachend ins Schloss, als ich den Weg zum Haus entlangpatsche. Meine zitternden Finger fummeln nach dem richtigen Schlüssel. Ich habe Angst, jemand reißt ihn mir aus der Hand, doch ich höre keine Schritte, kein Quietschen der Scharniere des Gartentors. Nur der auf das Verandadach prasselnde Regen ist zu hören, und mein rasendes Herz dröhnt mir in den Ohren.

Als wir drinnen sind, schließe ich die Tür ab, bevor ich meine matschigen Stiefel von mir schleudere und mich aus der durchnässten Jacke schäle. Branwell schüttelt das Wasser aus seinem Fell und hinterlässt dabei winzige dunkle Punkte an den weißen Wänden. Er trottet hinter mir her, als ich automatisch in die Küche gehe. Ich kann nicht aufhören zu zittern, sehne mich nach Trost und schreibe eine Nachricht an Matt:

Ich kann mit Branwell nicht Gassi gehen.

Und während ich auf eine Antwort warte, humpele ich ins Badezimmer, stecke den Stöpsel in die Wanne, drehe den Hahn auf und schütte Kokosnussschaumbad in das dampfende Wasser. Während ich darauf warte, dass sich die Wanne füllt, fragt Matt:

Warum nicht?

Ich zögere, weiß nicht, was ich schreiben und wem ich trauen soll.

Ich habe mir den Knöchel verstaucht.

Das ist keine Lüge.

Tut mir leid.

Ich vergieße Tränen des Selbstmitleids, während ich mich ausziehe und dann in die Wanne sinke. Ich lehne mich zurück und lege den Kopf auf ein zusammengerolltes Handtuch. Das warme Wasser wärmt mich, bis der klopfende Schmerz in meinem Knöchel kaum mehr zu spüren ist. An faulen Sonntagen lagen wir morgens oft in der Wanne. Matt ausgestreckt und ich zwischen seinen Beinen wie in einem Ruderboot, den Rücken an seine Brust gelehnt. Er massierte Shampoo in meine Haare, bis ich das Gefühl hatte, mit ihm zu verschmelzen. Seine seifigen Hände glitten über meine Schultern und weiter hinunter über meine Brüste. Jetzt scheuere ich meine Haut, bis sie schweinchenrosa und rau ist, als könnte ich die Einsamkeit abwaschen, die ich fühle. Und als die Erinnerung an Matt schwindet, wird sie von einer anderen ersetzt. Ich erinnere mich daran, wie ich schon einmal meine Schuhe verloren habe. Ich muss ungefähr acht gewesen sein. Damals machte Dad mit mir einen Tagesausflug zu einem Vergnügungspark. Ich fühlte mich als etwas Besonderes, als wir die Straße entlangsausten. Auf dem Beifahrersitz kam ich mir so erwachsen vor und beobachtete im Seitenspiegel, wie Mum immer kleiner wurde. Sie hatte Ben auf dem Arm, der uns mit seinen pummeligen Ärmchen hinterherwinkte. Die Landschaft zog mit hügeligen Feldern und grasenden Schafen vorbei, während wir Brausepulverbonbons lutschten und zu »Blowing in the Wind« sangen, bis wir eine Straße mit Schlaglöchern entlangholperten, die in einen bereits überfüllten Parkplatz mündete.

Am Eingang hielt ich meinen Arm hin, damit das lilafarbene Armband befestigt werden konnte, was mir Zugang zu sämtlichen Fahrgeschäften verschaffte. Dad überflog derweil den dreifach gefalteten glänzenden Plan, der ihm mit dem Wechselgeld ausgehändigt worden war.

»Auf geht's.« Er lächelte und wusste genau, wohin er wollte. Lachend schlängelten wir uns durch die Besuchermenge, aßen Pommes frites mit Essig und hielten Teleskoplinsen auf mit Zuckerwatte verklebte Kinder, bis wir eine Hüpfburg in Regenbogenfarben erreichten, die größer war als unser Haus.

»Die ist aber groß.« Ich schaute blinzelnd auf die Burg, die sich bis zur Sonne hinauf zu erstrecken schien. Dad ging darauf zu, doch meine Füße waren in den hellgrünen Kunststoffschuhen auf dem glitzernden Asphalt wie festgewachsen.

Er streckte mir die Hand entgegen. »Du vertraust mir doch, oder?«, sagte er, und ich nickte. Das tat ich. Hatte ich getan. Ich schob meine kleine Hand in seine, und wir kletterten das glatte Plastik hinauf, rutschten manchmal wieder zurück, hielten inne, um zu Atem zu kommen, aber lachten die ganze Zeit. Oben balancierte Dad am Rand. »Verschränk die Arme vor der Brust«, wies er mich an. »Und dann lass dich rückwärts fallen.«

»Das kann ich nicht.« Vor Angst drehte es mir den Magen um, als ich das Mädchen vor uns kreischend auf den Boden der Hüpfburg fallen sah.

»Es ist sicher. Alles wird gut«, versicherte Dad, aber es nahm mir überhaupt nicht die Angst, als ich auf Beinen, die sich zu schwach anfühlten, um mich aufrecht zu halten, absprungbereit dastand und mir der Wind die Haare zerzauste. Schließlich schloss ich widerwillig die Augen und ließ mich nach hinten kippen, bis ich schreiend ins Nichts stürzte, meine Finger sich am T-Shirt festkrallten und ich blind darauf vertraute, dass alles gut werden würde. Der Fall schien kein Ende zu nehmen. Meine Plastikschuhe flogen von den Füßen, der Wind pfiff mir um die Ohren und die Wangen zitterten. Dad rief immer wieder, dass alles gut werden würde, obwohl ich noch nie so viel Angst gehabt hatte und das Ganze in Wirklichkeit nur wenige Sekunden gedauert haben konnte. Ich schlug auf einer dicken Polstermatte auf, war wieder umgeben von Hot-Dog-Duft und Destiny's Child, deren »Say My Name« aus blechernen Lautsprechern auf hohen Pfosten drängte. Doch ich war außerstande zu sprechen. Oder zu denken. Auch als ich still dastand, fühlte es sich immer noch so an, als würde ich fallen. Ich schob meine Hand in Dads, wollte Bestätigung, dass ich sicher war.

An jenem Tag verlor ich meine Schuhe, aber die Angst, dieses Gefühl, unkontrolliert ins Nichts zu stürzen, hat mich nie verlassen. Genauso fühlte ich mich, als ich Dad verlor. Mum verlor. Und genauso fühle ich mich jetzt, doch dieses Mal gibt es niemanden, der meine Hand hält. Keiner, der mir sagt, dass alles gut wird.

Mein Handy schreckt mich auf. Ich döse auf dem Sofa, und Branwell hat sich in meine angewinkelten Knie gekuschelt. Mein Buch ist zu Boden gefallen. Ich recke mich nach meinem auf dem Sofatisch vibrierenden Telefon. Es ist Ben.

»Hallo«, krächze ich.

»Bist du okay?«

»Total fertig. Ich muss eingenickt sein.« Ich setze mich auf und gähne. Schalte die Lampe ein, bevor ich auf meine Uhr schaue. Es ist fast fünf. Ich trage bereits meinen flauschigen Schlafanzug, und meine Haare sind noch feucht vom Bad. Das Schmerzmittel, das ich nehme, haut mich um.

»Wie war's in Edinburgh? Bist du zurück?«

»Noch ungefähr zwanzig Minuten entfernt. Dachte mir, ich schaue bei dir vorbei. Ich könnte Essen mitbringen. Ist Chinesisch okay?«

»Perfekt. Bis gleich.« Wir beenden das Gespräch, ohne darüber zu sprechen, was wir essen werden. Es wird Zitronenhühnchen sein. Wie immer. Es war Mums Lieblingsgericht, und nach dem Vorfall ging sie dazu über, es nachzukochen und nicht mehr vom chinesischen Imbiss zu holen. Dicke gelbe Soße. Zartes weißes Fleisch. Ich hole Besteck aus der Schublade und stelle die Teller zum Wärmen in den Backofen. Dann füttere ich Branwell, damit er satt ist, wenn unser Essen kommt. Allerdings wird ihn das nicht davon abhalten, auf einen Krabbenchip zum Knabbern zu hoffen. Als ich in der Küche hin und her eile, frage ich mich, ob Mum aufgehört hat, Essen beim Chinesen zu bestellen, weil wir es uns nicht mehr leisten konnten oder weil sie dachte, dass sie keine Leckerei mehr verdiente. Ich glaube, es war zunächst vielleicht das Schamgefühl, das sie ans Haus fesselte, frage mich aber, ob sie anders gehandelt hätte, wenn ihr bewusst gewesen wäre, dass das Schlimmste erst noch bevorstand. Wäre sie durch Felder voller Sonnenblumen gelaufen, die Sonne auf ihrer Haut, den Wind in den Haaren? Wäre sie zumindest hoch erhobenen Hauptes und mit gestrafften Schultern durch die Straßen marschiert? Das ist eines der Dinge, die ich niemals erfahren werde. So viele Dinge werde ich niemals erfahren. Und ich bin nicht sicher, ob es die zusätzliche Zeit ist, die mir zur Verfügung steht, weil ich nicht arbeite, oder der Vorfall von letztem Samstag, der bestätigt, wie vergänglich das Leben sein kann und wie viel wir als selbstverständlich betrachten, dass die Vergangenheit in meinem Bewusstsein immer mehr in den Vordergrund tritt. Ich versuche zwar, sie zurückzudrängen, aber wie Wasser, das durch einen Damm sickert, drängt sie sich trotzdem vor. Vielleicht versucht mir mein Unterbewusstsein zu sagen, dass ich durch Felder voller Sonnenblumen laufen soll, die Sonne auf der Haut, den Wind in den Haaren, und hoch erhobenen Hauptes und mit gestrafften Schultern durch die Straßen marschieren, aber wie kann ich das? Nicht, wenn Ewan da draußen sein und mich beobachten könnte. Auf mich wartet.

Vierzig Minuten später klopft es an der Tür. Ich weiß, dass es Ben sein muss, aber trotzdem nimmt mein Herz Fahrt auf.

Lauf, Ali.

Ich spähe in den dunklen Abend hinaus. Obwohl ich sehen kann, dass ein Mann auf der Türschwelle steht, der eine Tüte mit der Aufschrift des örtlichen Chinaimbisses in der Hand hält und genau wie Ben eine Brille mit Drahtgestell trägt, zögere ich noch, die Tür aufzuschließen.

»Beeil dich, Ali-Kätzchen.« Ben hat mich am Fenster entdeckt. »Es ist eiskalt hier draußen.«

Und beruhigt durch seine Stimme, lasse ich ihn herein.

* * *

In der Küche trage ich das Zitronenhühnchen auf, dessen intensiver Zitrusgeruch sich in meiner Kehle verfängt. Dazu gibt es duftigen Reis, gesprenkelt mit gelbem Ei, und hellgrüne Erbsen.

»Schön, dass du dich in Schale geworfen hast.« Bens Blick wandert über meinen Schlafanzug, als er seine Anzugjacke von den Schultern rutschen lässt. Dann lockert er die Krawatte, zieht sie über den Kopf und steckt sie in die Hosentasche, wie er es immer getan hat, sobald er aus der Schule nach Hause kam. Und obwohl ich seine Gesichtszüge nicht erkenne, scheint das nicht mehr ganz so wichtig zu sein. Wie alt er auch immer wird, ich sehe immer noch den kleinen Jungen in ihm, der mit schokoladenverschmiertem Mund Plastikautos über den Wohnzimmerboden sausen ließ.

»Meine mangelnden Bemühungen zeigen dir, wie sehr ich dich liebe«, sage ich. »Das ist ein Kompliment, wirklich. War deine Reise erfolgreich?« Ich werfe die Styroporbehälter in die Spüle, um sie auszuwaschen und zu recyceln.

»Sehr.« Seine Stimme klingt tonlos.

»Dann musst du dich doch freuen.« Er hatte sich um die Verluste Sorgen gemacht, die das Hotel schon seit einer Ewigkeit machte.

»Ja. Ich bin nur kaputt.« Er schiebt die Brille hoch. »Es ist so eine lange Fahrt. Nächstes Mal nehme ich wahrscheinlich den Zug und rechne es über Aufwendungen ab. Ich habe das Gefühl, ich könnte eine Woche lang schlafen.« Er zieht den Korken aus der Weinflasche, die er gekauft hat, und ich will eigentlich sagen, dass ich wegen meiner Schmerzmittel nichts trinken darf, doch ein Glas wird sicher nicht wehtun, und so hole ich zwei Gläser.

Wir essen am Frühstückstresen in der vom Ofen gewärmten Küche.

»Erinnerst du dich noch daran, als sich Tante Iris zum ersten Mal an diesem Gericht versucht hat?«, fragt Ben.

»O Gott, ja. Sie hatte die Zitrone nicht geschält, und du bist fast erstickt. Sie hat dich an den Knöcheln festgehalten und auf den Kopf gestellt, während ich auf die Stelle zwischen den Schulterblättern geschlagen habe.« Jetzt lachen wir darüber, aber damals war es nicht lustig. Bens kleines Gesicht war krebsrot, und ich fühlte mich vollkommen hilflos.

»In der Küche war sie unbrauchbar, oder?«

»Es muss hart für sie gewesen sein«, sage ich, als ich einen Krabbenchip in die Soße tauche. »Plötzlich mit zwei Kindern dazusitzen, wenn man bereits entschieden hat, keine zu wollen.« »Ich habe das Leben verloren, das ich hätte haben können«, hörte ich sie einmal am Telefon sagen, kurz nachdem sie eingezogen war, als sie dachte, ich würde nicht zuhören. Ich hatte meine Schuldgefühle unter einer dicken Schicht Verbitterung versteckt. »Sie tat ihr Bestes.«

»Du hältst zu Iris? Das ist doch normalerweise mein Part. Dieser Schlag auf den Kopf muss wirklich etwas mit deinem Verstand gemacht haben.«

»Haha. Ich habe letzte Nacht sogar bei ihr geschlafen.«

»Warum?« Ben legt das Besteck beiseite und schaut mich prüfend an.

»Ich weiß nicht«, antworte ich, obwohl ich es weiß.

»Warum, Ali?« Ben legt seine Hand auf meine, damit ich meine Gabel nicht anheben kann.

»Ich hatte Angst.«

»Wovor? Vor wem?«

Er wird es nicht auf sich beruhen lassen, deshalb erzähle ich ihm stockend die Dinge, von denen ich meine, dass er sie wissen sollte, und verschweige die, von denen ich nicht will, dass er sie weiß. Er sagt nichts, als ich von der Nachricht in den Blumen berichte und von dem Mann, der gegen die Fensterscheibe geschlagen hat.

»Heute hat mich jemand auf der Promenade verfolgt. Da bin ich sicher.« Ich verschweige die Handschuhe, das Blut auf dem Auto und meine Schuhe. Ich will nicht, dass Ben sich mehr Sorgen macht, als ich das bereits tue. Außerdem gibt es einen Teil in mir, der genau herausfinden will, was ich getan habe, ohne dass Leute um mich herum Spekulationen anstellen oder mich ablehnen.

»Mistkerl! Und das war der Mann, mit dem du das Blind Date hattest? Ewan?«

»Er muss es gewesen sein.«

»Du hättest mir das sagen sollen. Dann wäre ich niemals nach Edinburgh gefahren.« Ben schiebt wütend den Teller von sich.

»Und genau aus diesem Grund habe ich das nicht getan. Bitte lass uns das Thema wechseln. Du machst den Kaffee, und wir gehen ins Wohnzimmer. Da können wir beide die Füße hochlegen.« Ich rutsche vom Hocker.

Im Wohnzimmer ist es kälter als in der Küche mit dem Ofen. Ich schalte die Lampen ein und halte die Hand an den Heizkörper. Er ist lauwarm.

Das Thermostat für die Heizung befindet sich im Flur. Nachdem ich es hochgestellt habe, gehe ich zur Haustür, um den Rollladen vor dem kleinen Fenster herunterzulassen. Die Abende kommen so schnell und verschlucken das verblassende Licht. Ich habe den Gurt in der Hand und lasse den Rollladen herunter, als ich draußen einen sich bewegenden Schatten wahrnehme. Jemand ist im Vorgarten.

»Ben!«, rufe ich mit eindringlicher Stimme.

Instinktiv schalte ich das Licht aus, damit mich die Fensterscheibe nicht widerspiegelt. Als der Flur in Dunkelheit getaucht wird, verharrt die Gestalt und ein Gesicht starrt mich direkt an.

»Ben!« Jetzt rufe ich lauter.

»Bist du okay?« Ben kommt auf mich zugeeilt.

»Er ist draußen.«

Über Bens Gesicht huschen Gefühlsregungen. Ich glaube Schock und noch etwas anderes zu sehen. Vielleicht Angst. Doch ich kann seine Gesichtszüge nicht gut genug lesen. Ich schelte mich dafür, meinen kleinen Bruder in Schwierigkeiten hineinzuziehen, die ich verursacht habe.

Ben stürzt sich auf die Türklinke. Sein Mund bildet eine dünne, gerade Linie.

»Was tust du?« Meine Stimme klingt schrill und voller Angst.

»Ich werde dem Ganzen jetzt ein für alle Mal ein Ende setzen.« Ben reißt die Tür auf. »Lass meine Schwester in Ruhe!«, schreit er, als er nach draußen prescht.

Der Mann rennt davon, und Ben ist ihm auf den Fersen.

Ich greife nach Branwells Halsband, um ihn davon abzuhalten, die Verfolgung aufzunehmen, und führe ihn in die Küche. Draußen schaue ich nach rechts und links, aber auf der langen Straße ist niemand zu sehen. Nebel wabert um den orangefarbenen Schein der Straßenlaternen.

In den Tiefen der Dunkelheit schreit ein Mann.

Kapitel 21

Der Schrei kam aus Richtung des Pubs, und ich renne darauf zu. Adrenalin betäubt den Schmerz in meinem Knöchel, als die Hüttenschuhe auf den Asphalt stampfen. Frost bildet sich auf den Windschutzscheiben der parkenden Autos – später wird eine dicke Eisschicht daraus werden –, aber ich bemerke die Kälte nicht, als sich meine angewinkelten Arme vor und zurück bewegen und die angespannten Oberschenkelmuskeln brennen.

Ben.

Zigarettenrauch mischt sich mit der kalten Luft, die ich keuchend einatme. Der Weg wird jetzt heller. Scheinwerfer vor dem Pub beleuchten hangende Körbe, in denen sich im Sommer rosa- und lilafarbene Pflanzen ranken, die jetzt aber braun sind und verrotten. Der Wind bewegt das Pubschild quietschend hin und her. Unsicher verlangsame ich mein Tempo. Wie immer freitagabends ist im Pub viel los. Raucher lehnen an der Mauer. Eine Frau mit einer glänzend schwarzen Bobfrisur, die einen zu kurzen Rock trägt und deren Beine von der Kälte fleckig sind, stöckelt auf unmöglich hohen High Heels rauchend von einer Seite zur anderen. Eine Gruppe von Männern in engen Jeans, Turnschuhen und trotz der Kälte T-Shirts diskutiert das morgige Fußballspiel.

»He, he!«, ruft eine Stimme. »Bist du schon bettfein, Schätzchen?«

Mir meines dünnen Schlafanzugs bewusst, verschränke ich die Arme vor der Brust und senke den Kopf. Als ich vorbeischleiche, kommt mir in den Sinn, dass einer dieser Männer *er* sein könnte, Ewan. Ich beginne zu zittern.

»Lass sie in Ruhe«, mischt sich eine andere männliche Stimme ein, und ich bin dankbar, bis einer fortfährt: »Du siehst toll aus in diesem Schlafanzug, aber er sähe noch besser auf meinem Schlafzimmerboden aus.« Am Klang ihres schallenden Gelächters ist nichts Lustiges. »Mit mir hättest du eine schöne Zeit.«

»Für deine *schöne Zeit* würde sie ein Mikroskop brauchen«, ruft das Mädchen und stopft ihren Zigarettenstummel in eine fast leere Flasche Cidre. Es zischt, als die rote Spitze dunkel wird. »Lass sie in Ruhe, Schwachkopf. Bist du okay?«

»Ich suche einen Mann …«

»Da brauchst du nicht mehr weiterzusuchen!« Ein Mann springt vor mich und greift sich in den Schritt.

»Verpiss dich!« Das Mädchen schubst ihn weg.

»Meinen Bruder«, sage ich. »Er hat jemanden verfolgt.«

»Ja, die sind die Gasse runtergerannt.« Das Mädchen deutet die Richtung rechts vom Pub mit einer nickenden Kopfbewegung an. Ich hoffe, sie wird mir anbieten mitzukommen, doch sie stöckelt auf ihren spitzen Absätzen wieder in den Pub. Die Männer folgen ihr wie Schafe.

Bei Tageslicht wimmelt es in der Gasse von Kindern, die den Weg zum örtlichen Gymnasium abkürzen. Am Abend gleicht sie einem aufgerissenen Maul, das bereit ist, mich zu verschlingen. Zunächst sehe und höre ich nichts. Ich mache einen Schritt auf den kleinen Lichtstrahl am anderen Ende der Gasse zu. Noch einen Schritt.

Rumms!

Ich wirbele mit klopfendem Herzen herum, doch Stimmen entfernen sich, und mir wird klar, dass es die Pubtür war, die zugefallen ist. Dann höre ich das Zuschlagen einer Autotür und das Aufheulen eines Motors.

Ein dritter Schritt.

Ein nicht identifizierbares Geräusch.

Ein vierter Schritt.

Eine Bewegung in der Mitte der Gasse. Ich kneife die Augen zusammen, kann jedoch nichts Genaues erkennen.

»Ben?«

Ein Stöhnen.

»Ben!« Dieses Mal höre ich, dass er es ist. Ich renne zu ihm. Er liegt in Embryonalstellung auf dem Boden. Ich hocke mich neben ihn, taste nach seiner Hand und fühle mit den Fingerspitzen den Puls. »Bist du verletzt?« Eine rhetorische Frage, gestellt aus lauter Hilflosigkeit.

Es ist anstrengend für Ben zu sprechen. »Nicht so sehr wie der andere Typ«, sagt er langsam, und meine Panik lässt nach.

Ben setzt sich hin und steht dann auf. Er schwankt und schlingt mir den Arm um die Schultern, um nicht das Gleichgewicht zu verlieren.

»Kannst du gehen?«

»Ich bin okay«, erklärt er, obwohl er das offensichtlich nicht ist.

Langsam gehen wir zurück nach Hause. Ben stützt sich mit seinem ganzen Gewicht auf mich. Mir knicken die Knie ein, und ich versuche nicht daran zu denken, dass ich ihn vor all den Jahren ohne Mühe in meinen Armen herumschleudern konnte, während er die Beine um meine Hüfte geschlungen hatte. Ein Schmerz schießt mir von der Schulter ins Genick. Mein Knöchel puckert wieder, denn das Adrenalin ist abgeebbt. Niemand steht jetzt mehr rauchend vor dem Pub, aber zwei Leute gehen auf den Eingang zu. »Ich nehme, was er hatte.«

Etwas Sarkastisches liegt mir auf der Zunge, aber ich beiße die Zähne zusammen und sage nichts. Wir hatten für diesen Abend genug Ärger.

* * *

Im Haus setze ich Ben aufs Sofa. Branwell kläfft glücklich, als ich die Küchentür öffne, um eine Schüssel mit warmem Wasser zu holen. Aus dem Badezimmerschrank im ersten Stock nehme ich eine Flasche Desinfektionsmittel und Watte.

Ben sitzt kalkweiß da. Die Brille ist verbogen und das weiße Hemd blutbefleckt. Eine Schürfwunde verläuft kreuz und quer über die geschwollene Wange, und auf der Stirn bildet sich bereits eine Beule.

»Es tut mir so leid.« Ich knie mich neben ihn, feuchte einen Wattebausch an und tupfe damit leicht die verletzte Haut ab.

»Das ist nicht deine Schuld. Tut mir leid, dass er mir entwischt ist.«

»Was ist passiert?« Ich drücke vorsichtig die Fingerkuppen auf die Wunde, taste nach Steinchen, aber ich glaube, sie ist sauber.

»Er hat mich überrascht. Ich bin in die Gasse gelaufen, und er packte mich und warf mich gegen die Mauer. Ich muss mir den Kopf angehauen haben, denn ich erinnere mich an nichts, bis du aufgetaucht bist.«

»Vielleicht sollten wir ins Krankenhaus fahren und dich durchchecken lassen.« Ich schraube den Deckel des Desinfektionsmittels ab. Der Geruch beißt mir in der Nase.

»Ich werde es überleben.« Ben zuckt zusammen, als das Desinfektionsmittel in die Wunde dringt. »Ich weiß noch, wie du das immer bei meinen Knien gemacht hast, als ich klein war.«

»Du bist ständig hingefallen.« Gefühle kommen auf. »Ich weiß nicht, was ich täte, wenn dir etwas passieren würde.«

»Mir passiert nichts. Aber du machst mir Sorgen, Ali-Kätzchen. Ich denke, wir sollten die Polizei rufen.«

Ich hocke mich auf die Fersen, lasse den Wattebausch zu Boden fallen und schiebe Branwell weg, der daran schnüffeln will.

»Konntest du ihn erkennen?«, frage ich.

»Nein, sein Gesicht habe ich überhaupt nicht gesehen. Aber wir hätten anzeigen sollen, was dir letzten Samstag passiert ist. Auch wenn du dich an nichts erinnerst, wäre die Sache dann aktenkundig gewesen.«

»Du weißt doch, weshalb ich nicht zur Polizei will.«

»Diesmal wäre es nicht das Gleiche. Es ist nicht die gleiche Situation. Bitte, Ali. Was ist, wenn er zurückkommt und ich nicht hier bin?«

Ich kaue auf der Unterlippe und wäge die Möglichkeiten ab. Was ist mit den Handschuhen? Dem Blut? *Für den Fall, dass du mit dem, was du getan hast, nicht leben kannst.* Ich habe solche Angst. Angst davor, was sie herausfinden könnten, wenn sie anfangen herumzustochern. Angst davor, was ich herausfinden könnte. Doch als ich meinen blassen, aufgewühlten Bruder anschaue, dessen Wange knallrot ist, da weiß ich, dass er sich schreckliche Sorgen um mich machen wird, wenn ich nichts sage, und es wäre irgendwie egoistisch, wenn ich nur an mich denken würde.

»Ich hole mein Handy«, sage ich.

Mein Mobiltelefon lädt in der Küche. Ich ziehe den Stecker, und als ich es entsperre, bekomme ich eine Textnachricht von einer unbekannten Nummer angezeigt.

Wenn Du Deinen Bruder schützen willst, geh nicht zur Polizei, Ali. Stell Dir vor, wie er sich fühlen würde, wenn er wüsste, was Du getan hast, oder gar das hier sieht.

Zuerst bin ich verwirrt. *Das hier sieht?* Doch dann geht auf meinem Handy eine weitere Nachricht ein. Dieses Mal ist es ein Video. Als ich auf Play drücke, habe ich ein komisches Gefühl im Magen. Das Bildmaterial ist dunkel und unscharf, aber es besteht kein Zweifel daran, dass es im Wohnzimmer mit einem Handy aufgenommen wurde, das neben dem Fernseher platziert gewesen sein muss. Flackernde Teelichter scheinen die einzige Beleuchtung zu sein. Da sind die pastellrosa Tapete mit den taubengrauen Vögeln, die gesichtslosen Engel, das Bücherregal mit meiner mit Blumen verzierten pinkfarbenen Schachtel ganz oben, aber Details registriere ich kaum. Ich habe meine ganze Aufmerksamkeit nur auf mich gerichtet. Mein Rücken zeigt zur Kamera, blonde Haare ergießen sich über den nackten Rücken. Das schulterfreie grüne Kleid, das ich an jenem Abend trug, bauscht sich um meine Taille. Man erkennt die Außenseiten meiner Brüste, die auf und ab hüpfen. Unter mir sind die nackten Beine eines Mannes zu sehen. Seine Hose ist bis zu den Knöcheln heruntergelassen, die Hände umklammern meine Taille, während er immer tiefer in mich eindringt und ich die Hüften vor- und zurückschiebe. Er schaut direkt in die Kamera. Sein Gesicht befindet sich im Schatten, doch auch wenn es klar zu sehen wäre, könnte ich ihn nicht identifizieren. Ich kann das niemandem zeigen. Es muss letzten Samstag aufgenommen worden sein, doch ich erinnere mich nicht daran. Obwohl ich nicht aussehe, als würde ich protestieren, weiß ich, dass ich Sex mit einem praktisch Fremden auf keinen Fall zugestimmt hätte. Ich fühle mich schmutzig und missbraucht und schäme mich sofort. Wieder geht eine Nachricht ein. Erneut dieselben Worte:

Hast Du das Date genossen, Schlampe?

Gallenflüssigkeit, heiß und sauer, sammelt sich in meinem Mund, und ich krümme mich über die Spüle, als sich das

Zitronenhühnchen die Kehle hinaufarbeitet. Sex. Ich bin beim Sex gefilmt worden. Was, wenn Ben das sieht? Matt? Was, wenn das Video letztendlich im Internet landet? Immer wieder übergebe ich mich, bis sich in meinem Magen kein Essen mehr befindet, sondern nur noch Wut.

Wie kann er es wagen, mir zu drohen? Mich zu erpressen? Ben mit hineinzuziehen? Wie kann er das verdammt noch mal wagen?

Wieder eine Nachricht.

Wer weiß, was ich in jener Nacht noch gefilmt habe, Ali?

Ich kann jetzt nicht zur Polizei gehen, aber morgen werde ich genau herausfinden, wer Ewan ist und was er will, auch wenn es mich umbringt.

Noch einmal denke ich an das Video.

Auch wenn ich *ihn* letztendlich umbringe.

Kapitel 22

Samstag

Orangefarbene und scharlachrote Bänder überziehen den Himmel, als die Sonne aufgeht. In den acht Stunden, die vergangen sind, seitdem Ben nach Hause gefahren ist, ist meine Wut nicht verraucht, obwohl meine Entschlossenheit, Ewan ausfindig zu machen, jetzt zugegebenermaßen durch Angst gemildert ist. Ben hatte letztendlich meine Entscheidung akzeptiert, nicht die Polizei zu rufen, und hatte es auf meinen Widerwillen geschoben, die Vergangenheit wieder aufleben zu lassen. Natürlich konnte ich ihm nicht vom Video, den blutbefleckten Handschuhen und dem beschädigten Auto erzählen. Von der Drohung, ich könnte etwas Furchtbares getan haben und dabei gefilmt worden sein. Obwohl es töricht erscheinen mag, einen Mann ausfindig machen zu wollen, von dem ich weiß, dass er eindeutig gefährlich ist, kann ich nicht einfach dasitzen und nichts tun. Nach dem Angriff auf Ben letzte Nacht scheint das Ganze auf eine bisher nicht dagewesene Art persönlich geworden zu sein. Wieder spüre ich dieses glühend heiße Brennen in den Adern, als ich an die Prellungen in Bens Gesicht denke, und fast wünsche ich mir, das Blut auf meinen Handschuhen wäre Ewans. Dass ich ihn verletzt habe. Dieser Gedanke nimmt

Form an, bis er sich klar und deutlich abzeichnet. Vielleicht war es so. Vielleicht hat Ewan mich angegriffen, und ich habe mich gewehrt. Mit aller Kraft. Vielleicht dreht sich alles nur um verletzten Stolz und die Absicht, mir Angst einzujagen. Wenn dem so ist, wird es ihm sicherlich bald langweilig werden. Garantiert. Das rede ich mir ein, aber es klingt nicht glaubhaft. Auf dem Video protestiere ich nicht, und erneut frage ich mich, ob ich unter Drogen stand. Wieder fühle ich mich schmutzig, als ich an das Video denke, dusche zum dritten Mal, seitdem ich es angeschaut habe, und ziehe mich an.

Ich meißele gerade zwei Scheiben vom Brot aus der Gefriertruhe, als es an der Tür klingelt. Ich drücke mich mit dem Messer in der Hand am Eingang herum, als der Briefkasten klappert.

»Ali!«, ruft Matt, und als würde mich das präsentabler machen, streiche ich mir instinktiv über die Haare und beeile mich, ihn hereinzulassen.

»Das ist aber eine Überraschung.« Ich weiß nicht, was ich sagen soll. Matt war noch nie hier. Branwell drückt sich durch meine Beine und wedelt so schnell mit dem Schwanz, dass der als solcher gar nicht mehr zu erkennen ist.

»Ich dachte, ich komme lieber vorbei und gehe mit ihm Gassi, wo du doch Probleme mit dem Knöchel hast.« Er geht in die Hocke, und Branwell legt seine Vorderpfoten auf Matts Knie und leckt ihm das Gesicht ab. »Gewaschen bin ich bereits, danke.« Matt wehrt ihn ab und schaut auf. Verlegen drehe ich mich um und hole Branwells Leine, seine Leckerlis und ein paar Kotbeutel aus dem Schrank. Ich bringe es nicht über mich, Matt anzuschauen. Fast befürchte ich, er könne meinen Gesichtsausdruck lesen und dadurch erfahren, dass ich Sex mit einem anderen Mann hatte. Reue überkommt mich.

»Bist du okay? Erinnerst du dich an etwas?«, fragt Matt und hakt die Leine in Branwells Halsband.

»Warum werde ich das ständig gefragt?« Mein Ton ist schärfer als beabsichtigt.

»Na gut.« Er richtet sich auf. »Wie wär's mit einem Kaffee, wenn ich zurückkomme?« Beschämt wegen meiner Schroffheit, biete ich ein Frühstück mit allem Drum und Dran an.

* * *

Während Würstchen und Speck in der Pfanne brutzeln, denke ich darüber nach, wie merkwürdig sich die Dinge entwickeln. Matt ist so nett zu mir wie schon ewig nicht mehr. Ich schneide Champignons, viertele Tomaten – eine essbare Version der Darreichung des Ölzweigs – und habe gerade den Tisch gedeckt, als Matt zurückkommt. Er wäscht sich die Hände und steckt Brotscheiben in den Toaster. Nachdem sie herausgesprungen sind, bestreicht er sie mit Butter.

»Du bist ja richtig häuslich geworden«, bemerke ich, um das Schweigen zu brechen.

»Glaub nicht alles, was du siehst.«

Als ich darauf nichts erwidere, breitet sich wieder Schweigen zwischen uns aus. Ich kann es nicht. Ich kann nichts glauben, was ich sehe.

Es ist komisch, Matt hier zu haben, und ich glaube, er fühlt sich genauso unbehaglich wie ich, als er an der Tasse Tee nippt, die ich ihm über den Tresen zugeschoben habe. Er verzieht das Gesicht und sucht nach Zucker, weil ich vergessen habe, welchen hineinzutun.

»Was hast du so gemacht?«, fragt er, und Schuldgefühle überkommen mich, bevor mir klar wird, dass auch er nach einem Gesprächsthema sucht. Wir wissen beide nicht mehr, wie wir miteinander umgehen sollen. Wer wir füreinander sind. »Blöde Frage«, gesteht Matt, um etwas zu sagen, als ich es nicht tue. »Wie fühlst du dich?«

»Mir brummt noch der Kopf, aber es geht mir besser. Allerdings bin ich durch die Schmerzmittel immer benommen. Ich mache oft ein Nickerchen.«

»Und dein Gedächtnis? Das Proso-Dingsbums?«

»Keine Veränderung.« Ich spieße einen Champignon auf. »Heute Morgen kam allerdings per Post ein Termin für das Forschungsprogramm über Prosopagnosie an der Stonehill University für nächsten Mittwoch.«

»Das ist super, aber eine ganz schön lange Anreise. Was ist übrigens mit deinem Auto passiert?«, fragt Matt. »Mir ist der Schaden vorne gar nicht aufgefallen, als du Branwell abgeholt hast.«

Ich kaue langsam, während ich mir eine Antwort zurechtlege. »Jemand hat es auf einem Parkplatz beschädigt.«

»Lohnt sich wahrscheinlich nicht, die Versicherung einzuschalten, aber du solltest nicht mit nur einem Spiegel fahren. Ich nehme es mit, besorge einen neuen und lasse die Stoßstange ersetzen.«

»Das brauchst du nicht.«

»Ich möchte es aber. Einer muss doch dafür sorgen, Ali, dass du nicht in Schwierigkeiten gerätst.« Er stupst mich mit dem Ellbogen an, um zu signalisieren, dass das ein Witz war, aber der Speck liegt mir fettig und schwer im Magen. Ich schiebe meinen Teller weg. Warum jetzt? Warum ist er so nett, nachdem ich mit einem anderen geschlafen und möglicherweise jede Chance auf eine Versöhnung vertan habe? Für einen Moment überlege ich, ob ich ihm davon erzählen soll, aber dann fällt mir ein, wie ich mich fühlen würde, wenn er eine andere Frau angefasst hätte, und ich weiß, dass es mein Geheimnis bleiben muss. Ein weiteres.

Matt wischt mit dem Brot den letzten Rest Eigelb auf. Dann steht er auf und zieht seine Jacke an.

»Bleib.« Ein Wort, obwohl tausend Tut-mir-leids und Ich-brauche-dichs unter der Oberfläche verborgen liegen.

»Ich kann nicht. Ich habe noch etwas vor.« Was das ist, erklärt er nicht näher. »Wo sind deine Autoschlüssel?«

Ich hole die Zweitschlüssel und lasse sie in seine ausgestreckte Hand fallen. Als meine Finger seine berühren, durchzuckt es mich wie ein Stromschlag.

Er trödelt ein wenig herum, als er den Flur entlangtrottet. Es sieht so aus, als sträube er sich zu gehen. An der Haustür dreht er sich zu mir um, und ich bin wieder sechzehn und aufgeregt wie vor dem ersten Kuss nach dem ersten Date.

»Matt, ich muss dir etwas sagen.« Die Worte purzeln unreflektiert aus mir heraus. »Ich habe seit dem Krankenaus darüber nachgedacht und …«

»Ich auch.« Ich verstumme und beobachte ihn, aber sein Gesichtsausdruck ist unlesbar. »Ich hätte dich verlieren können. Ich meine, richtig verlieren können, Alison.« Mein Name kommt ihm warm und sanft von der Zunge. Wieder rast mein Herz, aber dieses Mal nicht vor Angst. Matt nimmt meine Hand in seine, küsst die Handfläche und zieht mich in eine Umarmung. Sein Körper ist mir immer noch vertraut, und ich erlaube mir, mich in seinen Armen zu entspannen. Mein Kopf liegt perfekt in der Vertiefung zwischen seinem Kopf und der Schulter. Ich spüre die Wärme seiner um mich geschlungenen Arme, und trotz der Scham, die sich in Übelkeit erregenden Wellen über mich ergießt, wann immer ich an das Video denke, bin ich enttäuscht, als er mich loslässt.

»Wir reden bald. Versprochen, Ali. Es gibt da Dinge, die du wahrscheinlich wissen solltest.«

»Welche Dinge? Warum können wir nicht jetzt darüber reden?«

»Weil ich wegmuss. Tut mir leid.«

Ich spüre ein Brennen in den Augen und will auf keinen Fall weinen, als er geht. Bei ihm komme ich immer noch nicht an erster Stelle. In der Küche trage ich unsere Teller zur Spüle, um sie abzuwaschen, und finde Terry's Chocolate Orange neben den Wasserhähnen. Ich weiß nicht, was ich denken soll, aber ich habe keine Zeit, mich damit aufzuhalten. Ich muss mich umziehen. Mein Date ist genau eine Woche her.

Mr Henderson hatte gesagt: »Es kann sein, dass Sie sich wieder erinnern, wenn Sie noch einmal ins Prism gehen.«

Und genau das werde ich tun.

Kapitel 23

Wenn ich am Samstagabend ausgehe, achte ich normalerweise auf mein Make-up, meine Haare und mein Outfit und prüfe mein Spiegelbild aus sämtlichen Blickwinkeln. Heute Abend trage ich eine schlichte schwarze Hose und ein langärmliges T-Shirt, das meine Hämatome verdeckt. Ich kann es immer noch nicht ertragen, mich im Spiegel zu betrachten, aber auch wenn ich es könnte, würde ich kein Rouge auflegen oder meine Augenbrauen nachziehen. Bei dem Gedanken daran, dass mich ein anderer Mann auch nur anschauen könnte, geschweige denn anfassen, dreht sich mir der Magen um. Das Taxi hupt draußen, und ich wünschte, ich hätte mein eigenes Auto, damit ich schnell flüchten kann, wenn es mir zu viel wird.

Ich schließe ab und eile den Weg entlang, sage dem Fahrer, dass ich gleich komme, und gehe mit großen Schritten zu Jules' Haustür. Sie muss das Hupen gehört haben. Durch das Wohnzimmerfenster sehe ich sie und James. Während sie mit erhobener Stimme redet, gestikuliert sie mit den Händen herum, aber ich verstehe nicht, was sie sagt. Ich klopfe heftig gegen die Fensterscheibe und deute auf das Taxi hinter mir.

»Tut mir leid.« Sie ist außer Atem, als sie Sekunden später die Haustür öffnet und dann hinter sich zuwirft.

»Wo ist James?« Er hatte versprochen mitzukommen.

»Er hat Migräne.«

Ich schaue noch einmal flüchtig durchs Fenster. James hat den Kopf in die Hände gestützt. Ich spüre ein Gefühl der Beklemmung und fürchte mich davor, wieder in die Bar zu gehen. Mit James wäre ich nicht so nervös gewesen.

»Hör mal, Ali.« Jules steht immer noch an derselben Stelle, und die Schlüssel baumeln an ihrem Finger. »Glaubst du wirklich, dass es eine gute Idee ist? Besonders, da James jetzt nicht mitkommt.«

»Ich weiß nicht, was ich sonst machen soll.« Ich zucke mit den Schultern. »Es ist genau eine Woche her, deshalb habe ich die Hoffnung, dass das Personal in der Bar dasselbe sein wird. Jemand muss mich gesehen haben. Sich an mich erinnern. Vielleicht wissen, wer Ewan ist.«

»Das wird zu einer Besessenheit, um es mal in aller Deutlichkeit zu sagen. Aber was bringt es dir, wenn du weißt, wer er ist? Er wird kaum mit der Wahrheit über jene Nacht herausrücken, und es ist doch jetzt vorbei. Kannst du es nicht einfach abhaken?«

»Nein.« Ich führe meine Antwort nicht weiter aus, kann ihr nicht von den Handschuhen und dem Auto erzählen. Von meinen vagen, ungewissen Vermutungen, dass ich etwas Furchtbares getan haben könnte und Ewan mich vielleicht dabei gefilmt hat. Jules würde mir dann definitiv ausreden, zur Bar zu fahren, aber in diesem Katz-und-Maus-Spiel habe ich es satt, die Maus zu sein.

»Und was, wenn er dort ist?«, fragt sie. »Du würdest ihn nicht erkennen, aber er könnte …«

»Das wird er nicht.« Ich falle ihr ins Wort, bin schon nervös genug. »Außerdem wirst du den ganzen Abend an meiner Seite sein. Bitte, Jules! Ich fahre mit dir oder ohne dich. Mir wäre es lieber, du kommst mit.«

Sie seufzt. »Okay, aber ich werde mich volllaufen lassen und du zahlst.«

Mir kommt in den Sinn, dass Jules vielleicht nichts trinken und wachsam bleiben würde, wenn ich ehrlich zu ihr wäre und ihr erzählen würde, was Ewan mit mir gemacht hat, aber andererseits käme sie dann vielleicht nicht mit und ich will nicht allein sein. Ich gehe mit großen Schritten auf das Taxi zu, rede mir ein, dass man zu mehreren sicher ist, auch wenn Jules nicht die ganze Geschichte kennt, aber noch bevor der Gedanke richtig Gestalt annimmt, weiß ich, dass ich mich selbst belüge.

Die eiskalte Luft sticht in der Lunge, als das Taxi uns vor dem Prism absetzt, doch sobald wir das Gebäude betreten, haut uns die Hitze um. Ein Mädchen verteilt Werbezettel über preisreduzierte Pitcher, und ich schaue sie mir genau an, weiß aber beim besten Willen nicht, ob ich sie schon einmal gesehen habe. Ich erinnere mich an die Tipps, die mir Dr. Saunders gegeben hat, und suche nach unterscheidenden Merkmalen, Tätowierungen, unverkennbarem Schmuck, aber letzte Woche habe ich wahrscheinlich auf all diese Dinge nicht geachtet, und das Mädchen bleibt für mich eine Unbekannte.

»Hat sie letzten Samstag gearbeitet?«, fragt Jules. Ich zucke hilflos mit den Schultern und bemerke, wie Jules die Augenbrauen hochzieht, als auch ihr klar wird, wie erfolglos das hier sein könnte.

»Haben Sie mich schon einmal gesehen?«, frage ich das Mädchen, als ich einen Zettel entgegennehme.

»Nein«, antwortet sie, aber sie hat mich kaum angeschaut.

Zwei Rausschmeißer stehen neben der zweiflügeligen Tür, die in die Bar führt.

»Erinnern Sie sich an mich?«, frage ich den einen. Er schüttelt den Kopf.

»Ooh, ist er der Daddy deines Babys?«, fragt der andere, und ich spüre, wie ich rot werde, als ich durch die Tür eile. Vor mir windet sich ein Pärchen zur Musik. Alkohol macht steife Gelenke geschmeidig und vertreibt Hemmungen.

»Was zu trinken?«, schreit Jules über die Musik hinweg, und obwohl ich nichts will, muss ich mit dem Personal an der Theke reden und nicke deshalb. Jules bestellt mir eine Weinschorle und sich selbst einen doppelten Jack Daniel's mit Cola, den sie hinunterstürzt, bevor sie bezahlt hat. »O Gott, es ist so deprimierend, Single zu sein«, sagt sie und signalisiert dem Barmann, dass sie noch einen möchte. »Ich fühle mich für solche Lokalitäten zu alt.« Normalerweise trinkt sie nicht viel, und ich wünschte, sie würde langsamer machen. Ich habe genug, um das ich mir heute Abend Sorgen machen muss, ohne dass Jules noch dazukommt.

»Haben Sie letzten Samstag gearbeitet?«, frage ich, als der Barmann einen weiteren Schuss bernsteinfarbener Flüssigkeit in Jules' Glas kippt.

»Ja. Ich arbeite jedes Wochenende. Muss irgendwie mein Studium finanzieren.«

Jules kippt ihren zweiten Doppelten hinunter und bittet um einen weiteren.

»Das ist jetzt eine merkwürdige Frage«, sage ich, »aber erinnern Sie sich daran, dass ich letztes Wochenende hier gewesen bin?«

»Wohl zu viel getrunken, was?« Er lächelt mich an. »Haben Sie was getan, was Sie nicht hätten tun sollen? Mit jemandem, der tabu war?«

Warum sagt er das? Meine Gesichtszüge verhärten sich, als ich versuche, einen natürlichen Tonfall beizubehalten.

»Ich versuche nur, ein paar Puzzleteile zusammenzusetzen. Sie wissen doch, wie das ist.«

»Sie kommen mir irgendwie bekannt vor. Habe ich Sie bedient?«

»Sie können *mich* bedienen.« Jules haut einen weiteren Zwanziger auf den Tresen. »Noch zwei Doppelte. Was ist?« Sie fängt meinen Blick auf. »Das spart mir das Anstehen.«

»Ich war mit einem Mann hier. Und mit meiner blonden Freundin. Sie hat ungefähr meine Figur. Chrissy.«

»Oh, Chrissy kenne ich!«

»Tut das nicht jeder?«, murmelt Jules vor sich hin.

»Ich erinnere mich daran, Chrissy gesehen zu haben. Sie allerdings nicht. Den Typen auch nicht. Tut mir leid.« Er dreht sich um und bedient jemand anderen.

Entmutigt trage ich meine Weißweinschorle zu einer Nische in der Ecke. Als ich mich auf die klebrige Plastiksitzbank schiebe, habe ich ein starkes Déjà-vu-Gefühl. Ein Schenkel an meinen gedrückt, eine Hand auf meinem Knie. Ein bedrückendes, unangenehmes Gefühl. Ich suche den Raum ab. Ein Mann lehnt am Tresen und beobachtet mich. Ich reiße den Blick los und sehe einen anderen Mann, der seinen Körper merkwürdig zum Takt der Musik bewegt und in meine Richtung starrt. In mir kommt Panik auf, als mein Blick zurück zum Tresen huscht. Der Mann hat die Position gewechselt, steht jetzt erhobenen Hauptes da, und ich bin der Meinung, es ist nicht dieselbe Person, die mich anschaut. Oder doch? Es ist unmöglich, es herauszufinden. Seine Gesichtszüge haben sich wieder verändert.

»Ich glaube, ich werde beobachtet«, sage ich zu Jules und deute mit den Augen diskret die Richtung an. In dem Versuch, einen ungezwungenen Eindruck zu erwecken, als sie einen heimlichen Blick auf den Mann wirft, nehme ich mein Glas und gebe vor, daran zu nippen, aber meine Hände zittern, und die Weinschorle rinnt über den Glasrand. Zwei Männer treiben sich in der Nähe unserer Nische herum. Einer flüstert dem anderen etwas zu, und der schaut mich über die Schulter an, bevor er sich wieder seinem Freund zuwendet. Sie kommen einen Schritt näher.

»Jules.« Mein Herz rast jetzt.

»Ali, das hier ist Fleischbeschau. Was hast du erwartet? Zwei Frauen allein an einem Samstagabend. Die Männer schauen natürlich. Normalerweise ist ja gerade das der Punkt.«

Ich suche die Menschenmenge ab. Eigentlich würde man glauben, dass es leicht sei, jemanden, den man kennt, anhand seiner Kleidung, Haare und Haltung zu identifizieren, aber es sind seine Gesichtszüge, die ihn einzigartig machen. Erkennbar. Lässt man sie weg, ist es wie bei Kieselsteinen am Strand. Zu viele Gemeinsamkeiten, und man braucht Geduld und Zeit, um sie auseinanderzuhalten. Von beidem besitze ich wenig.

»Wir hätten nicht herkommen sollen.« Die Musik dröhnt immer lauter in meinen Ohren. Trotz der Tatsache, dass ich heute Abend hier wahrscheinlich eine ganze Menge Leute kenne, ist jeder ein Fremder für mich. Es ist jetzt noch mehr los. Bis Mitternacht gibt es die Drinks zum halben Preis.

»Ich bin sicher, dass du viel Spaß hättest, wenn Chrissy hier wäre.« Jules kippt ihren vierten Doppelten hinunter und spricht bereits schleppend.

»Was soll das heißen?«

»Es heißt, dass du mich abserviert hast, seitdem du bei ihr eingezogen bist.«

»Hab ich nicht!«

»Sogar heute Abend suchst du nach ihr.«

»Es ist merkwürdig, aber wir sind keine Facebook-Freundinnen mehr. Ich möchte wissen, warum nicht. Ich mache mir Sorgen um sie, Jules. Du nicht?«

»Nicht besonders. Trinkst du das noch?« Sie nickt in Richtung meiner Weinschorle, und als ich den Kopf schüttle, greift sie nach dem Glas. »Sie wird am Montag auftauchen, wenn der Laden wieder aufmacht, und uns alle mit irgendeiner

Wahnsinnsgeschichte unterhalten.« Jules wirft den Kopf in den Nacken und leert das Glas.

»Mach langsam«, fordere ich sie auf. Zwischen uns herrscht eine Spannung, die ich nicht ganz verstehe, und ein Teil von mir wünscht sich, ich hätte sie nicht genötigt mitzukommen.

»Warum?« Jules' Tonfall klingt herausfordernd. »Vielleicht will ich mich betrinken und wie Chrissy einen Fremden vögeln?«

»Nur weil Chrissy einmal eine Affäre mit einem verheirateten Mann hatte, ist sie nicht gleich eine Schlampe.«

Jules prustet.

»Und nur, weil Craig sich durch die Betten geschlafen hat, heißt das nicht, dass du das auch machen musst.« Die Worte sind ausgesprochen, bevor ich sie zurückhalten kann.

»Sich durch die Betten geschlafen hat? Ich dachte, es gab nur eine? Wie viele?« Trotz der grünen und roten Lichtblitze kann ich sehen, dass ihr sämtliche Farbe aus dem Gesicht gewichen ist.

»Ich weiß nicht.«

»Wie viele Frauen, Ali?« Sie haut mit der Faust auf den Tisch.

»Ehrlich. Matt hat nicht gesagt …«

»Matt ist auch ein Wichser.«

»Nenn ihn nicht so«, sage ich ruhig.

»Warum nicht?« Sie schaut mich prüfend an. »Verdammt! Du denkst doch wohl nicht daran, ihn zurückzunehmen, oder?«

Ich will Nein sagen, bringe es aber nicht fertig.

»Herrgott, Ali! Ernsthaft. So, wie er dich behandelt hat?«

»Das ist hart gewesen, ja, aber eine Ehe ist nicht leicht, oder? Wir haben heute geredet. Was mir passiert ist, war für uns beide ein Warnsignal. Er ist anders, seitdem ich im Krankenhaus war. Netter.«

»Na prima! Du glaubst also, Paare sollten sich durch ihre Probleme arbeiten? Du Heuchlerin. Du hast mich um meinen

Ehemann gebracht und jetzt ...« Sie ist voller Bitterkeit, die sich wie dickflüssiges Gift zwischen uns ausbreitet, als ich ihr mit vor Wut zitternder Stimme ins Wort falle.

»Ich habe dich nicht um deinen Ehemann *gebracht*. Du hast ihn aus freiem Willen verlassen, als du herausgefunden hast, dass er scheiße war.«

»Immerhin war er *meine* Scheiße. Du läufst rum und ruinierst Leben.«

»Wessen Leben ruiniere ich?« Jetzt schreie ich. Wieder spüre ich Blicke auf mir, aber dieses Mal ist es mir egal.

Plötzlich ist es, als hätte jemand die Luft aus Jules herausgelassen. »Tut mir leid. Tut mir leid.« Sie fängt an zu weinen. Wischt sich mit dem Handrücken über die Nase. »Mir geht's nicht gut, Ali.«

»Du hättest nicht alles durcheinander trinken sollen. Du warst noch nie trinkfest.«

»Ich hab's nicht so gemeint. Ich vermisse Craig einfach. Und verheiratet zu sein. Das verstehst du doch, oder?« Sie weint jetzt noch mehr, und ich rutsche zu ihr auf die Bank, lege ihr den Arm um die Schultern und versichere ihr, dass ich das verstehe, aber innerlich bin ich erschüttert. Kinder und Betrunkene sagen die Wahrheit, meinte meine Mum immer. Die Wahrheit ist, dass sie einsam ist, und die Wahrheit ist, dass sie mich dafür verantwortlich macht.

Es ist fast Mitternacht, und wir sind mehr als bereit, nach Hause zu fahren. Ich komme mit einem Knäuel Toilettenpapier für Jules aus der Toilette. Heute Abend waren sämtliche Emotionen aus ihr herausgeströmt, die sie mit sich herumgetragen hatte, seitdem ihr klar geworden war, dass Craig eine Affäre hatte. Ein Taxi ist auf dem Weg, um uns abzuholen. Bevor ich links um die Ecke biege, um in den Hauptbereich der Bar zurückzukehren, schaue ich kurz nach rechts. Am Ende des dunklen Flures leuchtet das Notausgangszeichen in trübem

Grün, und sein Anblick lässt mich abrupt stehen bleiben. Daran hatte ich mich in meiner Hypnotherapiesitzung erinnert. *Ich will nicht.* Doch ich werde nach draußen gezerrt. Der Regen. Die Kälte. Die Tür fällt krachend ins Schloss. Jede Zelle meines Körpers schreit mich an wegzugehen, doch zögernd mache ich einen Schritt auf den Notausgang zu. Und dann noch einen. Die Angst hat mich fest im Griff, aber ich kann nicht umkehren. Ich muss wissen, ob noch mehr Erinnerungen kommen. Der Flur ist länger, als ich dachte. Die Musik wird hinter mir leiser. *Sei still! Sei still! Sei still!* Meine Haut kribbelt. Ich erkenne so viel wieder. Fast bin ich an der Tür. Noch ein Schritt. Ich strecke die Hand aus und berühre die kalte Metallklinke.

»Ich habe dich gesucht.« Heißer Atem an meinem Hals. Die Härchen auf meinen Armen richten sich auf. Langsam, ganz langsam drehe ich mich um.

»Lass mich in Ruhe«, sage ich zu dem Mann, der vor mir steht. Mein Blick huscht nach rechts, und ich balle die Hände zu Fäusten.

Lauf.

Meine Füße setzen sich in Bewegung, doch bevor mein Verstand mitbekommt, dass ich laufe, werde ich am Riemen meiner Handtasche zurückgerissen und falle gegen seine Brust.

»Du kommst mit mir.« Nach Zwiebeln riechender Atem. Finger umklammern meinen Ellbogen. Er zieht mich weiter den dunklen Flur entlang, weg von der Menschenmenge, dorthin, wo mich niemand schreien hören wird.

Kapitel 24

Sonntag

Der DJ verkündet, dass es Mitternacht ist, und wie Cinderella versuche ich zu flüchten.

»Lass mich los!« Ich entreiße dem Mann meinen Arm und stolpere, als er mich loslässt. Doch ich fange mich wieder und denke, dass ich es bis zum Ausgang schaffe, wo draußen eigentlich das Taxi warten sollte. Aber der Mann blockiert mit seiner bulligen Gestalt den Flur.

»Was willst du?«, knurrt er, und ich reibe meinen Ellbogen, mit dem ich gegen die Wand geknallt bin.

»Was *ich* will?«

»Du bist doch ein Bulle, oder? Kommst hier in meine Bude und befragst meine Angestellten.«

»Gott, nein! Ich war letztes Wochenende mit einem Mann hier. Bei einem Blind Date.« Ich schaue ihn prüfend an und suche nach Anzeichen dafür, dass er mir glaubt. Dann überlege ich, wie viel ich ihm erzählen sollte. Er wird nicht erpicht darauf sein, dass seine Bar mit einem Überfall in Verbindung gebracht wird. »Er hat mir wirklich gefallen.« Ich lege den Kopf zur Seite und wickle eine Haarsträhne um den Finger, wie ich es zuvor schon hundert Mal bei Chrissy gesehen habe. »Ich kann mich nicht mehr so ganz daran erinnern, wie er aussah. Du weißt doch, wie das ist.« Ich kichere auf hoffentlich mädchenhafte Art, obwohl es sich für mich zu schrill anhört. Zu verängstigt.

»Du warst besoffen.«

»Na ja, es gab zwei Schnäpse zum Preis von einem. Hör mal, kannst du mir nicht helfen? Lass mich einen Blick auf die Videoüberwachung werfen.«

Der Mann erstarrt. Dreht sich um.

»Warte!« Ich ziehe meinen Mitarbeiterausweis aus der Tasche. »Schau hier, ich bin nicht von der Polizei. Ich bin Altenpflegerin.« Ich gebe ihm den Ausweis.

»Meine Oma ist in so einem.« Er klopft sich mit der Karte auf den Handrücken, während er nachdenkt. »Okay, ich helfe dir. Weil es gut ist, dass du dich um die alten Leute kümmerst. Ihre Pisse und Scheiße wegwischst. Das ist dann meine gute Tat.«

»Danke!«

»Gegen Bezahlung«, fügt er hinzu.

* * *

»Mein Gott, fühle ich mich schlecht«, jammert Jules unaufhörlich. Sie trägt eine dunkle Sonnenbrille, obwohl die Sonne gar nicht scheint, und umklammert eine Flasche Lucozade, ihr todsicheres Heilmittel gegen einen Kater.

»Das überrascht mich nicht. Danke, dass du mitgekommen bist.«

»Ich schulde dir was. Tut mir leid, dass ich gestern Abend so ein Miststück war.«

»Ist alles vergessen.«

»Ich bin immer noch der Meinung, du solltest das nicht machen«, sagt Jules, aber ich habe bereits auf den Summer an der Tür gedrückt. »Es könnte gefährlich werden.«

»Es ist helllichter Tag, und wir sind zu zweit. Zu mehreren ist man sicher. Carls Bellen war definitiv schlimmer als sein Biss«, sage ich, aber meine Stimme klingt brüchig, und ich bekomme meinen Mund nicht dazu, sich zu einem Lächeln zu verziehen.

»Die Art von Gefährlichkeit meine ich nicht«, entgegnet Jules. »Aber was ist, wenn du dich erinnerst?«

»Das ist ja gerade der Punkt.« Mein Atem kondensiert, als ich erneut auf den Summer drücke und auf der Stelle trete, um die Füße warm zu halten.

»Aber was ist, wenn du damit nicht klarkommst? Wenn es zu schrecklich ist?«

»Wir haben das gestern Abend auch durchgestanden. Es kann nicht schlimmer sein als die Dinge, die mir bereits durch den Kopf gehen.«

»Aber dieses Mal kostet es dich Geld. Du gibst einem vollkommen Fremden fünfhundert Pfund für den unwahrscheinlichen Fall, dass dich die Videoüberwachung letztes Wochenende aufgenommen hat. Und was, wenn sie es hat? Was dann?«

Bevor ich antworten kann, geht die Tür auf, und ich fühle mich fast siegreich, als ich Carl an seiner Größe und Breite, den sich wölbenden Muskeln, dem ärmellosem T-Shirt trotz Minusgraden und den gegelten schwarzen Haaren erkenne.

Er begutachtet mich vom Kopf bis zu den Füßen und wieder zurück, wobei sein Blick auf meinen Brüsten verweilt, bevor er mir in die Augen schaut. Ich spüre, wie meine Wangen brennen, als ich die Aufschläge meiner Jacke enger zusammenziehe.

»Du bist also wiedergekommen?«

»Schlaumeier«, murmelt Jules, und ich gebe ihr einen Stoß gegen die Rippen.

Ich mache einen Schritt nach vorn, aber Carl beugt sich zur Seite, blockiert den Eingang, streckt die Hand aus und hebt die Augenbrauen.

Ich fische aus meiner Handtasche das Bündel Geldnoten, das ich vorhin hineingestopft habe.

»Bist du dir bei dieser Sache sicher?«, fragt Jules. »Ich glaube, du verschwendest dein Geld, Ali.«

»Ihr verschwendet meine verdammte Zeit«, knurrt Carl, und ich drücke ihm schnell das Geld in die Hand.

»Also kommt rein.« Ohne zu schauen, ob wir ihm folgen, dreht er sich um und geht mit großen Schritten an der ausladenden Treppe vorbei, die zu der seit Monaten geschlossenen zweiten Bar hinaufführt. Manchmal gibt es schon unten nicht genug Gäste.

Überall sieht es ohne das Stimmungslicht und den weich zeichnenden Alkoholnebel so schäbig und alt aus. Die Toilettentüren stehen offen, und ein Hauch von Chlorreiniger überdeckt den in der Luft hängenden Uringeruch. Jules und ich bleiben abrupt stehen, als wir in den Hauptbereich der Bar kommen, der immer so winzig erscheint, jetzt aber riesig aussieht.

Ein gelangweilt aussehendes Mädchen, deren Kiefer energisch ein Kaugummi bearbeiten und deren dunkler Haaransatz in einen exakt geschnittenen blonden Bob übergeht, wischt mit einem Mopp den Boden, bei dem es sich, wie ich jetzt zum ersten Mal sehe, um Parkett handelt. Plötzlich erinnere ich mich an etwas. Mum und Dad sitzen auf zu kleinen grauen Plastikstühlen hinten in der Aula. Ich als einer der Heiligen Drei Könige, gehüllt in ein altes Bettlaken mit einem Geschirrtuch auf dem Kopf, versuche, Melanie, die Maria spielt, nicht böse anzuschauen. Sie hält eine Plastikpuppe als Jesus im Arm, die eigentlich Pipi macht, wenn man ihr auf den Bauch drückt. Ein pummeliger Ben hüpft auf Dads Knien herum, klatscht an genau den falschen Stellen, zeigt auf mich und kreischt immer wieder meinen Namen, während Joseph erschöpft um eine Herberge für die Nacht bittet.

»Ali?« Jules legt mir die Hand auf den Arm und befördert mich zurück ins Hier und Jetzt, wo sich anstelle von Rauschgoldsternen aus Kleiderbügeln eine einsame Discokugel dreht. »Hast du einen Flashback?« Sie hat die Stirn besorgt in Falten gelegt.

Ich schüttle den Kopf. Habe ich nicht. Auf keinen Fall so einen, wie sie vermutet.

Carl schaut demonstrativ auf seine Uhr, und ich eile weiter, bleibe fast mit meinen Schuhen auf dem klebrigen Boden hängen. Wir gehen an der Nische in der Ecke vorbei, und ich spüre wieder das gleiche unangenehme Gefühl, das sich um mich rankt wie Efeu. Sofort tauchen vor meinem inneren Auge die blinkenden Lichter auf, die plärrende Musik.

Als wir am Tresen vorbeigehen, wirft Carl die Rolle mit den Geldscheinen, die er von mir bekommen hat, einem Mädchen zu, das leere Flaschen in eine grüne Plastikkiste schmeißt. Jules verzieht bei dem Geräusch das Gesicht.

»Bezahl den Lieferanten in bar, wenn er kommt. Und sorg dafür, dass er aufhört zu jammern«, weist Carl sie an.

»Worüber?«, will das Mädchen wissen, aber Carl ist schon scharf links in einen Flur abgebogen, und als wir am Notausgang vorbeikommen, fange ich an zu zittern. *Bitte nicht. Bitte hör auf.* Ich taste nach meiner Wange, erwarte, dass die Fingerspitzen nass sind, aber ich weine nicht, jedenfalls jetzt noch nicht.

Wir schieben uns durch eine Tür, auf der NUR FÜR PERSONAL steht, und gehen graue Betonstufen hinunter. Trotz fehlender Fenster spüre ich am Knöchel einen Luftzug. Carl betritt einen dunklen Raum. Dann ein Flackern und ein Summen und die an der niedrigen Decke hängende Neonröhre erwacht zum Leben. Ich blinzle in das grelle Licht.

Auch mit nur drei Leuten ist das *Büro* voll. Carl drängt sich an mir vorbei, und mein Rückgrat wird unangenehm gegen den metallenen Aktenschrank gedrückt. Trotzdem streicht sein Körper an meinem entlang, und ich versuche, meine Gesichtszüge zu entspannen, weil ich weiß, dass ich eine Grimasse ziehe. Er beugt sich über den abgenutzten Schreibtisch, bei dem eine Schublade fehlt, und fummelt an einem kleinen Fernsehgerät herum, bis statisches Rauschen zu hören ist. Ich drehe meinen Kopf von seiner Achselhöhle weg. Körpergeruch und Gefahr. Eine tätowierte Kobra schlängelt sich um seinen Bizeps, ein brüllender Tiger auf dem Unterarm und, rührend, das Wort Sharon in ungleichen Buchstaben auf dem Handgelenk. Das R höher als der Rest. Ich frage mich, ob sie seine Freundin oder seine Tochter ist.

»Die Qualität ist scheiße.« Er fummelt an einem Drehknopf herum, bis ein unscharfes Bild am Rand des Balkens erscheint. Der Zeitstempel lautet Samstag. *Der* Samstag.

Ich sinke in den Sessel aus Kunstleder, kümmere mich nicht darum, dass er zerrissen und fleckig ist und orangefarbene Polsterung wie Eingeweide aus ihm herausquillt. Das könnte er sein. Der Moment, in dem ich die Wahrheit herausfinde.

»Die meisten Kameras funktionieren nicht«, erklärt Carl, aber ich kann den Blick nicht vom Barmann losreißen, der Cocktails mischt und Pitcher einschenkt. War eines dieser Getränke für mich? Hat jemand etwas hineingetan?

»Es gibt stundenlanges Videomaterial. Ich bin oben, wenn ihr fertig seid.«

Nachdem Carl gegangen ist, wird es sogar noch kälter im Raum. Jules hebt einen Wasserkocher an und prüft anhand des Gewichts, ob Wasser darin ist. »Fang ohne mich an. Ich mache uns einen Kaffee.«

»Ich kann wohl kaum ohne dich anfangen«, sage ich schärfer als beabsichtigt, und mein Blick huscht über das bruchstückhafte Bild. Ich bezweifle langsam, dass Jules in der Lage sein wird, mich darauf ausfindig zu machen. »Lass mich den Kaffee machen.«

Die Becher sind am Rand abgeplatzt, innen gelb und passen farblich zu den Nikotinflecken an der Decke. Ich suche die beiden saubersten heraus, ignoriere die nackten Brüste auf dem einen und die Aufschrift FUCK YOU auf dem anderen und schaufele mit einem Teelöffel löslichen Kaffee in die Becher.

»Bitte sehr.« Ich stelle Jules' Becher auf den Schreibtisch. »Ich würde dir nicht empfehlen, den zu trinken, aber immerhin kannst du dir die Hände daran wärmen.« Ich rutsche auf den Stuhl neben ihr und beobachte die gespenstischen Gesichter auf dem Bildschirm. »Bin ich drauf?«

»Nein, aber jetzt habe ich eine Vorstellung davon, wie du dich fühlen musst.« Jules schaut mich mit einem mitleidigen Blick an. »Alle sehen gleich aus.«

»Das stimmt, aber ich lerne, darauf zu achten, welche Kleidung die Leute tragen, wie sie reden und welche Eigenarten sie haben. Ben ist ziemlich markant mit seiner silbernen Brille. Du redest immer mit den Händen.«

»Ich? Nein«, sagt Jules. Demonstrativ schaue ich auf ihre Hände, die sie auf die Brust drückt, als sie »Ich?« sagt.

»Na gut. Ich gebe es zu.«

Ohne Tageslicht verliere ich jegliches Gefühl für die Zeit. Mein Rücken zwickt vorwurfsvoll, als ich auf dem Stuhl herumhampele, und Jules' Augen sind glasig. Trinker am Tresen zucken mit den Schultern zu Musik, die nur sie hören können, und der Barmann schenkt noch mehr Schnäpse ein. Ich erinnere mich an die Schwarz-Weiß-Filme mit Laurel und Hardy, dem Komikerduo der Dick-und-Doof-Filme, die Dad immer geschaut hat. Licht und Schatten, Rauschen und Stille. Ich saß auf seinem Knie, und jedes Mal, wenn er sich vor Lachen schüttelte, kicherte ich ebenfalls. Aber jetzt ist nichts mehr im Entferntesten lustig. In Gedanken verloren, verpasse ich es fast.

»Jules!« Ich beuge mich vor und schaue angestrengt auf den Bildschirm. »Bin ich das?« Eine blasse Gestalt in schulterfreiem Kleid mit weißen Haaren, die im Scheinwerferlicht leuchten.

»Herrgott, ich bin fast eingenickt.« Jules wischt sich mit dem Handrücken über den Mund und öffnet zischend ihre Lucozade.

»Bin ich das?«, frage ich wieder. Ohne Farbe ist es schwer zu sagen, aber trotz des unscharfen Bildes kann ich sehen, dass das Kleid vom Stil her das gleiche ist wie mein grünes. »Das ist doch meine Halskette!«

»Das bist du«, bestätigt Jules. »Ich spule zurück.«

»Lass es in Zeitlupe laufen.« Ich bin entschlossen, nichts zu verpassen. Das Band surrt zurück und wird dann wieder abgespielt. Ich stehe mit einem Geldschein winkend am Tresen. Ein Mann stellt sich neben mich. Ich drehe den Kopf, bewege die Lippen und sage etwas, was ich nicht hören kann. Keiner von uns beiden lächelt.

»Das muss Ewan sein! Sieht so aus, als würde ich ihn kennen, oder?«

»Das ist unmöglich zu erkennen.« Jules runzelt die Stirn, als sie angestrengt auf den Bildschirm schaut.

»Warte! Halt es mal an.«

Als wir das Band weiter abspielen, gesellt sich eine dritte Person zu uns an den Tresen. Helles Haar und ungefähr so groß wie ich. Sie redet und unterstreicht das Gesagte mit den Händen. Sie sieht besorgt aus und zieht mich am Arm. Ich reiße mich los, lege die Hände auf ihre Brust und stoße sie weg. Wieder greift sie nach mir und führt mich vom Tresen weg, doch bevor ich aus dem Sichtbereich der Kamera verschwinde, sage ich noch etwas zu dem Mann.

»Ist das Chrissy?«, frage ich, obwohl mir mein Instinkt sagt, dass sie es ist. Aber warum streiten wir? Das haben wir noch nie getan.

»Ja.«

»Und der Mann? Erkennst du ihn?« Ich kann den Blick nicht von meinem alten Ich abwenden, also bevor das alles geschah. Es bricht mir das Herz, dass ich das Mädchen auf dem Bildschirm nicht irgendwie vor dem warnen kann, was bald passieren wird.

Nach meiner Frage folgt eine schmerzliche Pause, bis die Stille schließlich unter dem Gewicht von nur einem Wort zusammenbricht.

»Nein.«

Ich reiße den Blick vom unscharfen Bild los und schaue Jules an. Es ist eiskalt, aber auf ihrer Haut glänzt Schweiß.

»Ehrlich«, sagt sie, doch sie weicht meinem Blick aus und in ihrer Stimme höre ich ein Stocken.

Sie lügt.

Kapitel 25

»Carl!«, rufe ich wieder die Treppe hinauf.

Ich bin frustriert. Zwar habe ich das richtige Filmmaterial gefunden, aber ich kann Ewan nicht erkennen. Ich hätte noch nicht einmal mich und Chrissy erkannt, wenn mein Kleid nicht gewesen wäre. Meine Kette.

»Vielleicht ist es gar nicht er«, gibt Jules zu bedenken. »Es könnte auch irgendein Mann sein, mit dem du gesprochen hast.«

Er ist es. Da bin ich mir sicher. Das Jackett. Förmlicher als die anderen Männer in ihren T-Shirts und Jeans. Das erkenne ich auf jeden Fall klar und deutlich.

»Fertig?« Carl füllt wieder mit seiner massigen Gestalt den Raum.

»Kannst du ein Foto von ihm ausdrucken?« Ich deute auf den Bildschirm.

»Was denkst du denn, was das hier ist? Der verdammte CIA? Wir sind das Gegenteil von topmodern, Schätzchen.«

Wenn ich von hier nichts mitnehmen kann, dann war der ganze Tag Zeitverschwendung. Ich entsperre mein Handy.

»Keine Fotos.« Carl stellt sich vor den Schreibtisch. »Ich habe euch einen Gefallen getan. Ihr habt gesehen, was ihr wolltet. Zeit, euch vom Acker zu machen.«

Ich werfe einen letzten verweilenden Blick auf den Bildschirm, und dann trotte ich wieder die Treppe hinauf. Kurz darauf werden wir hinaus in die bittere Kälte geleitet.

»Bist du sicher, dass du ihn nicht erkannt hast?«, frage ich Jules.

»Absolut.« Sie kramt in ihrer Tasche nach etwas, aber auch wenn sie aufgeschaut hätte, wäre ich nicht in der Lage gewesen, irgendetwas in ihrem Gesicht zu lesen.

»Sollen wir mit dem Bus fahren?« Ich bin verloren ohne mein Auto.

»Ich muss noch einiges erledigen. Kommst du allein nach Hause?«

Der Gedanke, allein unterwegs zu sein, macht mir Angst, aber sie hat für mich schon einen Großteil ihres Wochenendes geopfert, also wäre es nicht fair, sie zu bitten zu bleiben.

»Kein Problem«, beruhige ich sie, und mir dreht es förmlich den Magen um, als ich sie mit dem Handy am Ohr davongehen sehe.

Die App auf meinem Handy sagt mir, dass ich heute, am Sonntag, neunzig Minuten auf den Bus warten muss. Es ist zu kalt, um so lange an der Bushaltestelle herumzuhängen. Normalerweise hätte ich mich für Starbucks auf dem Marktplatz entschieden, aber das Personal könnte mich wiedererkennen und glauben, ich ignorierte sie. Es macht mich traurig, wenn ich daran denke, dass mich vielleicht immer diese Verlegenheit überkommen wird. Dr. Saunders hat mich gewarnt, dass die Mehrheit der unter Prosopagnosie Leidenden eine Sozialphobie und Depressionen entwickelt. Er sagte, es sei wichtig, soziale Situationen nicht zu meiden, weil das weiter das Selbstbewusstsein mindere, aber es ist schwierig, unter Leute zu gehen, wenn man sich von allen anderen abhebt. Im Vergnügungspark hatten Dad und ich viel Zeit im Spiegelhaus verbracht. Ich fand es befremdlich, dass sich der Spiegel-Dad in jemanden verwandelte, der zu klein, zu groß, zu dick, zu dünn war. Seine Gesichtszüge verzerrten sich, bis er aussah wie jemand vollkommen anderer. Er hatte beim Anblick unserer Spiegelbilder vor Lachen gebrüllt, doch mich hatte dieses andere Bild beunruhigt, das mir präsentiert wurde. Unsicher hatte ich ihn immer wieder von der Seite angeschaut und nach Bestätigung gesucht, dass er immer noch dieselbe Person war. Immer noch mein Dad. So fühlt es sich heute an. Ich stecke in einem Spiegelhaus, aber egal, wie viele Blicke ich auch zur Seite werfe, ich bin nie beruhigt.

Sich einen Kaffee zu kaufen, ist keine große Sache. Doch ich muss all meinen Mut zusammennehmen, um die Tür zu einem anderen Coffeeshop aufzustoßen. Die Türglocke kündigt meine Ankunft an, als ich in diese normale Welt eintrete, wo ich mich alles andere als normal fühle. Es ist brechend voll. Cocktailsessel voller Leute, die von den Shoppingstrapazen erschöpft sind. Unter ihren Tischen häufen sich bunte Plastiktüten mit der Aufschrift SALE.

Durch die Nase atme ich den Duft von Cappuccino und frisch gebackenen Brötchen ein, versuche mich damit zu beruhigen und spüre Blicke auf mir. Ich sage mir, dass ich paranoid bin, aber mein Blick wird durch ein lautes schnalzendes Geräusch nach links gelenkt, und ich höre zusammen mit dem Zischen der Maschinen, die Milch erwärmen und für Cappuccinos aufschäumen, das Blut in meinen Ohren rauschen. Ein Gesicht starrt mich an, und mein Herzschlag setzt aus. Ist er das? Ein energisches Kopfnicken sagt mir, dass er das schnalzende Geräusch von sich gibt, weil ich immer noch die Tür aufhalte. Ich spüre einen eiskalten Luftzug im Genick. In meiner Panik lasse ich die Tür zuknallen, und für den Bruchteil einer Sekunde ersterben sämtliche Gespräche und fast jeder schaut in meine Richtung. Hinter mir wird die Tür erneut aufgestoßen, und eine junge Mutter mit schwingendem rotem

Pferdeschwanz manövriert ihren Kinderwagen über die kleine Stufe. Ich bin gezwungen, weiter in den Laden hineinzugehen, damit sie die Tür hinter sich schließen kann. Der Lärm um mich herum schwillt an. Die Wände bewegen sich auf mich zu, das Gefühl, gefangen zu sein, ist überwältigend, doch als ich über die Schulter schaue und vor dem Fenster die einkaufende Menschenmenge sehe, scheint es dort draußen furchterregender zu sein als hier drinnen. »Wenn du dich wie ein Opfer verhältst, werden dich die Leute wie ein Opfer behandeln«, sagte Iris vor all den Jahren, und damals glaubte ich, sie sei gemein und herzlos, aber heute hallen ihre Worte auf eine Art und Weise in mir wider, wie sie es nicht vermochten, als ich zwölf war. Mit gestrafften Schultern und ein Selbstbewusstsein vortäuschend, das ich nicht verspüre, stelle ich mich in der Schlange an, und meine Zehen zucken nervös in den Stiefeln, während ich warte. Mein Blick wandert immer wieder prüfend über die Menschenmenge. Abgesehen von dem Mädchen im knallroten Mantel und dem Mann im Kampfanzug, ist der Rest fast uniformmäßig gekleidet – schwarze Winterjacken, schwarze Stiefel, schwarze Turnschuhe, Bluejeans. Eine Armee, die die Elemente bekämpft, wobei das raue Winterwetter den Krieg gewinnt.

Eine Hand auf meiner Schulter. »Sie sind dran«, sagt die Frau und schaukelt den Kinderwagen, in dem Beine im Schneeanzug wütend gegen die Zudecke treten.

»Tut mir leid.« Ich bestelle stotternd einen Toffee Latte und füge im Nachsatz noch ein Stück Rocky Road Kuchen hinzu. Normal. Ich kann normale Dinge tun. Ich gebe meinen Namen für den Latte an, und nachdem ich bezahlt habe, trage ich das Tablett zu einem Tisch, an dem bereits eine vierköpfige Familie sitzt. Mutter, Vater und zwei kleine Jungs, die ungefähr die gleiche Größe haben. Die Frau lächelt, als ich mich setze, und zieht die Augenbrauen leicht hoch, als würde sie darauf warten, dass ich etwas sage. Ich werfe wieder einen Blick auf ihre Kinder.

Es könnten durchaus Zwillinge sein, und vielleicht wartet sie darauf, dass ich sage, wie ähnlich sie sich sehen. Unglücklich klaube ich ein Stück pinkfarbenes Marshmallow von meinem Kuchen und stecke es in den Mund. Es fühlt sich an wie Watte und verstopft mir die Kehle, als ich es herunterschlucke.

Ich bin dankbar, als mein Name vom Tresen gerufen wird, hole meinen Toffee Latte und nehme einen Schluck, als ich ihn zurück zu meinem Platz trage. Der Kaffee brennt mir in der Kehle. Ich versuche mich zu entspannen, aber es ist schwer, nicht die Männer in Turnschuhen zu beobachten. Einer scrollt durch sein Handy, der andere liest Zeitung.

Ich hole mein Handy aus der Handtasche, um mich vom Starren abzuhalten. Ich habe eine Textnachricht von Ben erhalten, der mir schreibt, dass er mit mir reden müsse. Ich rufe ihn an, aber das Gespräch wird auf die Mailbox umgeleitet. Eine weitere Nachricht ist von Matt. Mein Daumen schwebt über seinem Namen, und ich frage mich, was er mir mitzuteilen hat. Ob er unser Frühstück genauso genossen hat wie ich.

Ich miste aus. Möchtest Du die grünen Gläser haben?

Seine Nachricht macht mir eines unmissverständlich und schmerzlich klar: Es ist vorbei.

Wir hatten diese Gläser auf unserer Hochzeitsreise in Marrakesch gekauft. In unserem Apartment füllten wir sie mit sprudelndem Champagner und stießen auf eine Zukunft an, die so strahlend zu sein schien wie die gleißende Sonne. Matt hatte die Türen zum Balkon geöffnet, und wir lagen da, unsere nackten Gliedmaßen ineinander verschlungen, und schauten in den Himmel, der von Kornblumenblau zu Lavendelfarben überging, bis wir in die Abenddämmerung und unsere Träume gehüllt einnickten und so spät aufwachten, dass wir das Abendessen verpasst hatten. Jetzt will er die Gläser wegwerfen, als wären sie nichts, als wäre ich nichts. Ich hatte gedacht, dass sich irgendetwas in letzter Zeit geändert hat. Die Telefonate zu später Stunde, Terry's Chocolate Oranges. Mein Schwarz-Weiß-Denken hatte mir eingeflüstert, er wolle mich zurück, aber Mitleid ist grau und kalt und einsam. Ich frage mich, ob mein Zustand das Fass zum Überlaufen gebracht hat. Ist es zu anstrengend, mit jemandem eine Beziehung zu führen, der einen nicht aus einer Reihe von Personen herausfindet? Jemand, der Filmen nicht folgen kann, Freunde und Familienangehörige ignoriert, wenn er ihnen nicht in ihrer gewohnten Umgebung begegnet? So sollte es nicht sein, oder? Nicht, wenn es Liebe ist? *Wenn.*

Ich habe so lange darüber nachgedacht, was ich Matt antworten soll, dass es fast Zeit für den Bus ist, und ich überlege, noch schnell auf die Toilette zu gehen, bevor ich den Coffeeshop verlasse. Als ich aus der Toilettenkabine trete, bleibe ich abrupt stehen. Darauf war ich nicht vorbereitet. Zu Hause sind sämtliche Spiegel zugehängt, aber hier werde ich mit meinem Spiegelbild konfrontiert. Zögernd mache ich einen Schritt darauf zu. Meine Finger schweben vor dem Glas. Ich zeichne die Lippen nach, die zittern vor Anstrengung, nicht zu schreien, die Augen, die weit aufgerissen sind und in denen Tränen schimmern. Ich beuge mich vor und lehne meine Stirn gegen die meines Spiegelbildes, das mir nicht völlig fremd sein sollte, es jedoch ist. In der Brust spüre ich einen reißenden Schmerz. Verzweifelt denke ich, dass ich mich nie daran gewöhnen werde.

Die Tür wird geöffnet, und ich richte mich auf. Mein Gesicht hat sich wieder in das einer anderen verwandelt. Ich habe weiche Knie und stütze mich am Waschbecken ab. Das Mädchen stellt sich neben mich, lässt eine Puderdose aufschnappen und pudert sich die glänzende Nase. Das ist etwas, was ich mindestens dreimal am Tag getan habe, und da ist etwas an der Art, wie sie zurücktritt und sich ihr Mund zu einem Lächeln verzieht, als sie ihr Erscheinungsbild begutachtet, das mir das

Herz bricht. Ich reiße meinen Blick los, pumpe mir Flüssigseife in die Hände und reibe sie aneinander. Als sich das Mädchen in einer Toilettenkabine einschließt, schlage ich mit den Händen gegen den Spiegel und schmiere ölige grüne Seife über das ganze Glas, als könnte ich mich damit verschwinden lassen. Erst als ich nur noch ein gespenstischer Schmierfleck bin, lasse ich die Arme wieder sinken. Am äußeren Rand kann ich immer noch das Spiegelbild der Toilettenkabinentüren sehen, aber ich bin nicht mehr zu erkennen, und es ist so, als hätte es mich niemals gegeben. Diesen Gedanken finde ich merkwürdigerweise tröstlich.

Zurück am Tisch, ziehe ich meine Jacke an und wickle mir den Schal um den Hals. Draußen dämmert es bereits. Die Familie ist gegangen, und unter den Sitzen, auf denen die Kinder saßen, liegen zerbröselte Chips.

Erst als ich meinen Becher anhebe, um den Bodensatz des jetzt kalten Latte auszutrinken, fällt es mir auf. Das schwarze X, das ALISON durchstreicht. Ein einzelnes Wort hat meinen Namen ersetzt, und dieses Wort reicht aus, dass mir der Becher aus der Hand fällt und karamellfarbene Flüssigkeit auf den Boden läuft. *Ich werde verrückt, ich werde verrückt, ich werde verrückt.* Ich muss mich irren und kann den Blick nicht vom rollenden Becher losreißen. Verzweifelt hoffe ich, dass mein Name noch darauf steht, sobald der Becher liegen bleibt, und mir mein Verstand nur einen Streich gespielt hat. Doch so ist es nicht. Der Becher wird vom Tischbein gestoppt, und es ist immer noch da. Dieses Wort. Ich renne zur Tür, bleibe an einem Tisch hängen, und die spitze Ecke bohrt sich in meine Hüfte. Tee schwappt in eine Untertasse. Ich stolpere, greife automatisch nach dem Arm der Person, deren Tee ich verschüttet habe, doch sobald ich mein Gleichgewicht wiedergefunden habe, taumele ich weiter auf den Ausgang zu. Ich bleibe nicht stehen, um mich zu entschuldigen, anzubieten, das Verschüttete aufzuwischen oder einen neuen Tee zu bestellen, der jetzt auf den Boden tropft. Immer mehr werde ich von Panik erfasst. Die Stimme der Vergangenheit haucht ihren kalten, sauren Atem in mein Ohr.

Sarah

In dicken schwarzen Buchstaben auf meinen Becher geschrieben.

Sarah

Und plötzlich fühlt sich alles, was geschehen ist, nicht mehr ganz so willkürlich an, denn ich kann an einer Hand die Leute abzählen, die wissen, dass Sarah mein Geburtsname ist. Alison kam später. Viel später. Nach allem, was passiert war, bevor meine Familie wegzog, um sowohl vor der Vergangenheit als auch vor sich selbst zu flüchten. Als ich aus dem Café eile, werfe ich einen Blick über die Schulter, suche das Meer von Gesichtern ab, wünsche mir sehnlichst, jemanden wiederzuerkennen, einen Hinweis darauf zu bekommen, wer mich verfolgt, doch jeder ist ein Fremder.

Sarah.

Aber das kann nicht sein.

Kapitel 26

Ali. Ich werde dich weiterhin Ali nennen. Es ist fast unmöglich, an dich als Sarah zu denken. Deinem schockierten und panischen Gesichtsausdruck nach zu urteilen, scheinst du dich über die Jahre fast selbst davon überzeugt zu haben, dass du nicht sie bist, sondern eine andere. Eine Gute. Aber das ist eine Lüge, etwas, was du dir einredest, um nachts schlafen zu können. Was hast du alles verdrängt? Unser Verstand versucht uns zwar vor Dingen zu schützen, die wir nicht verkraften, aber die Realität ist immer da, unter der Oberfläche von Halbwahrheiten, die so zerbrechlich sind wie du.

Es gab einen Moment, als du gegen meinen Tisch ranntest, ins Taumeln gerietest und nach meinem Arm griffst, um nicht hinzufallen. Da dachte ich, dass alles vorbei sei. Egal, wie viel Recherche ich über deine Krankheit betrieben habe, es ist unfassbar für mich, dass du mir so nahe warst und mich nicht erkannt hast. Doch so war es. Du hast wirklich keine Ahnung, wer wer ist, und ich hatte sogar ein wenig Mitleid mit dir, als mir klar wurde, wie furchteinflößend und unsicher dir die Welt gerade vorkommen muss. Wie angreifbar und verängstigt du dich fühlen musst. Das war, bevor du mich losgelassen und ohne eine Entschuldigung davongerannt bist. Ohne anzubieten, die Schweinerei zu beseitigen, die du hinterlassen hast.

Das bist ganz und gar du, nicht wahr?

Ich schaue zu, wie du die Tür aufreißt und hinausrennst, hektisch nach links und rechts schaust. Trost in den Gesichtern suchst, die sich jedes Mal verändern, wenn du wegschaust. Ich schiebe mir den Rest meines getoasteten Rosinenbrötchens in den Mund, und geschmolzene Butter rinnt mir übers Kinn. Du läufst nach links. Ich wische meine fettigen Finger an einer Serviette ab. Der Dame hinter dem Tresen dankend – ich besinne mich immer noch auf meine Manieren –, eile ich auf die Straße hinaus und folge dir.

KAPITEL 27

In der letzten Stunde vor Ladenschluss herrscht eine gewisse Hysterie. Brieftaschen, dick gefüllt vom ersten Zahltag nach Weihnachten, Einkaufende, die unbedingt dieses letzte Schnäppchen erbeuten wollen, oder vielleicht bin ich es nur, die hysterisch ist, als ich mich durch das wogende Meer von Passanten kämpfe.

Sarah. Es ist schon so lange her, seitdem ich so genannt wurde, dass ich fast vergessen hatte, wer ich war. Doch die beiden Silben greifen mit ihren vertrauten Fingern nach mir, als mich die Vergangenheit einholt. Meine Wangen brennen vor Kälte und Tränen, und ich bin mir nicht sicher, ob ich darüber weine, wer ich jetzt bin oder wer ich damals war. Der auf der nassen Straße vorbeirauschende Verkehr ist nicht mehr als ein Flüstern, während die Stimme in meinem Kopf immer wieder meinen verlorenen Namen schreit. *Sarah, Sarah, Sarah!* Außer dass ich nicht sie bin. Nein. Ich bin Ali. Aber als ich mein Spiegelbild in einem Schaufenster erblicke, sehe ich nicht aus wie Ali. Ich sehe nicht aus wie Sarah. Ich weiß nicht mehr, wer ich bin. Der Druck in meinem Kopf wächst, und eine bruchstückhafte Erinnerung drängt sich in mein Bewusstsein. Lautes Rufen. Schreien. *Ich weiß. Ich weiß, was du getan hast.* Weinen. Betteln. *Bitte.* Hände auf mir. Schmerz. Finsternis. *Du verdienst alles, was du bekommst.* Und die Hoffnung, dass Samstagnacht ein Unfall war oder sogar ein willkürlicher Überfall eines Fremden, zerfällt zu Asche. *Du hast Blut an den Händen.* O Gott, was habe ich getan? Was habe ich wieder getan?

Ich biege links ab in die Fußgängerzone der Stadt. Ein Straßenmusikant klimpert auf seiner Gitarre. Zu seinen Füßen glänzt sein vom Regen durchnässter zusammengerollter Schlafsack. Ein paar bronzefarbene Münzen liegen in seiner durchweichten Kappe. »Will you still love me tomorrow?« Der Liedtext lässt mich abrupt stehen bleiben. Mein Dad liebte diesen Song. Er summte ihn Mum vor, hatte die Arme um ihre Taille geschlungen, wenn sie nach dem Mittagessen am Sonntag abwusch, die Arme bis zu den Ellbogen voller Seifenschaum und die Küche noch nach Roastbeef riechend. Liebte sie ihn noch nach dem, was er getan hatte? Es schmerzt mich, dass ich es nie erfahren werde. Überall um mich herum eilen Einkaufende vorbei, weichen dem Straßenmusikanten aus, schwingen Einkaufstüten und vermeiden Blickkontakt mit ihm. Ich wühle nach meinem Portemonnaie und ziehe einen Zehnpfundschein heraus. Zögernd strecke ich ihn dem Mann hin, will ihn nicht in die Kappe werfen, wo er durch den Wind mit meinen Erinnerungen und meinem Schmerz herumgeschleudert würde. Der Musikant streckt die Hand aus. Sein Blick trifft auf meinen. *Will you still love me tomorrow?* Unsere Finger berühren sich, und irgendetwas geht zwischen uns hin und her. Eine Frage? Eine Übereinkunft? Automatisch weiche ich zurück. Plötzlich ist mir bewusst geworden, dass es er sein könnte. Ewan. Der Mann, der mir wehgetan hat. Der glaubt, mich zu kennen.

Sarah.

Ich drehe mich um und dränge mich in die Menschenmenge, als wäre ich wie diese Leute, wenn ich Schulter an Schulter mit ihnen stehe. Als wäre ich nicht vollkommen verloren und völlig allein. Als könnte ich wie sie sein, wenn ich es genug vortäuschte, und manchmal reicht es aus, etwas vorzutäuschen. So muss es sein. Das habe ich seit Jahren getan, doch jetzt zerfällt alles. So, wie ich nach der fast unmöglichen Aufgabe zerfalle, mich wieder zusammenzuflicken.

Ich bin nur noch zehn Minuten von der Bushaltestelle entfernt, als ich im Getümmel auf sie aufmerksam werde. Die mit mir im Gleichschritt laufenden Schritte. Ich drehe mich einmal langsam um die eigene Achse. Mein Blick durchkämmt die schwarzgraue Finsternis. Warum kleidet sich im Winter jeder in dunkle Farben? Schwarze Jacken, schwarze Stiefel. Schwarze Turnschuhe. So viele schwarze Turnschuhe. Eine Armee von Schuhen stampft über das Straßenpflaster auf mich zu, und ich kann nicht unterscheiden, wer gut ist und wer böse. Wer mir folgt. Als ich mich drehe, ordnen sich Gesichtszüge neu an. Es schüttelt mich, wie ich meine magische Tafel vor so vielen Jahren geschüttelt habe. Bilder lösen sich auf, werden durch etwas Neues ersetzt, etwas anderes. Nichts sieht genau gleich aus. Eine Flutwelle aus Panik ergießt sich über mich, Adrenalin strömt durch die Adern, und Kälte dringt bis auf die Knochen. Jeder ist ein Fremder, und doch ist es einer von ihnen nicht.

Sarah.

Ich höre auf, mich zu drehen, und warte darauf, dass das Pflaster unter meinen Füßen zur Ruhe kommt. »Lass dir Zeit, dann gewöhnst du dich ans Schaukeln«, sagte Dad immer, wenn mir während einer Autofahrt schlecht wurde, aber ich werde mich niemals daran gewöhnen. Ich bewege mich endlos auf und nieder, in jenem Boot mit Eulerich und Miezekatz, dem Honigtopf und sechs Groschen, und Zeit ist das Einzige, was ich nicht habe.

Hast du das Date genossen, Schlampe?

Jemand ist hier draußen, um mich zu kriegen. Der Himmel stürzt ein. Wolken saugen Luft an. Ein Schmerz fährt mir in die

Brust, strahlt aus in den Arm, und ich habe das Gefühl, einen Herzinfarkt zu erleiden. Füße. Ich drehe mich um und schaue noch einmal prüfend auf die Füße. Direkt hinter mir steht ein Paar. Schwarze Turnschuhe. Sie entfernen sich von mir, aber ich glaube nicht, dass das der Mann aus dem Coffeeshop ist. Seine Jeans sind schwarz, nicht blau. Ich werde aufmerksamer, achte auf kleine Details. Erinnere mich daran. Allerdings will ich das nicht. Nicht hier. Nicht jetzt. LASS MICH GEHEN! Mein Blick huscht wieder umher und verharrt. Vor Entsetzen reiße ich die Augen auf. Schwarze Turnschuhe. Bluejeans. Beanie-Mütze. Er steht reglos da, ganz still. Beobachtet, wartet. Ich weiche zurück und schüttle unbeabsichtigt den Kopf. *Nein! Bitte tu mir nicht weh!* Aber er ist es, hat es schon getan. Sein Gesichtsausdruck ist unmöglich zu lesen.

Plötzlich spüre ich einen stechenden Schmerz am Hinterkopf. Meine Kiefer schlagen aufeinander, und die Zähne schlitzen mir die Zunge auf. Nach Metall schmeckendes Blut füllt den Mund. Zuerst denke ich, dass ich einen Schlag abbekommen habe, doch als ich mich umschaue, sehe ich, dass ich gegen einen Laternenpfahl gelaufen bin. Als ich wimmere, spüre ich tausend neugierige Blicke auf mir. Wieder spüre ich den Schmerz in meiner Brust. Als ich einen Blick hinter mich werfe, ist er weg, aber ein anderer Mann, der an der Wand lehnt, wartet darauf, dass er am Geldautomaten an der Reihe ist. Er trägt Bluejeans, schwarze Turnschuhe, aber keine Beanie-Mütze. Ist er das? *Ich werde verrückt, ich werde verrückt.* Ist das derselbe Mann, aber ohne Mütze? Er macht einen Schritt auf mich zu. Ich zögere keine Sekunde.

Renn!

Meine Füße platschen durch die Pfützen. Der dünne Pulli ist feucht von kalter Luft und Schweiß. Die offene Jacke weht hinter mir, und mein Atem steigt auf wie Dampf. Ich renne über den Parkplatz. Hier ist nicht mehr so viel los, weniger grelle

Ladenbeleuchtung und weniger Straßenlaternen. Die zunehmende Dämmerung verdunkelt den Himmel. Der Pulsschlag dröhnt mir in den Ohren, aber ich traue mich nicht, langsamer zu laufen. Ich traue mich auch nicht, hinter mich zu schauen. Als ich auf die Straße zurase, sehe ich ein sich näherndes Taxi. Der warme honigwabenförmige Schein des Taxizeichens signalisiert Sicherheit. Winkend trete ich vom Bordstein. Eine Hupe ertönt. Bremsen quietschen. Ich bewege mich nicht. Kann nicht. Warte auf den Aufprall. Heiße ihn fast willkommen. Doch das Brummen eines Motors ist zu hören. Wärme an meinen Schenkeln. Das jetzt stehende Auto berührt fast meine Beine.

Ich beruhige den Fahrer mit Entschuldigungen und dem Angebot, den Fahrpreis zu verdoppeln, wenn er mich fährt, wohin ich will. Es gibt nur einen Ort, an den ich möchte. Zu dem ich muss. Ich lehne den Kopf zurück, schließe die Augen und öffne sie erst, als wir dort sind.

Kapitel 28

Als Kind fing ich einmal einen Schmetterling in einem Marmeladenglas. Ich saß im Schneidersitz in der gleißenden Sommersonne und beobachtete, wie das Insekt verzweifelt mit den zarten Flügeln schlug und immer wieder voller Angst und Verwirrung im Glas zu Boden fiel. Es wusste, dass es in die Enge getrieben worden war, gefangen, aber es wusste nicht, warum. Dennoch hielt es an dem verzweifelten Glauben fest, dass es einen Weg hinaus aus dem Albtraum geben musste, in dem es sich befand. Das wilde Flattern wurde immer langsamer, bis der Schmetterling unter sich selbst zusammengefaltet lag und sein Wille gebrochen war. Ich sprang auf die Füße, schraubte den Deckel ab und ging mit dem Glas hinüber zum violett blühenden Schmetterlingsstrauch, wo ich das Insekt behutsam auf die Blüten kippte, die es so liebte. Auf der Unterlippe kauend, wartete ich darauf, dass es sich bewegte. Ich hatte es nicht umbringen wollen oder gar verletzen.

Ich wollte nur zuschauen, wollte sehen, wie es reagiert. Als es seine Flügel ausstreckte und sich in den klaren blauen Himmel erhob, war ich erleichtert. Siehst du? Ich bin kein schlechter Mensch. Überhaupt nicht.

Du erinnerst mich an jenen Schmetterling, als du durch die Stadt rennst. Verstört. Nicht wissend, was genau passiert oder warum, nur dass es furchtbar und beängstigend und anscheinend sinnlos ist. Und du hast den urtümlichen, verzweifelten Wunsch zu fliehen. Und genau das will ich bei dir sehen. Einen gebrochenen Willen. Sehen, wie du unter dir zusammengefaltet liegst. Besiegt. Nur werde ich dir gegenüber nicht das gleiche Mitgefühl zeigen. Dir will ich wehtun.

Der Straßenmusikant erregt deine Aufmerksamkeit, und plötzlich bleibst du stehen. Aus dieser geringen Entfernung kann ich sehen, dass sich deine Lippen zu den Worten bewegen: »Will you still love me tomorrow.« Und ich glaube, du merkst noch nicht einmal, dass du das tust. Du ziehst einen Geldschein aus deinem Portemonnaie, und wieder spüre ich den gleichen Schmerz wie im Café. Das quälende Gefühl, dass du das alles vielleicht gar nicht verdienst. Und kurz danach ist da dieser Bruchteil einer Sekunde, in dem du vor das Taxi springst. Ich denke, es erwischt dich, und fast, fast reiße ich dich auf den Bürgersteig zurück. Anschließend, als ich dich hinten einsteigen sehe und die Rücklichter verschwinden, sage ich mir, dass ich dich fast gerettet habe, damit ich derjenige sein kann, der dich zerstört. Nicht, weil ich noch etwas für dich empfinde. Nicht mehr. Aber ich bin nicht sicher, ob ich das jetzt glaube.

Wieder nähert sich ein Taxi, aber ich mache keinen Versuch, es anzuhalten, um dir zu folgen. Es ist ja nicht so, dass ich nicht wüsste, wo du wohnst, nicht wahr? Wir werden uns bald wiedertreffen.

Kapitel 29

Wenn Iris überrascht ist, mich zu sehen, dann zeigt sie es nicht.

»Hat Ben dir gesagt, du sollst kommen?«, fragt sie.

Ich schüttle den Kopf. »Ich muss etwas suchen.« Ich gehe die Treppe hinauf zu meiner Kindheit.

»Dann schalte ich den Wasserkocher ein«, sagt Iris. »Lass uns noch ein bisschen plaudern, wenn du fertig bist.«

Sobald ich meinen wahren Namen, Sarah, auf dem Becher las, war mir all das entglitten, zu dem ich nach hartem Kampf geworden war. Ich war wieder zwölf – schuldig, verängstigt und beschämt. Erfüllt von dem intensiven Verlangen, Mum und Dad noch einmal nahe zu sein. Jetzt, in meinem alten Zimmer, knie ich auf dem Boden und ziehe alles aus den Schränken, bis ich ihn finde. Den alten Clarks-Schuhkarton, in dem einmal zweckmäßige Schnürschuhe für die Schule gelegen hatten, der jetzt aber die Reste eines meiner schlimmsten Tage im Leben enthält. Nicht den schlimmsten, natürlich, der kam später. Das altersschwache Gummiband, das den Deckel festhält, reißt, als ich daran ziehe. Heraus fallen Geburtstagskarten, die meisten pinkfarben, einige mit der Prägung TOCHTER, SCHWESTER, NICHTE, und alle verkünden HEUTE BIST DU ZWÖLF. Ich weiß nicht, weshalb es so wichtig gewesen war, sie aufzuheben, aber offensichtlich wollte ich das. Fast so, als hätte es durch das Vorgeben, alles sei normal, auch so werden können, und ich hätte meine Karten aufgestellt und meine Geschenke ausgepackt. Wieder ein Kind sein. Trotz ihres Alters sind die Karten noch fest und unbeschädigt. Wir haben sie nie auf den Kaminsims gestellt wie bei anderen Geburtstagen, bis die Ballons die Luft verloren und das letzte Kuchenstück gegessen war. Ich fahre mit den Fingern über die größte Karte. Ein hechelnder Welpe wünscht mir HAPPY BIRTHDAY. Innen ist die Karte vergilbt, aber die Schrift ist klar und deutlich und springt mich an.

> Alles Gute zum Geburtstag für unseren kostbaren Schatz, Sarah. Alles Liebe von Mum und Dad

Ich schwanke, knicke in der Taille ab, versuche den stechenden Schmerz zu lindern, den die Worte hervorgerufen haben, ein Schmerz, der so real und unverhohlen für mich ist wie die Wunde auf meinem Kopf, die pocht und pocht, während die Erinnerungen an jenen Tag unmöglich zu ignorieren sind.

* * *

Ich bin zwölf! Ich kann es kaum glauben.

Ich lungere auf dem Treppenabsatz herum und bemühe mich, das wütende Flüstern zu verstehen, das aus dem Schlafzimmer meiner Eltern dringt, aber ich schnappe nur gelegentlich ein Wort auf. Mum scheint wütend auf Dad zu sein, weil er irgendetwas zu tun versprochen hatte, und Dad versucht sie zum Schweigen zu bringen und versichert ihr, dass er alles in Ordnung bringen werde. Dann wird es kurz still, und ich glaube, ich höre Mum weinen. Niedergeschlagen frage ich mich, ob sich irgendwer überhaupt noch daran erinnert, dass heute eigentlich mein besonderer Tag sein sollte. Stumpfsinnig kratze ich mit dem Daumennagel am Treppengeländer, schaue zu, wie die Lackfarbe abblättert und auf dem platt getretenen Teppich zerbröselt, der sich unter meinen nackten Füßen rau anfühlt. Die Geräusche von Scooby Doo dringen nach oben, und ich kann mir meinen kleinen Bruder fast bildlich vorstellen, wie er die Arme fest um Ollie, die Eule, schlingt, und in Verzückung gerät, wenn Fred und die Bande, wie vorherzusehen war, den Hausmeister entlarven. Bis vor Kurzem sehnte ich mich danach, Teil der Mystery Inc. zu sein. Daphne war meine Heldin. Mum lachte und nannte es meine lilafarbene Phase. Lange nachdem ich eigentlich schlafen sollte, lag ich im Bett und wickelte meine feinen blonden Haare um die Finger, wollte, dass sie am nächsten Morgen in weichen Wellen lagen, und sehnte mich nach dem Tag, an dem ich sie rot färben konnte. Das alles erscheint jetzt so babyhaft. Ich bin den Zeichentrickfilmen entwachsen, obwohl ich sie mir anschaue, wenn sie gerade im Fernsehen laufen, was in diesem Haus oft der Fall ist. Dennoch ist es nicht so, als würde ich sie mir aussuchen. Melanie Peeks sagte, dass Zeichentrickfilme für Loser seien, und ich nickte dazu. Allerdings bringt mich Shaggy immer noch zum Lachen. Er ist so ein Angsthase. Das gebe ich natürlich Melanie gegenüber nicht zu. »Ich bin jetzt niveauvoller«, sagte sie nach ihrem Geburtstag, und wir drängten uns um ihren Schreibtisch und bewunderten ihren Nagellack und ihre schwarzen Armbänder, die genauso aussahen wie die von Avril Lavigne. Und den schwarzen Eyeliner, dessentwegen sie unser Lehrer zur Toilette geschickt hatte, damit sie ihn *sofort, junge Dame*, abwusch. Den Stimmungsring, den sie eigentlich, wie ich insgeheim dachte, gar nicht brauchte, denn ihre einzige Stimmung war launisch. Aber sie ist wunderschön. Wir wollen alle so sein wie sie. Ich flehte Mum an, mir einen BH zu kaufen, und dann stopfte ich ihn mit Toilettenpapier aus und stolzierte um den Spielplatz herum, kicherte und es funktionierte!

Melanie nahm mich in ihre Gruppe auf, und heute Nachmittag kommen alle zu meiner Geburtstagsparty. Ich kann es gar nicht abwarten.

Auf dem Küchentisch liegen eine Packung pinkfarbener Ballons, die darauf warten, aufgeblasen zu werden, und ein Stapel silberner Pappteller und Servietten. Ich hatte Mum gesagt, sie solle mich nicht in Verlegenheit bringen, indem sie einen Wackelpudding oder so etwas vorbereitete. Ich will nur cooles Essen. Pizza und Pommes, aber nicht diese dicken Fritten, die sie immer bei Iceland kauft. Die dünnen, von denen Melanie erzählt hatte, sie hätte sie in Amerika gegessen. Mum hatte wie üblich einen Kuchen gebacken. Ich sah den Tupperware-Behälter auf dem Kühlschrank. Ich hoffe nur, sie erwartet nicht, dass alle singen. Melanie sagt, das sei nur etwas für Babys. Bei ihrem Geburtstag gab es einen Haufen Cupcakes und keine Kerzen. Ich wünschte, Mum und Dad würden sich beeilen und aus dem Zimmer kommen. Ich habe bereits meine Cornflakes gegessen und mich angezogen und immer noch nicht meine Geschenke ausgepackt.

Ich hatte keine Party zu Hause gewollt. Deswegen hatte ich auch ein bisschen schlechte Laune, was mir jetzt immer noch unangenehm ist. Mum hatte ein langes Gesicht gemacht. Und dann der schuldbewusste Ausdruck in Dads Blick, als er erklärte, dass es ihre Mittel übersteigen würde, das Gemeindezentrum und eine Disco zu mieten. Seitdem er seinen Job verloren hat, müssen wir den Gürtel enger schnallen, und zuerst dachte ich, dass das bedeutete, unsere Kleidung würde lockerer sitzen, weil wir es uns nicht erlauben konnten zu essen, aber tatsächlich bedeutete es etwas Schlimmeres. Es gab keine Ausflüge mehr ins Kino oder zum Schwimmen oder sonst wohin. Ich sagte zu Mum, dass ich lieber auf das Obst verzichten würde, auf dessen Verzehr sie jeden Tag bestand, und auf das Gemüse, von dem sie sagte, dass es teuer sei, und dafür lieber zur Eislaufhalle ginge. Sie sagte: »Netter Versuch«, und schüttelte den Kopf, aber ich dachte insgeheim, Dad würde lieber Schlittschuhlaufen gehen als Brokkoli essen. Wir machten nicht einmal mehr halb so viele Dinge zusammen wie früher. Dad ist abends meistens weg und nie zurück, um mir, wie sonst, eine Geschichte vorzulesen. Wenn ich ihn aufwecke, bevor ich zur Schule gehe, ist er mürrisch und riecht komisch. Mum sagt, er werde sich am *Riemen reißen,* wenn er einen neuen Job bekommt, als wäre er wie das kleine Holzpferd, das er für mich auf dem Jahrmarkt gewonnen hatte. Ich hatte Stunden damit verbracht, unten auf die Platte zu drücken und zuzuschauen, wie das Pferd, das nur von Schnur und Hoffnung aufrecht gehalten wurde, in sich zusammensackte und sich wieder vollständig aufrichtete, wenn ich den Daumen von der Platte nahm. Ich glaube nicht, dass Dad so ist. Er braucht nur eine Dusche und verdammtes Glück.

»Eine Party zu Hause wird lustig. Vertraust du mir nicht?«, fragte er mich, und ich hatte genickt. Ich habe Mum zum Fressen gern, aber ich liebe Dad einfach ein klitzekleines bisschen mehr. Er ist derjenige, der mich nach neun Uhr abends noch aufbleiben lässt und es bei der Zuteilung von Keksen nicht so genau nimmt.

»Schreib eine Liste mit allem, was du möchtest«, hatte er gesagt. »Alles.« Und Mum hatte ihm einen ihrer Blicke zugeworfen, die er *ihre Laser* nannte. Aufgeregt hatte ich am Küchentisch gesessen, ein Glas Milch vor mir, und lange und intensiv nachgedacht. Make-up kam natürlich an erster Stelle, das große Set von Boots, das Melanie hat, mit zweiundzwanzig verschiedenfarbigen Lidschatten. Zweiundzwanzig! Glitter. Das Haarspray, mit dem man pinkfarbene Strähnen aufsprühen kann, die sich aber wieder auswaschen lassen.

»Kann ich einen iPod haben? Melanie hat einen und der ist so cool.«

»Wenn mein Mädchen das möchte«, hatte Dad gesagt.

»Ich bekomme einen iPod und veranstalte eine Make-up-Party«, hatte ich Melanie nebenbei erzählt, als hätte ich das schon immer gewollt, und tatsächlich sah ich einen Funken Bewunderung in ihren Augen. Jeder in unserer Jahrgangsstufe hatte eine langweilige Discoparty im Gemeindezentrum veranstaltet.

Ich wollte ein neues Kleid. Es musste von Top Shop sein, kurz und aus Stretch. »Wir sind Rockbräute«, hatte Melanie gesagt, und an ihrem Handgelenk klimperten die Armreife. Melanie trug sogar in der Schule Schuhe mit Absätzen. Ich hatte versucht, in Mums zu gehen, als sie im Bad war, aber ich war mit dem Fuß umgeknickt. Ich habe mir eigene gewünscht, und wenn ich die Geschenke bald auspacken kann, habe ich noch Zeit, vor meinem Spiegel zu üben und die Hüften zu schwingen wie Melanie. Am Ende der Geschenkeliste hatte ich noch eine Bratz-Puppe hinzugefügt. Es ist nicht so, dass ich vorhabe, damit zu spielen, aber ich finde, sie sehen richtig cool aus. Ich werde sie in meinem Schrank verstecken, bis Melanie nach Hause geht. Nur für den Fall, dass sie lacht.

Endlich öffnet sich knarrend die Schlafzimmertür meiner Eltern.

»Alles Gute zum Geburtstag, Prinzessin!« Dad hebt mich hoch und wirbelt mich herum, als wäre ich noch fünf, und obwohl es mir gefällt, bitte ich ihn, das später nicht zu tun. »Hast wohl Angst, dass ich dich blamiere, was?« Er überschüttet mich mit Küssen, und ich wende mich von seinem übel riechenden Atem ab.

»Alles Gute zum Geburtstag, Liebling.« Mum lächelt, aber um ihre rot geränderten Augen bilden sich keine Lachfalten, und sie kann mich kaum anschauen. Dad blickt sie überhaupt nicht an. Wie ein Affe schlinge ich die Beine um seine Taille und spähe über die Schulter in ihr Schlafzimmer, aber der Platz auf dem Kleiderschrank, wo sie immer die Geschenke aufbewahren, ist leer.

»Ich werde deine Geschenke holen, sobald ich dir Pfannkuchen mit Ahornsirup gemacht habe«, sagt Dad, als könne er meine Gedanken lesen. Mum feuert einen ihrer Laser auf ihn ab, und ich glaube, das tut sie, weil sie mit Zucker zum Frühstück nicht einverstanden ist. Dad geht in die Hocke, und ich schlinge ihm die Arme um den Hals, als er mich huckepack die Treppe hinunterträgt.

Im Haus riecht es nach Knoblauchbrot. Mum klappert in der Küche. »Let Go« dreht sich im CD-Player im Wohnzimmer. Melanie hat mir die CD geschenkt, obwohl Izzy mir zuflüsterte, sie hätte sie bei HMV geklaut. Als ich sie ausgepackt hatte, bot Melanie mir an, sie würde mir zeigen, wie ich sie auf iTunes bekäme und auf meinen iPod laden könne. Ich erwischte sie dabei, wie sich ihr Mund zu einem halben Lächeln verzog, als ob ich lügen würde, als ich ihr sagte, dass mein Geschenk noch nicht eingetroffen sei.

Melanie hat ihre Make-up-Ausstattung mitgebracht und ist die Kosmetikerin. Ich wollte einen Versuch machen, aber sie hatte meine Hand von den Pinseln weggeschlagen und behauptet, sie hätte die meiste Erfahrung, und ich glaube, das hat sie auch. Ihre Mutter hat die *Cosmopolitan* abonniert, und in den Pausen lassen wir die reihum gehen. Bei einigen der Artikel wird mir ganz heiß und komisch, aber die Klamotten sind ziemlich cool. Lauren ist noch nicht da, aber die kommt sowieso immer zu spät.

»Macht den Tisch frei. Das Essen ist in zehn Minuten fertig!«, ruft Mum. Ich will aufstehen, aber Melanie hält mich am Handgelenk fest.

»Ich bin fast fertig.«

Also spreize ich wieder die Finger und schaue zu, wie Melanie blauen Nagellack auf meinen Daumennagel streicht.

Izzy knüllt weggeworfenes Geschenkpapier zusammen und schmeißt es in den Abfalleimer.

»Wo ist Dad?«, frage ich Mum zum soundsovielten Mal. Sie balanciert meinen Kuchen auf einer Tortenplatte mit Rosenblüten zum Tisch, auf dem violetter Voile liegt. Ein silberner Happy-Birthday-Schriftzug steckt in der lilafarbenen Glasur des Kuchens und am Rand verteilt stehen zwölf pinkweiße Spiralkerzen.

»Er wird bald hier sein«, sagt sie wieder, als sie zurück in die Küche hetzt, doch ich bin nicht beruhigt. Er ist schon seit Stunden weg, und mein Hals fühlt sich an wie zugeschnürt und angeschwollen. Noch nie hatte er meine Party verpasst, auch nicht, als er noch einen Vollzeitjob hatte. Wo ist er?

»Fertig.« Melanie schraubt die Nagellackflasche zu. »Bläst du sie nicht noch trocken?« Melanie hebt die Augenbrauen, und ich merke, dass das eine dumme Frage war, also puste ich auf meine Nägel, bis die Haustür zugeworfen wird.

Dad platzt mit wildem Blick, bleichem und schweißbedecktem Gesicht ins Wohnzimmer. Er hat nichts in den Händen.

»Das wurde aber auch Zeit!«, ruft Mum aus der Küche.

»Dad? Wo sind meine Geschenke?« Sobald die Frage heraus ist, wünsche ich mir, ich hätte sie nicht gestellt. Ich kann nicht genau sagen, weshalb ich Angst habe, aber als sein Blick auf meinen trifft, spüre ich, wie zwischen uns tausend wortlose Entschuldigungen ausgetauscht werden, und ich möchte sagen, dass mir die Geschenke egal sind. Mir ist alles egal, außer der Tatsache, dass er hier ist. Doch bevor ich das sagen kann, klopft es an der Haustür.

»Lauren!« Ich eile zur Tür, um sie zu öffnen, und freue mich, dass es Lauren vor dem Abendessen geschafft hat. Ich glaube nicht, dass ich wirklich registriere, wie Dad meinen Namen ruft. Erst als ich mit Schwung die Tür öffne, wird mit klar, dass ich einen furchtbaren Fehler gemacht habe.

»Justin Crawford?«, sagt einer der Polizisten. Er ist fast so groß wie der komische Vertretungslehrer, den wir letzte Woche in Naturwissenschaft hatten. Ich muss mir die Hand über die Augen halten, weil die Sonne blendet, als ich in sein ernstes Gesicht schaue.

»Er ist im Wohnzimmer.« Vor Schreck klingt meine Stimme ganz piepsig. Die Männer stampfen den Flur entlang und ich hinter ihnen her. Als ich an der Küche vorbeikomme, reißt Mum die Hände aus der Spüle, und Seifenwasser tropft auf das Linoleum, als sie nach einem Geschirrtuch greift. Ihr Mund formt ein O. Ich bin nicht sicher, warum die Polizei mit Dad reden will, aber ich habe ein merkwürdiges Gefühl im Magen und weiß, dass das schlecht ist. Sehr schlecht.

»Justin Crawford«, sagt der Polizist wieder, und mein Schuldgefühl, ihn hereingelassen zu haben, wird von Erleichterung vertrieben, als mein Blick das Zimmer absucht. Dad ist nicht da und für den Bruchteil einer Sekunde glaube ich, dass die Polizisten wieder gehen werden. Dass alles in Ordnung sein wird. Mum wird die Pizza servieren, und nachdem wir Grillhähnchen und Salamischeiben gegessen haben und uns der geschmolzene Käse an den Fingern klebt, kann ich die Kerzen ausblasen und mir wünschen, dass die Polizei nie wiederkommt. Doch das ist, bevor Melanie ihre pinkfarben glänzenden Lippen öffnet und klar und deutlich sagt: »Er versteckt sich hinter dem Sofa.«

In meiner Erinnerung geschieht alles wie in Zeitlupe.

Im Tumult umgeworfene Möbel. Dad, der sich losreißen will und immer wieder seine Unschuld beteuert. Mum, die die zu Fäusten geballten Hände vor der Brust hält und »Nein!« schreit, während ihre Beine nachgeben. Der Kuchen, der wackelt und dann zu Boden fällt. Verstreuter Biskuit, umgeknickte Kerzen. Als ich all das sehe, beginne ich zu weinen. Wenn ich keine zwölf Kerzen habe, kann ich mir nichts wünschen, und genau in dem Augenblick weiß ich mit Sicherheit, dass sie Dad mitnehmen werden und nichts mehr so sein wird wie zuvor.

Mein Bruder kauert in der Ecke, umklammert seine Eule und wiegt sich vor und zurück. Tränen laufen ihm über die rundlichen Wangen. Avril Lavigne singt »Complicated«. Der Rauchmelder piept, und der Geruch von verbranntem Knoblauchbrot durchzieht das Zimmer. Aber mehr als der Schmerz, die Scham und die Demütigung war es Melanies vernichtender Blick, der sich mir einprägte, und obwohl Dad etwas Falsches getan hatte, war es unverständlicherweise sie, die ich hasste.

»Ali?« Iris klopft an die Tür. »Geht's dir gut?«

Ich bin verstört, einsam und voller Bedauern. All das und noch mehr, aber ich sage ihr, dass es mir gut geht und dass ich in zwei Minuten unten bin. Ich stopfe die Geburtstagskarten und meine Scham in den Karton, wo sie nicht gesehen werden können, und als ich über den Flur gehe, komme ich an Bens ehemaligem Zimmer vorbei. Die Tür steht einen Spaltbreit offen, und sein Bett neben dem Fenster wird vom Mond beschienen. Obwohl ich weiß, dass das Zimmer leer ist, kann ich ihn fast in seinem Thomas-the-Tank-Engine-Schlafanzug am Fenster knien sehen. Ollie liegt auf dem Kissen.

»Gleicher Mond?« Er deutet feierlich mit seinem dicklichen Finger in den Himmel und in sein Buch.

»Es gibt nur einen«, sage ich.

Dann rannten sie ganz außer Rand und Band. Ein strahlendes Lächeln erhellt sein Gesicht. Er schlüpft aus dem Bett und reibt sich den Schlaf aus den Augen. Hinunter zum Strand und tanzten im Sand. Seine kleine Hand schiebt sich in meine. Hand in Hand, so tanzten sie fein im Mo-, Mo-, Mondenschein. Er dreht sich im Schlafanzug barfuß im Kreis.

* * *

Iris sitzt in der Küche am Tisch. Ein gestrickter roter Wärmer umhüllt die Teekanne. Ben hatte Iris zu Weihnachten eine Tassimo-Maschine gekauft, und ich glaube nicht, dass sie sie schon einmal benutzt hat. Sie zupft an einem heraushängenden Wollfaden, als nähme sie sich Zeit, nach den richtigen Worten zu suchen.

»Ich muss dir etwas sagen«, sagt sie vorsichtig und wohlüberlegt. »Oder besser gesagt zeigen.«

Aus ihrer Schürzentasche zieht sie einen Brief und schiebt ihn über den Tisch. Obwohl ich die Handschrift seit Jahren nicht gesehen habe, löst die sich windende kursive Schreibschrift sofort eine Welle der Schuldgefühle, Trauer, Wut und noch etwas aus.

Angst.

Kapitel 30

Obwohl ich Dad seit Jahren nicht gesehen habe und meine belasteten Erinnerungen nicht mehr klar und deutlich sind, habe ich gewisse Dinge behalten. Dazu gehört seine Handschrift, und bei ihrem Anblick drängen andere Erinnerungen in den Vordergrund meines Verstandes. Der Geruch der Pfefferminzbonbons, die er stets lutschte, die die schwache Spur von Tabak jedoch nicht überdeckten, die immer an ihm haftete, obwohl er darauf bestand, das Rauchen aufgegeben zu haben. Auch lenkten sie später nicht vom Alkohol ab, den er trank, als er die Berge von Rechnungen nicht mehr verkraften konnte, die sich auftürmten. Manchmal sehe ich Männer, die von hinten aussehen wie er. Dunkelbraune Haare, die im Nacken auf den Kragen der schwarzen Lederjacke stoßen. Ich weiß, dass er sich nicht frei unter uns bewegt, aber auch wenn er es täte, wäre er wahrscheinlich jetzt ergraut. Hätte vielleicht sogar eine Glatze. Ab und zu kribbelt meine Wange, und ich streiche mit der Hand darüber, glaube, dass ich immer noch seinen kratzigen Bart spüre, wenn ich auf seinem Schoß saß, sein Gesicht dicht vor meinem, und er mich mit noch einer Geschichte über stattliche Prinzen und wunderschöne Prinzessinnen fesselte. Bis zu meinem zwölften Lebensjahr war Dad mein absoluter Held, der mir den Glauben an Romantik und Rosen und Happy Ends einflößte. Aber dieser Glaube stellte sich als unbedeutend und zweifelhaft heraus, und es war unmöglich, daran festzuhalten. Ich weiß nicht, ob ich ihm je vergeben kann, und auch jetzt spüre ich einen Schmerz in der Brust, wenn ich an ihn denke. Ich vermisse den Mann, der er einmal war, und natürlich nicht den Mann, der er jetzt ist, denn der ist ein Fremder für mich. Sosehr ich mich auch bemühe, ich kann den Dad, der mich auf sich reiten ließ, an dessen Ohren ich mich festhalten durfte, als ich unsicher auf seinem Rücken balancierte und meine Knie in seine Rippen drückte – hü! –, auch als ich längst zu groß und zu schwer war, nicht mit dem Dad vergleichen, der mit zwei anderen Männern in eine Postfiliale stolziert war, die Gesichter unter Sturmhauben verborgen, und Geld gefordert hatte – obwohl sie kein Geld nahmen, sondern jemandem das Leben. Noch lange Zeit danach habe ich mir dafür die Schuld gegeben. Wenn ich ehrlich bin, gibt es immer noch Zeiten, in denen ich mich frage, ob es mein Fehler war. War ich zu habgierig? Zu fordernd? Von allem zu viel? Obwohl ich versuchte, diese Fragen zu begraben, sie zu ignorieren, sehne ich mich immer danach, das zwölfjährige Mädchen damit zu konfrontieren und sie heftig zu schütteln, ihr zu sagen, dass Geschenke ohne Bedeutung sind. Wen interessiert es, dass du einen iPod hast, wenn dein Dad nicht mehr das Bild einfangen kann, wie du die Kerzen ausbläst – nicht, dass ich seitdem noch einmal einen Geburtstagskuchen gehabt hätte. Nicht, bis mir Chrissy einen kaufte und der Anblick der Zuckerglasur, der Geruch, als sie das Streichholz anriss, dazu führten, dass die ganze schmutzige Wahrheit ans Tageslicht kam. Ich erzählte ihr alles, worüber ich nicht mehr gesprochen hatte, seitdem ich mich in Matt verliebt hatte. Sie saß fassungs- und wortlos da, als die kleinen Flammen knisterten und flackerten, bevor die Kerzen heruntergebrannt waren und ausgingen. Doch das war egal. Ich hatte lange aufgehört, mir etwas zu wünschen.

Mum sagte, es hätte wirklich nichts mit meinem Geburtstag zu tun gehabt. Sie waren mit der Hypothek im Rückstand gewesen, und Dad war alles zu viel geworden. Es war eine Reihe von Umständen gewesen, die ihn dazu gebracht hatten, etwas Dummes zu tun. Aber dumm ist, wenn man an einem heißen Sommertag vergisst, die Milch wieder in den Kühlschrank zu stellen, oder sich nicht merkt, auf welcher Etage man das Auto im Parkhaus abgestellt hat. Bewaffneter Raubüberfall ist nicht dumm, auch nicht, wenn man selbst keine Waffe in der Hand hatte. Ich weiß nicht, was er sich dabei gedacht hat, mein süßer, sanftmütiger Vater, und ich habe ihn nie gefragt. Er kam nie wieder nach Hause nach dem Tag, an dem ich bereitwillig die Polizei hereingelassen hatte. In der Schule hatten wir etwas über Judas gelernt, und genauso fühlte ich mich. Fühle ich mich immer noch, wenn ich ehrlich bin. Dad ist nicht der Einzige, für den ich mich schäme, und deshalb vergrabe ich das alles tief in mir. Ben war damals sechs und zu jung, um sich an Einzelheiten zu erinnern, doch ich hatte mich mit ihm hingesetzt, als er älter war, und ihm die Wahrheit erzählt, bevor er sie über Google selbst herausfand. Wir hatten beide geweint, als er heftig meine Hand gedrückt und mir versichert hatte, dass es nicht meine Schuld gewesen sei und er ebenfalls die Polizei hereingelassen hätte. Einmal, als Erwachsene, hatte ich mich laut gefragt, ob wir Dad nicht besuchen sollten, und Ben hatte mich entsetzt angeschaut, als würde ich vorschlagen, einen Fremden zu besuchen.

Manchmal versuche ich, mit Geschichten aus der Kindheit Bens Gedächtnis auf die Sprünge zu helfen, damit er sich an den früheren Dad erinnert. An Samstagnachmittagen lieferten sich die beiden immer Ringkämpfe, und Dad ließ Ben stets gewinnen. An Freitagabenden durfte ich seine Haare stylen, bis sie steif vor Gel in die Höhe standen. Und am Sonntag gingen wir oft schwimmen. Dad tauchte, knabberte an unseren

Zehen, und wir schrien vor Angst und Lachen. Doch Ben hat kein Interesse daran. »Wenn er uns so sehr geliebt hat, dann hätte er nie getan, was er getan hat«, sagte er mit verschlossenem Gesichtsausdruck, aber ich denke immer, dass er es tat, *weil* er uns liebte. »Wir hatten die beste Mum der Welt«, sagte Ben, und wir beide bekamen wie immer feuchte Augen, wenn wir uns an Mum erinnerten. »Sie hat uns sehr geliebt und das entschädigt für alles.« Und das stimmt in gewisser Weise, aber es tut mir immer noch weh, wenn ich mich an die letzten Worte erinnere, die ich zu Dad sagte: »Wo sind meine Geschenke?« und nicht: »Ich liebe dich.« Aber das tat ich.

Doch jetzt ist es schwer, ihn nicht zu hassen. Ihn nicht dafür verantwortlich zu machen, was danach geschah. Es ist schwer, überhaupt nicht an ihn zu denken, aber ich versuche es. Auf dieselbe Weise, wie ich versuche, nicht an die arme Frau zu denken, die ein Heftchen Briefmarken kaufen wollte und letztendlich dafür den höchsten vorstellbaren Preis zahlte. Der Schuss aus der Waffe löste sich offensichtlich aus Versehen, aber das macht es auch nicht leichter, damit zu leben. Obwohl ich nicht dabei gewesen war, wiederholte sich die Szene endlos in meinem Kopf, sobald ich die Augen schloss. Das Knallen der Waffe. Die Frau, die zusammensackt, während ihre beiden kleinen Kinder, ein Junge und ein Mädchen, zuschauen. Hatten sie geschrien?, fragte ich mich. Geweint? Oder waren sie vor Schock erstarrt, bespritzt mit Blut und Gehirn und Fassungslosigkeit? Jedes Mal, wenn ich an sie denke, tut es mir im Herzen weh. Das Ergebnis jenes Tages war, dass wir alle Elternteile verloren, obwohl das natürlich nicht vergleichbar ist, ich weiß. Dass die beiden ihre Mutter verloren haben, war nicht ihr Fehler. Und bei mir? Meine Fehler sind in einem Spinnennetz aus zerbrochenen Erinnerungen, Reue und Schuldzuweisung verfangen. Und Albträumen. Den endlosen Albträumen.

Die Beschuldigungen fingen kurz nach Dads Festnahme an, und ich glaube, irgendwie haben wir darum gebeten, hatten das Gefühl, dass wir sie verdienten. Die Ziegelsteine, die durchs Fenster flogen. Das in die Lackierung unseres Autos geätzte und auf das Garagentor gesprayte Graffito. Die Hasskampagne nahm zu wie die Berichterstattung in den Medien. Zwei Kinder hatten die Ermordung ihrer Mutter mit angesehen, und die lokale Presse berichtete unermüdlich darüber. Ben und ich waren auch Kinder, aber wir schienen keine Rolle zu spielen. Die Emotionen kochten hoch, und die überregionalen Zeitungen griffen die Story auf. Dad und seine Komplizen würden perfekt widerspiegeln, was in Großbritannien schiefliefe. Nach Dads Anklage dachten wir, das Ganze würde abebben. Seine Strafe war hart. Er hatte zwar nicht abgedrückt, aber nichtsdestotrotz wurde an ihm ein Exempel statuiert. Wir wurden weiterhin auf der Straße angespuckt und Hundekot in unseren Briefkasten gestopft. Nachdem jemand schließlich unser Gartenhäuschen in Brand gesetzt hatte, während wir schliefen, beschloss Mum, wir müssten Tanmoor verlassen. Sie packte ihr Portmeirion-Porzellan, Dads Schallplatten und die Fragmente unserer Kindheit in Kartons, und wir verließen zum allerletzten Mal schweigend das Haus, in dem ich geboren worden war. Es schnürte mir die Kehle zu, als ich traurig aus dem Rückfenster unseres Autos schaute und mich flüsternd von meinem Prinzessinnenbett mit Baldachin in meinem pastellrosa Zimmer, vom Baumhaus und von meinem Namen verabschiedete. Mum ließ mich einen neuen Namen wählen, und mir hatte schon immer Ali gefallen. Sie ließ mich auch Bens Namen aussuchen, und irgendwie fühlte sich das wie ein Abenteuer an. Ein Neustart. Aber das war es nicht. Es sollte noch um einiges schlimmer kommen, und obwohl Mum mir immer wieder sagte, dass es nicht mein Fehler gewesen sei, fühlte es sich trotzdem so an. Ich gab mir für alles die Schuld, und manchmal frage ich mich, ob Dad mir auch die Schuld gab. Ob er mich hinterher genauso hasste wie ich mich selbst. Und manchmal frage ich mich, ob ich zu jenem Tag zurückkehren könnte, an dem Melanie meine Nägel blau lackierte, Mum gefrorene Pommes auf ein Backblech schüttete, der Duft von Knoblauch und gespannter Erwartung in der Luft lag, als ich darauf wartete, dass Dad nach Hause kam. Ob ich zu jenem Tag zurückkehren und Dad retten könnte, wenn ich gewusst hätte, dass eine Frau gestorben war und zwei Kinder ihre Mutter verloren hatten. Hätte ich trotzdem die Tür geöffnet? Die Polizei hereingelassen? Es schmerzt mich zu wissen, dass ich es getan hätte.

Einige Augenblicke bin ich zwischen der Vergangenheit und der Gegenwart hin und her gerissen, unfähig, mich in der einen oder der anderen zu verankern, als ich verblüfft auf den Umschlag starre, aber nur die Bilder in meinem Kopf sehe, die durcheinanderpurzeln, am Rand verwischen und verblassen, nur um durch andere ersetzt zu werden. Das Zuschnappen der Handschellen um Dads Handgelenke, der Ausdruck blanker Panik in seinen Augen, die Hand des Polizisten auf Dads Kopf, als dieser ins Polizeiauto steigt, Dad, der Pfannkuchen so hoch in die Luft wirft, dass sie fast an der Decke kleben bleiben, die Liebe in seinen Augen, wenn sein Blick auf meinen traf, während er mir Ahornsirup übers Frühstück goss. Der Ausdruck im Gesicht des Polizisten, als er Dad hinter dem Sofa kauernd fand. Enttäuschung, Abscheu, Triumph. Das Gesicht hätte ich gern vergessen.

Ich versuche, den Brief zurück zu Iris zu schieben. »Ich kann nicht.«

Sie legt ihre Hand auf meine.

»Du musst ihn lesen, Ali«, sagt sie nachdrücklich.

Ich will nicht.

Ich habe Angst vor dem, was darinsteht. Angst davor, wie ich mich fühlen werde. Trotzdem zieht meine zitternde Hand das Blatt aus dem Umschlag, und ich beginne zu lesen.

Kapitel 31

Liebe Iris,

es ist schwer, diesen Brief zu schreiben. Andererseits bin ich auch sicher, dass es schwerfällt, ihn zu lesen. Du hast wahrscheinlich schon am fehlenden Gefängnispoststempel gesehen, dass ich entlassen wurde. Es ist sechs Monate her, und ich hätte Dich längst kontaktieren sollen, aber ich wollte Dir etwas Positives mitteilen, bieten, und nicht leere Versprechungen und unzählige Entschuldigungen, die Du bereits gehört hast. Meine Sozialarbeiterin im Gefängnis bat mich dringend, bereits vor der Entlassung mit Dir Kontakt aufzunehmen. Sie sagte, die Unterstützung durch die Familie sei sehr wichtig, um den Gefangenen auf dem rechten Weg zu halten. Offensichtlich wird uns dadurch etwas gegeben, für das es sich zu leben lohnt, und es hält uns davon ab, erneut eine Straftat zu begehen, aber das wird sowieso nicht mehr geschehen. Es war ein einmaliger Ausrutscher. Ein blöder, blöder Fehler und das erste und einzige Illegale, was ich je gemacht habe. Sogar auf der Anklagebank habe ich noch geglaubt, der Richter würde erkennen, wer ich wirklich bin, und mich freilassen.

Es ist merkwürdig, aber erst seitdem ich meine Freiheit zurückbekommen habe, sehe ich mich nicht mehr als Opfer, sondern als Kriminellen. Die Strafverlängerung, die ich bekam, weil ich in einen Vorfall verwickelt gewesen war, bei dem ein Mithäftling angezündet wurde und ums Leben kam, fühlte sich furchtbar ungerecht an. Nachdem ich im Grunde versucht hatte, so etwas zu vermeiden und mich nirgends hineinziehen zu lassen, hatte ich Angst, selbst auch zur Zielscheibe zu werden. Aber jetzt verstehe ich, dass jede Aktion eine Reaktion hervorruft. Hätte ich von vornherein keinen Fehler gemacht, wäre ich nicht in diese Lage gekommen. Ich habe Menschen verletzt. Und jetzt, da ich draußen bin, scheint das realer zu sein als im Gefängnis. Die Leute betrachten Ex-Häftlinge auf eine gewisse Weise. Behandeln uns anders. Und die Welt hat sich stark verändert, seitdem ich inhaftiert wurde. Ich war überhaupt nicht das Opfer. Zwar habe ich versucht, nicht verbittert über meine Strafe zu sein, mich nicht durch sie ändern zu lassen, aber das ist mir nicht gelungen. Es war unvermeidbar. Ich möchte ein neues Leben beginnen. Ein gutes Leben. Einen Monat bevor ich entlassen wurde, schrieb ich an die Familie von Sharon, der Frau, die zu Tode gekommen war. Die wir ermordet hatten, nehme ich an. Ich habe zwar nicht den Abzug betätigt, aber trotzdem habe ich Blut an den Händen. Jeder, der beteiligt war, hat es, und wir haben alle den Preis dafür bezahlt. Und das tun wir immer noch. Ihre Adresse bekam ich zwar nicht, aber das Gefängnis versprach mir, den Brief abzusenden. Ich hatte gehofft, die Familie würde antworten, bevor ich entlassen wurde, aber das tat sie nicht. Ich hatte geschrieben, wie leid es mir täte und immer noch tut. Dass ich freikäme und den Rest meines Lebens damit verbringen würde, alles Unrechte, was ich verbrochen hatte, wiedergutzumachen.

Mein Bewährungshelfer hat für mich ein Zimmer in einer Resozialisierungseinrichtung und einen Job in einer Fabrik gefunden. Ist schon komisch, dass ich vor meiner Inhaftierung keinen Job hatte und die Hypothek nicht bezahlen konnte und jetzt arbeite und Geld habe. Am ersten freien Tag nahm ich den Bus nach Tanmoor. Die Postfiliale ist jetzt ein Tesco Extra, die Entbindungsstation, wo die Babys geboren wurden, ein Costa Coffee. Aber das Haus, das Haus ist noch genauso, wie ich es in Erinnerung hatte. Im Vorgarten stand eines dieser rot-gelben Plastikautos für Kinder und hinten eine Schaukel. Es brach mir das Herz, dass ich nicht den Schlüssel ins Schloss stecken konnte, um Marsha beim Abwiegen von Rosinen für einen Pudding vorzufinden oder den Titelsong von Scooby Doo zu hören. Erinnerst Du Dich noch an die Silvesterparty, bei der ich den Korken einer Sektflasche knallen ließ und er eine Delle in der Deckenkehlung hinterließ? Marsha und ich haben noch oft darüber gelacht. Wir kuschelten abends auf dem Sofa und sagten: »Weißt du noch, als wir das Dach abgehoben haben?« Ich legte die Hände rechts und links an die Schläfen und schaute durchs Wohnzimmerfenster, um zu sehen, ob es diese Deckenkehlung noch gibt. Sie ist nicht mehr da. Alles hat sich verändert, nicht wahr? Alles Wichtige gibt es nicht mehr.

Auch jetzt noch kann ich nicht begreifen, was mit meinem Schatz Marsha passiert ist, und das ist mein größter Kummer. Dass ich nicht für sie da war. Ein Teil von mir möchte wissen, ob Du mich dafür verantwortlich machst, aber das spielt eigentlich keine Rolle mehr. Ich werde mir deswegen immer Vorwürfe machen. Ein Mann muss seine Familie beschützen, nicht wahr? Ich dagegen habe meine zerstört. Gott sei Dank hatte Marsha Dich, Iris. Und die Kinder. Ich weiß nicht, was sonst mit den armen kleinen Würmern geschehen wäre. Wahrscheinlich wären sie ins Heim gekommen. Ich war nicht da und ich hätte da sein müssen. Dafür empfinde ich Reue.

Ich möchte sie sehen, George und Sarah, obwohl ich sie wahrscheinlich Ben und Ali nennen sollte, nehme ich an. Sie sind jetzt sicher andere Menschen. Haben so viel durchgemacht. Immerhin kann ich jetzt erhobenen Hauptes dastehen, denn ich habe einen Job und ein Dach überm Kopf, wo sie mich besuchen können. Ich nehme nicht an, dass Ben sich an mich erinnert. All die Nächte, die ich ihn im Auto in der Dunkelheit herumgefahren habe, bis er einschlief. Dann habe ich ihn ins Haus getragen und in sein Bettchen gelegt. Kaum hatte ich einen Schritt aus seinem Zimmer gemacht, war er wieder wach, der kleine Lümmel. Ich bin jetzt ein Fremder für ihn. Und Ali, mein Schatz. Jedes Mal, wenn ich die Augen schließe, sehe ich ihren entsetzten Gesichtsausdruck, als mich die Polizisten aus der Tür zerrten, und ich kann mir nicht vorstellen, wie es sich für sie angefühlt hat, diejenige gewesen zu sein, die sie hereingelassen hatte. Ich möchte sie von Angesicht zu Angesicht sehen. Möchte wissen, wie sie sich wirklich fühlt, und ihr sagen, wie ich mich fühle. Ich bat Marsha damals, die Kinder nicht mitzubringen. Sie sollten mich vergessen, aber jetzt habe ich das Gefühl, es war die falsche Entscheidung. Ich wusste natürlich nicht, was kommen würde, dass sie nicht in der Lage sein würde, sie irgendwohin zu bringen. Meine arme süße Frau. Aber die Kinder. Ich möchte wissen, wer sie sind, und dass sie wissen, wer ich bin.

Ich möchte, dass sie sich erinnern.

Dein Justin

* * *

Erst als Iris neben mir ihren Stuhl über den Küchenboden schiebt und mir ein Taschentuch in die Hand drückt, merke ich, dass ich weine. Nachdem ich mir über die Augen gewischt und mir die Nase geputzt habe, erinnere ich mich daran, dass Iris mich bei meinem Eintreffen gefragt hatte, ob Ben mir ausgerichtet hätte, ich solle kommen. Ich frage sie, ob er über den Brief Bescheid weiß, den ich noch immer fest in einer Hand halte, fast besorgt, er könne mir aus den Fingern rutschen, wenn ich den Griff lockerte, und das wäre, als verlöre ich Dad erneut. Über die Jahre hatte ich versucht, mich davon zu überzeugen, dass es mir egal sei, dass ich ohne ihn besser dran sei, aber der brennende Schmerz in meiner Brust spricht eine vollkommen andere Sprache. Ich bin hin und her gerissen. Einerseits will ich nichts mit ihm zu tun haben, denn eine Frau starb, und ich kann ihm mit dem Wissen, dass er zumindest teilweise dafür verantwortlich war, nicht in die Augen schauen. Doch dann gibt es noch den anderen Teil in mir, der immer mehr Raum einnimmt und sich danach sehnt, ihn noch einmal zu sehen.

»Ich habe es Ben erzählt, als er gestern Abend anrief«, sagt Iris. »Wir haben darüber gesprochen, und er hat entschieden, dass er ihn nicht sehen will.« Ben stand Iris immer näher als ich. Absolut zuverlässig rief er sie auch jede Woche zweimal an und besuchte sie an Wochenenden. Er war so ein sensibles Kind, völlig verstört, als Mum verstorben war. Ich redete mir damals ein, dass ich diejenige sei, die tapfer sein müsse. Die Älteste. Ben brauchte eine Mutter mehr als ich. Er war erst neun und ich fünfzehn. Doch das war eine Lüge gewesen, denn es ist egal, wie alt und wie groß wir werden, wir brauchen alle eine Mutter, nicht wahr? Aber jetzt, mit dem leisen Surren des Kühlschranks hinter uns und meinem Kopf auf Iris' Schulter, spüre ich zum ersten Mal, dass auch ich diese Verbindung mit ihr haben kann. Sie streicht mir den Pony aus der Stirn, streichelt meine Wange, und ich erkenne, wie sehr sie uns liebt.

Später, nachdem wir irgendetwas Undefinierbares aus dem Kühlfach gegessen haben, rufe ich mir ein Taxi. Ich wäre gern geblieben, aber ich muss zurück zu Branwell. Als wir uns beim Abschied umarmen, fühlt es sich richtig und ehrlich an, und diesmal bin nicht ich es, die zurückweicht.

Als ich zu Hause ankomme, erwarte ich fast, dass die Fenster hell erleuchtet sind, weil Chrissy zurück ist, eine Bluse bügelt und sich bereit macht, am nächsten Morgen wieder zur Arbeit zu gehen. Doch das Haus ist in Dunkelheit gehüllt. Der Himmel ist wolkenverhangen, und es ist stockdunkel, als ich, noch ganz im Gefühlschaos des Tages versunken, den Weg entlangtrotte. Als sich das Außenlicht nicht einschaltet, schwant mir nichts Gutes. Schnell benutze ich die Taschenlampe an meinem Handy. Das Licht erhellt die Haustür, und sofort setzt mein Herzschlag aus.

Blut.

Rote Buchstaben quer über der Tür.

MÖRDERIN

Kapitel 32

MONTAG

»Danke, dass du mir geholfen hast«, sage ich noch einmal zu James. Meine Hände sind in der bitterkalten Morgenluft gerötet und rau. Sie brennen vom Terpentin, das in die rissige, trockene Haut eingedrungen ist. Ich hatte gestern Abend noch spät die Tür geschrubbt, aber MÖRDERIN war mit Farbe, nicht mit Blut aufgesprüht, und mit heißer Seifenlauge konnte ich die Buchstaben nicht abwaschen.

Nach einem unruhigen, gestörten Schlaf war ich um fünf Uhr morgens aus einem Albtraum aufgewacht und der Schlafanzug schweißdurchtränkt. Ich hatte das Licht angeschaltet, um mich zu versichern, dass kein Blut die Wände herunterlief, wie ich in *The Amityville Horror* letztes Jahr durch gespreizte Finger gesehen hatte, während Matts Arm schwer und beruhigend auf meinen Schultern lag. Ich hatte mir einen heißen Kakao gekocht und mich wieder unter die Bettdecke gekuschelt, wo Branwell zu meinen Füßen lag und das Foto meiner Mutter auf meinem Schoß. Ihr Gesicht ist mein Anker in dieser fremdartigen Welt, in die ich gefallen bin. Ich war ihre Gesichtszüge nachgefahren und hatte mir vorzustellen versucht, was sie von Dads Brief gehalten hätte. Seiner Freilassung. Hätte sie ihm vergeben?

* * *

Die Zeit, nachdem er inhaftiert worden war oder *weggegangen,* wie Mum es nannte, war für uns alle schwierig. Mum schwebte von Zimmer zu Zimmer, ihre Kleidung hing ihr am stetig Gewicht verlierenden Körper, und die Schatten unter ihren Augen waren so ausgeprägt, dass es aussah, als hätte sie jemand geschlagen. Meine Schuldgefühle schnürten mir die Kehle zu und brannten hinter den Augen. Nach und nach zog ich mich in mich selbst zurück und hätte mich eines Tages aufgelöst, wäre Ben nicht gewesen. Er war erst sechs und zu klein, um zu verstehen, was vor sich ging, geschweige denn hätte er ausdrücken können, was er fühlte. Doch aus seinem Verhalten war ersichtlich, dass er genauso litt wie wir. Anstatt stundenlang zu spielen, wie er es früher getan hatte, farbenfrohe Duplo-Türme zu bauen, im Garten auf seinem Fahrrad herumzusausen, mit den kurzen Beinen in die Pedale tretend, während die Stützräder hin und her schwankten, folgte er Mum und mir durchs Haus. Ollie, die Eule, umklammerte er mit den kleinen Fingern, und ein ängstlicher Ausdruck lag auf dem schmalen, blassen Gesicht. Es war, als hätte er Angst, wir würden ihn auch noch verlassen. Sein Wimmern drang bei Nacht über den Flur, und ich lag still da und wartete auf das Knarren der Holzdielen unter Mums Schritten, aber immer häufiger blieb es still im Haus, und ich war es, die Ben tröstete. Ich quetschte mich in sein enges Rennwagenbett und strich dem weinenden Ben die feuchten Haare aus der Stirn. Dann las ich ihm das Nonsensgedicht vor, das er so sehr liebte. *Eulerich und Miezekatz.* Und wenn er einschlief, flüsterte ich ihm beruhigende Worte zu, sprach manchmal von nichts und schüttete ihm manchmal mein Herz aus, denn obwohl ich versuchte, für Mum und Ben stark zu sein, sehnte ich mich nach allem, was ich verloren hatte, und fürchtete mich vor dem, was kommen würde. Diese einseitigen Gespräche wurden zu unserem nächtlichen Ritual, und nachdem Ben wieder in einen unruhigen Schlaf gefallen war und ich sein Kissen mit Tränen durchweicht hatte, versuchte ich mich aus dem Zimmer zu schleichen, wobei ich ihn die ganze Zeit im Auge behielt, während ich mich langsam auf die Tür zubewegte. Manchmal schaffte ich es nicht bis zum Flur, bevor sein Jammern erneut die schwere Nachtluft durchschnitt, aber immer öfter rief er nach mir und nicht mehr nach Mum. Ich war froh, einspringen und meinen Beitrag leisten zu können. Ich dachte, es sei nur vorübergehend, bis es Mum wieder besser ging, sie sich stärker fühlte. Damals wusste ich natürlich nicht, dass meine Kindheit nicht auf Eis lag, sondern vorbei war, und mir das Schlimmste noch bevorstand.

* * *

Ich war immer noch unentschlossen, ob ich Dad antworten sollte oder nicht, als das erste Tageslicht am Rand der Vorhänge schimmerte und sich der schwarze Himmel in ein trostloses Grau verwandelte. Ich schüttelte meine Gedanken ab, zog einen Trainingsanzug an und pochte an James' Haustür, wollte etwas von ihm holen, womit ich das Graffito wegbekam.

Nun reiben wir bereits eine Dreiviertelstunde an der Farbe herum und sie löst sich nur quälend langsam. Ich bin froh, dass der Baum das Haus vor neugierigen Blicken schützt.

»Tut mir leid, dass ich nicht helfen kann!«, ruft Jules über den Zaun und lässt die Schlüssel in ihre Tasche fallen. »Ich darf nicht zu spät zu unserer großen Wiedereröffnung kommen.«

»Kannst du mit Chrissy sprechen?«, frage ich. »Und herausfinden, weshalb sie mich ignoriert?«

»Wir sind doch keine Kinder mehr, Ali. Kannst du nicht selbst mit ihr reden?« Eine Spur von Gereiztheit ist in ihrer Stimme zu hören.

»Das werde ich, wenn ich sie sehe.«

Jules muss das Beben in meiner Stimme nicht entgangen sein, denn sie seufzt und verspricht mir zu tun, was sie kann, bevor sie mir zum Abschied zuwinkt.

»Ich glaube, das hier ist nicht stark genug.« James drückt sein Tuch auf die Öffnung der Flasche und stellt sie auf den Kopf, bevor er mit dem getränkten Lappen wieder über die schwächer werdenden Buchstaben reibt, die meine Haustür verunzieren. »Ich werde später bei B&Q vorbeifahren und schauen, was die haben. Aber immerhin kann man nicht mehr lesen, was da ursprünglich stand.«

Die scharlachrote Anschuldigung hat sich in ein pinkfarbenes Geschmiere verwandelt, aber MÖRDERIN muss nicht auf die weiße Kunststofftür gesprüht sein, damit ich es sehe. Das Wort steckt in der eiskalten Brise und wird von meinem zu schnell schlagenden Herzen getrommelt.

Mörderin.

»He.« James berührt mich leicht an der Schulter, und ich merke, dass ich geistesabwesend vor mich hin gestarrt habe. »Mach dir keine Sorgen. Das wird ein besoffener Vollidiot letzte Nacht auf seinem Weg vom Pub nach Hause gewesen sein.«

»Was ist, wenn es …?« Ich verstumme allmählich.

»Was ist, wenn was?«, drängt mich James fortzufahren.

»Was ist, wenn es kein besoffener Vollidiot war?« Aber was ich wirklich sagen will, ist: Was ist, wenn es wahr ist? Würde er mir dann immer noch zur Seite stehen? Würde mir irgendjemand dann noch zur Seite stehen? Aber James weiß nichts von den blutbefleckten Handschuhen und meinem beschädigten

Auto. Obwohl ich mich dringend jemandem mitteilen möchte, ist mein Vertrauen angeschlagen. Je weniger Leute etwas wissen, desto besser.

»Kaffee?«, fragt James. Ich will gerade Nein sagen, als er hinzufügt: »Ich spüre kaum noch meine Hände.« Ihm einen Kaffee zu kochen, ist das Wenigste, was ich tun kann. Er steht an diesem brutal kalten Morgen jetzt schon über eine Stunde draußen und erinnert mich daran, dass es noch aufrichtige und nette Leute gibt.

Wir tragen unsere Kaffeebecher ins Wohnzimmer. Branwell ist James dicht auf den Fersen, und als wir uns jeder an ein Ende des Sofas setzen, breitet sich eine Peinlichkeit zwischen uns aus, die es zuvor noch nie gegeben hat. Ich kann James kaum anschauen, und er scheint sich in meiner Gegenwart steif und unbehaglich zu fühlen, denn er hat sich nicht wie sonst entspannt in die Kissen gelümmelt.

»Von wem sind die Fotos?«, fragt er und schaut sich im Wohnzimmer um.

»Von meiner Mutter Marsha.« Er steht auf und betrachtet sie genau.

»Man sieht die Ähnlichkeit. Du hast ihre Augen. Sie ist auch wunderschön. Ist es …« Er ringt um Worte. »Ist es anders, wenn du dir Fotos anschaust? Kannst du …? Du weißt schon.«

»Erkennen, wer sie ist? Ja. Aber nicht, weil es ein Foto ist. Auch auf Fotos sind die Gesichtszüge ein Mischmasch. Bei Prosopagnosie erkennt man manchmal ein Gesicht von tausend. Bei mir ist es Mum. Ich erkenne wahrscheinlich keinen anderen, aber …« Ich suche nach den richtigen Worten, als James sich wieder setzt, die Beine übereinanderschlägt und jetzt entspannter wirkt, weil wir reden. »Wenn es nur ein Gesicht geben wird, das ich je erkenne, dann bin ich froh, dass es sie ist.«

»Weil du sie mehr liebst als alle anderen?«

Ich denke sorgfältig über die Frage nach, bevor ich sie beantworte.

»Weil es sie nicht mehr gibt, nehme ich an.«

»Du sprichst nie über sie.« Das ist eine Aussage, keine Frage.

»Nein.« In meinem Hals bildet sich ein Kloß. Über Dad rede ich auch nie. Obwohl er mir seit dem Brief nicht mehr aus dem Kopf geht, werde ich James über *ihn* definitiv nichts erzählen. »Möchtest du noch einen Kaffee?«

»Ich mache welchen. Du musst wieder zu Kräften kommen. Soll ich zum Mittagessen ein paar Sandwiches zaubern?«

»Ja, bitte.« Ich halte James meinen Becher hin, und als er in der Küche herumklappert, halte ich meinen Blick auf Mum gerichtet. Als ich daran denke, weshalb ich nie über Dad spreche, wird der Kloß in meinem Hals noch größer.

* * *

Wir mussten uns alle daran gewöhnen, ohne Dad zu leben. »Kinder sind widerstandsfähig«, war ein überbeanspruchter Satz, gemurmelt von Iris, unseren Lehrern und der netten Familientherapeutin, die uns ständig als *Opfer* bezeichnete und in jeder Sitzung ein Taschentuch knetete, als wäre sie diejenige, die jeden Moment in Tränen ausbrechen könnte, und das stimmte auch teilweise. Wir waren in ein neues Haus gezogen, gingen auf eine neue Schule und verwendeten unsere neuen Identitäten. Versuchten vorzugeben, eine normale Familie zu sein. Ben kam wieder auf die Beine, als wäre er aus Gummi. Zu Hause war er allerdings immer noch mein Schatten. Die Erleichterung auf den Gesichtern der Fachleute, die, abgesehen von Plattitüden und einem übertriebenen Lächeln, nicht wussten, wie sie uns helfen sollten, war deutlich zu sehen. »Seht ihr? Das haben wir doch gesagt!« Und ich wurde unter den Teppich gekehrt, zusammen mit dem Staub und der verwesenden

Spinne mit den steifen spindeldünnen Beinen. Mit zwölf war ich immer noch ein Kind, aber nicht mehr ganz. »Wenn du dich wie ein Opfer benimmst, werden dich die Leute wie ein Opfer behandeln«, sagte Iris, und ich versuchte, das Mädchen zu sein, das ich vorher gewesen war, doch das war unmöglich. Mum war auch nicht mehr dieselbe, sondern gereizt und weinerlich. Sie schien zu vergessen, dass Ben und ich auch noch da waren. Die Zeit heilte bei ihr keine Wunden, und es ging ihr immer schlechter.

Das Leben fühlte sich an wie Bens neongelber Kreisel mit den Zootieren darauf, der sich immer schneller drehte, bis man die Tiere nicht mehr erkennen konnte und sich danach sehnte, dass er stehen blieb. Mum kam nicht klar, war zunehmend müde und nachts häufig wach. Der Arzt verschrieb ihr Antidepressiva gegen Stress, aber sie hörte auf, sie zu nehmen, als sie häufig starke Kopfschmerzen bekam. Dann drückte sie die Handballen gegen die Schläfen, als könnte sie damit den Schmerz vertreiben. Eines Abends zog sie mit der Hand, die in einem Topfhandschuh steckte, ein Blech aus dem Backofen und stach mit mehr Wucht in die Fischfrikadellen als nötig. Das Geklapper, als das Grillblech auf dem Küchenboden aufkam, ließ mich von meinen Hausaufgaben aufschrecken.

»Mum!« Ich rutschte vom Stuhl. »Hast du dich verbrannt?«

Mum fiel auf die Knie und machte keine Anstalten, die Schweinerei zu beseitigen. Stattdessen hob sie den Saum ihrer schwarz-weißen Schürze, vergrub ihr Gesicht darin und weinte hemmungslos. Die Hand, die ich ihr zaghaft auf die Schulter legte, schüttelte sie ab. Schweigend brachte ich Ben ins Wohnzimmer und schaltete für ihn Cartoon Network ein. Zurück in der Küche, half ich Mum auf einen Stuhl, bevor ich den Eimer, in dem der Mopp steckte, aus der Abstellkammer holte und mit nach Zitrone duftendem warmem Wasser über die goldfarbenen Semmelbrösel und Flatschen fischigen

Kartoffelbreis wischte. Die Küche war wieder sauber und ordentlich, aber Mum immer noch in einem schlechten Zustand. Deshalb schüttete ich Tomatensuppe mit Buchstabennudeln in eine Plastikschale, bestrich Toast mit Butter, während sich die Suppe in der Mikrowelle drehte, und goss Saft in ein Glas. Erst als Ben auf dem Sofa saß, sein Abendessen auf einem Plastiktablett auf dem Schoß, konnte ich mich wieder um Mum kümmern. Sie weinte immer noch. Ihr Gesicht war rot und fleckig, und sie hatte einen Schluckauf.

»Mum?« Ich ging in die Hocke, wie sie es immer getan hatte, als ich klein war, und nahm ihre Hände in meine. »Mum.« Doch sie schluchzte weiter. Ich kam nicht an sie heran. Alles drehte sich wieder, immer schneller. Wie Bens Kreisel. Elefanten wurden zu Giraffen, Nashörner zu Kängurus. Nichts machte Sinn. Meine in Socken steckenden Füße rutschten auf den nassen Fliesen, als ich mich umdrehte und rannte, in den Flur schlidderte, den Telefonhörer hochriss und so heftig auf die Nummerntasten drückte, dass der Zeigefinger brannte.

»Tante Iris!« Jetzt war ich es, die weinte. Ich, die keine Luft bekam. »Du musst kommen. Irgendetwas stimmt nicht mit Mum.«

Und genau an diesem Punkt verwandelte sich meine bereits zerbrechliche Welt in etwas anderes.

Etwas Schlimmeres.

Kapitel 33

»Mum hatte eine Motoneuron-Erkrankung«, platzt es aus mir heraus, sobald James den Fuß über die Schwelle setzt, und als wäre mein Hals schockiert darüber, die Worte herausgelassen zu haben, verengt er sich auf die Größe eines Sandkorns und ist genauso trocken.

»Oh, Ali.«

James stellt das Tablett ab, kniet sich vor mich und legt mir die Hand aufs Knie. »Wie alt warst du?«

»Ungefähr zwölf, als es anfing.« Es ist schwer, den genauen Zeitpunkt zu bestimmen. Lange Zeit hatte man Mums merkwürdiges Verhalten dem Stress zugeschrieben. Es dauerte fast ein Jahr, eine gesicherte Diagnose zu bekommen, und während der Zeit flüsterten sie und Iris über MND hinter verschlossenen Türen, doch anders als Ben war ich alt genug, um zu verstehen. Zu googeln. Mit zunehmender Panik las ich auf dem Schulcomputer Berichte darüber, wie schlimm es sein konnte und wie schlimm es werden würde. Ich war aus der Bibliothek geflohen, hatte mich durch den kaputten Zaun am Ende des Sportplatzes gezwängt und war nach Hause gerannt. Meine Schultasche war gegen die Oberschenkel geschlagen, als ich direkt in die Küche lief, mich in die Arme meiner Mutter warf und zum ersten Mal, seitdem Dad verhaftet worden war, weinte und weinte und Mum erlaubte, mich zu trösten wie das Kind, das ich vorgab nicht zu sein. Iris verschloss auch dann die Augen vor der Wahrheit, als Mum schließlich die Diagnose erhielt. Ich erinnere mich daran, wie ich an jenem Tag das Haus betrat und eine Veränderung spürte. Die Fäden, die unsere Familie zusammenhielten, lösten sich auf.

»Sie wird sich erholen. Sie ist eine Kämpferin«, hatte Iris gesagt und sich geweigert zu glauben, dass ihre jüngere Schwester alles andere tun würde, als sich zu erholen. Aber ich wusste es. Ich wusste es von den Websites, hatte es in der Schule gelesen. Ich wusste es wegen des beklemmenden Gefühls in meiner Brust. Mum würde sterben. Trotz Iris' Leugnen und der Art, wie sie immer zu Ben sagte, Mum sei *unpässlich*, aber das würde sich eines Tages legen, zog sie an jenem Tag bei uns ein. Deshalb nehme ich an, dass sie in gewisser Hinsicht das Unvermeidliche akzeptiert hatte.

»Und Ben war wie alt?« James rechnet gedanklich nach. »Sechs?«

»Ja.« Zu klein, um zu verstehen, warum Mum nicht mehr mit ihm in den Park ging oder im Garten herumrannte.

»Er ist zu jung, um es ihm zu erzählen, Marsha«, hatte Iris erklärt, als Mum vorschlug, ihn vorzubereiten. Ich denke allerdings, dass Iris nicht nur Ben schützen wollte, sondern auf ihre eigene Art uns alle, Mum eingeschlossen, als wäre ihre Krankheit nicht wahr, wenn Mum sie nicht laut bestätigte.

»Und dein Dad? Wie kam er damit klar?«

Der Schmerz in meinem Herzen wird immer heftiger. »Drei warme Mahlzeiten pro Tag und keine Sorgen«, hatte Iris gelästert. Aber er hatte geschrieben: Auch jetzt noch kann ich nicht begreifen, was mit meinem Schatz Marsha passiert ist. Ich denke zum ersten Mal, wie hart es für ihn im Gefängnis gewesen sein muss, wie hilflos er sich gefühlt haben musste. Und er wusste nicht, dass wir draußen genauso hilflos waren. Das ist mein größter Kummer. Dass ich nicht für sie da war. Ein Teil von mir möchte wissen, ob Du mich dafür verantwortlich machst, aber das spielt eigentlich keine Rolle mehr. Ich werde mir deswegen immer Vorwürfe machen. Und ich frage mich, ob er weiß, dass wir ihn auch verantwortlich gemacht haben. Ob er vielleicht die boshaften Bemerkungen von Iris begrüßt hätte.

Einmal waren wir zu einer Selbsthilfegruppe im Gemeinschaftsraum eines medizinischen Zentrums gegangen, wo Verfall und Schwermütigkeit aus den feuchten, trostlosen Wänden sickerten. Mit offenem Mund hatten wir den zahlreichen Berichten zugehört, in denen sich MND nach einer besonders stressigen Zeit entwickelt hatte. »Natürlich muss bereits auch eine genetische Veranlagung vorhanden sein«, hatte der Leiter der Gruppe gesagt. »Aber viele von uns hier glauben, dass Stress ein wesentlicher Faktor sein kann.« Wir hatten dagesessen, stumm vor Schock, unfähig, unsere Blicke von denen loszureißen, die in motorisierten Rollstühlen da waren, sich weder bewegen noch sprechen noch kommunizieren konnten, und erfuhren etwas über die verschiedenen Erfahrungen der anwesenden Familien, das unterschiedliche Fortschreiten der Krankheit, die uns schließlich unsere Mutter nehmen würde. Manchmal war es die Sprache, die zuerst verloren ging, manchmal die Bewegung oder die Fähigkeit zu schlucken. Trotz der tapferen Miene, die Mum versucht hatte zu machen – ihre Tasse klapperte so heftig auf der Untertasse, dass sie Tee verschüttete –, hatte sich alles so hoffnungslos angehört.

»Stress«, hatte Iris am Ende des Abends geflüstert, als wir unsere Sachen zusammengesammelt hatten und mit Vorwürfen und Hass auf unseren Vater aus dem Zentrum gerauscht waren. »Ich wusste, dass er schuld ist. Ich wusste es einfach.«

»Das ist nur eine Theorie«, hatte Mum gesagt. »Ich glaube nicht daran. Du doch auch nicht, oder?« Sie hatte meinen Arm gedrückt. Ich wusste, dass Iris' Vorwurf absurd war, aber ich hatte auch verstanden, weshalb. Es war schwer, gegen eine Krankheit, gegen die Wissenschaft, gegen Gott zu wettern. Dad war eine Person, die lebte und atmete, und es war leichter, unseren Frust, unsere Verzweiflung, unseren Schmerz auf ihn zu projizieren. Ich glaube, es liegt in der Natur des Menschen, jemandem die Schuld zuschieben zu wollen, denn wenn wir für eine einzige Sekunde glauben, dass es Dinge gibt, die außerhalb unserer Kontrolle liegen, wird das Leben eher zu einem brutalen Feind als zu dem Geschenk, das es eigentlich ist.

Zu Hause hatte Iris die Broschüre zusammengeknüllt, die wir bekommen hatten, und sie in den Müll geworfen. »Wir werden nie wieder dorthin gehen«, hatte sie bestimmt. »Wir sind nicht wie die. Auf keinen Fall.«

Doch das waren wir.

»Dad war … Er war nicht da«, ist das Allerhöchste, was ich James erzählen kann.

»Es tut mir so leid«, sagt James. »Dass du das alles durchmachen musstest.« Ich lege meine Hand auf seine, und Branwell leckt mir über die Finger, als wollte er mich ebenfalls trösten. Regungslos und schweigend sitzen wir da, bis sich auf dem sich abkühlenden Kaffee eine dicke Haut gebildet hat und uns die Türklingel auseinanderreißt, als hätten wir etwas getan, für das wir uns schämen müssten.

Mein Blick trifft auf seinen unbekannten.

Als könnte er meine Beklommenheit spüren, rappelt sich James vom Boden auf. »Ich verstehe.«

Meine Schuldgefühle werden nicht weniger, als ich Matts Stimme im Flur höre, seine Schritte, die sich aufs Wohnzimmer zubewegen. Ich streiche über die Haare, das Top, als hätte ich etwas zu verbergen.

»Es ist Matt«, sagt James, und irgendetwas ist da in seinem Tonfall, was ich nicht genau bestimmen kann. »Ich sollte besser gehen. Danke für den Kaffee.«

Bevor ich antworten kann, ist er auch schon aus der Tür. Unsere Sandwiches haben wir nicht gegessen.

»Ich bringe deinen Autoschlüssel zurück.« Matt lässt den Schlüsselring um den Zeigefinger kreisen. »Es ist alles repariert. Was ist mit der Haustür passiert?«

»Dad hat an Iris geschrieben.« Schon ist es heraus. Es ist so lange her, seitdem ich über meine Eltern geredet habe, aber heute kann ich offensichtlich nicht aufhören. »Er will mich sehen.«

»Und was hältst du davon?«, fragt Matt.

»Ich weiß nicht.«

»Nicht jeder verlässt dich, weil er es will. Manchmal muss er es.« Hinter seinen Worten steckt eine Botschaft, doch so vieles bleibt ungesagt.

»Du solltest gehen.« Ich stehe auf, verkrafte heute solche Aussagen nicht. Das Hin. Das Her. Matt atmet scharf ein, als wolle er noch etwas sagen, doch anstatt ihn zu ermuntern, begleite ich ihn zur Tür, öffne sie und begrüße die kalte Brise auf meiner heißen Haut.

Ich denke immer noch an die ungesagten Worte, als es wieder an der Tür klingelt. Matt hat sicher seine Meinung geändert, und Szenarien gehen mir durch den Kopf. Was er sagen könnte, wie ich darauf reagiere. Ich setze einen ungezwungenen Gesichtsausdruck auf, als ich die Tür weit öffne. Der Anblick der Polizeiuniformen blendet die Realität aus, und ich muss mich am Türrahmen festhalten. Alles, woran ich jetzt denken kann, ist Dad. Ich bin zurück im Vergnügungspark. Zurück im Spiegelhaus. Klammere mich am Handlauf fest, als wir uns über den schwankenden Boden hangeln. Mein linker Fuß bewegt sich nach vorn, der rechte zurück. Unfähig, meine Bewegungen zu koordinieren, stehe ich da. Starr vor Unsicherheit. Die Sicherheit der Stabilität unter meinen Füßen ist nichts als eine Illusion.

»Es ist okay«, hatte Dad hinter mir gemurmelt. »Ich halte dich fest, halte dich immer.« Und seine Worte hatten so süß und tröstend geklungen wie die klebrige pinkfarbene Zuckerwatte, an der wir uns gütlich getan hatten. Es waren nichts als Lügen gewesen.

Jetzt habe ich das gleiche Gefühl. Mich zu bewegen, obwohl ich still stehe. Zu fallen.

Der Polizist sagt etwas, das ich nicht hören kann, hören will. »Justin Crawford?«, hatte er in der Vergangenheit geblafft. Doch das war eine andere Zeit gewesen, ein anderer Polizist, denke ich, obwohl ich nicht sicher bin. Ich bin fasziniert von seinen spitzen weißen Zähnen. Mein Magen kollert. Der Reiz, sich durch eine kandierte Schicht zu knabbern. Die Enttäuschung, einen langweiligen weißen Apfel auf einem Stiel zu halten. Er runzelt die Stirn, als er erneut spricht, doch in meinen Ohren dröhnt die Vergangenheit. Extrem laute Musik. Cher, die mich drängt, »Believe«, Kinder, die »Mach schon!« rufen und begierig darauf sind, durch das sich drehende Fass zu klettern. »Du bist sicher.« Dads Mund an meinem Ohr. Senf- und Zwiebel-Hotdog-Atem an meiner Wange. »Auf geht's.« Und ich hatte es getan. War durch die sich drehende Trommel geklettert, mit hochgerissenen Armen und, meine Freude herausschreiend, die Rutsche hinuntergesaust. Dieses Gefühl von Freiheit.

Lass los.

Jetzt erlaube ich meinen Fingern, sich zu entkrampfen.

»Mrs Taylor, geht es Ihnen gut?«, werde ich gefragt, und ich antworte, wie es von mir erwartet wird. »Ja.« Ich nehme den Ausweis, der mir entgegengestreckt wird, und schaue angestrengt darauf, als könnte ich eine Fälschung erkennen. Als könnte ich erkennen, ob das Gesicht vor mir mit dem auf dem Ausweis übereinstimmt. Meine Hände zittern heftig, und ich rede mir ein, dass es mich dieses Mal nicht betreffen wird, was auch immer Dad getan hat, aber innerlich bin ich das dasselbe zwölfjährige Mädchen, das zuschaut, als ihr Geburtstagskuchen zu Boden fällt, um von Füßen in schwarzen Stiefeln in den Teppich getreten zu werden.

»Mrs Taylor«, sagt der Polizist, nimmt seinen Ausweis zurück, und als ich seine gehobenen Augenbrauen sehe, weiß ich, dass er meine zitternden Hände bemerkt hat. Ich stecke sie in die Taschen. »Ich bin PC Hunter, und das hier ist PC Willis.« Er deutet auf die Frau neben sich. Sie hat einen langen, dunklen Pferdeschwanz. »Ist es okay, wenn wir reinkommen und Ihnen ein paar Fragen stellen?«

»Mein Vater ist nicht hier.« Meine Stimme klingt stockend, als ich die Worte sage, die ich vor all den Jahren hätte sagen sollen.

»Wir wollen mit Ihnen sprechen.« Er macht einen Schritt auf die Fußmatte, und ich spüre, wie mir das Blut aus dem Gesicht weicht. *Du willst nicht zur Polizei gehen, Ali. Du hast Blut an den Händen. Vielleicht kommt die Polizei, um DICH zu holen.* Und mir wird klar, dass sie überhaupt nicht wegen Dad hier sind.

Sie sind meinetwegen hier.

Kapitel 34

Schweigend gehe ich voran ins Wohnzimmer und setze mich, deute den Polizisten mit einer Handbewegung an, ebenfalls Platz zu nehmen. Der Teil von mir, der sich an Umgangsformen erinnert, fragt sich, ob ich ihnen etwas zu trinken anbieten sollte, aber ich glaube nicht, dass mich meine zitternden Beine in die Küche tragen werden. In den Achselhöhlen sammelt sich bereits Schweiß, und ich weiß nicht einmal, was sie von mir wollen.

»Sie hatten einigen Ärger?«, werde ich gefragt.

»Bitte?«

»Ihre Tür. Das Graffito.«

»Oh, das. Das ist leider die Gefahr, wenn man in einer Straße wohnt, in der sich ein Pub befindet«, mache ich einen Versuch und schaffe es nicht, meine Stimme fröhlich und lebhaft klingen zu lassen. »Sind Sie deswegen hier?« Ich erlaube mir einen gnädigen Moment der Hoffnung.

»Nein.« Mir fällt auf, wie passend PC Hunters Name ist, als er mich unnachgiebig anstarrt, als wäre ich seine Beute. Wieder bin ich von seinen spitzen Eckzähnen fasziniert. Unruhig wandert mein Blick zu der Beamtin. Sie lächelt, als sie sich vorbeugt, Branwell streichelt und ihr der Pferdeschwanz über die Schulter fällt. Ich richte meinen Körper in ihre Richtung aus, als könnte sie das abmildern, was sie mir gleich eröffnen werden.

»O Gott! Ist etwas mit Ben?« Der Gedanke, ihm könnte etwas passiert sein, trifft mich mit solcher Wucht, dass ich die Arme über meinem sich aufbäumenden Magen verschränke.

»Wir sind wegen Christine Young hier.«

»Chrissy?« Die entstehende Pause wird gefüllt durch das Ticktickticktick des Heizkörpers hinter dem Sofa, und ich wünschte, ich hätte die Heizung heruntergedreht. Es ist stickig hier drinnen.

»Sie wurde als vermisst gemeldet.«

»Sie wird nicht vermisst, sie ist …« Nicht hier, beende ich gedanklich den Satz, doch sogar für mich klingt das lächerlich. Ich fange noch einmal an. »Sie hatte letzte Woche frei und ist ein paar Tage weggefahren. Sie hat eine SMS an Ben geschrieben, um ihn zu informieren.«

»Und wer ist Ben?«

»Mein Bruder. Wer hat sie als vermisst gemeldet?« Mein Tonfall ist abwehrender, als ich beabsichtigt habe. Ich hätte beunruhigter sein müssen, als sie sagte, sie brauche Abstand.

»Tut mir leid, aber das darf ich Ihnen nicht sagen.« Wieder eine kurze Pause. Mein Blick huscht unruhig im Zimmer herum, als könnte ich durch bloße Willenskraft bewirken, dass Chrissy auftaucht.

»Wir möchten Ihnen ein paar Fragen stellen, und dann werden wir eine Hausdurchsuchung durchführen.«

»In meinem Haus?«

»Dieses Haus gehört Christine, oder?«

»Ja.« Mir fallen die Engel im Bücherregal ins Auge, die ausgebreiteten Flügel. »Sie bringen Glück«, hatte Chrissy gesagt. »Natürlich können Sie sich im Haus umsehen.« Es ist nicht so, als hätte ich etwas zu verbergen. Hier jedenfalls nicht. »Glauben Sie …« Ich versuche die Frage zu stoppen, bevor ich sie ausspreche. »Glauben Sie, dass es ihr gut geht?«

»Christine gilt als hilfsbedürftige Person.« PC Willis Ton ist sanft, als sie mir das mitteilt. So, als bräuchte ich auch besondere Fürsorge.

»Hilfsbedürftig?« Ich komme nicht umhin, das Wort zu wiederholen, aber die Chrissy, die in der Küche die Songs der Achtziger mitgesungen und den Zombietanz zu Michael Jacksons »Thriller« imitiert hat, erscheint mir alles andere als hilfsbedürftig.

»Wissen Sie, dass Christine Medikamente einnimmt?« PC Hunters Stift kratzt in einem Notizbuch. »Antidepressiva.«

»Nein.« Zwei heiße Flecken brennen auf meinen Wangen. Depressionen. Wie konnte ich das nicht über sie wissen? *Für den Fall, dass du mit dem, was du getan hast, nicht leben kannst.* Könnte es Chrissy gewesen sein, die mir die Schachtel mit den Tabletten geschickt hat?

»Sie wissen also nicht, ob sie ihre Medikamente mitgenommen hat?«

»Ich habe nie Antidepressiva gesehen. Tut mir leid.« Es ist keine bewusste Entscheidung zu lügen, aber der Selbstschutz hat die Führung übernommen, meinen Verstand bis auf den Wunsch geleert, die letzten Tage umzuschreiben. Innerlich drehe ich mich im Kreis, schlingere in der spiralförmigen Rutsche herum. Die Realität verschwimmt und verschiebt sich mit jeder Spirale. Wie kann ich jetzt die Mitteilungen, die Handschuhe, das Blut auf meinem Auto zugeben? Ich brauche Zeit, um nachzudenken.

»Können Sie mir sagen, wann Sie Christine das letzte Mal gesehen haben?« Die Fragen werden wie aus einer Maschinenpistole auf mich abgefeuert. Ich ziehe am Halsausschnitt meines Pullovers, habe das Gefühl, keine Luft mehr zu bekommen.

»Wir sind ausgegangen. Am vorletzten Samstag. In eine Bar. Das Prism.« Ich richte den Blick auf den kalten Kaffee, der auf dem Tisch steht. Mein Mund ist staubtrocken, und ich bin noch immer erschüttert darüber, dass Chrissy Depressionen hat. Ich wünschte, sie hätte mit mir darüber gesprochen. Ich kenne diese Dunkelheit. Dieses Gefühl, verloren und allein zu sein. Die Anstrengung, aus dem Bett zu kommen. Einen leidensschweren Fuß vor den anderen zu setzen. Wenn ich Ben nicht gehabt hätte, um den ich mich kümmern musste, dann weiß ich nicht, was ich getan hätte.

»Können Sie mir die Adresse der Bar geben?«

Ich sage sie ihm, und dabei blitzen Bilder vom Überwachungsvideo in meinem Kopf auf. Wie ich Chrissy wegstoße.

»Ist an dem Abend etwas passiert, von dem ich wissen sollte?« Ich spüre seinen Blick auf mir, als ich versuche, das nervöse Lachen zu unterdrücken, das in mir aufsteigt. Es gibt vieles, was in dieser Nacht geschehen und worüber ich Bescheid wissen sollte, aber das kann ich ihm nicht erzählen. Ich muss es in meinem Kopf auf die Reihe kriegen. Ich ordne neu, an was ich mich erinnere. Das Fertigmachen, das Lachen, das Tanzen.

»Ich bin nicht mit ihr nach Hause gekommen«, sage ich.

»Haben Sie sich gestritten?«

»Nein!«, rufe ich fast. Von einer Autoritätsperson vernommen zu werden, bewirkt bei mir, dass Schuldgefühle in mir aufkommen und sich an mir festkrallen, auch wenn ich nichts Falsches getan habe. Mrs Turner, meine alte Schuldirektorin: »Du kannst nicht herumlaufen und andere verdreschen.« Heiße, wilde Wut in meinen geballten Fäusten. Der Sprechchor der Kinder: »Dein Vater ist ein Mörder.«

Wie der Vater, so die Tochter.

»Und Sie haben seit dem Abend nicht mehr mit ihr gesprochen?«

»Nein, aber sie hatte Kontakt mit Ben und Jules.«

»Aber nicht mit Ihnen?«

»Ich habe mein Handy verloren.« Ich stürze mich auf die Wahrheit, als wäre sie ein Rettungsfloß, das mich über Wasser hält. *Eulerich und Miezekatz stiegen ins Boot.* Dieses Kratzen des Stiftes, Jucken meiner Haut. Die kratzige, raue Matte der Rutsche an meinen nackten Beinen. Die Fragen sind endlos. Ich halte meine Antworten oberflächlich und vage. Versuche die ganze Zeit, die Schnipsel meiner Erinnerungen zusammenzukleben, die immer knapp außer Reichweite schweben. Ich mache mir Sorgen und schäme mich zuzugeben, dass ich mir nicht nur um Chrissy Sorgen mache, sondern auch um mich. *Vielleicht kommt die Polizei, um DICH zu holen, Ali.*

»Ist es typisch für sie, wegzufahren und keine Adresse zu hinterlassen?«

»Sie ist auch früher schon weggewesen. Normalerweise mit irgendeinem Liebhaber.«

»Hatte sie viele Liebhaber?« PC Hunters Tonfall klingt wertend.

»Nein. Das meine ich nicht.« Alles, was ich sage, klingt falsch.

»Schon gut.« PC Willis' Stimme ist sanftmütig. »Wir machen uns nur Sorgen. Sie doch sicher auch.«

»Ich habe nicht darüber nachgedacht. Mir ist nichts aufgefallen … Sie hat etwas auf Facebook gepostet. Es muss ihr gut gehen.« Ich drücke meine Handballen kräftig gegen die Augen, um die Tränen zurückzuhalten, die zu fließen drohen. Ich war so mit mir selbst beschäftigt.

»Erzählen Sie mir etwas über … Chrissy lässt sie sich gern nennen? Kennen Sie sie schon lange?«

PC Hunter schweigt, als ich PC Willis' seichtere Fragen beantworte. Nein, ich kenne Chrissy noch nicht lange. Ja, sie hat mir ihr Gästezimmer angeboten, als ich mich von Matt getrennt habe. Nein, ich kenne ihre Familie nicht. Ihre Eltern sind beide tot. Ich teile PC Willis nicht mit, dass ich glaube, dass wir deshalb so schnell so eng miteinander waren, weil wir beide Verlust kannten. Einsamkeit.

»Hat Chrissy zurzeit einen Liebhaber?«

»Sie hat Dates, aber es gibt da nichts Ernstes. In letzter Zeit ist sie viel ausgegangen, deshalb glaube ich, dass es jemand Neuen gibt, aber ich weiß nicht, wer. Sie schrieb Ben, dass sie bei einem Mann sei. Seit ihrer Scheidung ist sie ziemlich beziehungsunfähig. Sie sagt immer, dass sie nur jemanden mit nach Hause bringen würde, wenn es der Richtige sei.«

»Wie ist es mit anderen Freunden?«

»Jules wohnt nebenan.« Ich denke an ihren gequälten Gesichtsausdruck, wann immer ich Chrissy in unsere Pläne einschloss. »Sie arbeiten zusammen, und wir drei sind befreundet. Ich kenne Jules schon seit Jahren. Es gibt da noch andere Mädchen, die im Laden arbeiten. Dann noch das Fitnessstudio. Sie geht zweimal pro Woche zum Zumbakurs.« Ich durchforste mein Hirn, aber meistens bleiben wir zu Hause, teilen uns eine Pizza, schauen Filme, und wenn sie ausgeht, frage ich sie nicht ständig, wo sie gewesen ist, und sie erzählt es mir auch nicht immer.

Es ist beschämend, wenn ich überlege, wie wenig ich über sie weiß, obwohl ich sie als eine meiner besten Freundinnen bezeichne. Andererseits finde ich gerade heraus, dass ich mich selbst auch nicht so gut kenne, wie ich dachte. Ich prüfe meine Antworten genau, bevor ich sie von mir gebe. Wäge ab, ob sie ehrlich und plausibel klingen. Wäge ab, ob *ich* ehrlich und plausibel klinge. PC Hunter fragt mich, ob es noch etwas gibt, was er wissen sollte, bevor sie mit der Durchsuchung beginnen, und wieder wünsche ich mir, ich könnte Gesichter lesen. Ich schweige und überlege, welche Optionen ich habe. Ich könnte ihnen alles erzählen: mein Blind Date, meine Kopfverletzung; die Ärzte würden bestätigen, dass ich im Krankenhaus war. Sie würden mich fragen, weshalb ich bisher keine Anzeige gemacht habe, und ich müsste die Sache mit meinem Dad erklären, meine letzte Erfahrung mit der Polizei, und die ganze traurige Geschichte würde herauskommen. Es wäre fast eine Erleichterung, über die Mitteilungen, die versteckten Drohungen mit jemandem zu reden. Über die Tatsache, dass ich meine verfolgt zu werden. Aber ich kann einiges nicht ohne anderes erzählen. Das Blut auf meinem Auto, die Beschuldigungen. *Düstere Dinge geschehen in düsteren Nächten.* Es kommt mir in den Sinn, dass ich Chrissy vielleicht verletzt habe, aber ich verwerfe diesen Gedanken, bevor er Form annimmt. Außerdem hat sie an Ben und Jules Nachrichten geschickt. Etwas auf Facebook gepostet. Es geht ihr gut. Das muss es einfach.

»Ali?«, ermuntert mich PC Willis, und ich bemerke, wie sie mit PC Hunter einen Blick austauscht.

»Tut mir leid, dass ich nicht weiterhelfen kann. Was geschieht jetzt?«

»Wir fangen gleich mit der Durchsuchung an. Abhängig davon, was wir finden oder nicht finden, werden andere Beamte die Orte überprüfen, die sie normalerweise aufsucht. Werden mit allen sprechen, die sie kennen. Wir werden ihre Herkunft überprüfen und die Leute, die sie kennen.«

»Aber Sie können doch ihre Handyverbindungen überprüfen, ihre Bank, oder? Sie muss doch Geld ausgegeben haben.«

»Damit befassen wir uns noch nicht vorrangig«, erklärt PC Hunter. »Nur im Fernsehen schnipst die Polizei mit den Fingern, und schon stehen unbegrenzte Geldmittel zur Verfügung, um jeden Stein umzudrehen. Es ist noch nicht viel Zeit vergangen, und obwohl wir auch um Chrissys psychische Gesundheit besorgt sind, werden wir einen Schritt nach dem anderen machen.«

Sie stehen gleichzeitig auf, wie Marionetten, deren Fäden an einem Holzkreuz befestigt sind. Branwell tanzt um ihre Füße herum.

»Könnten Sie bitte den Hund in den Garten sperren, damit er uns nicht in den Weg kommt.« PC Hunter schaut mich nicht an. Das ist keine Frage.

»Ich bringe ihn nach nebenan«, murmele ich.

Minuten später, als ich zurückkomme, nachdem ich Branwell einem verblüfften James aufgedrängt habe, hat die Durchsuchung oben begonnen, und es ist wie in einem Film oder wie in einem Albtraum. Die blauen Gummihandschuhe sind übergestreift worden, und es scheint deutlich offizieller zu sein als das flüchtige Umschauen, mit dem ich gerechnet hatte. Sie schauen unter Betten, in Schränke, an Stellen, an denen sich Monster verstecken, obwohl ich weiß, dass Monster nicht immer in der Dunkelheit lauern. Ich hocke auf dem Sofa, fühle mich hilflos und unbehaglich in dem Haus, in dem ich wohne. Es dreht mir ständig den Magen um. Wo ist Chrissy? Ich bedecke mein Gesicht mit den Händen und versuche wirklich angestrengt, jenen Abend noch einmal Revue passieren zu lassen. Mich daran zu erinnern, wann ich sie das letzte Mal gesehen habe. Anstelle des Lachens und Tanzens sehe ich, wie meine Hände auf ihren Schultern liegen und sie wegstoßen. Höre in meiner eigenen Stimme die ansteigende Tonlage. Spüre, wie mich Verzweiflung erfasst. Dunkle Löcher nehmen den Platz meiner Erinnerungen ein. An der Stelle, an der die Wahrheit sitzen sollte, klafft eine ausladende Lücke. Ich schreibe eine Nachricht an Ben.

Die Polizei ist hier und sucht nach Chrissy. Meinst Du, ich sollte ihnen von Dad erzählen?

O mein Gott, warum? Was hat sie getan? Warum ist Dad relevant? Ich komme.

Nein, bleib bei der Arbeit. Es wird sicher alles gut. Sie hat nichts getan, aber sie ist heute nicht im Laden aufgetaucht. Ich rufe dich später an. X

Ben hat recht. Dad hat nichts mit Chrissy zu tun, und ich weiß, dass die Polizeibeamten anders auf mich schauen werden, mich anders behandeln werden, wenn ich ihnen erzähle, dass ich aus einer kriminellen Familie stamme. Das ist schon so oft geschehen. Das Lächeln verkrampft sich, der Rücken wird gestrafft und ich werde sofort verurteilt.

Wie der Vater, so die Tochter.

Aber er war nicht durch und durch schlecht, hatte nur eine einzige, furchtbare Entscheidung getroffen. Habe ich das auch?

»Mrs Taylor?«

Die Nennung meines Namens katapultiert mich wieder in die Gegenwart zurück, und als ich aufstehe und in Richtung der Stimme gehe, mache ich mir Gedanken darüber, ob es gut ist oder nicht, dass ich nicht mehr mit Ali angesprochen werde.

Ich weiß es.

Sobald ich die Küche betrete, weiß ich es.

Bevor ich die Schachtel auf der Arbeitsfläche sehe. Bevor ich die cremefarbenen Handschuhe darin erblicke, die mit scharlachroten Blutflecken übersät sind.

»Haben Sie hierfür eine Erklärung?«

Ich kann nicht. Ich kann nichts erklären. Das Klicken von Dads Fotoapparat, als ich am Ende der Rutsche aufschlage. Das Klicken der Handschellen um seine Handgelenke.

»Das sind meine«, sage ich langsam. Ich kann kaum vorgeben, dass sie nicht mir gehören.

Du hast Blut an den Händen.

PC Willis hebt die Handschuhe hoch.

Ich schwebe, schwebe, schwebe hoch an die Decke.

PC Hunters Blick bohrt sich in mich, als PC Willis die Handschuhe in einen durchsichtigen Plastikbeutel fallen lässt. Ich weiß, dass sie sie mitnehmen werden.

Werden sie mich auch mitnehmen?

Kapitel 35

»Warum hast du mir das nicht erzählt?« Jules hat immer noch Jacke und Schuhe an. Sie kam gerade von der Arbeit nach Hause, als PC Hunter und PC Willis gingen. Sie hatten versprochen, sich bald zu melden, was sich mehr nach einer Drohung als nach einer Beruhigung anhörte. Allerdings kann ich ihnen das nicht verübeln. Meine gehetzte Erklärung, die Handschuhe seien Teil eines Halloween-Kostüms gewesen, klang erdrückend und merkwürdig, als sie heraus war und ich mich schwertat, selbst daran zu glauben. Vielleicht ist das Blut nicht echt. Wenn es das allerdings doch sein sollte, weiß ich, dass es nicht lange dauern wird, bis sie es herausfinden, und dann werden sie zurückkommen.

Ticktack, Ali.

Jules war vor ihrer Tür stehen geblieben und hatte als Vorwand in ihrer Tasche nach den Schlüsseln gekramt. Als die Polizisten aus unserem Blickfeld verschwunden waren, hatte sie gefragt, ob alles okay sei. Ich war in Tränen ausgebrochen, und auch jetzt, eine halbe Stunde später, sitze ich auf ihrem Sofa und kann mich noch immer nicht beruhigen, als ich unter Schluckauf erzähle, was passiert ist. Branwell liegt zu meinen Füßen, hat den Kopf zwischen den Pfoten, lässt die Ohren hängen und schaut mit solch wahrer Liebe zu mir auf, dass ich erneut in Tränen ausbreche.

»Was ist, wenn ich ins Gefängnis komme? Wer kümmert sich dann um Branwell?«, brabbele ich jetzt. Mein Verstand malt sich die schlimmstmöglichen Szenarien aus, die er heraufbeschwören kann. »Sie malt schwarz«, hatte die Schulbetreuerin gesagt, nachdem meine Mutter ihr von einem weiteren Vorfall berichtet hatte, bei dem ich meine Hausaufgaben in der Toilette wiedergefunden hatte, mein Schinkensandwich voller Matsch und *Mörder* in meinen Tisch geritzt worden war, als hätte ich mir das alles nur eingebildet. Als wäre die Schule nicht verpflichtet, mich zu schützen. Es war eine Erleichterung, als wir wegzogen. Ein Neustart. Doch wie weit ich auch immer renne, ich kann mir nicht entkommen.

»Ich würde mich um ihn kümmern.« James will mir die Kaffeetasse reichen, wirft jedoch einen Blick auf meine zitternden Hände und stellt sie stattdessen auf den Tisch. »Du weißt doch, dass ich große Stücke auf ihn halte. Und auf dich.«

»James!«, blafft Jules. »Spinnst du? Dazu wird es nicht kommen. Ali hat nichts Schlimmes getan.«

»Ich weiß, aber …«

Ich lasse ihre Stimmen verklingen, als ich auf meinem Handy herumtippe und bevor Donnerhall in meinen Ohren dröhnt, ich mich vor und zurück wiege und will, dass das alles aufhört.

»Atme!« Zwei Hände auf meinen Schultern zwingen mich stillzuhalten. Blicke sind auf meine Augen gerichtet. »Ein und aus. Langsam.« Nach und nach ringt meine Lunge nicht mehr um Sauerstoff, und ich nehme das Wimmern wahr, das ich von mir gebe. »Hier steht«, setze ich an, und mein Herz schlägt schmerzhaft gegen die Brust, »man kann ohne eine Leiche des Mordes überführt werden, wenn es genug Indizienbeweise gibt.«

»Wer sagt das?«

»Wikipedia.« Ich scrolle wieder.

Jules nimmt mir behutsam das Handy aus den klammen Händen. »Wikipedia ist Quatsch, und was soll überhaupt dieses ganze Gerede über Mord? Keiner beschuldigt dich wegen irgendetwas, obwohl es jemand ganz klar auf dich abgesehen hat. Wir müssen nur herausfinden, wer das ist.«

»Mein Date. Er muss es sein. Die Handschuhe. Das Blut auf meinem Auto. Die Antidepressiva. Der Facebook-Post. Da stellt mir jemand eine Falle. Er muss Chrissy etwas angetan haben und hängt es mir an.« Es scheint jetzt, da alles, was in der letzten Woche geschehen ist, zusammengefügt wurde, absolut offenkundig zu sein. Ich hatte es zuvor nur nicht erkannt.

»Vielleicht aber auch nicht. Es gibt keine Beweise«, gibt James zu bedenken.

»Da braucht man keine Beweise. Es sind schon Leute für weniger verurteilt worden. Hast du nicht zugehört?« Meine Stimme klingt jetzt hysterisch. »O Gott! Chrissy! Was ist ihr zugestoßen?«

»Nichts, von dem wir wissen.« Jules zieht ihre Jacke aus, setzt sich neben mich und streichelt meinen Arm, als wäre ich ein verängstigtes Tier, das beruhigt werden muss, und ich nehme an, irgendwie bin ich das auch.

»Und bei der Arbeit ist sie nicht aufgetaucht?« Ich kenne die Antwort bereits.

»Nein. Aber es hat keiner die Polizei angerufen. Das wäre ein bisschen übertrieben nach einem Tag. Wir alle machen mal einen Tag blau. Wer, meinst du, hat sie als vermisst gemeldet?«

Ich mache den Mund auf, schließe ihn aber wieder, als Jules sagt: »Bitte schieb das nicht auch deinem Date in die Schuhe.«

»Ich muss der Polizei alles sagen. Muss ihnen das Video der Überwachungskamera im Prism zeigen und ein Phantombild von Ewan anfertigen.«

»Wäre das nicht noch verdächtiger? Du solltest das gründlich überdenken. Sie werden sich fragen, weshalb du ihn nicht bereits angezeigt hast, und du hast gerade gesagt, dass du die Nachricht von den Handschuhen und den Blumen nicht mehr hast und die Schuhe im Park zurückgeblieben sind. Was, wenn sie denken, dass du dir das alles nur ausgedacht hast? Das lässt dich doch nicht allzu glaubwürdig erscheinen, oder?«

Ich muss zugeben, dass das stimmt.

»Ich glaube nicht, dass ich bis nächsten Freitag warten kann.« Ich laufe im Wohnzimmer hin und her, während ich rede. Mein Knöchel ziept immer noch, aber es wird besser.

Acht Schritte vom Sofa zum Fernseher.

»Es ist erst drei Tage her, seitdem wir zum ersten Mal die Hypnose ausprobiert haben, Ali«, sagt Mr Henderson. »Sind Sie schon wieder bereit? Sie waren ziemlich erschüttert nach der Sitzung am Freitag.«

Ein Stoß Vanilleduft entweicht dem Lufterfrischer.

»Ich muss …« Ein Kloß im Hals lässt den Rest des Satzes nicht heraus.

Zwölf Schritte vom Fenster zur gegenüberliegenden Wand.

»Ist etwas passiert, Ali? Sie wissen, dass Sie mit mir reden können. Ich bin für Sie da.«

»Die Freundin, mit der ich an jenem Abend ausgegangen bin, wird vermisst. Die Polizei sucht nach ihr. Ich *muss* mich an etwas erinnern, das ihnen hilft. Ich mache mir schreckliche Sorgen um sie.« Und um mich, obwohl ich das nicht sage. Es klingt furchtbar egoistisch, an mich zu denken, wenn Chrissy Gott weiß wo ist.

Es klingelt an der Tür, und ich schleiche mit an die Brust gedrücktem Telefon hinaus auf den Flur.

Sechs Schritte bis zur Haustür.

»Ich bin's.« Matts Stimme schwebt durch den Briefschlitz.

»Ich muss auflegen, Mr Henderson. Matt ist hier.« Ich klemme den Hörer zwischen Kinn und Wange, als ich die Tür öffne.

»Kommen Sie wieder zusammen?« Das ist eine harmlose Frage, aber in jedem Wort schwingt Hoffnung. »Ohne Sie nebenan habe ich das Gefühl, eine Freundin verloren zu haben.«

»Er ist hier, um mit Branwell Gassi zu gehen.« Lautlos forme ich mit den Lippen »Mr Henderson« in Matts Richtung. »Bye.« Ich beende das Gespräch.

Ohne Small Talk reiche ich Matt Branwells Leine.

»Bist du okay?«

»Warum fragt mich das heute jeder?«, blaffe ich.

»Oha!« Er hebt die Hände. »Du siehst so blass aus. Ich mache mir Sorgen.«

»Machst du das?« Ohne eine Antwort abzuwarten, wünsche ich ihm einen schönen Spaziergang und stolziere zurück ins Wohnzimmer. Hinter mir schlage ich die Tür zu, und die Fotos von Mum, die ich an die Bücher im Regal gelehnt hatte, flattern zu Boden. Als ich sie aufhebe, sehe ich etwas in ihrem Blick.

Kummer? Vorwürfe?

Als Matt zurückkommt, bitte ich ihn nicht herein.

Irgendwie habe ich mir mechanisch ein Essen gekocht, schob es dann aber auf meinem Teller herum, weil ich es nicht schmeckte, und jetzt mache ich mich fürs Bett fertig, als wäre es einfach ein ganz normaler Tag. Ich hänge mein T-Shirt auf einen Kleiderbügel und denke an all die kleinen Dinge, die wir als gegeben hinnehmen. Wählen zu können, was wir jeden Tag anziehen, was wir essen, mit wem wir Zeit verbringen, und ich denke, wie verdammt hart es für Dad gewesen sein muss, seine Identität zusammen mit seiner Freiheit und seiner Familie aufgeben zu müssen.

Ich sitze auf dem Hocker vor meinem Frisiertisch, um dessen Spiegel mein marineblauer Schal mit Sturzflüge vollführenden Schwalben drapiert ist. Ich schraube den Deckel von der Gesichtscreme und halte mir den Tiegel unter die Nase, atme tief ein. Rosen. Im Bruchteil einer Sekunde werde ich zurückversetzt. Im Schneidersitz sitze ich auf dem Bett im Schlafzimmer meiner Eltern und schaue dabei zu, wie Mum Watte von einer Rolle reißt und zwischen den Handflächen zu einer Kugel formt.

»Nimm dir immer Zeit für deine Haut.« Sie hatte mir Creme auf die Nasenspitze getupft, und ich hatte gekreischt, weil sie so kalt war.

Dann hatte ich die Creme auf den Wangen verteilt und an meinen Fingern gerochen, als ich fertig war. »Sie duftet nach Blumen.«

»Rosen«, hatte Mum gesagt. »Meine Mutter benutzte dieselbe Marke und versprach mir, dass meine Haut so weich wie Blütenblätter sein würde, wenn ich sie zweimal am Tag benutzte. Deine auch.«

»Werde ich davon genauso schön wie du, Mum?«

»Das bist du doch schon, meine Süße. Innerlich und äußerlich. Obwohl … ich verrate dir ein Geheimnis. Was wirklich zählt, ist das Innere.« Sie nahm ihre perlweiße Bürste, die im Licht schimmerte, und kämmte langsam und systematisch meine Haare, während ich bis hundert zählte.

Zum Schluss war Mum fast nicht mehr als die Frau zu erkennen, die sie einmal gewesen war. Der Stress und die Krankheit hatten sie furchtbar altern lassen. Ihr Körper war schwach, die Muskeln verkümmert, aber sie war für mich immer noch schön, wie ich es für sie jetzt wäre, obwohl ich mich selbst nicht mehr erkennen kann. Aber was ist, wenn das Innere unrein und befleckt ist? Was, wenn jemand etwas so Schlimmes, so Unverzeihliches getan hat und nur Hässlichkeit bleibt? Was dann?

Tacktack, Ali.

Die Zeit läuft ab.

Kapitel 36

Alles eskaliert jetzt ziemlich schnell, nicht wahr, Ali? Was hast du gefühlt, als die uniformierten Beamten vor der Tür standen? Angst, hoffe ich. Wie schnell ist der Groschen gefallen, mit allem Nachdruck? Deine Freundin wird vermisst. Du hattest dir nicht genug Sorgen gemacht, um selbst eine Vermisstenanzeige aufzugeben. Die kleinen Beweisstücke, die zu etwas Größerem und unmöglich zu Ignorierendem zusammengesetzt werden.

Sie können noch nicht alles aufgedeckt haben, aber das werden sie.

Morgen ist ein neuer Tag.

Genieß die Tatsache, dass du heute Nacht noch in deinem eigenen Bett schläfst, Ali. Es wird vielleicht das letzte Mal sein. Das hier geht nicht mehr lange so weiter.

Kapitel 37

DIENSTAG

Mein Handy klingelt und zeigt eine unbekannte Nummer an. Mir wird flau im Magen. Ist er das? Mein Date? Mein Peiniger? Ich nehme das Handy in die Hand und bin versucht, den Anruf nicht anzunehmen, als mir einfällt, dass es Chrissy sein könnte. Zögernd drücke ich mit dem Daumen auf die grüne Taste und hoffe, dass ich ihre Stimme höre. »Ali, du wirst nie raten, was passiert ist.« Und dann wird sie mir eine Geschichte, ein Abenteuer erzählen, und ich werde berichten, welch eine Aufregung sie verursacht hat. Und eines Tages werden wir über die Zeit lachen, in der wir alle dachten, sie sei verschollen.

»Hallo?« In meiner Stimme schwingt ein hoffnungsvoller Ton.

»Mrs Taylor? Hier ist PC Willis.«

Die Zeit steht still. Wenn es gute Neuigkeiten wären, hätte mich garantiert Chrissy angerufen. Ich sacke auf den Hocker und lege die Ellbogen auf die Frühstückstheke, mache mich auf das gefasst, was kommen wird, und stelle mir Chrissys bleichen, leblosen Körper vor, der verdreht in einem Straßengraben liegt.

»Sie haben sie gefunden.« Das ist eine Feststellung, keine Frage, und ich weiß nicht, ob ich erleichtert oder besorgt sein soll, als sie es verneint.

»Unsere Nachrichtenbeamten haben uns auf einige Dinge aufmerksam gemacht, und dann bekamen wir noch andere Informationen. Wäre es möglich, dass Sie zu einem Gespräch bei uns vorbeischauen?«

Bei ihr hört sich das so ungezwungen an. Ein Plausch unter Freundinnen.

»Wann?«

»Jetzt.« In ihrer Stimme liegt eine Bestimmtheit, die mir gestern noch nicht aufgefallen war. Ich sage ihr zu, so bald wie möglich vorbeizukommen.

Polizeireviere haben ihren eigenen unverwechselbaren Geruch, fast genauso wie Schulen oder Krankenhäuser. Sobald ich die verschmierte Glastür aufgestoßen habe und eingetreten bin, umhüllt mich ein nachhaltiger Geruch von Erbrochenem, Desinfektionsmitteln und Erinnerungen.

Wir saßen damals auf harten grauen Plastikstühlen, Ben neben mir. Er baumelte mit seinen dicklichen Beinen, und die Füße reichten nicht bis auf den schmutzigen Boden, als Mum erneut den diensthabenden Polizisten fragte, wo Dad sei. Was er angeblich getan habe. Wann er wieder freigelassen werde. Seine Antwort war immer dieselbe. »Zurzeit können wir Ihnen noch nichts sagen. Sie sollten lieber zu Hause auf Neuigkeiten warten.«

Draußen hatte der Himmel verschiedene Grauschattierungen angenommen, und ein sichelförmiger Mond hing über dem Freizeitzentrum gegenüber dem Revier. Ich beobachtete, wie eine Familie in einem Schwall aus Liebe und Gelächter aus der Drehtür purzelte. Die Haare waren feucht vom Schwimmen, und ein kleiner Junge, ungefähr so alt wie Ben, trug einen gestreiften aufblasbaren Ball. Sie mampften alle Marsriegel, und mein Magen knurrte, als ich das sah. Hinter seiner Plastikabtrennung schob der diensthabende Polizist den Stuhl zurück, verschwand aus unserem Sichtfeld und tauchte ein paar Minuten später wieder am Empfangstresen auf. Enttäuschung machte sich auf Mums Gesicht breit, als sie begriff, dass er Dad nicht dabeihatte. Stattdessen trug er zwei Plastikbecher mit heißer Schokolade, die er mir und Ben gab. Pulver schwamm in Klumpen an der Oberfläche, und der Kakao schmeckte künstlich und süß, überhaupt nicht wie Schokolade, aber ich trank ihn hastig und war dankbar. Das war also das Abendessen an meinem Geburtstag. Diese kleine Aufmerksamkeit wurde jedoch schnell von der Erkenntnis fortgespült, dass Dad nicht mit nach Hause kommen würde – an diesem Abend nicht und an den folgenden auch nicht. In meinem zwölfjährigen Kopf geriet alles durcheinander, bis ich die Polizei teilweise dafür verantwortlich machte, meine Familie zerstört zu haben. Das war einfacher, als zu glauben, dass es alles Dads Schuld war.

Während ich darauf warte, dass mich PC Willis zu unserem *Gespräch* abholt, laufe ich auf dem Flur hin und her wie ein Löwe im Käfig. Ich bin nicht in der Lage, mich ruhig hinzusetzen, und als ich schließlich in einen fensterlosen kleinen Raum gebracht werde, wünsche ich mir, ich wäre nicht gekommen. In der Art, wie die Tür hinter mir ins Schloss fällt, liegt fast eine Endgültigkeit.

»Hallo, Alison.« Ich erkenne PC Hunter von gestern nicht wieder, aber sein kalter, abgehackter Tonfall ist mir auf eine fröstelnde Weise vertraut.

»Haben Sie die Handschuhe untersucht?«, platze ich heraus. Sie müssen mich aus einem bestimmten Grund herbestellt haben, und ich kann mir nicht vorstellen, was es anderes sein könnte.

»Ja, wir haben sie ins Labor geschickt, und die Ergebnisse lagen ruckzuck auf dem Tisch. Genauso, wie man das immer im

Fernsehen sieht. Kein Warten darauf, dass der Kostenübernahme zugestimmt wird oder Altlasten abgearbeitet werden müssen. Wir tüten jeden Fall innerhalb einer Stunde ein, und davon muss man noch die Zeit für Werbepausen abziehen.« Sein Sarkasmus bringt mich zum Schweigen.

»Wir werden diese Befragung aufnehmen. Ist das für Sie in Ordnung?« Er fummelt bereits an den Knöpfen herum.

»Ich bin doch nicht verhaftet, oder?«

»Außer, Sie haben uns etwas zu erzählen.« Sein Blick trifft auf meinen, und ich schaue schnell weg, habe Angst, dass er meine Panik bemerkt.

Er bellt Datum und Uhrzeit in das Aufnahmegerät und nennt seinen und PC Willis' Namen, bevor er mich auffordert, auch meinen zu nennen.

»Alison Taylor.«

»Das ist Ihr offizieller Name?«

»Ja. Das ist mein Ehename …« Meine Stimme verliert sich. Das ist nicht, was er meint.

Er weiß von Dad.

In meinem Kopf nimmt der Druck zu, doch anstatt mich weiter zu befragen, fordert PC Hunter mich auf, mehr über meine Freundschaft mit Chrissy zu erzählen.

»Wir haben uns vor ungefähr sechs Monaten im Fitnessstudio kennengelernt.« Ich war fast fertig mit meinem Workout und strich mir den schweißnassen Pony aus der Stirn. Dann versuchte ich die Energie aufzubringen, meinen abgekämpften Körper zu einer letzten Runde zu schleppen. Ich stellte mir meine Oberschenkel in Jeansshorts um Matt geschlungen vor. Diese Bilder wurden jedoch von dem Gedanken an den hausgemachten Früchtekuchen aus dem Café im Erdgeschoss überlagert, und ich redete mir ein, dass er eine der fünf Händevoll Obst und Gemüse sei, die man pro Tag essen sollte.

»Du siehst aus, wie ich mich fühle.« Chrissy nippte an einem Spitzbecher aus dem Trinkwasserspender.

»Geschafft?«

»Ja, obwohl mich der Anblick von einigen hier nicht gerade dazu inspiriert weiterzumachen.« Sie hob die Augenbrauen und nickte in Richtung eines riesigen Mannes, dem der Schweiß herunterlief. Er grunzte, als er erneut eine Hantel über den Kopf hob, sein T-Shirt hochrutschte und den Blick auf einen dichten Teppich schwarzer Haare freigab, der seinen Rücken bedeckte. Im Spiegel hing sein Bauch über den Bund seiner Shorts.

»Bist du Single?«

»Geschieden«, erzählte sie mir. »Und neu in der Gegend. Hast du Lust auf einen Kaffee? Ist das komisch? Ich kenne sonst keinen hier.«

»Gib noch ein Stück Kuchen dazu, und ich bin dabei.«

»Wir haben uns wirklich gut verstanden.« Ich richte meine Antwort an PC Willis und versuche, das leise Surren des Apparates auszublenden, der jede meiner Antworten aufnimmt. »Sie war wegen eines Neuanfangs umgezogen, nachdem ihre Ehe in die Brüche gegangen war.«

»Weil sie eine Affäre hatte?«

»Ja, das nehme ich an.« Es ist unangenehm, über die Moral von jemandem zu diskutieren, wenn derjenige nicht dabei ist, um sich zu verteidigen.

»Und Sie haben ihr einen Job besorgt?«

Es ist frustrierend. Sie stellen Fragen, auf die sie offensichtlich eine Antwort wissen, aber ich nicke dennoch.

»Könnten Sie bitte wegen des Aufnahmegerätes laut antworten?«

Ich lecke mir über die trockenen Lippen. »Ja. Sie arbeitete in einem Pub, war aber mit den späten Arbeitszeiten unzufrieden, und ich wusste, dass in dem Laden, in dem Jules arbeitet, eine Stelle frei war. Ich habe sie empfohlen.«

»Und wie hat sie sich mit Jules verstanden?«

»Ganz gut. Chrissy war immer mehr meine Freundin, aber wir haben auch etwas zu dritt unternommen.«

»Jetzt nicht mehr?«

»Doch.« Es schnürt mir die Kehle zu, und ich zwinge mich, kaltes Wasser zu trinken. »Wir machen immer noch Sachen zusammen.«

»Auf Chrissys Facebook-Seite gibt es einen Post, den letzten, den sie geschrieben hat, und darin heißt es: Es kommt eine Zeit, da hörst du auf, Ozeane für jemanden zu überqueren, der noch nicht einmal über Pfützen für dich springen würde. Haben Sie den gesehen?«

»Ja.«

»Was bedeutet das?«

»Ich habe keine Ahnung.« Ich analysiere jedes Wort, das ich sage, meinen Tonfall, meine Körpersprache. Ich verschränke die Arme, löse sie wieder und versuche einen sorglosen Eindruck zu machen, aber unter meinen Achseln haben sich zwei Schweißflecke gebildet. Damit PC Hunter und PC Willis sie nicht sehen, halte ich die Ellbogen an den Körper gedrückt.

»Sie und Chrissy sind keine Facebook-Freunde?«

»Nein. Nicht mehr, und ich weiß nicht, warum«, werfe ich ein, bevor sie fragen können.

»Sie muss das gepostet haben, nachdem Sie das Prism verließen. Haben Sie sich dort mit ihr gestritten?«

»Nein.« Meine sie wegstoßenden Hände auf ihren Schultern. »Werden Sie die Überwachungskameras überprüfen?« Ich strenge mich an, meine Stimmlage beizubehalten.

»Das wäre recht schwierig angesichts der Tatsache, dass das Prism gestern Nacht abgebrannt ist.«

Ich reiße den Kopf hoch, als hätte mich jemand ins Rückgrat getreten, und zum ersten Mal schaue ich den Polizeibeamten in die Augen.

»Abgebrannt?«

»Ja. Ein merkwürdiger Zufall, finden Sie nicht auch? Wie es zurzeit aussieht, scheint es Brandstiftung zu sein. Wo waren Sie letzte Nacht zwischen Mitternacht und ein Uhr, Mrs Taylor?« Schon wieder nennt er mich nicht Alison.

»Zu Hause.«

»Allein?«

»Mit Branwell.«

»Und Branwell ist wer?«

»Mein Hund.«

»Der kann Ihnen nicht unbedingt ein Alibi geben, oder?«

Ich schlucke den Rest des Wassers hinunter, um meine Demütigung wegzuspülen.

»Wir wollen nur Chrissy finden, Alison. Sie müssen sich wahnsinnige Sorgen machen. Gibt es irgendetwas, das Sie uns über jenen Abend erzählen können?«

Ich greife dankbar nach dem Mitleid in PC Willis' Stimme, lasse es jedoch schnell wieder los, als ich mich an jeden Krimi erinnere, den ich gesehen habe. Egal, wie sehr PC Hunter Darstellungen im Fernsehen kritisiert, ich bin sicher, guter Bulle, böser Bulle ist eine Taktik, die auch im wahren Leben angewendet wird. Der Stress erzeugt ein Brummen in meinen Ohren. Gedanklich gehe ich durch, wie es sich anhören würde, wenn ich den Beamten von Ewan erzählte, obwohl es ohne die Videoaufnahmen der Überwachungskameras keinen Beweis dafür gibt, dass er existiert, mit Ausnahme der Nachrichten, die er mir von einem nicht mehr existierenden Datingprofil geschickt hat. Wenn ich ihnen von den Schuhen erzählte, die ich auf der Promenade zurückgelassen hatte, der Mitteilung, die bei den Handschuhen lag und die Branwell aufgefressen hat, den Blumen, die ich weggeworfen habe: Würde es sich anhören, als hätte ich das Ganze konstruiert? Aber wenn es das Einzige ist, was ich tun kann, um dabei zu helfen, Chrissy zu finden, dann muss ich es erzählen. Ich hole tief Luft, bin bereit loszulegen, als PC Hunter beiläufig, zu beiläufig, beim Kritzeln von Notizen sagt: »Was ist mit Ihrem Auto passiert?«

»Mit meinem Auto?« Ich kann es nicht lassen, die Worte zu wiederholen.

»Es hat vor Kurzem eine neue Stoßstange bekommen. Haben Sie etwas angefahren?«

Jemanden.

»Hören Sie, werde ich hier irgendeiner Sache bezichtigt?« Meine Stimme klingt abwehrend. Laut und unerschrocken. Alles, was ich nicht bin. »Brauche ich einen Anwalt?« Ich beiße mir heftig auf die Unterlippe, um nicht in Tränen auszubrechen. Gott weiß, was sie finden werden, wenn sie noch einmal eine genauere Hausdurchsuchung vornehmen würden. Ich sehe mich am Morgen nach dem Date im Badezimmer das Blut von den Händen waschen. Um das Waschbecken herum muss es noch winzige Spuren geben, die mit bloßem Auge nicht zu erkennen sind. Wessen Blut ist das?

»Wenn Sie einen Anwalt hinzuziehen möchten, dann ist das natürlich Ihr gutes Recht. Wir versuchen nur, Chrissys letzte bekannte Schritte nachzuvollziehen. Und bei Ihnen fangen wir angesichts Ihrer Verbindung an.«

»Nur weil wir zusammenwohnen, heißt das nicht, dass ich weiß, wo sie ist.«

»Diese Verbindung meine ich nicht.«

PC Willis und PC Hunter tauschen Blicke aus, die ich nicht interpretieren kann, aber über diesem billigen Kunststofftisch mit dem wackeligen Bein und den Kaffeeflecken hängt eine Schwere, die bisher nicht dagewesen ist.

»Sie müssen es doch wissen«, werde ich gedrängt.

Ich schüttle den Kopf, stehe auf dem Schlauch, und mir ist egal, dass meine Antworten aufgezeichnet werden müssen.

»Chrissys Mädchenname ist Marlow.«

Ich werde beobachtet, gemustert, an einen elektrischen Stuhl angeschlossen, dessen Strom durch meinen Körper fließt, während ich mich winde und schwitze und zu leugnen versuche, was gerade mit mir geschieht.

Chrissy Young ist Christine Marlow. Die Tochter von Sharon Marlow. Der Frau, die beim Überfall getötet wurde, an dem Dad beteiligt war.

Druck auf meinem Hals.

Rufen. Schreien. Chrissys wütendes Gesicht.

Ich schubse sie weg.

Finger, die meinen Hals zudrücken.

Eine Schlinge.

Der Knoten, der immer fester gezogen wird.

Kapitel 38

Eiskalte Tentakel winden sich um meinen Magen, als ich aus dem Polizeirevier stolpere.

»Bleiben Sie in der Gegend.« PC Hunter hatte das Aufnahmegerät ausgestellt, bevor er seinen Stuhl zurückschob und den letzten Rest Kaffee trank, der so kalt gewesen sein muss wie sein Auftreten.

Als ich nach Hause fahre, nehme ich ständig eine Hand vom Lenkrad, um mir über den Arm zu wischen. Meine Haut juckt, und ich habe das Gefühl, dass Insekten über mir herumschwirren. Das schleichende Gefühl von Misstrauen und Betrug. Ich fühle mich beschmutzt. Irgendwie sogar noch mehr als nach jener Nacht. Mein Verstand wühlt nach Antworten, und ich fahre schnell, zu schnell, auf der kurvigen Strecke, die sich in die Felskuppe schmiegt. Dort, wo Mum, Ben und ich immer gepicknickt haben. Wo Matt mir den Antrag machte. Aber die Orte, an die ich nicht mehr zurück möchte, sind nicht nur real vorhanden. Sie sind in einer Kiste tief in meiner Seele vergraben, und ich muss den Schlüssel finden, um diese Kiste aufzusperren.

Christine Marlow.

Wusste sie, wer ich war, als sie mich im Fitnessstudio ansprach? Vor Jahren hatte eine Mitarbeiterin des Sozialen

Dienstes, die mir und Ben zugeteilt worden war, um uns zu unterstützen, zu Mum gesagt, dass sie an die Carl-Gustav-Jung-Theorie glaube, bei der es keinen Zufall gebe, sondern stattdessen alles auf Synchronizität basiere. Jetzt glaube ich, sie hatte ihr Bestes gegeben, um die Bürde der Schuld, wenn auch ungeschickt, für uns zu mindern. Doch Mum hatte getobt, war ein Ausbund an Zorn und Bitterkeit und Reue gewesen.

»Sie sollte also sterben, diese arme Frau?«, hatte Mum gefaucht. »Sie hat zwei Kinder zurückgelassen.«

»Ich wollte nicht …«

»Raus hier! Sie helfen uns nicht, keine von Ihnen.« Und zu dem Zeitpunkt nahm sie uns aus der Schule, beschloss, dass weder Therapie noch Erziehung es uns ermöglichten, uns wieder in unsere Umgebung einzufügen wie der Zeitschriftenladen an der Straßenecke oder der rote Briefkasten unter dem Kirschbaum. Wir würden immer hervorstechen wie die Saft-und-Sushi-Bar, die sich zwischen den Fish-and-Chips-Laden und den Inder geschoben hatte. Unpassend und deplatziert.

Zwei Kinder.

Ein Bruder und eine Schwester. Chrissy, die Schwester, aber wo ist der Bruder? Könnte es Ewan sein? Ist er derjenige, der mich jetzt verfolgt? Mich beobachtet? Mir Dinge schickt? War das Ganze eine ausgeklügelte Form von Rache? Sie mussten die Bar niedergebrannt haben, damit die Polizei nicht in der Lage war, sie auf dem Überwachungsvideo zu identifizieren. Der einzige Beweis war buchstäblich in einer Rauchwolke verpufft.

Die verschwommenen Bilder, die mir durch den Kopf gehen, werden klarer. Lauter. Das Wegschubsen. Das Rufen. Das Schreien. Hatten sie preisgegeben, wer sie waren? »Unser Verstand versucht uns vor Dingen zu schützen, die wir nicht verkraften«, hatte Mr Henderson gesagt. Ist es das, was ich ausblende? Die schonungslose, furchtbare Wahrheit, brutal offen liegend. Zwei auseinandergerissene Familien. Doch wir waren nicht die Opfer, oder? Nicht in den Augen der Öffentlichkeit, die zu unserem Richter und unseren Geschworenen geworden war. Nicht in den Augen von Sharon Marlows Kindern.

Ich rase fast bei Rot über Ampeln, erinnere mich daran, weshalb ich mich bei der Dating-App angemeldet hatte. Es war Chrissy, die mich dazu angestachelt hatte. Es fällt mir wieder ein.

»Es ist doch nur ein bisschen Spaß«, hatte sie gesagt. »Was kann denn schlimmstenfalls passieren?« Ich hole tief Luft. Ihre Worte haben einen unangenehmen Geschmack zurückgelassen, der anhält, auch als ich mich daran erinnere, dass es Jules war, die die Antwort sendete. Kurz frage ich mich, ob sie ebenfalls Bescheid wusste, aber das ist unmöglich. Wir sind seit Jahren Freunde, und es war Chrissy, die diese spezielle App heruntergeladen hat.

Zufall.

Synchronizität.

Der Opferteil in mir bebt vor Unvermeidlichkeit, sagt mir, dass es nicht mehr ist, als ich verdiene. Hätte ich nicht unbedingt ein Geburtstagsgeschenk gewollt, hätte Dad nicht stehlen müssen und Chrissy nicht ihre Mutter verloren. Dad hätte nicht seine Freiheit verloren. Iris hätte nicht ihre Unabhängigkeit verloren. Mum wäre nicht so gestresst gewesen und hätte vielleicht nie MND bekommen. Tränen trüben die Sicht, und ich wische sie mit dem Ärmel weg. Eine Kette von Ereignissen, die alle von mir durch das eine kleine egoistische Verlangen nach einem iPod ausgelöst worden waren, und sogar jetzt, als Erwachsene, habe ich meine Lektion nicht gelernt. Dadurch, dass ich Matts Vertrauen wegen Craigs Affäre missbrauchte, verlor er einen Kunden. Jules schrieb meiner Ehrlichkeit die Schuld dafür zu, ihren Mann verloren zu haben.

Ich bremse ab, als ich in meine Straße einbiege. Das Adrenalin, das im Polizeirevier meinen Organismus geflutet hatte, ist jetzt aufgebraucht. Geistig und körperlich bin ich bezwungen, fast bereit, mich niederzulegen und welche Bestrafung auch immer auf mich zu nehmen, aber als ich den Weg zum Haus entlangtrotte und die Tür aufschließe, empfängt mich das glückliche Trappeln von Pfoten, und eine raue Zunge leckt meine Hand. Branwell begrüßt mich mit Pirouetten, und ich weiß, dass ich noch nicht bereit bin aufzugeben.

Nachdem ich meine Tasche über das Treppengeländer gehängt habe, nehme ich zwei Stufen gleichzeitig und reiße Chrissys Tür auf.

Hundert Mal zuvor bin ich in Chrissys Zimmer gegangen, habe mich auf ihr Bett geschmissen, während sie ihren Schlafanzug anzog – was sie sofort tat, sobald sie von der Arbeit nach Hause kam –, und dann erzählten wir uns, was wir am Tag erlebt hatten, und besprachen das Abendessen. Dieses Mal fühlt es sich für mich anders an. Aufdringlich. Als würde ich in ihre Privatsphäre eindringen. Doch wir haben die Grenze zwischen Rücksicht und Vertrauen überschritten.

Schaut man sich in ihrem Zimmer um, würde man nicht vermuten, dass die Polizei hier gewesen ist. Auf ihrem Schminktisch liegt noch immer Make-up verstreut, auf dem Nachttisch eine Schachtel Pralinen und auf dem Boden Klamotten. Es sieht nicht aus wie die Nachwirkungen einer Durchsuchung im Fernsehen, wo Möbel umgekippt und Teppiche zusammengerollt sind. »Natürlich machen wir so viel Unordnung wie möglich«, höre ich fast PC Hunters sarkastische Stimme, doch genau das hätte ich erwartet. Stattdessen ist alles genau so, wie sie es verlassen hat. Genauso wie ein Schrein, denke ich, und der Gedanke lässt mich schaudern. Ich glaube, sie versucht, mein Leben zu ruinieren, aber trotzdem will ich unbedingt, dass sie in Sicherheit ist. Dass sie in einer Wolke ihres Daisy-Parfüms, Entschuldigungen ausstoßend und »Du wirst es nie raten«, durch die Tür gepurzelt kommt.

Dass ihr nicht bewusst ist, wer ich wirklich bin, so wie mir nicht bewusst gewesen war, wer sie ist. Wir hatten beide andere Nachnamen und sprachen nie über unsere Vergangenheit. Unsere Familien. Außer über Ben, natürlich. Sie war immer an ihm interessiert, und es dreht mir plötzlich den Magen um. Ich frage mich, ob sie auch für ihn etwas geplant hat oder ob es ihr reicht, mich ihm zu entreißen. Aber warum jetzt? Es ergibt keinen Sinn, dass sie mich ohne einen Auslöser nach all der Zeit ausfindig gemacht hat.

Dad.

Seine Worte tauchen vor meinem inneren Auge auf.

> Einen Monat bevor ich entlassen wurde, schrieb ich an Sharons Familie, der Frau, die zu Tode gekommen war. Die wir ermordet hatten, nehme ich an. Ich habe zwar nicht den Abzug betätigt, aber trotzdem habe ich Blut an den Händen. Jeder, der beteiligt war, hat es, und wir haben alle den Preis dafür bezahlt. Und das tun wir immer noch. Ihre Adresse habe ich zwar nicht bekommen, aber das Gefängnis versprach mir, den Brief abzusenden. Ich hatte gehofft, die Familie würde antworten, bevor ich entlassen wurde, aber das tat sie nicht. Ich hatte geschrieben, wie leid es mir täte und immer noch tut. Dass ich freikäme und den Rest meines Lebens damit verbringen würde, alles Unrechte, was ich verbrochen hatte, wiedergutzumachen.

Vor sieben Monaten hatte er diese schwachen Entschuldigungen und leeren Versprechen zu Papier gebracht.

Vor sechs Monaten hatte sich Chrissy mir vorgestellt.

Synchronizität.

Zufall.

Ich glaube nicht.

Wo fange ich an? Ich muss etwas tun, fühle mich so hilflos. Was könnte ich finden, was die Polizei vielleicht übersehen hat? Andererseits hatten sie nur an Stellen nachgeschaut, die groß genug für eine Person waren, hatten Schubladen nicht aufgezogen, und damit kann ich eigentlich anfangen.

Eine dünne Staubschicht liegt auf ihrer iPod-Dockingstation, die auf der Kommode steht. Ich wische mit dem Zeigefinger darüber und zucke zusammen, als »Don't You Want Me?« von Human League ertönt. Ich stelle es aus und schaue über die Schulter, als würde ich sie vor ihrem Schminktisch sitzen sehen, wo sie die Wimpern tuscht und die Haare glättet, doch ich bin allein. Nicht einmal Branwell leistet mir Gesellschaft, als witterte er die gedrückte Stimmung. Die Gegenwart der Polizisten ist immer noch wahrnehmbar wie der in der Luft hängende Geruch von Knoblauch. Ich ziehe die Schublade ihres Nachtschranks auf und durchwühle den Inhalt. Darin befinden sich Quittungen, ein kleines Päckchen Taschentücher, eine Rolle Pfefferminzbonbons und ganz hinten, unter einem Halstuch, ein pinkfarbener Vibrator. Ich spüre, wie meine Wangen die gleiche Farbe annehmen, als ich mir vorstelle, was PC Hunter in meinem Zimmer unten im Schrank gefunden hätte. Ich schaue mich im Zimmer um. Wenn ich ein Geheimnis hätte und etwas verstecken wollte, wo würde ich es hintun? Ich knie mich hin, hieve die Matratze auf eine Schulter und schlurfe damit über den Teppich, bis ich jeden Zentimeter unter dem Bett abgesucht habe, doch da ist nichts.

Irgendwo ist etwas. Davon bin ich überzeugt. Irgendetwas stimmt nicht, ich kann es nur noch nicht genau ausmachen. Eine Durchsuchung ihres Schrankes fördert nichts zutage. Er ist sauber und aufgeräumt. Darin hängt Kleidung der Größe 38 und 40. Für letztere Größe gibt es nicht so viele Bügel. Chrissy zog es vor, dünner zu sein, aber wenn ihr Gewicht in die Höhe ging, was es unweigerlich tat, dann lieh sie immer meine Sachen aus. Ich schließe die Türen und drehe den Spiegeln den Rücken zu.

Die Pralinen auf dem Nachttisch ziehen meinen Blick an. Es ist ungewöhnlich, dass sich eine Packung bei Chrissy so lange hält. Ich hebe den Deckel hoch. All ihre Lieblingspralinen sind weg, und die, die noch darin sind – mit Erdbeercreme und knuspriger Orangenfüllung –, sind meistens die, die sie mir gibt, bevor sie die Schachtel recycelt. Warum hatte sie das dieses Mal nicht gemacht? Ich hebe den Plastikeinsatz hoch und sauge scharf die Luft ein. Darunter liegt ein Stück Papier, das vom Notizblock aus der Küche abgerissen worden ist. Ich falte den Zettel auseinander. Es ist unverkennbar Chrissys Handschrift, groß und blockartig. Es war ihr nie gelungen, in der Schule Schreibschrift zu erlernen, hatte sie gesagt. Als ich ihre tief empfundenen Worte lese, habe ich Pudding in den Beinen und lasse mich aufs Bett fallen.

O Chrissy!

Was hast du getan?

Kapitel 39

Das Engegefühl in meiner Brust verstärkt sich, bis ich das Gefühl habe, mir explodiert das Herz. Immer wieder schaue ich auf die Worte und hoffe fast, dass sie sich in etwas anderes verwandeln, wenn ich sie schnell genug lese und sie ineinander verschwimmen. Doch es ändert sich nichts.

> Die letzte Nacht war unglaublich. Ich muss immer wieder daran denken. Und an Dich. Noch nie habe ich mich so wohl bei jemandem gefühlt. Ich weiß, wir haben darüber geredet, und ich weiß, dass Du warten willst, und ich verstehe auch, warum, aber ich meine, wir sollten Ali von uns erzählen. Wir sind zu alt, um wie Teenager mit einem sündigen Geheimnis herumzuschleichen. Wenn das mit uns etwas Langfristiges ist, wird sie es früher oder später sowieso herausfinden, und es wäre doch einfacher, wenn es von uns käme. Wir haben versprochen, miteinander ehrlich zu sein, also sollten wir auch ehrlich mit ihr sein. Was immer Du auch für richtig hältst. Du weißt, ich tue alles für dich.
>
> Apropos Ehrlichkeit, ich muss Dir etwas sagen …

Anstatt den Satz zu beenden, hatte Chrissy Scheiße, Scheiße, Scheiße geschrieben, gefolgt von Kritzeleien. Herzen, Blumen, Engel. Weiter unten auf der Seite befinden sich kleine Flecken. Es könnten Tränen sein. Und dann in Großbuchstaben:

ICH KANN DAS NICHT MEHR TUN

Ich drehe den Zettel in der Hand wie die Worte in meinem Kopf. *Ich kann das nicht mehr tun.* Was kann sie nicht mehr tun und mit wem? Ich schüttle den Kopf, als könnte ich damit verhindern, dass mir sein Name in den Sinn kommt.

Matt.

Hat er eine Affäre, obwohl er geschworen hat, dass es keine andere gibt? »Er ist abends meistens nicht da«, hatte Mr Henderson gesagt. War das Chrissys großartiger Plan? Meinen Mann zu verführen und meine Ehe zu zerstören? War ihr Bruder auch involviert und war alles eskaliert und in eine andere Richtung gegangen?

Eine Mordanklage.

Ich zähle eins und eins zusammen und denke, das macht zwei. Vier. Sechs.

Denk nach.

Am Tag, als ich aus dem Krankenhaus entlassen wurde und Branwell abholen kam, wollte mich Matt nicht nach oben lassen. Er war nervös. Wollte mich unbedingt loswerden. Die Schlafzimmervorhänge waren zugezogen. War sie dagewesen? Ist sie immer noch dort? Versteckt sie sich vor mir? Lacht sie mich aus? Matt hatte angeboten, mein Auto zu reparieren. Hatte er den Schaden wirklich sehen können, obwohl die Schnauze des Wagens nach vorn zur Einfahrt zeigte? Oder hatte er gewusst, dass der Wagen beschädigt war?

Ich schaue noch einmal in die Schachtel für den Fall, dass ich etwas übersehen habe, und das habe ich tatsächlich.

Umgedreht liegt dort ein Foto. Die Rückseite ist so weiß wie der Karton, deshalb habe ich es nicht sofort gesehen. Ich hole tief Luft und hebe es hoch. Alles passt jetzt zusammen. Die Wahrheit rast auf mich zu, und ich nehme Haltung an, stemme die Füße auf den Boden, als könnte ich sie davon abhalten, in mich zu krachen, mich umzuwerfen und vollends zu brechen. Ich schaue mir das Foto an. Enttäuschung durchzuckt mich wie ein Stromschlag, als ich die beiden Personen auf dem Bild betrachte. Ich bin mir ziemlich sicher, dass die Frau Chrissy ist. Lange blonde Haare. Sommersprossen auf der Nase. Die zarte Halskette, die sie oft trug, mit einer goldenen Wünschelrute, die in der Vertiefung zwischen ihren Schlüsselbeinen liegt. Bei dem Mann bin ich mir nicht so sicher. Ich halte mir das Foto dichter vor die Augen, als würde das einen Unterschied machen. Er hat kurze braune Haare, die zu einer Milliarde Männer gehören könnten. Ein weißes T-Shirt. Unscheinbar. Für mich nicht identifizierbar. Und kurz rede ich mir ein, dass es unmöglich Matt, mein Mann, sein kann, wenn ich ihn nicht erkenne, aber der rationale Teil in mir weiß, dass es für Chrissy keinen Grund gegeben hätte, das Foto wie ein Geheimnis zu verstecken, wenn er es nicht wäre.

Ich starre die beiden an.

Zwei Fliegen mit einer Klappe.

Wenn ich im Gefängnis bin, bekommt Chrissy ihre Rache und Matt das Haus. Zu wissen, was ich für diese Leute bin, die ich geliebt habe, ist ein Problem, das gelöst werden muss, und verwandelt die Angst und die Panik und die Scham, die ich gefühlt habe, in etwas anderes. Etwas Rasiermesserscharfes, das bereit ist zu verletzen.

Immer noch das Foto in der Hand haltend, stolziere ich aus dem Zimmer und stampfe die Treppe hinunter.

Ticktack, Chrissy.

Jetzt komme ich, um dich zu holen.

Kapitel 40

Es ist fast an der Zeit, das hier zu beenden, bevor es uns beide zerstört.

Erinnerst du dich jetzt? Erinnerst du dich, was du mir genommen hast, Ali?

Hast du wirklich geglaubt, du könntest davonkommen?

Glaubst du wirklich, ich lasse dich ungestraft davonkommen? Natürlich nicht. Du hast mir etwas genommen, und jetzt nehme ich dir etwas. Dein Leben oder deine Freiheit? Entscheidungen, Entscheidungen.

Das kommt davon.

Kapitel 41

Im Erdgeschoss hole ich mein Handy aus der Handtasche und gehe damit in die Küche. Ich schicke Matt eine Nachricht, dass er heute Abend mit Branwell nicht Gassi gehen muss. Dann glätte ich das Foto von ihm und Chrissy auf der Arbeitsfläche und mache ein Foto davon, das ich Ben schicke. Innerhalb von Sekunden vibriert mein Handy.

»Woher hast du das?«, fragt Ben, und ich bin froh, dass er mich gut genug kennt und sich nicht mit Begrüßungsfloskeln aufhält. Er spürt, wie aufgebracht ich bin.

»Aus Chrissys Zimmer. Versteckt am Boden einer Schachtel Pralinen.«

»Überstürz nichts. Ich komme zurück. Wir können ausführlich darüber reden.«

»Nein. Verpass dein Meeting nicht. Außerdem gibt es nichts, worüber wir sprechen müssten. Ich werde ihn umbringen.«

»Umbringen?«

»Er ist immer noch mein Ehemann.«

Ein Knistern in der Leitung füllt die Stille, die sich hinzieht, während mein Herz rast und ich darauf warte, dass mein Bruder genauso empört ist wie ich.

Schließlich setzt er langsam und vorsichtig an: »Aber Matt ist nicht …«

Ein weiterer Herzschlag. Ich höre, wie er tief Luft holt, bevor er fortfährt.

»Aber Matt gehört dir nicht mehr, oder? Schon seit Monaten nicht mehr.«

Die Wahrheit ist so schwer und so schonungslos wie ein Kricketschläger und trifft mich mit aller Kraft.

»Tut mir leid.« Er flüstert fast.

»Du hast recht.«

»Ich kann kommen, Ali-Kätzchen. Falls du reden willst.«

»Ich muss Chrissy finden. Sie muss bei Matt sein. Wo sollte sie sonst sein? Sie schiebt mir die Schuld in die Schuhe.«

»Die Schuld? Wofür? Warum sollte sie das tun?« Aus jedem seiner Worte höre ich die Erschöpfung, und ich wünsche mir fast, ich hätte ihn nicht angerufen. Sein Job zehrt ihn schon genug aus, ohne dass er sich noch ständig Sorgen um mich machen muss. Ich weiß, dass ich ihm von Chrissys Verbindung mit Dad erzählen muss, aber nicht am Telefon. Wenn er auch nur eine Sekunde glaubt, dass Chrissy und ihr Bruder mich im Visier haben, wäre er fuchsteufelswild, und ich will nicht, dass er in solch einem Zustand Auto fährt.

»Lass uns warten, bis du wieder zu Hause bist, und dann können wir ausführlich darüber reden.«

Ich weiß, dass ich Chrissy morgen um diese Zeit gefunden haben werde und meinen Namen wieder reingewaschen habe. In meinem Kopf nimmt eine Idee Gestalt an.

Über Dads Festnahme war nicht nur in den lokalen Zeitungen berichtet worden, sondern Artikel erschienen auch in den überregionalen. Irgendjemand hatte ein unscharfes altes Foto von Dad aufgetan, auf dem er eine Lederjacke und eine Sonnenbrille trägt, der Mund eine gerade Linie bildet und er eine Waffe auf die Kameralinse hält. Es schien egal zu sein, dass dieses Foto auf einem Kostümfest gemacht worden war und er sich als Arnold Schwarzenegger in *Terminator* verkleidet hatte. Wenn man genau hinsah, konnte man Mums nackten Arm erkennen, bevor sie aus dem Foto herausgeschnitten worden war. Sie war seine Linda Hamilton in einem ärmellosen schwarzen T-Shirt und Jeans. Es schien egal zu sein, dass Dad nicht derjenige gewesen war, der abgedrückt hatte. Schlagzeilen schrien seine Schuld heraus und eine war schlimmer als die andere. Von *Junge Mutter kaltblütig abgeknallt* bis *Ausradiert im Postamt* war alles dabei. Am Montag war entschieden worden, dass Ben zu klein war und lieber zu Hause bleiben sollte, aber ich, mit zwölf, sollte zur Schule gehen, wo ich sicher und versorgt und unter Freunden war. Iris war bei Ben geblieben, während Mum sich mit mir an der Hand einen Weg durch die Reporter gebahnt hatte. Vor meinen Augen ein Sternenregen von Dutzenden Blitzlichtern. Das Knips, Knips, Knips der Kameras wurde fast übertönt von den dummen Fragen, die auf uns niederprasselten, und wir trampelten darauf und darüber, als wir zum Auto eilten. Was glaubten sie eigentlich, wie wir uns fühlten? Glaubten sie *wirklich*, wir hatten gewusst, dass Dad das Gesetz brechen würde? Sind wir in einer ausweglosen Situation nicht alle zu ungeheuerlichen Dingen fähig? Es ist unbegreiflich, dass wir in die dunkelsten Tiefen der Seele eines anderen vordringen können, wenn wir die Finsternis, die in unserer eigenen lauert, ignorieren.

In der Schule hatte der Direktor am Schultor gewartet und Mum versichert, er würde sofort die Polizei rufen, wenn Reporter versuchten, das Schulgelände zu betreten. Anstatt zu meinen Freunden zu laufen, wie ich es sonst immer tat, wurde ich sofort ins Schulgebäude geführt, als sei ich krank oder ungezogen gewesen. Ich saß hinten im Klassenzimmer neben dem Fenster, und meine Wangen brannten, als die Kinder vom Schulhof aus durchs Fenster starrten, als wäre ich ein Elefant mit zwei Rüsseln. Meine weiße Schulbluse war feucht und klebte mir auf dem Rücken. In meinen Achselhöhlen sammelte sich der Schweiß, und ich weiß noch, dass es das erste Mal war. Über Nacht war ich erwachsen geworden. Die Schulglocke schellte, und Melanie, Izzy und Lauren waren die Ersten, die das Klassenzimmer betraten. Ich rang mir ein Lächeln ab, das erste, nachdem ich zu Hause bei meiner Party nach dem Klingeln zur Tür gerannt war und erwartet hatte, dass eine meiner Freundinnen davorstand. Anstatt zurückzulächeln, hatten sie sich auf die Stühle geschoben, auf denen sie immer saßen, und Melanie hatte mir einen hasserfüllten Blick zugeworfen, als hätte ich ihr etwas getan, während es Izzy und Lauren völlig vermieden, mich anzuschauen. Die Stühle um mich herum blieben leer, und als alle Tische besetzt waren, und sich eine kleine Traube von Kindern noch unsicher vorn herumtrieb, blaffte meine Lehrerin sie an, sich hinzusetzen.

»Aber, Miss«, jammerte eines der Kinder, »wir wollen nicht neben einer *Mörderin* sitzen.«

»Ja!«, fielen die anderen mit ein. »Meine Mum sagt, ihre ganze Familie ist widerlicher Abschaum.«

Natürlich waren sie zurechtgewiesen worden, aber das änderte nichts. Ich wurde gemieden. Keiner wollte in meine Nähe kommen, als wäre das Trauma, mit dem meine Familie konfrontiert worden war, eine ansteckende Krankheit.

»Ich kann da morgen nicht wieder hingehen«, hatte ich an jenem Abend, auf Mums Schoß sitzend, geschluchzt, als wäre ich in Bens Alter und nicht ein Jahr davor, ein Teenager zu werden.

»Du darfst dich von ihnen nicht abhalten lassen, etwas zu lernen«, hatte mich Mum getröstet. »Wissen ist Macht. Lass sie nicht gewinnen.«

Und genau das sage ich mir jetzt, als ich meinen Laptop hole.

Wissen ist Macht.

Ich werde sie nicht gewinnen lassen.

Kapitel 42

Ich habe verzweifelt versucht, die Vergangenheit hinter mir zu lassen. Eine gute Tochter zu sein. Eine gute Ehefrau. Eine gute Freundin. Doch ich habe überall versagt. Ich sehne mich danach, dass sich die eine Sache, die ich getan habe und die Minuten der Millionen Minuten gedauert hat, die ich lebe, in Luft auflöst. Doch es ist in eklatanter Weise deutlich, als ich Sharon Marlows Namen zusammen mit dem Jahr und der Stadt des Überfalls in Google eintippe, dass in diesem digitalen Zeitalter nichts verschwindet. Mir wird schlecht, als über eine Million Ergebnisse geladen werden, und meine Finger zittern so heftig, dass es fast unmöglich ist, durch die Seiten zu scrollen. Die Verachtung. Die endlosen, endlosen Spekulationen über den Fall, das Urteil. Der Ruf nach der Todesstrafe. Obwohl jede Faser in mir mich anschreit, eine neue Suche nach Sharons Kindern zu starten, komme ich nicht umhin, einen der Berichte neueren Datums in der Online-Ausgabe einer Boulevardzeitung zu öffnen. Was ist aus den dreien aus Tanmoor geworden? Als wären sie verblasste Popstars oder Moderatoren der Kindersendung *Blue Peter*. David Webb, der Mann, der den Abzug betätigt hatte, war im Gefängnis gestorben, nachdem ihn ein anderer Häftling angezündet hatte. Das muss der Vorfall gewesen sein, den Dad in seinem Brief erwähnt hat. Obwohl David zu einem Teil dafür verantwortlich war, was meine Familie zu durchleiden hatte und immer noch hat, schaudere ich bei dem Gedanken, den Flammentod zu sterben und wie Dad hilflos zuschauen zu müssen. Wie zum Teufel konnte das in einem Gefängnis mit all den Wärtern und Kameras und starren Regeln passieren?

»Das ist nicht wie im Fernsehen«, höre ich PC Hunter sagen. »All die Zellendurchsuchungen und das Beschlagnahmen von Schmuggelware, während Gefängniswärter und Häftlinge enge Kontakte zueinander unterhalten und jeder am Ende rehabilitiert wird.« Und trotzdem ist ein langsamer und schmerzhafter Tod nichts, was ich jemandem wünschen würde. Als ich darüber nachdenke, habe ich Mum vor Augen, die jeden Tag schwächer wurde. Ihre Muskeln schwanden und die Sprache wurde immer undeutlicher. Ihre Würde verblasste wie unsere am Kühlschrank hängenden Zeichnungen aus der Kindheit und Bens Kleinkindfingerabdrücke an den Wänden. Damals schien die Zeit so grausam zu sein. So schnell wie Lichtgeschwindigkeit und trotzdem unerträglich langsam. Ich lese weiter. Der zweite Name sagt mir mehr – Wayne Lindsell. Er kam immer öfter zu uns zu Besuch, als Dad seinen Job verloren hatte. Ich erinnere mich noch lebhaft daran, wie sie in einem brütend heißen Sommer im Garten billiges Bier tranken, während Mum ihnen aus dem Fenster einen finsteren Blick zuwarf und sich die Hände an der Schürze abwischte.

»Sag deinem Vater, dass ich etwas von ihm will«, sagte sie zu mir.

Ich hatte die Nachricht weitergegeben und stand verlegen auf unserem Rasen, der vor Trockenheit ganz gelb war. Dad ging in die Küche, und ich wollte ihm folgen, aber Wayne rief mich zurück und fragte mich, wie es in der Schule sei. Eine Frage, die Erwachsene gern stellen, wenn ihnen nichts anderes einfällt.

»Gut«, murmelte ich, als Mums eindringliches Flüstern aus dem offenen Fenster schwebte wie die Schmetterlinge um unseren Lavendelbusch.

»Ich kann das Abendessen nicht strecken, um noch ein Maul zu stopfen. Er muss gehen. Und zum Trinken ist es auch noch viel zu früh.«

Wayne leerte seine letzte Bierdose und zerdrückte sie mit einer Hand. Dabei schwollen seine Muskeln an. Ich war fasziniert von einem auf seinen gebräunten Arm tätowierten Löwenkopf.

»Der erinnert mich daran, dass ich stärker und schlauer und schneller bin«, hatte Wayne gesagt. »König des Dschungels. Unbesiegbar.«

Er war ebenfalls tot. Dem Krebs zum Opfer gefallen. Es gibt ein Foto von ihm im Gefängniskrankenhaus mit eingefallenen Wangen und vorstehendem Schlüsselbein. Seine Hände liegen gekreuzt auf der Brust, und die Löwenkopftätowierung ist klein und verschrumpelt.

Dad ist der Einzige, der noch übrig ist. Der Einzige, der frei ist, und obwohl ich weiß, dass ich es nicht tun sollte, kann ich es nicht lassen, die Kommentare unter dem Artikel zu öffnen. Die Boshaftigkeit, die mir entgegenspringt, nimmt mir den Atem. Es gibt zahlreiche Variationen von »Ich hoffe, sie verschwenden nicht noch mehr Geld von Steuerzahlern für Waynes Schmerzmittel« bis hin zu: »Jemand sollte Justin Crawford anzünden. Warum soll er ein freies Leben führen dürfen?« Tief in mir erwacht ein spontaner Beschützerinstinkt, und ich bin wieder im Vergnügungspark und flehe Dad an, er möge für mich einen Teddybären an der Schießbude gewinnen. Er war so ungeschickt beim Umgang mit der Waffe, dass ihm gezeigt werden musste, wohin man die harten matten Kügelchen steckte und dass er ein Auge schließen musste, bevor er durch das Visier spähte. Trotzdem traf er das Ziel nicht. Dafür angelte er mir eine Ente, wobei er vor Konzentration die Zunge aus dem Mundwinkel streckte, und gewann für mich einen schmuddeligen Hasen, dessen Füllmaterial aus den Nähten quoll, während er mich hoch auf seinen Schultern trug, weil meine Beine müde geworden waren.

Branwell leckt meine Hand, als wollte er mich daran erinnern, mich zu konzentrieren, und ich starte eine neue Suche mit SHARON MARLOW + KINDER.

WIEDER EINE TRAGÖDIE INNERHALB DER FAMILIE MARLOW, schreit es mir entgegen. Ich lese, wie Sharons ältestes Kind, Lewis, bei einem Griechenlandurlaub ertrank. Christine und ihr Vater sind die einzigen noch lebenden Familienmitglieder.

Kein Wunder, dass sie mich hasst.

Kein Wunder, dass sie Rache will.

Aber Lewis kann nicht Ewan sein.

»Ich weiß es«, ist alles, was ich sage, als ich mich an Jules vorbeidränge und ins Wohnzimmer gehe. »Warum hast du mir das nicht erzählt?«

»Ich weiß nicht, wovon du redest«, sagt sie, aber trotz ihrer Beteuerung weicht sie meinem Blick aus.

»An dem Abend. In der Bar. Auf dem Überwachungsvideo. Da gab es überhaupt keinen Ewan, nicht wahr?«

Ihr blinzelnder Blick wandert zur Decke, als fände sie dort die Antwort auf den furchtbaren wirbelförmigen Artexputz geschrieben, den der Voreigentümer zurückgelassen hatte.

»Ich weiß, dass Chrissy meinen Mann gevögelt hat.« Das Wort klingt grob und geschmacklos, aber die in mir schwelende Wut wird immer mehr entfacht. »Ich weiß, dass du das Gesicht auf dem Video erkannt hast, deshalb frage ich dich noch einmal, Jules: Wer war in jener Nacht dort? Wer hatte so viel zu verbergen, dass er die Bar niedergebrannt hat, um zu vermeiden, dass die Polizei das Filmmaterial in die Hände bekommt?«

Jules sinkt aufs Sofa. »Du erinnerst dich wirklich an gar nichts, oder?«

Ich verschränke die Arme. Warte.

»Ich wollte dich nicht verletzen.« Jules lässt den Kopf in die Hände sinken und drückt die Fingerspitzen in die Haare.

»Sag's mir.«

»Es tut mir so leid, Ali.« Ihre Stimme klingt dumpf, aber ich höre ihr Bedauern. »Es war Matt.«

Das ist einer dieser Momente, von denen man denkt, man wäre darauf vorbereitet. Man erwartet, will, wünscht sich, dass er vorbei ist. Es ist fast wie beim Zahnarzt, der einen puckernden Zahn zieht. Doch als ich höre, wie Jules Matts Namen laut ausspricht, dreht sich mir der Magen um, und im Mund sammelt sich Speichel. Ich stürze aus dem Wohnzimmer, renne die Treppe hinauf in Richtung Badezimmer. Als ich um die Ecke biege, mich mit der linken Hand am Geländer festhalte, um nicht die Bodenhaftung zu verlieren, pralle ich mit etwas Festem, Schwerem zusammen.

»Ali?«, sagt James, der gerade aus seinem Zimmer gekommen ist und mich an den Schultern festhält. »Wo brennt's?«

Bei seiner Wortwahl zucke ich zusammen, schüttle seine Hände ab und drücke mich an ihm vorbei, die Hand nach der Türklinke des Badezimmers ausgestreckt.

»Was ist los?«, fragt er wieder, und die in seiner Stimme zu hörende Sorge bremst mich ab.

»Ich weiß es.« Ich schaue ihn an. »Ich weiß *genau,* wer mein Date an jenem Abend war.«

Er fragt mich nicht, wer es war, und auch nicht, wie ich es herausgefunden habe. Er stellt keine der Fragen, von denen ich dachte, er könnte sie stellen. Stattdessen sagt er: »O Gott, ich hatte gehofft, du würdest nie herausfinden, dass ich es war.«

Breitbeinig steht er vor mir und blockiert den Weg die Treppe hinunter. Obwohl ich seinen Gesichtsausdruck nicht lesen kann, sehe ich durch die offene Zimmertür die Bestätigung. Das *Star-Wars*-Poster an der Wand. Ewan McGregor schwingt ein Laserschwert. Das neue grüne Jackett, das er nur einmal getragen hat, hängt an der Schranktür. Ein langes schwarzes Futteral lehnt in der Ecke des Zimmers und enthält garantiert Angelruten.

Gelächter. Tanz, Rufe, Schreie. *Ich will nicht.*

Mit offenem Mund starre ich James an, der zurückstarrt und auf meinen nächsten Schritt wartet.

Genauso wie ich auf seinen.

Kapitel 43

James war an jenem Abend mein Date. In meinem Kopf dreht sich alles. Halbe Wahrheitsfetzen flattern an meinem inneren Auge vorbei, bevor ich danach greifen kann. Doch ich weiß, dass auch dann noch Teile in diesem Puzzle fehlen würden, wenn ich meine zerbrochenen Erinnerungen einfangen und vor mir ausbreiten könnte.

»Ich glaube dir nicht«, stoße ich hervor, doch als ich es ausspreche, zurückweiche und die Fluchtmöglichkeit prüfe, weiß ich doch, dass es wahr sein muss.

»Ali, bitte.« Seine Hand greift nach mir, und ich weiche noch einen Schritt zurück, stoße mit den Hacken an die Fußleiste. Die Türklinke des Badezimmers drückt sich in mein Kreuz. Langsam schiebe ich die Hand hinter den Rücken, taste nach dem kalten Metall.

»Ich werde dir nichts tun.« James kommt näher. »Du musst dich nicht einschließen.«

»Du hast mir bereits wehgetan.«

Er beugt sich vor.

»Komm ja nicht näher!« Ich wirbele herum und stoße die Tür auf, aber bevor ich mich in Sicherheit bringen kann, spüre ich seine Hände auf meinen Schultern und werde in jene Nacht zurückkatapultiert. Hände auf meinen Schultern, die mich heftig schütteln. Ich schreie und schreie, und dieses Mal ist es echt und laut und ohrenbetäubend. Ich sehe abwechselnd scharf und unscharf. Das ganze Grauen jener Nacht ergießt sich über mich und mischt sich mit der schrecklichen Angst, die ich gerade verspüre. James' Finger lockern den Griff und werden von anderen Händen ersetzt. Beschwichtigenden Händen. Der blumige Duft von Jules' Parfüm. Arme, die mich umfassen, Hände, die mir übers Haar streichen.

»Schhh. Alles ist gut«, flüstert Jules. Aber nichts ist gut. Überhaupt nichts.

»Er war es. James. In jener Nacht. Nicht Ewan. James«, brabbele ich.

»Ich weiß«, sagt Jules leise, und ich schiebe sie von mir. Ihr Verrat lässt mir den Schweiß unter den Achseln und im Kreuz gefrieren. Schweigend stehen wir da, wir drei, die wir einmal Freunde gewesen waren. Mein Blick sucht nach etwas, irgendetwas, das mir sagt, dass ich nicht verrückt werde, denn auch wenn ich vor James und Jules stehe, die nicht nur wie Fremde aussehen, sondern sich jetzt auch so anfühlen, ist es fast unmöglich zu glauben, dass alles andere auf der Welt so ist, wie es sein sollte. Ich entscheide mich für den Mond, der vor dem Flurfenster rund am indigoblauen, mit Sternen übersäten Himmel steht, und für den Schein des orangefarbenen Laternenpfahls.

»Bevor du irgendetwas tust oder sagst, lass uns bitte ausreden.«

Ohne Jules anzuschauen, sage ich: »Gut.« Das tue ich nicht, weil ich hören will, was sie zu sagen haben, sondern weil ich weiß, dass sie mich ansonsten nicht gehen lassen werden.

* * *

Ich hocke im Sessel, der am nächsten an der Haustür steht. Auf dem Schoß halte ich ein Kissen, als wäre es ein Schutzschild. Meine Knie wackeln vor nervöser Energie. Ich kann nicht aufhören zu zittern. Vor Angst. Vor Schock. Vor der furchtbaren Erkenntnis, dass ich wirklich keinem mehr trauen kann.

James sitzt am weitesten von mir entfernt, presst die Beine zusammen und hat die Arme um sich geschlungen, als versuche er, sich so klein wie möglich zu machen, oder als wünsche er sich, sich in Luft aufzulösen.

»Ihr habt fünf Minuten, bevor ich die Polizei rufe. Redet.« Ich will eigentlich, dass mein Tonfall fest und beherrscht klingt, aber mir versagt die Stimme.

Jules beginnt. »James ist schon so lange in dich verliebt. Und als du dich von Matt getrennt hast und nebenan eingezogen bist, da dachte er … Na ja, er hoffte, dass du eines Tages anfangen würdest, mehr in ihm zu sehen als einen Freund, aber das ist nicht geschehen.«

»Ich hatte keine …«

»Er war nicht mutig genug, dir das direkt zu sagen.« Jules spricht schnell. Gehetzt. Weiß, dass ich jedes einzelne Wort werte. Nach der Lüge suche. »An jenem Abend mit Chrissy, als sie dich bei der Dating-App angemeldet hat, da habe ich James eine Nachricht geschrieben, ihm deinen Benutzernamen mitgeteilt und vorgeschlagen, sich auch anzumelden.«

»Du warst diejenige, die mein Handy genommen hat«, erinnere ich mich. »Du hast ihm die Antwort geschickt und wusstest, wer er war.«

»Du *mochtest* ihn doch. Erinnerst du dich an all die anderen Nachrichten an jenem Abend? Die Schwanzfotos? Die Aufforderungen, Nacktfotos zu schicken? Du sagtest, James scheine nett zu sein, und ich dachte, du könntest eine andere Seite an ihm kennenlernen. Nach und nach Gefallen an ihm finden. Und das hast du getan.«

Wir sollten nicht hier draußen sein. Ich möchte wieder rein. Ich will das nicht machen. Bitte zwing mich nicht.

»Nein.«

»Ali, ihr habt euch ständig Nachrichten geschickt.«

»Ich mochte jemanden, von dem ich annahm, er heiße Ewan. Was ist *nett* daran, mich zu betrügen? Mich glauben zu lassen, du seist jemand anderer.« Wütend starre ich James an.

»Er fühlte sich schrecklich. Deshalb schlug er ein richtiges Date vor. Damit du sehen konntest, mit wem du gechattet hattest. Ihr hattet beide Gefühle füreinander.«

»Du warst wie ein Bruder für mich.«

»Das war das Problem.« Jetzt spricht James für sich selbst. »Wir sind in die Friendzone abgerutscht. Die Monopoly-Spiele. Die sonntäglichen familiären Mittagessen. Ich habe dich zu Konzerten eingeladen, aber du hast immer abgelehnt.«

Ich hatte gedacht, James hätte eine Karte übrig, aber das ist im Moment nicht wichtig. Ich hole tief Luft und richte mich auf. Löse mich fast von meinem Körper für das, was ich gleich fragen werde.

»Hast du mich unter Drogen gesetzt und mich vergewaltigt, James?«

»Nein!« Er springt auf und ich ebenfalls, halte immer noch das Kissen vor mich, bin bereit, damit zuzuschlagen, als enthielte es Stahl und keine Federn.

»Aber wir hatten doch Sex! Ich kann dem nicht zugestimmt haben …«

»Ali, ich habe dich nicht angefasst. Ich schwöre es. Nichts ist passiert.«

Jules zerrt an seinem Arm, und er fällt fast aufs Sofa zurück. Als er sich mit den Händen durch die Haare fährt, sehe ich, dass sie zittern. Ich sinke zurück in meinen Sessel und bedecke das Gesicht mit den Händen. Wenn ich mit James keinen Sex hatte, mit wem dann? Ich schließe die Augen und rufe mir die

Einzelheiten des Videos ins Gedächtnis zurück. Das unscharfe Bild. Der Mann, der in die Kamera starrt. Meine blonden Haare, die sich über den Rücken ergießen, das bis zur Taille heruntergerollte smaragdgrüne Kleid.

Nein.

Die Aufregung lässt mich wieder aufspringen.

»Ali?«, fragt Jules zaghaft, doch ich gehe im Zimmer auf und ab und rufe mir ins Gedächtnis, wie wir uns an jenem Abend fertig gemacht hatten.

»Das hier finde ich ganz toll.« Sie hatte sich mein grünes Kleid angehalten und den Stoff mit einer Hand glatt gestrichen. »Wenn du es heute Abend nicht anziehen willst, kann ich es dann noch mal ausleihen?« Sie hatte es in der Woche zuvor getragen, als ich Nachtschicht hatte.

»Glaub nicht alles, was du siehst«, hatte Matt gesagt, als wir zusammen frühstückten.

Er war das in dem Video. Er und Chrissy. Welcher Mann würde seiner Frau ein Video von sich und einer anderen Frau beim Sex schicken?

Ein Mann, der wusste, dass seine Frau ihn niemals erkennen würde. Ich balle und öffne die Fäuste im Wechsel. Du verdammter, verdammter Mistkerl.

Die Wut hält meine Tränen im Zaum, als ich mich zu James umdrehe. »Erzähl mir *genau,* was du von dem Abend noch weißt, und lass bloß nichts aus«, fordere ich ihn auf. Als er stockend anfängt zu erzählen, schließe ich die Augen und lasse seine Worte Bilder in meinem Kopf erzeugen. Meine verschwommene Erinnerung wird klarer.

* * *

Auf dem Barhocker in der Nähe des Cocktailzeichens sitzend, das pink und blau blinkt, verlagere ich das Gewicht und versuche, nicht vom Kunstledersitz zu rutschen, während ich die Menschenmenge absuche. Ich hatte meinem Date gesagt, dass ich ein smaragdgrünes Kleid tragen würde, aber jetzt, unter zuckendem grünem Licht, sehen alle Leute aus, als trügen sie dieselbe Farbe. Nervös fummele ich am Strohhalm herum, ziehe ihn aus meinem alkoholfreien Cocktail und stecke ihn wieder hinein, versenke die halbe leuchtend rote Kirsche, die an der Oberfläche schwimmt. Ich nehme einen Schluck von meinem Fruchtsaft und wünsche mir, nicht fahren zu müssen. Ein Wodka würde die Schmetterlinge beruhigen, die sich in meinem Bauch drängen. Ich weiß immer noch nicht, wie ich es finde, ein Date zu haben. Ein Teil von mir denkt, dass es zu früh ist. Meine Trennung von Matt ist noch so frisch.

»Du *musst* dich mit Ewan treffen«, hatten Chrissy und Jules eindringlich gesagt, wann immer ich Zweifel äußerte. Es war eines der ersten Dinge, über die sie gleicher Meinung waren. »Er bringt dich zum Lächeln.«

Und das tat er. Immer öfter schickten wir uns Nachrichten, und meine Finger flogen häufig einen ganzen Abend lang über die Tastatur, während unsere Gespräche ihren Lauf nahmen. Bis ich schließlich zögernd einwilligte, ihn zu treffen.

Jetzt, da ich hier sitze und die Körper in der Ecke beobachte, die sich zur Musik winden, die wie ein Herzschlag pulsiert, frage ich mich, ob es nicht fast zu intim ist, hierhergekommen zu sein. Es ist fast wie ein richtiges Date.

»Ali.« Ich wende meinen Blick von der Tanzfläche ab. James lehnt an der Bar und versucht, entspannt auszusehen, doch er scheint sich steif und unbehaglich in einem grünen Tweedjackett zu fühlen, das ich noch nie an ihm gesehen habe. Es sieht förmlicher aus als alles, was die anderen Männer hier tragen. Sein Aftershave ist überwältigend. Offensichtlich möchte er beeindrucken.

»Hallo.« Ich spähe über seine Schulter. »Ich will nicht unhöflich sein, aber ich warte auf jemanden.«

»Ewan«, sagt er.

»Hat dir Jules davon erzählt?« Ich versuche, mir die Verärgerung nicht anmerken zu lassen, und hasse den Gedanken, dass über mich getratscht wird. Ich will wirklich nicht, dass Matt etwas davon erfährt, bis ich bereit bin, es ihm zu erzählen. Wenn es überhaupt etwas zu erzählen gibt.

»Nein. Ich bin's, meine ich.« Er zieht scharf die Luft ein. »Ich bin Ewan.« Er streckt mir die Hand entgegen, um meine zu schütteln. Doch ich rutsche vom Hocker und nehme meine Clutch.

»Ich nehme an, ihr findet das alle lustig.« Ich fühle mich gedemütigt

»Warte.« Er legt mir eine Hand auf den Arm. »Das war kein Witz. Ich … ich mag dich, Ali. Ich wollte, dass du mich kennenlernst, ohne daran zu denken, dass ich Jules' jüngerer Cousin bin. Bitte bleib.«

Ich zögere. Alles, was mich zu Hause erwartet, ist ein einsamer Samstagabend vor dem Fernseher. Aber das hier ist *James.* Es fühlt sich alles so komisch an.

»Ein Drink, Ali. Bekomme ich eine Chance, dir alles zu erklären?«

Wir werden von den Teilnehmerinnen eines Junggesellinnenabschieds von unserem Platz an der Bar verdrängt. Chrissy ist nirgendwo zu sehen.

»Fünf Minuten.« Ich mag es nicht, wenn ich angelogen werde, und ich bin kein leicht zu bequatschender Mensch.

Wir haben Hunderte Male nebeneinandergesessen. In seinem Haus. In meinem. Im Pub, wo wir beim Quiz immer Letzte wurden, obwohl Chrissy mit dem Barmann flirtete, um an Antworten zu kommen. Aber diesmal knistert es zwischen uns, als ich aufrecht und unbehaglich dasitze, zusammenzucke, wenn sich unsere Beine unabsichtlich berühren oder unsere Hände sich streifen, wenn wir uns zueinander beugen, um den dröhnenden Bass zu übertönen, und seine Hand flüchtig auf meinem Knie liegt, wenn er mir zuhört. Während der DJ nahtlos ein Lied nach dem anderen spielt, fließt die Unterhaltung zwischen uns und die Spannung löst sich auf. Aus einem Drink werden zwei, dann drei.

»Ich habe ein Alkoholproblem«, gesteht James, und ich bin schockiert, bis er schnell hinzufügt: »In diesem Jackett kann ich meine Ellbogen nicht ordentlich beugen.« Und dann tut er so, als versuche er vergeblich, das Glas zum Mund zu führen.

»Das sieht in der Tat sehr … neu aus.« Ich lache.

»Ich habe es für heute Abend gekauft.«

Verwirrt von meinen Gefühlen, springe ich auf. »Noch eine Runde?« Er folgt mir zur Bar.

* * *

»Und ich habe keinen Alkohol getrunken?«, will ich von James wissen.

»Nein. Du bist Auto gefahren.«

»Und keiner hat mir heimlich etwas in den Drink getan?« Was ich wirklich wissen will, ist, ob er es getan hat.

»Nein. Wir hatten eigentlich einen netten Abend.«

»Eigentlich? Was ist passiert?«

Er sagt nur ein einziges Wort. »Chrissy.«

Kapitel 44

Nachdem er Chrissys Namen genannt hat, kann mir weder James noch Jules in die Augen schauen.

»Und was dann?« Ich strenge mich an, will mich erinnern, bin aber in diesem Zimmer mit seinem Flachbildfernseher, seinem weichen Ledersofa und seiner unangenehmen Stille fest verankert.

»Ich weiß nicht. Sie war aufgebracht. Du warst aufgebracht. Ich konnte wegen der Musik nichts verstehen, aber du hast sie geschubst, bevor ihr zusammen verschwunden seid. Du hast zu mir gesagt, dass wir uns später sehen würden, aber du bist nicht zurückgekommen.« Leise fügt er hinzu: »Ich werde mir nie verzeihen, dass ich dir nicht gefolgt bin, dass ich angenommen habe, du wärst im Grunde genommen nicht an mir interessiert und nach Hause gegangen. Es tut mir wirklich sehr leid.«

»Aber …« Meine Finger berühren die Wunde auf meinem Kopf, die kaum mehr zu sehen, aber immer noch druckempfindlich ist. »Was ist mit mir passiert?«

»Ehrlich gesagt, weiß ich es nicht. Ich habe meinen Drink ausgetrunken und bin gegangen, als du nicht zurückkamst. Als Ben uns erzählte, was passiert war, habe ich mich dafür gehasst, nicht ordentlich auf dich aufgepasst zu haben. Das tue ich immer noch.«

»Und du hast das alles gewusst?«, fahre ich Jules an und brauche eigentlich gar keine Antwort. Ich erinnere mich daran, wie beide so besorgt um mich gewesen waren und immer gefragt hatten, ob meine Erinnerung zurückgekommen sei. Das war alles Selbstschutz, und diese Erkenntnis verursacht mir einen bitteren Geschmack im Mund.

»Ja.«

»Und dann hast du meine Hypnotherapie sabotiert, damit ich mich nicht an James erinnern konnte?« Mir fällt ein, wie sie darauf bestanden hatte, im Zimmer zu bleiben, obwohl Mr Henderson dagegen gewesen war. Wie sie mich aus meiner Trance gerüttelt hatte, als sich der Nebel in meinem Kopf zu lichten begann.

»Du warst verzweifelt.« Sie fängt meinen verächtlichen Blick auf. »Und ja, ich wollte nicht, dass du dich daran erinnerst, James an jenem Abend getroffen zu haben. Er hat dir nichts getan. Das würde und das könnte er niemals. Du weißt das, Ali, wenn du ehrlich bist. Du musst ihm glauben, dass er dir nie wehtun würde.«

»Ich weiß nicht mehr, was ich glauben soll. Du hast mich die ganze Zeit belogen. War es James auf dem Video der Überwachungskamera?«

»Ja.« Jules holt tief Luft.

»Und du hast das Prism in Brand gesetzt?« Ich konzentriere mich auf sie. Irgendwie kann ich mir nicht vorstellen, dass James das Gesetz brechen würde, ganz gleich, unter welchen Umständen. Und während ich das denke, merke ich, dass ein Teil von mir, ein großer Teil, seine Geschichte glaubt.

»Nein. Das hat nichts mit uns zu tun.«

»Aber du hast mir erzählt, es sei Matt auf dem Überwachungsvideo. Noch eine Lüge?« Wenn wir die alle stapeln würden, könnten wir eine Mauer errichten.

»Es schien einfacher, dir zuzustimmen, als du seinen Namen genannt hast.«

»Weil du weißt, dass Chrissy und Matt eine Affäre haben.« Mein Herz schlägt den Zapfenstreich.

Ihre Stimme klingt sanftmütig, als sie erneut spricht.

»Ja. Tut mir leid. Ich weiß, dass du weit davon entfernt bist, über ihn hinweg zu sein.«

»Wie lange weißt du das bereits?« Eine Enthüllung nach der anderen fährt mir in den Magen. Es ist, als wäre ich Teil von *The Truman Show.* Alles, was ich für wahr hielt, entzieht sich mir.

»Ich habe sie am Telefon gehört, einen Tag bevor ihr ausgingt. Ganz viel Liebesgeflüster und: ›Wir können es Ali nicht sagen.‹«

»Warum hast du mir das nicht erzählt? Du bist doch meine Freundin!« Ich dachte nicht, dass es möglich sei, mich noch mehr von ihr betrogen zu fühlen, doch genau das ist jetzt der Fall. »Du mochtest doch Chrissy nie wirklich. Ich hätte gedacht, du würdest die Gelegenheit ergreifen, unsere Freundschaft zu ruinieren.«

»Das wollte ich …« Sie kommt ins Stocken, kaut auf der Unterlippe. »Ich weiß nicht. Zuerst wollte ich es dir natürlich sagen. Aber dann.« Sie seufzt so tief, dass ihre Schultern sichtbar heruntersacken. »Es war nicht Chrissys wegen oder wegen dem, was ich über sie denke, weißt du? Es war deinetwegen. Ich hab dich gern, Ali. Ich weiß, dass es gerade nicht den Anschein hat, aber es ist so. Ich wusste, wie ich mich gefühlt habe, als du mir das mit Craig erzähltest. Wie weh es getan hat. Und ich wusste nicht, ob ich … ob ich dir das antun sollte. Weißt du, manchmal wünsche ich mir, du hättest es mir nicht gesagt. Ich wünsche mir, ich wüsste es nicht und wäre noch verheiratet.« Tränen laufen ihr über die Wangen, und sie wischt sie verärgert mit dem Handrücken weg.

»Das Problem, Dinge zu wissen, ist, Ali, dass du sie nicht wieder ausradieren kannst. Wie unfair es auch sein mag, aber es gibt immer noch einen kleinen Teil in mir, und du kannst mir glauben, dass er jetzt winzig klein ist, aber er ist da und gibt dir die Schuld an allem, und ich versuche, darüber hinwegzukommen. Ich komme darüber hinweg. Aber ich wusste nicht, ob es netter wäre, es dir nicht zu sagen. Matt und du, ihr seid nicht mehr zusammen, und es ist nur natürlich, dass er einen Schritt nach vorn macht. Dass er den mit Chrissy machen würde … Ich wusste nicht, ob ich dir das erzählen sollte, und wollte noch einmal darüber schlafen. Aber dann passierte das am Samstag, und du hast schon so viel durchgemacht.«

»Die Polizei glaubt, ich hätte etwas mit Chrissys Verschwinden zu tun. Sie haben mich heute wieder verhört.«

»Was? O Gott, das tut mir leid.«

»Ich gehe mit dir zum Polizeirevier«, sagt James. »Und dann erzähle ich ihnen alles. Es tut mir leid, Ali, wirklich.«

»Ich brauche Zeit, um das alles zu verarbeiten.« Ich stehe auf, und zu meiner Erleichterung bleiben sie beide sitzen. Sie werden mich nicht davon abhalten zu gehen. »Wir bleiben in Verbindung.«

Ich bin ruhig und gefasst, als ich zur Haustür gehe, und erst, als ich draußen bin und mir die Kälte in die Wangen beißt, berühre ich mein Gesicht und stelle fest, dass ich weine.

Obwohl ich James und Jules glaube, ertrage ich es nicht, ihnen so nah zu sein und zu wissen, dass sie mich hintergangen haben. Ich reiße die Schubladen auf und werfe Sachen in eine Reisetasche. Hinzu kommen die Kulturtasche und der Brief von Chrissy, zusammen mit dem Foto von ihr und Matt. Beides stopfe ich in das Reißverschlussfach der Tasche, bevor ich Branwells Näpfe, Hundefutter und seinen hoffnungslosen Stoffaffen, dem mittlerweile ein Ohr fehlt, in seinen Korb werfe. Dann schreibe ich Iris eine SMS, damit sie weiß, dass ich auf dem Weg bin.

Warmes honigfarbenes Licht strahlt vom Haus auf die Einfahrt, und Iris' Silhouette ist in der Tür zu erkennen. Sie telefoniert. Bis ich Branwell aus seiner Hundebox gelassen habe, ist sie auch schon an meiner Seite.

»Das war Ben.« Sie hebt Branwells Körbchen aus dem Kofferraum. »Tut mir leid. Wolltest du mit ihm sprechen?«, fügt sie hinzu.

»Ich werde ihn morgen anrufen«, antworte ich, obwohl ich nicht glaube, dass ich noch irgendetwas zu sagen habe. Ich bin erschöpft. Es kostet mich schon Mühe, einen Fuß vor den anderen zu setzen. Ich bringe Branwell in die Küche, wo er sich hinsetzt und so heftig mit dem Schwanz wedelt, als er die Dose mit den Keksen auf der Arbeitsfläche anstarrt, dass er auf dem gefliesten Boden langsam rückwärts rutscht.

»Ich bringe meine Sachen hoch ins Zimmer«, sage ich zu Iris und weiß, dass es sinnlos ist, sie darauf hinzuweisen, Branwell keine Leckereien für Menschen zu geben. Wenn ich wieder herunterkomme, wird er sich über die Lippen lecken und Krümel im Bart hängen haben.

Ich trotte die Treppe hinauf, drücke mich am Treppenlift vorbei, der uns ständig an Mum erinnert. Keiner von uns ertrug seinen Anblick, aber irgendwie war er nie abgebaut worden. Es ist fast so, als hätten wir über die Jahre aufgehört, ihn wahrzunehmen.

Wenn ich einen genauen Zeitpunkt bestimmen sollte, an dem mir klar wurde, dass es Mum nicht besser gehen würde, dann war es der, an dem zwei Männer in dunkelblauen Overalls eintrafen, die Werkzeug und Kartons ins Haus trugen, als wir gerade zur Schule gingen.

»Weshalb sind sie hier?«, fragte ich Iris, als ich vor der Haustür auf der meine Knie abschürfenden kratzigen Matte kniete, um Bens Schnürsenkel mit einem Doppelknoten zuzubinden.

»Sie sollen eurer Mum helfen«, sagte Iris, aber ihr Lächeln kam zögernd und wirkte gezwungen.

»Damit es Mum besser geht?« Ben machte große Augen. »Damit ihre Beine wieder richtig funktionieren und wir im Garten spielen können.« Er tat so, als würde er gegen einen Ball treten. »Tor!« Dann streckte er seine kleine Faust in die Luft. »Nach der Schule?«

»Nein, Dummchen.« Iris zerzauste Bens Haar. »So schnell wird es ihr nicht besser gehen.«

»Aber bald?«, fragte Ben.

»Bald«, sagte sie und zog ihn an sich, damit sie ihm nicht in die Augen schauen musste. Ich schwieg, als die Männer das braune Klebeband vom Karton mit der Aufschrift STANNAH TREPPENLIFTE zogen. Mir wurde das Herz schwer. Ich wusste aus dem Internet, dass es wirklich richtig schlimm werden würde.

Als wir an jenem Tag von der Schule nach Hause kamen, fand Ben alles unglaublich cool, und ich nehme an, es muss für ihn ausgesehen haben, als sei das Haus in einen Indoor-Spielplatz verwandelt worden. Er saß auf dem Treppenlift, der quälend langsam die Treppe hinauf- und hinuntersurrte, aber schon bald wurde es ihm langweilig, und er ging dazu über, am Bettgalgen zu schaukeln, der über Mum hing.

»Kann ich den über meinem Bett haben, wenn es dir wieder besser geht, Mum?«

»Du kannst immer herkommen und spielen.« Mum sprach langsam. Es kostete sie Mühe, die Worte zu formulieren, aber sie konnte bis zum Schluss sprechen, und kein einziges Mal beschwerte sie sich, dass gemein sei, was ihr zugestoßen war. Sie beklagte sich nie, und als ich an ihrem leeren Zimmer vorbeigehe, denke ich, dass ich wirklich kein Recht habe, mich zu bemitleiden, wenn das, was ich durchmache, ein winziger Prozentsatz dessen ist, was sie durchlitten hat, aber ich tue es trotzdem.

In meinem Zimmer tendiere ich fast dazu, der Polizei alles zu erzählen, was ich erfahren habe, und sie darüber zu informieren, dass ich glaube, Chrissy verstecke sich bei Matt. Aber eine schnelle Google-Suche sagt mir, dass Matt sie nicht hereinlassen muss, auch wenn die Polizei noch heute Abend bei ihm aufkreuzt. Ohne richterliche Anordnung können sie sein Anwesen nicht durchsuchen. Weshalb sollte er ihnen dafür die Erlaubnis geben, wenn ich recht habe und Chrissy sich dort versteckt? Das Foto, das ich von den beiden habe, und der Brief werden als Beweise nicht ausreichen, um eine richterliche Anordnung zu erwirken, und was wäre dann mit mir? Matt und Chrissy wüssten, dass ich ihr schmutziges Geheimnis entdeckt habe, Chrissy könnte wieder untertauchen, und ich würde erneut versuchen, meinen Namen reinzuwaschen. Nur wäre es dieses Mal eine Million Mal schwerer.

Ich lechze danach, sie selbst damit zu konfrontieren, aber auch mit Überraschungseffekt wären es zwei gegen eine. Ich brauche Chrissy allein. Ich muss wissen, was mit mir in jener Nacht passiert ist, nachdem ich James verlassen habe. »Mit Geduld und Spucke fängt man eine Mucke«, flüsterte ich immer, wenn ich in Bens Zimmer schlich, nachdem ich mir die Augen zugehalten und bis hundert gezählt hatte. Auch wenn Bens Kichern sein Versteck nicht preisgegeben hätte, wusste ich, dass er immer unter dem Bett zu finden war.

Ich weiß, wo dein Versteck ist, Chrissy, und ich komme, um dich zu holen.

Morgen. Ich kann es kaum erwarten.

Ich habe einen Plan.

Kapitel 45

MITTWOCH

Das Erste, was ich nach dem Aufwachen mache, als der Himmel nicht mehr schwarz, sondern grau, aber noch nicht richtig hell ist, ist, Matt eine Nachricht zu schicken und ihn zu bitten, mit Branwell mittags Gassi zu gehen. Ich schreibe ihm, dass ich bei Iris bin, und er fragt, weshalb sie nicht einen Spaziergang mit dem Hund machen kann.

Es geht ihr nicht gut, antworte ich und glaube nicht, dass das eine Lüge ist. Obwohl sie darauf besteht, dass es ihr gut geht, und dabei wieder dieses tapfere Gesicht macht, scheint sie gebrechlicher als sonst zu sein. Sie war außer Atem, als sie die Treppe hochkam, ihren Kopf durch die Tür steckte und »Gute Nacht, schlaf gut und träum süß« sagte, und ohne Ben und Mum hier war nur ich diejenige, die den Reim fortführte: »Und morgen gibt's Gemüs.« Unsere Stimmen klangen zu leise.

Matt schreibt mir, dass er um zwölf Uhr hier sein werde.

Um halb zwölf informiere ich Iris, dass Matt gleich kommen wird, ich aber eine Nachuntersuchung bei Dr. Saunders im Krankenhaus habe und sie Branwell an Matt herausgeben kann. Ich hasse es, mir vorzustellen, dass er Branwells seidiges weiches Fell mit Händen streicheln wird, die Chrissy berührt haben. Aber ich habe wenig Alternativen, wenn ich sicher sein will, dass er aus dem Weg ist.

Ich fahre den langen Weg zu meiner alten Adresse, will nicht riskieren, seinem Auto zu begegnen. Ich parke in einer anderen Straße, damit ich Chrissy nicht auf meine Anwesenheit aufmerksam mache. Sie soll keine Chance bekommen, sich vorzubereiten, sich zu verstecken oder davonzurennen, bevor ich im Hause bin, ihr gegenüberstehe und sie nicht frage, warum sie versucht hat, mein Leben zu ruinieren – das weiß ich bereits –, aber wissen will, ob irgendetwas an unserer Freundschaft echt war. Die Abende, an denen wir Wein schlürften, während *Friends* über den Bildschirm flimmerte, oder wenn wir beim Ausgehen an Tortillachips knabberten, die Gläser aus einem Pitcher nachfüllten und unsere alten Beziehungen analysierten. Was war echt? Was ging schief? Zumindest weiß ich jetzt, was mit Matt schieflief. *Chrissy.* Da Iris und Ben meine einzigen Verwandten sind, waren meine Freunde wie meine Familie. Zurückzuschauen ist wie ein anstrengender Blick durch einen Schleier. Ich bin nicht ganz sicher, ob das, was ich sehe, echt ist. Jules. James. Chrissy. Matt. Damals war alles so klar gewesen. Die Menschen, die ich liebte und von denen ich dachte, sie würden mich auch lieben. Noch nie zuvor habe ich mich so klein und unbedeutend gefühlt wie im Moment.

Erinnerungen stürzen auf mich ein, als ich mich dem Haus nähere, das einmal mein Zuhause war. Da sind die wintertristen Randbeete, die ich umgegraben habe und die bald mit Schneeglöckchen und Glockenblumen übersät sein werden. Matt, der die schweren Vorhänge im Schlafzimmer aufhängt, die auf dem Teppich aufstoßen und den Raum opulenter erscheinen lassen, als er tatsächlich ist. Das Rennen zum Fish-and-Chips-Shop an der Ecke, wenn im Sommer der Duft von frisch gebratenem Fisch durch das offene Fenster hereinwehte. Das Sitzen im Hängesessel im Garten, Pommes direkt aus der

Tüte, das Ablecken nach Essig schmeckender Finger. Salz auf meiner Zunge. Später der Geschmack von Matt, wenn wir unter dem Apfelbaum am Ende der Rasenfläche und außerhalb der Sichtweite von Mr Henderson miteinander schliefen.

Mr Henderson steht in seinem Wohnzimmer neben dem Fenster und winkt mir zu, als ich vorbeigehe. Er trägt eine Krawatte, also wartet er auf einen Klienten. Es ist bedauerlich, dass er mich gesehen hat, aber Matt wird sowieso bald wissen, dass ich hier war. Ich bringe ein schwaches Lächeln auf und schaue schnell weg. Weiß er, dass Matt eine Neue hat? Ständig hatte ich Matt gefragt, ob er mit einer neuen Frau zusammen sei, und er hatte es verneint und mich glauben lassen, ich sei diejenige, die ein Problem hat. Ich hatte einmal geglaubt, dass nichts so schmerzhaft und zerstörerisch sei wie Misstrauen, aber jetzt weiß ich, dass das nicht stimmt. Kalte, harte Tatsachen sind doppelt so schädlich und schwerer auszublenden.

Chrissy.

Ihr Verrat sollte nicht so wehtun wie Matts, aber beide sind miteinander verbunden und unmöglich zu trennen. Der Schmerz ist körperlich. Ich schlinge die Arme um mich, als besänftigte ich Magenschmerzen. In meinem Kopf hämmert es vor Anstrengung, nicht zu weinen, als ich den Haustürschlüssel aus der Tasche fische, wo er unter das Handy gerutscht war. Egal, was drinnen auch passiert, ich werde ein Foto von Chrissy machen. Der Beweis, dass sie lebt.

Irgendetwas ist anders. Zuerst kann ich es nicht ganz ausmachen und glaube nicht, dass es mit den immer noch zugezogenen Schlafzimmervorhängen zusammenhängt. Die Tür ist nach wie vor glänzend schwarz, die Nummer dreizehn aus Edelstahl am Mauerwerk festgeschraubt. Eine Unglückszahl für einige. Eine Unglückszahl für mich. Irgendetwas verursacht mir ein Kribbeln, doch ich sage mir, dass es nur damit zusammenhängt, dass ich mich unwohl fühle, obwohl ich es nicht sollte. Das Haus gehört immer noch zur Hälfte mir. Ich habe jegliches Recht, hier zu sein. Als ich den Schlüssel auf das Schlüsselloch zuführe, schaue ich über die Schulter, als täte ich etwas Unrechtes.

Der Schlüssel lässt sich nicht hineinstecken, und ich versuche es erneut, glaube, es liegt an meiner zitternden Hand, doch dann begreife ich es.

Das Schloss glänzt und ist neu, womit der Schlüssel in meiner Hand nutzlos ist.

Er lässt mich nicht herein.

Oder hält jemanden drinnen fest.

Unfreiwillig. Ich schaudere.

Habe das Gefühl, ich werde beobachtet.

Bewegung.

Schritte.

Eine Stimme, die meinen Namen flüstert.

Kapitel 46

»Ali«, sagt Mr Henderson noch einmal sanft, als ich auf der Stufe herumwirbele und ihm gegenüberstehe. »Ich wollte Sie nicht erschrecken. Ist alles okay? Sie sind so blass. Wo ist Ihr Auto?«

»Es ist …« Ich gestikuliere vage die Straße hinunter. »Matt hat die Schlösser ausgetauscht.«

»Ja. Er sagte, er hätte den Schlüssel verbogen. Brauchen Sie etwas? Er ist nicht zu Hause. Ich bin nicht sicher, wann er zurückkommt.«

»Ich kann nicht warten. Ich habe noch einen Termin im Krankenhaus und wollte meinen Reisepass holen, weil ich einen Urlaub buchen möchte und nicht sicher bin, wie lange der Pass noch gültig ist.« Ich spreche leise und schaue die ganze Zeit flüchtig zu den Fenstern, ob sich dort etwas bewegt.

»Oh, das freut mich. Eine Auszeit wird Ihnen sehr guttun. Ich habe mir solche Sorgen um Sie gemacht.«

»Danke.« Während wir reden, bewege ich mich langsam auf das Gartentor zu. »Ich muss jetzt sowieso gehen.« Ich drehe mich um, verberge mein Gesicht, bevor er sieht, wie schnell mir das Lächeln vergeht. Ich verlasse gerade den Garten, als er ruft: »Er hat mir einen Reserveschlüssel gegeben. Wenn es wichtig ist, können Sie rein.«

»Das wäre prima, danke.« Ich zögere keine Sekunde. »Es ist wichtig. Man könnte sagen, es geht um Leben und Tod«, sage ich, so leise ich kann.

Und als ich ihn dieses Mal anlächle, ist es ein aufrichtiges Lächeln.

Drinnen lasse ich meine Schuhe auf der Fußmatte stehen. Diesmal nicht, weil ich Angst habe, Dreck im Haus zu verteilen, sondern aus Angst, gehört zu werden. Das Haus riecht irgendwie anders. Muffig. Traurig. Oder vielleicht bin ich es nur, die traurig ist. Trotzdem ist es nicht mit der Frische in Chrissys Haus zu vergleichen, und ich bin ein wenig erleichtert, dass sie dem Zuhause, das es immer noch für mich ist, nicht ihren Stempel aufgedrückt hat. Ich wohnte erst zwei Tage bei ihr, als ich von einem Strandspaziergang mit Branwell nach Hause kam, dessen zotteliges Fell feucht vom salzigen Meerwasser war. Chrissy riss die Fenster auf, und ich merkte, wie übel riechend ein nasser Hund sein muss, wenn man nicht an Haustiere gewöhnt ist. Am nächsten Tag steckten elektrische Lufterfrischer in jeder Steckdose und stießen in regelmäßigen Abständen Vanilleduft aus, aber immer noch musste sie sich den Arm vor die Nase halten, wenn Branwell einen seiner üblichen Fürze nach dem Abendessen abfeuerte, was sie mit »typisch Mann« kommentierte. Damals dachte ich, wie störend es für sie sein musste, ihr Haus mit jemandem zu teilen, nichts ahnend, dass sie plante, sich meines anzueignen.

Das Wohnzimmer befindet sich auf der linken Seite. Ich stoße die Tür auf, und mir bleibt das Herz stehen, als sie für einen Moment blockiert. Sofort denke ich, dass Chrissy sie von innen zuhält, aber es ist nur der hochflorige Teppichboden. Das Braun hatten wir ausgewählt, damit man die dreckigen Pfotenabdrücke nicht sofort sah und um Flecken zu verbergen, von denen wir hofften, dass zukünftige Kinder sie unbeabsichtigterweise hinterlassen würden. Die Uhr über dem Kamin füllt mit ihrem Ticken die Stille, und es ist komisch, dass mir nicht aufgefallen ist, wie laut sie ist, als ich hier noch gewohnt habe. Der glänzende schwarze Couchtisch, den wir uns bei Ikea ausgesucht hatten, ist offensichtlich mit Nichtachtung gestraft worden, als wäre dieser Raum ungenutzt. Keine Spuren von Matts Füßen in der Staubschicht, wenn er nach dem Abendessen aufs Sofa sinkt. Früher hatte ich mich an ihn gekuschelt. Ich frage mich, ob Matt und Chrissy die ganze Zeit im Bett verbringen.

Besitztümer waren uns nie wichtig gewesen. Matt interessierte sich mehr für technisches Gerät als für Kissen, und ich verband Begierde nach materiellen Dingen immer noch mit der Festnahme meines Vaters. Doch ein schnelles Umschauen im Wohnzimmer sagt mir, dass ein paar Gegenstände fehlen. Das Foto von uns in einem massiven Silberrahmen, auf dem wir einen acht Wochen alten Branwell wie eine Trophäe in die Kamera halten, ist nicht mehr da, aber ich nehme an, es ist normal, dass Matt die Spuren seiner Ehefrau beseitigt, die er nicht mehr will. Aber dennoch schmerzt es.

Zurück auf dem Flur, gehe ich an der Toilette vorbei in die Küche. Die Haken, an denen die gusseisernen Pfannen über dem Herd hingen, sind leer. Und auch der Schrank mit den grünen Gläsern von der Hochzeitsreise ist leer. Die Arbeitsflächen sind sauber. Ordentlich. Überhaupt nicht wie Matt. Normalerweise besteht seine Vorstellung von Aufräumen darin, alles auf der Arbeitsfläche über der Geschirrspülmaschine zu stapeln und zu hoffen, dass sich ein anderer – ich – darum kümmert. Allerdings ist das nicht ganz gerecht. Oft hatten wir auch Seite an Seite gestanden, geschnippelt, in der Pfanne gerührt und uns erzählt, was wir tagsüber erlebt hatten.

Konzentrier dich.

Wo ist Chrissy?

Ich öffne Schränke, als könnte sie herausspringen, aber das ist nur eine Vermeidungstaktik. Die Schlafzimmervorhänge sind aus einem Grund immer noch zugezogen. Verbergen vielleicht jemanden, der nicht gesehen werden möchte.

Mein gesunder Menschenverstand rät mir, das Haus zu verlassen. Matt und Chrissy hatten große Anstrengungen unternommen, unberechenbar zu werden. Gefährlich. Die Blutergüsse auf meinem Arm. Die Wunde auf dem Kopf. Wer weiß, wie weit sie gehen werden? Doch auch als ich mich auf die Haustür zubewege, erinnere ich mich an den stickigen Raum im Polizeirevier, das Surren der Kassette, die meine Antworten auf PC Hunters geblaffte Fragen aufnahm, und ich weiß, ich kann nicht gehen. Mein Fuß steht auf der untersten Stufe, und meine Finger umklammern das Treppengeländer. Ich gehe nach oben, trete vorsichtig auf. Jedes Knarren der Holzdielen wird durch die Stille verstärkt. Ich warte darauf, dass die Schlafzimmertür quietschend aufgeht und Chrissy sich auf mich stürzt, doch nichts dergleichen geschieht.

Zu meiner Überraschung hängen unsere Hochzeitsfotos noch immer nebeneinander an der Wand des Treppenabsatzes. Wie wir im Standesamt die Unterschriften leisten, die Hochzeitstorte anschneiden, auf der die Zuckergussversion von uns unsicher auf der letzten Schicht balanciert, in Baiserkleid und mit schiefem Zylinder. Ich erlaube mir, Matt einen Augenblick zu vermissen. Uns verband einmal etwas Solides, etwas Gutes miteinander. Es war, als würden wir zu etwas Neuem verschmelzen, wenn wir zusammen waren. Etwas Besserem.

Dann ist da eine ungestellte Aufnahme von Matt, der mir etwas ins Ohr flüstert. Ich werfe vor Lachen den Kopf in den Nacken. Ich wünschte, ich könnte mich daran erinnern, was er gesagt hat. Höchstwahrscheinlich etwas Unanständiges. Meine Haare, die blond in der strahlenden Sommersonne schimmern, sind mit Konfetti übersät. Blond wie Chrissy. Immerhin ist er dem gleichen Typ treu geblieben. Der Anblick der gelben Rosen in meinem Blumenstrauß beseitigt meine Sentimentalität sofort.

Hast du das Date genossen, Schlampe? Matt muss absichtlich eine mit gelben Rosen verzierte Karte ausgewählt haben, die zu den Blumen passte, die er auf die Türschwelle gelegt hatte. Ich hätte früher darauf kommen müssen.

Jetzt verärgert, bin ich mit drei Schritten beim Schlafzimmer und drücke meine Wange an die Tür, stelle mir vor, wie Chrissy das Gleiche auf der anderen Seite tut. Ich höre keine Bewegung, kein Atmen. Nur ein Rauschen wie in der Schneckenmuschel, die mir Matt auf unserer Hochzeitsreise ans Ohr gehalten hatte. Rauschende Wellen und heißer Sand, der meine Fußsohlen verbrannte.

Ich greife mit einer schweißnassen Hand nach der Klinke und drücke langsam die Tür auf.

Ich kann nicht anders als aufschreien, als ich ins Zimmer schaue.

Kapitel 47

Unser Schlafzimmer. Es ist fast unbegreiflich, dass das hier einmal der Ort gewesen ist, an dem ich mich sicher fühlte, der Ort, an dem ich dachte, geliebt zu werden. Es herrscht ein heilloses Durcheinander. Auf dem Boden verstreut stehen Umzugskartons. Ich reiße die Vorhänge zur Seite. Staubpartikel wirbeln auf, als freuten sie sich, Tageslicht zu sehen.

Was ist hier los?

»Ich miste aus«, hatte Matt gesagt, als er mir die grünen Gläser anbot, aber das hier ist mehr als ausmisten. Die Kartons sind vollgepackt mit seiner Kleidung. Da liegen die Sachen vom Dachboden. Unser spindeldürrer Weihnachtsbaum. Jedes Jahr gelobten wir, ihn durch einen neuen aus dem Schlussverkauf zu ersetzen, wenn wir Lametta über seine kahlen Äste hängten, aber wir taten es nie. Die Kürbislichterkette, die wir zu Halloween immer draußen auf der Veranda aufhängten.

Er zieht um. Aus. Es bricht mir noch ein bisschen mehr das Herz, als ich den Rest der Kartons durchwühle, sehe, was er mitnimmt und was er entsorgt hat … wie mich. Ist das ihr Plan? Mir einen Mord anzuhängen, den ich nicht begangen habe, und davonzurennen? Ins Ausland zu ziehen? Der Gedanke an Chrissy lässt mich das Zimmer absuchen. Wo versteckt sie sich? Jeder meiner Sinne befindet sich in höchster Alarmbereitschaft.

Das Röhren eines Motorrades, das draußen auf der Straße aufheult, hört sich an, als stünde es neben mir. Ich mache einen Schritt auf unsere deckenhohen Einbauschränke zu, stelle mir vor, wie sich Chrissy hinter der Tür mit einem Messer oder einer Waffe versteckt. Meine Fantasie geht mit mir durch, bis mir klar wird, dass mich nur eine in strahlendem Weiß gestrichene MDF-Platte vom unmittelbar bevorstehenden Tod trennt. Trotzdem mache ich noch einen Schritt, bis ich den Griff berühre, hole tief Luft und reiße die Tür auf. Nichts. Nur ein leerer Schrank mit Kleiderbügeln, die an der Stange baumeln.

Ein schneller Blick auf die Uhr sagt mir, dass ich nicht mehr viel Zeit habe, bis Matt nach Hause zurückkommt. Im Regen ist er nie länger als eine halbe Stunde mit Branwell unterwegs, und ich bin schon eine Dreiviertelstunde hier. Ich eile zum Gästezimmer, das wir einmal als Kinderzimmer vorgesehen hatten. Eine aufgeblasene Gästematratze für eine Person und ein Schlafsack liegen auf dem Boden. Ein Kissen, auf dem man noch den Abdruck eines Kopfes erkennen kann. Wer schläft hier? Weshalb sollte Chrissy nicht in seinem Bett schlafen? Wo ist sie? Ich war so sicher gewesen, sie hier zu finden, aber ich habe überall gesucht.

Und dann höre ich ein Geräusch aus dem Erdgeschoss, und mir fällt ein, dass ich nicht in der Toilette nachgeschaut habe.

Jedes Nachgeben der Stufen unter meinen Füßen, jedes Knarren ist ohrenbetäubend und übertönt sogar das Hämmern meines Herzens gegen die Rippen. Schweißtropfen bilden sich auf meiner Stirn, als ich das Ohr an die Toilettentür drücke.

Stille.

Gedanklich zähle ich bis drei, bevor ich die Tür weit aufreiße, zurückspringe und schützend die Hände vor mich halte.

Auch hier ist niemand.

Als ich schwach, aber erleichtert an der Wand lehne, bemerke ich, dass der Briefträger die Post durch den Briefschlitz geschoben hat, was eine Erklärung für das Geräusch wäre. Automatisch gehe ich in die Hocke, hebe die Umschläge auf und schaue flüchtig die Briefe durch. Das meiste ist Werbung. Ein Flyer von einem neuen indischen Bringdienst, ein Gutschein über zwanzig Prozent Rabatt beim Kauf von Vertikaljalousien, ein DIN-A5-Blatt, das für die Reinigung von Regenrinnen wirbt, und etwas, das aussieht wie eine Reihe von Marketing-Postwurfsendungen für Matt. In der Küche lege ich die Post auf den Papierkram, der immer neben dem Toaster gestapelt wird.

Mir fällt auf, dass Matt seit Ewigkeiten die Post nicht geöffnet hat, und ich fange an, den Stapel durchzuschauen, falls etwas für mich dabei sein sollte, was er nicht an mich weitergegeben hat. Zwischen den dünnen braunen Umschlägen befindet sich ein dicker cremefarbener, auf den *Markstone-Versicherung* gestempelt ist. Das ist keine Versicherung, die mir etwas sagt, und ich komme nicht umhin, den Umschlag gegen das Licht zu halten, um zu sehen, was darin ist, doch ich kann nichts erkennen. Ich werde neugierig und löse vorsichtig die Lasche. Dann ziehe ich den darin befindlichen Brief und das Dokument heraus und beginne zu lesen. Die Worte springen mich an. Ich lasse mich auf einen Hocker fallen und habe das Gefühl, mir wird die Kehle zugedrückt. Ich kneife die Augen zu und hole dreimal tief Luft, bevor ich den Brief noch einmal lese, als ob das einen Unterschied machen würde und er nun einen völlig anderen Wortlaut hätte. Das hat er natürlich nicht.

Vor vier Monaten hat Matt trotz unserer Trennung, oder vielleicht gerade deshalb, für uns beide eine Lebensversicherung auf Gegenseitigkeit abgeschlossen. Er muss meine Unterschrift gefälscht haben. Wenn ich sterbe, soll er eine Million Pfund bekommen. Alles dreht sich vor meinen Augen, und ich ziehe die Knie an und lege den Kopf darauf, schlucke die Gallenflüssigkeit hinunter, die sich die Kehle hinaufarbeitet.

Die Gedanken rasen mir durch den Kopf. Trotz des Briefes, den ich in der Hand halte, finde ich es unvorstellbar, dass Matt mir jemals etwas antun könnte. Meine Fassungslosigkeit wird durch Verleugnung geschürt, aber durch alles ziehen sich Zweifel, obwohl er derjenige war, der mich weggestoßen hat, der keine Eheberatung wollte und unsere Ehe in eine Umzugskiste gepackt hat, deren Deckel fest vernagelt wurde. Ich überfliege die Police. Eine Million. Genug für ein brandneues Leben.

Für zwei.

Sollte ich in jener Nacht sterben? Wollten sie mich quälen, als das misslang, und haben sie mir die Antidepressiva geschickt, damit ich selbst die Sache für sie zu Ende bringe?

Das Geräusch eines Motors draußen lässt mich aufspringen. Ich höre das Zuschlagen einer Autotür. Ohne nachzuschauen, ob es Matt ist, schiebe ich die Terrassentür auf und renne über den regenfeuchten Rasen. Mit durchnässten Socken schlüpfe ich durch das hintere Gartentor. Ich sehe ihn nicht. Den Mann, der gelobt hatte, mich zu ehren und zu beschützen. Jetzt ist er ein Fremder, der seine Frau, die er nicht mehr liebt, mit einem Geldwert belegt hat.

Ich halte immer noch den Brief in der Hand und werde Matt nicht ungestraft davonkommen lassen. Garantiert nicht.

Aber er wird Bescheid wissen, sobald er die Haustür aufstößt und über meine Schuhe auf der Fußmatte stolpert. Dann wird er wissen, dass ich da war.

Ängstlich werfe ich einen Blick über die Schulter, als meine nassen Füße auf den Beton patschen und schmerzhafte Stoßwellen durch meine Schienbeine senden. Fast erwarte ich, dass er direkt hinter mir ist.

Ticktack.

Mir läuft die Zeit davon.

Kapitel 48

Jetzt habe ich einen Plan, und ich weiß, dass du auch einen haben wirst. Ich kenne dich so gut, Ali. Du bist berechenbar. Du bist egoistisch.

Du bist eine Lügnerin.

Es tut mir fast leid, zum Ende zu kommen.

Fast.

Trotz allem werde ich dich vermissen.

Kapitel 49

Die Sicht ist schlecht, als ich zum Polizeirevier rase. Die Scheibenwischer kämpfen gegen den peitschenden Regen an. Die Lebensversicherungspolice flattert vom Beifahrersitz in den Fußraum, als ich um eine Kurve presche. Beim Vorbeugen, um sie aufzuheben, gerät das Auto aus der Fahrspur. Ein schrilles Hupen ertönt, und ich schaue gerade noch rechtzeitig auf, um das Lenkrad herumzureißen und so dem mir entgegenkommenden Auto um Haaresbreite auszuweichen.

Beruhige dich.

Eine Radarkamera blitzt auf, als ich daran vorbeirase, aber das ist mir egal. Mein Verstand rast ebenfalls und versucht Matts nächsten Schritt vorauszusagen. Wird er mir folgen? Davonlaufen? Ich kann ihn nicht zusammen mit Chrissy abtauchen lassen. Wenn sie verschwinden, weiß ich, dass der Makel des Verdachts immer an mir kleben wird. Der Parkplatz ist fast voll. Ich schiebe mich zwischen ein Polizeiauto und einen schwarzen Fiesta, dessen Kotflügel weiße Kratzer aufweist. Doch als ich aus dem Auto steige und in eine eiskalte Pfütze trete, zögere ich. Reicht die Versicherungspolice aus? Wird PC Hunter mich ernst nehmen? Schließlich tauche ich ohne Schuhe mit diesem einzigen Beweisstück bei ihm auf, um meinen guten Ruf wiederherzustellen. Mir fällt seine Ruppigkeit ein. Sein Sarkasmus. In diesem Umschlag befindet sich nichts, was Matt mit Chrissy in Verbindung bringt. Als ein Indiz würde PC Hunter das wohl bezeichnen, und ja, das habe ich aus dem Fernsehen gelernt. Meine Stimmung hebt sich, als ich mich an das Foto von Chrissy und Matt erinnere, das sich bei Iris in meiner Reisetasche befindet. Der Brief, den Chrissy Matt geschrieben hat. Das Telefonat, das Jules zufällig mitgehört hat.

Das wird sicher ausreichen.

Es muss.

Ich schnalle mich schnell wieder an, und schon drückt mein Fuß das Gaspedal durch. Im Rückspiegel sehe ich, wie das Polizeirevier immer kleiner wird, und ich nehme mir vor, bald zurück zu sein.

Ich bekomme kaum mit, wo ich langfahre, bis ich bei Iris ankomme, wo mich beim Anblick von Matts Auto in der Einfahrt eine Kälte erfasst, als stünde ich unter einer Regenrinne, aus der der strömende Regen schießt.

Er ist immer noch hier. Weshalb?

Auf der Straße gibt es keinen Parkplatz, es sei denn, ich blockiere die Einfahrt, und genau das sollte ich tun, kommt es mir in den Sinn. So kann ich die Polizei rufen, und für Matt wäre der Fluchtweg abgeschnitten. Wenn ich ihnen erst einmal das Foto, den Brief und die Versicherungspolice gezeigt und alles genau erklärt habe, wird ihnen nichts anderes übrig bleiben, als ihn zum Verhör mitzunehmen. Dann wäre dieser ganze Albtraum vorüber.

Doch mein Verlangen, die Polizei zu rufen, wird vom Wunsch außer Kraft gesetzt, zunächst einmal nachzuschauen, ob es Iris und Branwell gut geht. Ich habe keine Ahnung, zu was Matt fähig ist.

Hast du das Date genossen, Schlampe?

Es muss für ihn die ideale Gelegenheit gewesen sein, als ich damit einverstanden gewesen war, den Mann zu treffen, den ich für Ewan hielt.

Im Haus ist es still, als ich die Haustür aufstoße. Zu still. Ich ziehe mein Handy aus der Tasche, und als ich »hallo?« rufe, scrolle ich durch die Liste der kürzlich eingegangenen Anrufe. Ziemlich weit oben steht eine Nummer, die ich nicht kenne. Es muss die Durchwahl von PC Willis sein, als sie mich anrief und bat, aufs Polizeirevier zu kommen.

»Iris?«, rufe ich. Mich umgibt eine Stille, die den winzigen Funken Hoffnung erstickt, Matt säße bei Tee und Keksen am Küchentisch und hätte keine Ahnung, dass ich weiß, was er getan hat.

Ich hole tief Luft und bewege mich langsam den Flur entlang. Meine Socken hinterlassen feuchte Fußabdrücke auf dem Eichenholzfußboden.

Kein Blubbern des Wasserkochers, keine gedämpften Töne aus dem Radio, das immer leise im Hintergrund dudelt, damit Iris sich nicht so allein fühlt. Kein Gespräch, kein Geräusch von Hundepfoten, die mir auf dem Flur zur Begrüßung entgegengeprescht kommen.

Mein Körper kribbelt wegen des überwältigenden Drangs davonzulaufen. Das Haus zu verlassen, wo erneut eine Tragödie in der Luft liegt, doch ich kann nicht. Kann nicht davonlaufen.

Die Küche ist leer. Zwei Becher stehen auf dem Tisch und sind beide halb voll. Einer der Stühle ist umgekippt, die Holzstäbe der Rückenlehne gebrochen.

Eine Vorahnung überkommt mich, und ein Druck entsteht in meinem Kopf, als würde jemand einen Luftballon aufblasen.

Mein Daumen drückt auf WÄHLEN. Ich hebe das Handy ans Ohr und warte darauf, dass sich PC Willis meldet, als ich aus der Küche schleiche und mich dem Wohnzimmer nähere. Und da sehe ich sie hinter dem Sofa hervorschauen.

Füße.

Iris' Füße in beigefarbenen Mokassins.

Sie liegt mit geschlossenen Augen und einer eigenartigen Hautfärbung auf dem Boden. Ich glaube, sie ist tot.

Mir dreht sich der Kopf, und als ich zurückstolpere, entdecke ich die Nachricht, die mit orangefarbenem Lippenstift, den Iris seit den Siebzigerjahren benutzt, auf dem Spiegel geschrieben steht.

Du bist die Nächste.

Kapitel 50

Ich wimmere, als ich rückwärts gehend das Zimmer verlasse, das Handy ans Ohr gedrückt, und unbedingt will, dass PC Willis sich meldet. Ein gedämpftes Geräusch, als versuche jemand zu summen, lenkt meine Aufmerksamkeit auf die Zimmerecke.

Ben.

Ich hatte sein Auto bei meiner Ankunft nicht gesehen, aber in Gedanken verloren hatte ich auch nicht danach Ausschau gehalten.

Er kauert mit zusammengebundenen Händen und Füßen, schief sitzender Krawatte und zerknittertem Anzug auf dem Boden. Die Fassung seiner Brille ist verbogen. Was aussieht wie ein Streifen von Iris' Geschirrtuch, ist ihm um den Mund gebunden. Blut tropft ihm aus dem Mundwinkel.

»O Gott! O Ben!«

Er gibt einen dringlichen, undefinierbaren Laut von sich, als ich auf ihn zueile, und gestikuliert wild mit dem Kopf, aber ich kann den Blick nicht von ihm abwenden, bis ich einen Schatten in der Ecke bemerke, der sich bewegt. Auf der Stelle bleibe ich stehen.

Matt steht schweigend da. Sagt kein Wort. Der Hass, der von ihm abstrahlt, ist so extrem wie die Angst, die von Ben ausgeht.

Im Bruchteil einer Sekunde nehme ich alles wahr. Das Weiße in Bens hervortretenden Augen, als er sich abmüht, seine Hände zu befreien, und das Brotmesser aus Edelstahl in Matts Hand. Aber es ist der Schal, den er um den Hals geschlungen hat, der die in mir schwelende Wut zum Ausbruch bringt. Diesen Schal hatte ich ihm letztes Jahr zu Weihnachten geschenkt, weil ich dachte, das Blau passe zu seinen Augen, die mich jetzt gehässig anstarren.

Bis dass der Tod uns scheide.

Gerade als ich nach vorn springen will, höre ich jemanden rufen: »Hallo? Hallo?«

Gott sei Dank! PC Willis' Stimme dringt aus dem Handy, das ich immer noch umklammere.

Ganz kurz huscht Matts Blick vom Handy zu meinem Gesicht, dann stürzt er los und ich schreie.

Sofort ertönt aus dem Garten ein wildes Gebell. Wenn ich die Hintertür erreiche, kann ich Branwell hereinlassen. Er ist zwar klein, aber er würde niemals zulassen, dass mir jemand wehtut. Ich wirbele herum und stürze auf die Tür zu, doch Matts Finger bohren sich in meine Schulter. Ich drehe mich und trete ihn, so heftig ich kann, in den Schritt. Er sackt zu Boden, und ich brabbele in mein Handy.

»PC Willis! Hier ist Ali Taylor. Mein Mann, Matt, er hat meine Tante umgebracht und meinen Bruder verletzt. Er versucht, mich umzubringen. Er wird uns beide umbringen.«

»Alison, wo sind Sie?«

Matt kniet jetzt und tastet nach dem Messer, das ihm aus der Hand gefallen ist, als er zu Boden ging.

»Bei Iris. 212 Station Road. Matt ist mit Chrissy zusammen. Sie wird nicht vermisst. O Gott!« Ich schiebe mich ins Halbdunkel des Flurs, als sich Matt wieder aufrappelt.

»Ali, sind Sie in Sicherheit?«

»Nein.«

Matt kommt drohend auf mich zu.

Ich bin hier überhaupt nicht sicher.

»Mein Mann wird mich umbringen.« Ich spreche jetzt langsamer. Eine Unabwendbarkeit liegt über allem.

»Die Polizei wird gleich da sein. Können Sie sich in einem Zimmer einschließen?«

»Es ist zu spät«, flüstere ich, als Matt mir das Handy entreißt und es mir auf den Kopf schlägt.

Finsternis.

Es ist zu spät.

Kapitel 51

Ich nehme alles nur bruchstückhaft wahr. Verschwommen bekomme ich mit, dass ich hochgehoben werde. Kalte Luft. Äste, die in meinen Haaren hängen bleiben. Ich werde durch den hinteren Garten getragen, höre das Brummen eines Motors. Das Quietschen des Gartentors. Werde auf etwas Warmes, Weiches gelegt. Treibe dahin. Erneute Finsternis.

Wir fahren. Mein Kopf schmerzt. Einschläfernde Vibrationen.

Im Auto bin ich sicher.

Festgeschnallt neben Dad. Die Fahrt zum Laden an der Ecke. Eine Packung neapolitanisches Eis aus der Gefriertruhe für das Sonntagsessen. Erdbeere im Tausch gegen Bens Schokolade.

Schlafen.

In meinen Ohren ertönt ein rauschendes Geräusch, als meine Sinne mit Getöse wiedererwachen. Zuerst glaube ich, dass es mein eigenes Blut ist, was ich höre, mein rasender schwacher Puls am Handgelenk, aber dann merke ich, dass es das Meer ist. Der Boden, auf dem ich liege, ist hart und feucht. Meine Zähne schlagen aufeinander. Über mir sehe ich frei liegende, von Holzwürmern zerfressene Balken, die Wände sind aus grauem Stein.

Düstere Dinge geschehen in düsteren Nächten.

Mir wird klar, dass das Foto auf meiner Instagram-Seite hier aufgenommen wurde, an einem Ort, von dem Matt wusste, dass ich ihn liebe. Ich hatte ihm von meinen Kindheitserinnerungen erzählt, als Ben und Mum hier vor ihrer Krankheit immer gepicknickt hatten. Es ist der Ort, an dem er mir den Heiratsantrag gemacht hatte.

Ein Seil schneidet mir in die Handgelenke, als ich mich in eine sitzende Position hieve. An meinen Knöcheln wird gezerrt. Matt bindet mir die Füße zusammen.

»Du Mistkerl!« Ich trete einmal nach ihm. Zweimal. Treffe seinen Bauch.

Er schlägt mich heftig. Der metallische Geschmack von Blut sammelt sich im Mund, und ich starre ihn an, frage mich, welchen Weg wir seit unserem Ehegelübde beschritten haben müssen, der uns hierhergeführt hat. War ich wirklich eine derart schlechte Ehefrau?

Sein Gesicht schiebt sich vor meines. Der Blick bohrt sich in mich, und plötzlich weiß ich es.

Ich war überhaupt keine schlechte Ehefrau. Das hier ist nicht mein Mann.

»Ben?«

Der Mann, der so dicht vor mir steht, dass ich seinen Atem spüre, trägt Matts Kleidung. Matts Schal. Aber der Geruch ist eindeutig der meines Bruders.

Der Mann in der Ecke, den ich für Ben hielt, nickt verzweifelt, und das ihm nicht passende Drahtgestell der Brille rutscht ihm von der Nase. Ich spüre nicht nur Angst und Wut, sondern fühle mich auch nutzlos und klein. Angesichts meiner Prosopagnosie muss Ben geglaubt haben, es sei einfach, mich zu täuschen. Recht hatte er. Ben und Matt haben beide dunkle Haare und kurze Haarschnitte, und als ich Matt gefesselt mit Bens Anzug und Brille sah, war es mir überhaupt nicht in den Sinn gekommen, ein wenig genauer hinzuschauen.

Glaub nicht alles, was du siehst.

Obwohl ich nicht mehr darauf vertrauen kann, was ich sehe, haben wir doch alle unseren eigenen Geruch, der kaum zu kopieren ist. Und plötzlich weiß ich genau, was vor sich geht. Es war von Anfang an Ben, der mich verhöhnt und mir Angst eingejagt hat. Er hatte MÖRDERIN auf meine Tür gepinselt und mir Antidepressiva geschickt, falls ich mit dem, was ich getan hatte, nicht würde leben können. Jetzt ergibt das alles einen absolut perfekten Sinn.

»Ben.« Dieses Mal klingt meine Stimme fester. »Ich weiß, dass du es bist.«

Er öffnet den Mund, ringt nach Luft, und ich rieche sie erneut, die Mentholzigaretten, die er immer raucht, wenn er gestresst ist, und nichts ist stressiger, als einen Mord zu begehen.

Ich sollte das wissen.

Kapitel 52

Ich war noch lange auf gewesen und hatte für die Probeklausuren der Abschlussprüfung gelernt. Es muss ungefähr halb zwölf gewesen sein, bevor ich in einen unruhigen Schlaf fiel. Um Mitternacht riss ich die Augen auf und wusste zuerst nicht, was mich geweckt hatte. Ich setzte mich im Bett auf und rieb mir den Schlaf aus den Augen. Das Mondlicht schien durch den Schlitz der Vorhänge, der Schrank warf einen Schatten an die Decke, aber das war nichts Außergewöhnliches. Allerdings sahen in jener Nacht die Schatten dunkler aus. Irgendwie bedrohlich. Fast widerstrebend schwang ich die Beine aus dem Bett, und ein sechster Sinn sagte mir, dass etwas ganz und gar nicht stimmte. Jetzt erinnere ich mich an die kleinen Details. Das Material meines Frotteebademantels auf meiner Gänsehaut. Das Fell in meinen Hausschuhen, das meine Fußsohlen wärmte. Das quietschende Scharnier meiner Zimmertür, als ich sie vorsichtig öffnete und halb hoffte, dass es nur Ben sei, der mich geweckt hatte. Doch irgendwie wusste ich, dass es nicht so war. Der Geruch der Würstchen, die wir zum Abendessen gegessen hatten, lag noch immer in der Luft, aber jetzt fühlten sie sich in meinem Magen schwer und fettig an.

Bens Tür stand einen Spaltbreit offen und im weichen orangeroten Schein seines Nachtlichtes sah ich seinen kleinen

Körper mit angezogenen Beinen im Bett liegen. Olli, die Eule, war zu Boden gefallen. Obwohl er gerade neun geworden war, nahm Ben sie immer noch mit ins Bett. Ich wollte sie gerade aufheben und wieder auf sein Kissen legen, als ich es hörte. Ein Geräusch. Ein Flüstern, das immer lauter und schriller wurde.

Mit langen Schritten schlich ich auf Zehenspitzen zu Mums Zimmer. Die Tür war fest verschlossen. Ich drückte mein Ohr gegen das Holz und lauschte.

Ich hörte gedämpftes Schluchzen, und zuerst dachte ich, es sei Mum. Meine Fingerspitzen berührten die Türklinke, als ich überlegte, ob ich sie trösten sollte, doch da sprach sie, und ich wusste, dass sie es nicht war, die weinte, und dass sie nicht allein war.

»Du musst es tun, Iris.« Mums Stimme klang belegt. Schleppend.

Das Sprechen und Schlucken bereiteten ihr immer mehr Schwierigkeiten. Die Muskeln in der Kehle und im Kiefer wurden schwächer. »Manchmal ist es die Stimme, die als Erstes weg ist.« Der Arzt hatte nicht aufgeschaut, als die Feder seines Füllers auf Mums Akte herumkratzte. »Sie haben Glück«, hatte er ohne Ironie gesagt, als sollte Mum dankbar sein, dass sie ihren rechten Arm nicht länger gebrauchen konnte und ihren linken kaum noch. Die Beine waren zu schwach, um sie zu tragen. Die Sanftheit in ihrer Stimme, mit der sie mich immer beruhigt und wieder zum Einschlafen gebracht hatte, gab es schon lange nicht mehr.

Das Weinen wurde lauter.

»Ich weiß, dass es schwer ist, aber …«

»Schwer?« Iris' Stimme klang scharf. »Du verlangst Unmögliches.«

»Du hast es aber versprochen.«

»Du kannst mich nicht darauf festnageln. Denk an meinen ersten Job, als ich gefeuert wurde, weil ich den stellvertretenden

Geschäftsführer in der Büromaterialausgabe geküsst habe, und du sagtest, du würdest es Mum nicht erzählen, aber …«

Ich verzog das Gesicht. Dass Iris jemals jemanden geküsst haben sollte, konnte ich mir nicht vorstellen. Mum empörte sich und vertrieb damit das Bild aus meinem Kopf.

»Das kannst du doch nicht vergleichen mit …«

»Ich weiß …«

Stille. Ich hielt den Atem an und richtete die Füße auf mein Zimmer aus, damit ich davonstürzen konnte, falls Iris herauskam, aber durch die Tür drang erneutes Weinen.

»Ich liebe dich«, sagte Iris. »Und wenn es die geringste Chance gibt …«

»Die gibt es nicht«, fiel ihr Mum ins Wort. Ihr Tonfall wurde verstärkt durch die Endgültigkeit der Worte. »Du weißt, dass es die nicht gibt. Du hast den Kindern falsche Hoffnungen gemacht. Hast dich daran geklammert, dass …«

»Falsche Hoffnungen sind besser als gar keine Hoffnungen.« Iris' Worte verfingen sich in der Kehle.

»Aber du weißt es.« Mums Stimme klang flehend, aber so klar, wie ich sie seit Monaten nicht gehört hatte. »Du weißt es.«

Wieder herrschte Stille. Ich schauderte und zog den Gürtel meines Bademantels enger.

»Ich brauche dich. Bitte. Du musst Ja sagen.«

Ich spürte einen stechenden Schmerz in der Brust, als ich Mum betteln hörte.

»Ich bin hier, oder nicht? Ich kümmere mich um die Kinder. Das Haus. Dich. Ich tue mein Bestes.«

»Das weiß ich, aber es wird immer schwerer.«

»Du bist meine *Schwester.*«

»Genau deshalb zähle ich auf dich. Ich täte es für dich, wenn die Rollen vertauscht wären.«

»Aber Ali. Ben. Er ist noch so klein.«

»Es ist *für* die Kinder. Ich lebe schon länger, als man dachte. Jetzt geht es schnell bergab. Willst du, dass auch sie leiden? Ohne Justin bist du alles, was sie haben, Iris. Bitte!«

Es folgte eine Pause. Mum weinte. »Ich kann *nicht*«, sagte Iris. »Ich kann einfach nicht.«

Schritte stampften auf die Tür zu, und ich kauerte mich in eine dunkle Ecke neben dem Bücherregal. Iris lief die Treppe hinunter. Dann das Klimpern von Schlüsseln und das Zuschlagen der Haustür. Der Motor eines Autos wurde gestartet, und dann nichts als das animalische Wimmern, das mir bis ins Mark ging.

Ich war versucht, zurück ins Bett zu huschen und Mum in Ruhe zu lassen, aber das Geräusch zog mich zu ihr. Ich schob mich am Rollstuhl vorbei, schlüpfte neben ihr ins Bett, legte ihr den Arm um die Schultern und ließ ihren Kummer meinen Bademantel durchnässen. Meine eigenen Wangen waren ebenfalls nass.

Mein Arm war eingeschlafen und kribbelte, als Mum den Kopf hob und ihr Blick aus roten Augen auf meinen traf.

»Tut mir leid«, sagte sie, und da war wieder das gewohnte Nuscheln in ihrer Stimme, als hätte ihre Unterhaltung mit Iris sie völlig ausgelaugt.

»Was ist los, Mum?« Ich hatte eine Befürchtung, die mir auf der Seele brannte wie die Berührung der Nesseln, die wild hinten im Garten wucherten.

»Ich erinnere mich noch so deutlich an den Tag deiner Geburt«, sagte sie quälend langsam mit einem verträumten Gesichtsausdruck. »Ich lag zweiundsiebzig Stunden in den Wehen, und die Schmerzen waren unvorstellbar, fast unerträglich, aber die ganze Zeit über drückte dein Vater meine Hand, sagte mir, ich solle durchhalten, und erinnerte mich daran, dass die Schmerzen schließlich vorbei sein und wir etwas Wundervolles in den Armen halten würden. Dich.« Sie bekam wieder feuchte Augen. »Und das war es wert. Jede einzelne Sekunde. Sobald ich dein Gesicht sah, wusste ich, dass ich das alles, ohne zu zögern, noch einmal auf mich nehmen würde.«

Sie holte tief Luft. Ich schwieg, wollte sie mit meiner Stimme nicht aus den Erinnerungen reißen, in denen sie schwelgte. Sie sprach so selten von Dad.

»Ich liebe dich, Ali. Bitte glaub mir das, aber …« Sie schüttelte den Kopf.

»Was, Mum?« Sie machte mir Angst.

»Aber das hier, das ist unvorstellbar, unerträglich, und es gibt keinen, der mir sagt, ich solle durchhalten.«

»Ich sage dir, du sollst durchhalten. Und Ben. Iris.« Ich durchforstete mein Hirn nach anderen Namen, die ich nennen könnte, Freunde, Nachbarn, aber es dämmerte mir, dass sich in den letzten drei Jahren jeder zurückgezogen hatte. Ich war nicht sicher, ob es mit dem zu tun hatte, was Dad damals passiert war, oder mit dem, was danach Mum zugestoßen war. Traurigkeit überkam mich. Mum war immer so gesellig gewesen. Ich dachte daran, wie oft ich in letzter Zeit nach oben gerannt war, um meine Hausaufgaben zu erledigen, und nur »hallo!« gerufen hatte, wenn ich an ihrer Tür vorbeigekommen war. Und wenn ich ging, war es »bis später« gewesen, als ob das genug gewesen wäre. Ich hatte versagt und sie im Stich gelassen.

»Es tut mir leid, Mum.« Ich war wirklich verzweifelt. »Ich werde mehr Zeit mit dir verbringen.«

»Ich könnte noch eine Million Tage mit dir und Ben haben, Ali. Auch wenn ich tausend Jahre alt werden würde, wäre es trotzdem nicht genug, aber …« Es war schwer, sie zu verstehen. Vor Erschöpfung war sie ganz blass, und die Furchen, die von ihren Mundwinkeln zum Kinn verliefen, wurden immer tiefer. »Irgendwann muss ich euch verlassen. Das ist der natürliche Lauf der Dinge.«

»Aber jetzt noch nicht. Der Arzt sagte …«

»Mir wird es nicht besser gehen, Ali«, sagte sie matt. »Wie positiv auch immer Iris ist, was auch immer sie dir und Ben erzählt, es wird mir nicht besser gehen. Zwei bis fünf Jahre haben die Fachärzte gesagt, und es sind bereits drei.«

»Ich weiß, aber …« Ich verstummte allmählich. Eigentlich hatte ich sagen wollen: »Aber ich will, dass es dir besser geht.« Als könnte das etwas ändern. Anders als Ben war ich alt genug, es zu verstehen. Ich hatte gegoogelt. Statistiken gelesen. Mums Zustand würde sich weiter verschlimmern, bevor sie starb. Der Gedanke war unerträglich für mich.

»Ist es furchtbar?« Das hatte ich sie noch nie zuvor gefragt, als würde sie nicht leiden, wenn sie es nicht laut aussprach. Doch sie litt.

»Ja«, sagte sie einfach, und da war kein Selbstmitleid wie bei mir oder Ben, wenn wir diese Fragen beantwortet hätten. Ich schämte mich ganz furchtbar, als ich daran dachte, welches Theater wir bei Windpocken gemacht hatten. »Meine Muskeln verkrampfen sich, in den Händen habe ich eine spastische Lähmung und meine Gelenke schmerzen. Ich habe Liegegeschwüre, wenn ich lange in einer Position bleibe, es sei denn, mir hilft jemand, mich umzulagern. Ich bin hilflos und völlig auf Iris angewiesen.«

»Ich werde dir mehr helfen.« Ich hatte immer gewusst, dass es furchtbar für Mum sein musste, so abhängig zu sein, aber ich hatte immer nur ihre fehlende Mobilität gesehen. Ihren Frust darüber, Dinge nicht mehr selbst tun zu können. Nie hatte ich so richtig über den körperlichen Schmerz nachgedacht, den sie spüren musste, und ich fühlte mich schrecklich. »Es muss schwer sein, wenn man nicht mehr laufen kann.«

»Es ist nicht nur das.« Es war anstrengend für sie, die Worte herauszubringen. »Ich kann immer weniger sprechen. Und dabei habe ich noch Glück, dass es so lange gut ging. Schon bald werde ich nicht mehr mit euch kommunizieren können.«

»Doch, das wirst du noch können. Beim letzten Hausbesuch wurden wir doch auf die Apps hingewiesen, erinnerst du dich nicht? Es gibt Möglichkeiten.«

»Wie die Magensonde, wenn ich nicht mehr schlucken kann? Ich kann ohnehin nur noch weiche Sachen essen. Was für ein Leben ist das, wenn man nicht mehr laufen, sprechen, essen kann? Seit meiner Diagnose sind drei Jahre vergangen. Ich habe mehr Glück als die meisten, aber ich bin müde, Ali.«

»Tut mir leid. Es ist schon spät.« Ich verlagerte das Gewicht, war bereit zu gehen, sie schlafen zu lassen.

»Nicht die Art von Müdigkeit«, sagte sie. »Ich habe Schlaftabletten gesammelt.«

»Möchtest du eine?« Das war etwas Praktisches, was ich für sie tun konnte.

»Iris wollte mir helfen, sie zu nehmen. *Alle.*«

Es war still, als ich die Worte in meinem Kopf herumwälzte, als wären sie auf Papier geschrieben, das ich nach und nach auseinanderfalten musste. Auch jetzt weiß ich noch nicht, ob ich nicht verstand oder nicht verstehen wollte. Ich hielt mir die Hände vor den Mund, als hätte ich selbst die Worte ausgesprochen. Schockiert starrte ich sie an, als hätte sie mich im Stich gelassen, und es fühlte sich tatsächlich so an.

»Du kannst uns nicht verlassen.«

»Das werde ich sowieso bald, und wie lange soll ich noch warten? Bis ich euch nicht mehr sagen kann, was ich will? Ich halte es nicht mehr aus, Ali. Ich möchte mich mit der Würde davonmachen, die mir noch geblieben ist. Aber Iris. Sie … sie …«

»Schhh.« Ich hielt Mum in den Armen, und ihre Wange lag auf meiner. Ich roch die nach Rosen duftende Creme, die Iris ihr zweimal am Tag ins Gesicht massierte. Mir brummte der Kopf, und ich wurde von Panik erfasst, als ich verzweifelt überlegte, wie ich ihr helfen könnte. Doch immer wieder kam ich auf die Schlaftabletten zurück. Ich stieß den Gedanken von mir und brach bei dem Gedanken, ohne sie zu sein, in Schweiß aus. Erinnerungen stürmten auf mich ein und zogen sich wieder zurück.

Mum an einem winterdunklen Morgen draußen, mit brennenden, rauen Händen das auf unsere Garage gesprühte Graffito schrubbend. Mum mich vor den drängenden und schiebenden Reportern abschirmend, die Fragen bellten, wenn sie mich während des Prozesses jeden Tag zur Schule brachte. *Eastenders*, heißer Kakao und gefüllte Kekse. Filmabende, als wir keine Kinobesuche mehr finanzieren konnten. Zugezogene Vorhänge, Popcorn in Schüsseln, Ben und ich an der Wohnzimmertür stehend, wenn sie die Eintrittskarten entgegennahm, die sie gebastelt hatte. So viele Erinnerungen, doch sie alle sanken und torkelten, bahnten sich ihren eigenen Weg in meinem Kopf und führten immer zum selben Schluss. Mum liebte mich. Mein Magen drehte sich wie das Feuerrad, das Dad an den Zaun genagelt hatte, während Mum Bohnen auf Folienkartoffeln verteilte und heiße Schokolade im Topf köchelte und draußen das Feuerwerk zischte und knallte.

»Du kannst doch nicht einfach aufgeben.« Uns aufgeben, wollte ich eigentlich noch hinzufügen, aber ich wusste, dass das nicht fair war.

»Ich nehme das nicht auf die leichte Schulter, Ali. Dich und Ben zurückzulassen. Im letzten Jahr habe ich immer wieder darüber nachgedacht. Iris und ich haben endlos darüber geredet. Ich liebe dich und Ben mehr als alles andere. Das weißt du, aber ich möchte, dass ihr euch beide daran erinnert, dass ich euch das noch sagen konnte. Als diejenige, die ich war, und nicht als die Person, zu der ich werde. Dad ist zwar im Gefängnis, aber er hat mehr Freiheit als ich.«

Sie schloss die Augen, und ich hatte mich wieder hingelegt, hatte das Kissen mit ihr geteilt, den über uns hängenden

Bettgalgen angestarrt und war wütend auf Gott, das Universum und jeden gewesen. Wütend, aber entschlossen.

»Bist du sicher?«, fragte ich. Ihr Blick traf auf meinen, und ich sah Schmerz und Kummer, aber das vorrangige Gefühl war Erleichterung. Sie nickte und schaute zum Nachtschrank.

»Es wird als zu erwartender Todesfall eingestuft werden«, flüsterte sie. »Mein Hausarzt kann kommen und morgen die Todesurkunde unterschreiben. Er war erst letzte Woche hier, und rechtlich gibt es keinen Grund für eine Obduktion. Keiner wird es je erfahren.«

Als ich hörte, dass Mum sich offensichtlich erkundigt hatte und wie sehr sie sich mit dem befasst hatte, was hinterher passieren könnte, da fasste ich den Entschluss. Ohne ein Wort zu sagen, zog ich die Schublade auf. Meine Hände zitterten so heftig, dass ich kaum die Gläser mit den Tabletten aufbekam. Ich kippte die weißen Pillen, die so harmlos aussahen, auf die Bettdecke und brach jede in vier Teile. Mum konnte sie nicht mehr im Ganzen schlucken. Ich hielt ihren Kopf, als sie sie mit warmem, abgestandenem Wasser hinunterwürgte. Doch wenn ich ihr frisches geholt hätte, wäre ich wie Iris gewesen und wie ein Feigling davongelaufen.

Als Mum die Tabletten geschluckt hatte, schauten wir uns in die Augen.

»Ali«, sagte sie, und ich nahm ihre Hand und drückte sie an meine Wange. »Sarah.« Es war so lange her, seitdem ich meinen wirklichen Namen gehört hatte, dass ich in Tränen ausbrach.

»Wein nicht, mein Schatz. Es ist nicht deine Schuld. Nichts hiervon ist deine Schuld.« Ich glaubte ihr nicht und dachte an die Stunden, die ich über meinen Laptop gebeugt verbracht und über Google gebrütet hatte. Seite für Seite hatte ich Forschungsberichte über MND gelesen, Theorien, die besagten, dass geschädigtes Erbgut und Umweltfaktoren, einschließlich Stress, eine Rolle beim Ausbruch der Krankheit spielen können. Es fiel alles auf mich zurück. Dad hatte gestohlen, um meine Geburtstagsgeschenke zu bezahlen, und ich hatte die Polizei hereingelassen. Sosehr es sich auch anfühlte, als würde mein Herz entzweigerissen werden, das hier war das Mindeste, was ich für Mum tun konnte. Ich schuldete es ihr.

»Sprich mit mir«, murmelte sie, und es gab so vieles, was ich ihr sagen wollte, aber das hier war das Letzte, was ich für sie tun konnte, und deshalb sagte ich, was ich in den einsamen Nachtstunden gesagt hatte, wenn ich Ben in den Armen gehalten hatte und er wieder eingeschlafen war. »Eulerich und Miezekatz stiegen ins Boot …« Doch mein ganzer Körper zitterte schockiert, als mir immer wieder die Ungeheuerlichkeit meines Tuns bewusst wurde. Ich verlor den Faden, begann mit dem Vers von Neuem, während Mum neben mir lag. Doch wie Dads zerkratzte Vinylschallplatten blieb ich immer wieder stecken. Aber dann, ich weiß gar nicht mehr genau, wann, zuckten ihre Muskeln nicht mehr und ihr Atem hörte auf zu röcheln.

Der Tag brach schließlich an. Die Sonne färbte den Himmel rot – die Farbe meiner Scham. Ben würde bald aufwachen, deshalb erhob ich mich langsam aus dem Bett und bemerkte dabei den gelblichen Fleck von Eigelb auf Mums Nachthemd. Ihre Hausschuhe standen halb versteckt unter dem Sofa und in der Bürste auf dem Nachtschrank hingen ihre grauen Haare.

* * *

Das alles habe ich seit jener Nacht für mich behalten. Die großen Kleinigkeiten und die kleinen. Das ganze verworrene Schlamassel.

Oh, wie sehne ich mich danach, es zu vergessen – zu vergessen, wer ich bin. Was ich getan habe. Aber wie kann ich das? Ich weinte meinet- und ihretwegen, als ich sie auf die Lippen küsste, die nie wieder lächeln würden. Tränen blockierten meine Kehle, als ich ihr eine gute Nacht wünschte. Nicht einmal dachte ich an Ben. Er hat recht. Ich bin eine Mörderin, und ich verdiene es, bestraft zu werden. Ich glaube, das habe ich immer gewusst und mich fast danach gesehnt.

Trotz allem, an dem ich mir die Schuld geben muss, ist es die Tatsache, dass ich das Gedicht nicht beendet hatte, die mich immer wieder beschäftigt und mir pausenlos im Kopf herumspukt, als hätte es einen Unterschied für Mum gemacht, wenn ich die Worte zusammenbekommen hätte. Als hätte es das Ganze leichter gemacht.

Hand in Hand, so tanzten sie fein
Im Mo-,
im Mo-,
im Mondenschein.

Kapitel 53

Zu erkennen, dass Ben hinter allem gesteckt hat und warum, ist, wie eine Flasche zu entkorken. Meine Erinnerungen an jene Nacht strömen ungehindert auf mich ein. Die Schlange an der Bar nahm ab, als ich mit einem Zwanzigpfundschein dem Barmann winkte, bevor ich einen Seitenblick auf James warf. James! Wer hätte gedacht, dass wir so eine schöne Zeit miteinander verbringen würden? Ich schwankte immer noch zwischen Wut, dass er mich absichtlich mit einem Date hereingelegt hatte, und Dankbarkeit, dass er es getan hatte, denn ich wusste, dass ich ansonsten niemals damit einverstanden gewesen wäre. Und unter den Myriaden von Gefühlen, die um Aufmerksamkeit buhlten, war eines, das mir sagte: Vielleicht ist das hier der Beginn von etwas.

»Chrissy kommt rüber!«, brüllte mir James über den hämmernden Beat hinweg ins Ohr. »Sie sieht nicht glücklich aus.«

»Ali?« Ich hatte mich umgedreht, als Chrissy an meinem Arm zerrte. »Ich muss mit dir reden.«

»Kann das nicht warten?«, brüllte ich gegen die Musik an, aber ihr Blick sagte mir, dass es das nicht konnte.

»Ich bin mit jemandem zusammen«, sagte sie.

»Das ist doch toll!« Ich lächelte, aber sie lächelte nicht zurück.

»Es ist …« Sie schaute zu Boden, und für einen schrecklichen, bangen Moment hatte ich gedacht, sie würde mir erzählen, dass sie mit Matt zusammen war, aber stattdessen sagte sie: »Es ist Ben. Wir wollten es dir nicht erzählen, bis wir sicher waren, dass es etwas Ernstes ist. Dass es zu etwas Festem werden würde.«

»Ich freue mich für euch.« Und das tat ich wirklich.

Bis sie sagte: »Du erinnerst dich doch an das Gespräch, das wir vor einiger Zeit hatten, die Dinge, die du mir erzählt hast …«

Ich konnte nicht anders und stieß sie von mir. Heftig. Ich wollte nicht, dass sie sagte, was gleich kommen würde. »Sei still! Sei still! Sei still!«

Mum. Ob es daran gelegen hatte, dass es mein Geburtstag war – immer eine schwierige Zeit –, oder am Wein oder am gegenseitigen Vertrauen, es war alles aus mir herausgesprudelt. Danach hatte ich darauf gewartet, dass sie mich verurteilte, aber sie fing an zu weinen. »Niemals hätte ich gedacht, dass du es so schwer gehabt hast.« Ich hatte mir von ihr das Versprechen geben lassen, mit niemandem darüber zu reden, und sie hatte mir, wie ich es oft in der Schule getan hatte, ihr Ehrenwort gegeben. Ich hatte ihr geglaubt. Das war ein Fehler gewesen. Ich konnte nicht glauben, dass sie Ben alles erzählt hatte. Wie betrogen musste er sich fühlen. Wie wütend.

Sie stolperte, fand ihr Gleichgewicht wieder und griff nach meinem Ellbogen. »Das hier ist nicht die Zeit oder der Ort. Komm schon.«

Verwirrt sagte ich zu James: »Wir sehen uns später.« Dann holte ich meine Jacke und meine Tasche aus der Nische.

Auf dem Flur war es ruhiger. Die Musik vibrierte mehr durch den Boden, als dass man sie hörte. Chrissy blieb vor dem Notausgang stehen.

»Ben ist draußen.«

»Ich kann nicht rausgehen.« Ich weinte.

»Du musst mit ihm reden.«

»Ich will aber nicht!« Ich stand kurz davor, mir wie ein Kind die Ohren zuzuhalten. Ich konnte ihm nicht gegenübertreten. Es ging einfach nicht.

»Ali.« Chrissy griff nach meinen Armen, drückte sie und schüttelte mich kräftig. »Du musst es tun!« Sie stieß die Tür des Notausgangs auf, und ich trat hinaus in die Dunkelheit. In den Regen. Der Gestank faulender Lebensmittel aus den Mülltonnen drehte mir den Magen um. Abgesehen vom rechteckigen Lichtschein aus der Tür, die Chrissy mit einem halben Backstein offen hielt, und dem grünen Schein des Notausgangszeichens war es dunkel in der Gasse. Ben war nicht da.

»Wir sollten nicht hier draußen sein. Ich möchte wieder rein. Ich will das nicht machen. Bitte zwing mich nicht.« Weinend hatte ich mich umgedreht und war auf die Tür zugegangen, aber Ben war aus den Schatten aufgetaucht, hatte den Backstein weggetreten und die Tür schlug zu. Seine Finger bohrten sich in meinen Ellbogen, als er mich zu sich zerrte. Ich rutschte in meinen High Heels aus und schrammte mit der Schulter an den rutschigen Ziegelsteinen entlang. Ben konnte ich kaum anschauen. Seine Haare klebten am Kopf, und die Wangen waren feucht. Ich entschloss mich zu glauben, dass es Regen war und keine Tränen, denn ich konnte seinen fassungslosen Gesichtsausdruck nicht ertragen. Ich konnte es nicht lassen und schlang meine Arme um ihn, doch er stieß mich heftig von sich gegen die Wand und umklammerte dann mit einer Hand fest meinen Hals.

»Schlampe.«

Entsetzt griff ich nach seiner Hand und rang nach Luft, bis Chrissy ihn von mir wegzerrte. Wir standen schwer atmend da und starrten uns wutentbrannt an.

»Ich weiß es«, stieß er hasserfüllt hervor. »Ich weiß, was du getan hast.«

»Bitte …«

»Lasst uns irgendwohin gehen, wo es trocken und ungestört ist und wir anständig reden können«, sagte Chrissy. »In Ruhe.«

»Die Schlüssel«, verlangte Ben und streckte die Hand aus, während ich in dem zu kurzen Kleid zitterte. Eine Sekunde dachte ich darüber nach, mich zu sträuben, denn mein Hals brannte immer noch, wo seine Hand zugedrückt hatte, aber Chrissy hatte recht. Wir mussten in Ruhe über alles reden. Ich ließ mein Schlüsselbund in seine Hand fallen, bevor ich meine Jacke und die Handschuhe anzog.

Schweigend gingen wir zu meinem Auto und waren bis auf die Haut durchgeweicht, als wir dort ankamen. Es gab so viel zu sagen, doch keiner von uns sprach ein Wort. Ben setzte sich hinters Steuer und Chrissy auf den Beifahrersitz. Ich dagegen saß wie eine Ausgestoßene auf dem Rücksitz.

Drei sind einer zu viel.

Während wir durch die Dunkelheit nach Hause rasten, überlegte ich krampfhaft, wie ich mich rechtfertigen könnte. Doch mir fiel nichts ein. Ich war wütend auf Chrissy, weil sie mein Vertrauen missbraucht hatte, und wusste, dass es besser gewesen wäre, ihr nichts zu sagen. Als ich aus dem Fenster schaute, verschmolzen Himmel und Meer zu einer riesigen finsteren Einheit.

»Warum?« Ich schleuderte Chrissy das eine Wort entgegen.

»Ich liebe ihn«, sagte sie einfach und drehte sich auf ihrem Sitz um. »Ich wollte, dass er alles über mich weiß, und das bedeutete, ihm alles über dich zu erzählen.«

»Du hast nichts mit Mum zu tun. Mit mir.«

Sie verstummte, als Ben mit kreischenden Reifen von der Straße abbog und auf die Felskuppe zuraste. Einen einzigen furchtbaren Moment glaubte ich, er würde über den Rand der

Klippe fahren, doch dann trat er auf die Bremse. Ich klammerte mich am Türgriff fest, als wir über Glatteis rutschten und gefährlich nah am Rand zum Stehen kamen, wo das heimtückische Meer zornig gegen die Felsen krachte. Niemand kam im Winter hierher. Es war gefährlich.

»Mach schon!«, schrie er Chrissy an. Im Mondschein war er totenblass, seine Wut greifbar, und ich musste mich daran erinnern, dass sein Zorn gerechtfertigt war. Wenn ich er wäre, würde es mir genauso gehen. »Erzähl ihr, was du mir erzählt hast.«

Chrissy ließ den Kopf hängen, und ich konnte mir nicht vorstellen, dass sie mir etwas sagen würde, das mich jetzt noch schockieren konnte. Ben wusste die Wahrheit.

»Sharon Marlow war meine Mutter«, sagte sie leise.

»Nein! Nein! Nein!«, schrie ich so laut, dass meine Kehle rau wurde. Ich riss die Autotür auf, stakste in die Dunkelheit und wünschte mir, sie möge mich verschlucken. Ich wollte weg von Chrissy und all dem, für was sie stand. Wie konnte sie die Tochter der Frau sein, die während Dads Raubüberfall gestorben war?

»Ali!«, schrie Ben, und die Schärfe in seiner Stimme ließ mich abrupt stehen bleiben.

Der Regen ging langsam in leichten Schneefall über, der Chrissys Schultern bestäubte. Sie sah aus wie ein Engel, als sie neben Ben stand und der Wind ihre Haare zerzauste. Sie versuchte, ihre Hand in seine zu schieben, aber er entzog sie ihr.

»Ali, meine Mutter war Sharon Marlow.«

»Bitte nicht. Hör auf!« Ich wollte es nicht hören, doch sie redete trotzdem weiter.

»Ich bekam von eurem Dad kurz vor seiner Entlassung einen Brief und dachte, es sei nicht gerecht, dass er ein Leben mit seiner Familie leben darf. Meine Mum lebt nicht mehr. Mein Bruder auch nicht. Mein Dad begann nach Mums Tod zu trinken und ist nicht mehr vom Alkohol weggekommen. Wir haben kaum noch Kontakt. Ich wurde neugierig und wollte etwas über das Leben wissen, in das euer Dad zurückging. Der Mann, der das alles verursacht hatte. Er war der Einzige der drei aus Tanmoor, dem man noch die Schuld geben konnte. David Webb und Wayne Lindsell waren tot. Ich fragte mich, was ihr über ihn denkt. Seine Kinder. Ich dachte, ich fände euch auf Facebook, wollte nur einen kurzen Blick in eure Leben werfen, aber ich konnte euch nicht ausfindig machen. Auf Google gab es nach den Berichten, die unmittelbar seiner Verurteilung folgten, nichts mehr über euch. Ihr musstet eure Namen geändert haben. Ich versuchte, einfach weiterzuleben, aber ich musste immer an euch alle denken. Fragte mich, ob ihr ihm vergeben hattet. Auf ihn mit offenen Armen warten würdet. Ich engagierte einen Privatdetektiv und …« Sie zuckte mit den Schultern und breitete die Arme aus. »Hier bin ich.«

»Und was wolltest du? Was *willst* du?« Ich hatte das Gefühl, sie nicht mehr zu kennen, diese Frau, mit der ich die letzten vier Monate zusammengewohnt hatte.

»Ich wollte dich nur einmal sehen. Ehrlich, ich dachte, das würde genügen, aber dann haben wir uns unterhalten, und ich fand heraus, dass deine Mum gestorben war und wie deine Stimme eiskalt wurde, wenn ich versuchte, auf deinen Dad zu sprechen zu kommen. Du sagtest, du hättest nichts mehr mit ihm zu tun. Da wusste ich, dass es dir genauso zu schaffen machte wie mir. Ich wusste, dass auch du beide Elternteile verloren hattest, und fühlte mich dadurch mit dir verbunden. Eine Verbindung, die kein anderer als du je verstehen konnte. Ich wollte dir sagen, wer ich bin, aber ich dachte, du würdest mich zurückweisen. Ich mochte dich. Euch beide. Und es war mehr als mögen.« Sie warf Ben einen Blick zu.

»Unser Dad hat deine Mum getötet!«, schrie ich.

»Das hat er nicht. Er war dabei, aber er war es nicht. Er hatte versucht, es zu verhindern, aber darüber berichteten die Zeitungen nicht.« Sie schloss die Augen, als erinnerte sie sich daran. »Wayne schrie und drohte, alle umzubringen. Er verlor die Beherrschung. David fuchtelte mit der Waffe herum. Dein Vater versuchte, ihn dazu zu bringen, die Waffe niederzulegen. Ich erinnere mich daran. An alles. Vielleicht kam das vor Gericht heraus, vielleicht auch nicht. Die Geschworenen hatten sich wahrscheinlich sowieso schon entschieden. Und ich wurde nicht als Zeugin benannt. Ich war auch völlig fertig und bekam in so jungem Alter bereits Antidepressiva. Pillen, Pillen und noch mehr Pillen, obwohl ich eigentlich nur eine Umarmung gebraucht hätte. Liebe. Dad hielt es nicht aus, mich anzuschauen, weil ich ihn an Mum erinnerte.«

»Das tut mir wirklich leid.«

»Ich weiß, aber du kannst nicht an der Vergangenheit festhalten, Ali. Ich vergebe deinem Dad, denn sich all diese Jahre an Hass zu klammern … Sie führten nur dazu, dass ich selbst litt.«

Da war etwas in ihren Augen, eine Empathie. Ein Verständnis, das mein Ruin war. Ich wurde schwach.

»Vergibst du mir auch?« Ich dachte, ich hätte die Frage nur in Gedanken gestellt, aber Chrissy kam auf mich zu und nahm mich in die Arme.

»Ali, es gibt nichts, was ich dir vergeben müsste. Es war nicht deine Schuld.«

Das waren die Worte, auf die ich einen Großteil meines Lebens gewartet hatte, und sobald sie Chrissys Mund verlassen hatten, ergriff sie der Wind und trug sie zusammen mit meiner Scham und meinen Schuldgefühlen davon.

Ich klammerte mich an sie, und sie stützte mich, während die Bilder erneut vor meinen Augen auftauchten. Die Tür, die ich den Polizisten öffnete, die Verachtung in Melanies Gesicht, der Kuchen, der zu Boden fiel, aber diesmal verdrängte ich die

Bilder nicht. Ich ließ zu, dass sie klar und deutlich wurden, und dann entließ ich sie in den Nachthimmel, in die Wolken, die die Sterne verbargen. Schließlich versiegten meine Tränen, und ich zog die Handschuhe aus. In meiner Clutch suchte ich nach einem Päckchen Taschentücher, putzte mir die Nase und wischte mir über die Augen, bevor ich meinem Bruder ins Gesicht schauen konnte.

»Ben.«

»Ich gebe dir keine Schuld an dem, was mit Dad passiert ist, Ali. Das habe ich nie. Aber was du Mum angetan hast, das werde ich dir *nie* vergeben. Niemals.«

Schluchzer zerrissen mich, und die kalte Luft brannte in der Lunge, als er kehrtmachte und zurück zum Auto rannte. Chrissy und ich versuchten mit ihm Schritt zu halten, rutschten mit unseren High Heels auf dem Eis aus.

»Halt!«, rief Chrissy, als der Motor aufheulte und die Scheinwerfer angingen.

Ben wendete den Wagen und fuhr zurück zur Straße.

»Warte!« Ich wedelte mit den Armen. Egal, was er von mir dachte, er konnte uns hier nicht zurücklassen. Wir waren Meilen vom nächsten Ort entfernt und würden furchtbar frieren.

Ich schleuderte die Schuhe von mir und rannte los. Der Schotter zerriss mir die Strumpfhose, und Chrissy keuchte neben mir. Gerade, als Ben in Richtung Straße Gas gab, erhöhte ich mein Tempo und stellte mich ihm in den Weg. Er würde doch anhalten. Er musste anhalten. Aber er verlangsamte das Tempo nicht, scherte nicht aus. Ich gestikulierte mit den Armen.

»Ben!« Mein Schrei wurde vom tosenden Meer verschluckt.

Fast in Zeitlupe lehnte sich Ben auf dem Fahrersitz zurück und riss das Steuer herum, um mich nicht zu erwischen. Doch die Reifen drehten durch und kämpften mit dem Glatteis, das das Auto weiter auf mich zuschob.

»Ali!« Ich sah, wie sich Bens Mund bewegte. Das Entsetzen stand ihm ins Gesicht geschrieben.

»Neiiin!« Das Letzte, an was ich mich erinnerte, waren Chrissys Hände auf mir. Ein Stoß. Fallen. Mein Kopf, der auf etwas Kaltes, Hartes schlug.

Aus.

Kapitel 54

»Du hast sie mit dem Auto erfasst, nicht wahr?« Das Blut. Der Außenspiegel. Die Stoßstange.

»Es war ein Unfall«, sagt Ben mit leiser Stimme, und ich werde in die Zeit zurückkatapultiert, als er fünf war und hilflos und mit zitternder Unterlippe vor der auf dem Boden zertrümmerten Lieblingsvase unserer Mutter stand. »Da war Glatteis. Ich dachte, ich hätte euch beide erwischt. Du lagst so unbeweglich da. So still. Blutbeschmiert, aber dein Puls war fühlbar, und als ich dich untersucht hatte, wusste ich, dass du außer der Kopfwunde keine weiteren Verletzungen hattest. Es war Chrissys Blut, das an dir klebte.«

»Wo ist sie?«

»Sie hat es nicht … sie ist nicht …« Er verstummt, aber er muss auch nichts mehr sagen.

»Wie kam ich nach Hause?« Nach dem Sturz hatte ich mich an nichts mehr erinnern können.

»Du warst bewusstlos. Bis ich alles … in Ordnung gebracht hatte, warst du wieder bei dir und mit dem Auto auf und davon.«

»Ich bin gefahren?« Ich verziehe das Gesicht, versuche mich krampfhaft an irgendetwas auf der Heimfahrt zu erinnern. Doch da ist nichts. Ich bezweifle, dass ich meine Tasche genommen hatte, nach Hause gefahren und dann ins Bett gegangen war, als wäre nichts geschehen. Doch dann erinnere ich mich an Mr Henderson, der mir etwas über Schockzustände erzählt hatte. Wie der Verstand uns zu schützen versucht, indem er Dinge ausblendet oder den Anschein von Normalität schafft. Zum ersten Mal verstehe ich ansatzweise die Frau, die ihre gesamte Familie getötet hatte und dann ein Abendessen zubereitete, als wäre nichts geschehen.

»Ich dachte, du wärst direkt zur Polizei gefahren«, fährt Ben fort. »Ich wusste nicht, was ich tun sollte. Also ging ich hinüber zum Cottage und saß dort eine Ewigkeit. Erinnerte mich an die Picknicks, die wir dort mit Mum gemacht hatten, weißt du noch? Ich nahm immer Ollie, die Eule, mit, und die hatte eine eigene Tasse mit Untertasse. Ich habe diesen Ort geliebt. Als die Sonne aufging, weinte ich und dachte, es wäre der letzte Sonnenaufgang, den ich je sehen würde. Ich wartete darauf, dass die Polizei mich abholte, aber sie tauchte nicht auf. Und da vermutete ich, dass du nichts gesagt hattest. Vielleicht wolltest du mich schützen. Das musste ich herausfinden. Als ich bei dir ankam und feststellte, dass du dich an nichts erinnern konntest, schien das Schicksal zu sein. Eine Gelegenheit nachzudenken. Zu planen. Als du mich im Krankenhaus anflehtest, die Ärzte zu belügen und zu behaupten, du seist gefallen, und du ausdrücklich nicht mit der Polizei reden wolltest, da war das für mich … die Gesichtsblindheit war … eine Chance, glaube ich. Eine Möglichkeit, dich leiden zu lassen, wie ich litt. Ich habe sie geliebt, weißt du? Chrissy.«

»Du hast ihr Handy genommen und etwas auf Facebook gepostet. Wie bist du an meine Instagram-Seite gekommen, wenn mein Handy im Auto lag?« Ich verstehe nicht, was er mir da erzählt. Bitte, lieber Gott, lass es nicht alles er gewesen sein.

»Ich habe mich von meinem Handy aus in deinen Account eingeloggt. Du benutzt immer noch Matts Namen als Passwort für alles. Das solltest du wirklich nicht tun.«

»Hast du mir die Blumen geschickt?«

»Ja. Die Tatsache, dass du dich überhaupt nicht mehr an dein Date erinnern konntest, war perfekt. Für mich. Aber einmal hast du mich fast erwischt, als ich das Radio eingeschaltet habe. Ich rannte aus der Hintertür, und Branwell kam die Einfahrt entlanggestürmt. Er wusste, dass ich es war. Ich musste ihn ganz schnell auf die Straße schleifen. Du hast mir direkt in die Augen geschaut und keine Ahnung gehabt. Dachtest, ich sei in Edinburgh.«

»Auch wenn ich gewusst hätte, dass du nicht weggefahren warst, hätte ich niemals gedacht, dass du mir so etwas antun könntest. Aber warte! Du kannst das nicht alles gewesen sein, Ben!« Ich wünsche es mir so sehr. »Du hast diesen Mann aus unserem Garten vertrieben. Du bist geschlagen worden.«

»Er ist von Tür zu Tür gegangen und wollte intelligente Stromzähler verhökern. Ich habe ihn in eine Ecke getrieben und sein Portemonnaie und Handy verlangt. Dann habe ich zugelassen, dass er mich schlägt.«

Er grinst, als wäre er stolz auf das, was er getan hat. Schau mal, Ali-Kätzchen, ich habe zehn von zehn Punkten im Rechtschreibtest.

»Das …« Ich fühle mich unbehaglich, dieses Thema vor meinem kleinen Bruder anzusprechen. »Das Sexvideo …«

»Das waren Chrissy und ich. Sie liebte Experimente. Ich wusste, dass du annehmen würdest, das wärst du, und dass du es aus Scham niemandem zeigen würdest. Es dreht sich immer nur um dich, nicht wahr, Ali?«

»Du hast dafür gesorgt, dass es um mich ging. Du hast mich durch die Hölle geschickt, Ben. Vom Garten aus hast du gegen mein Fenster geschlagen. Ich hatte Todesangst.« Er musste auch an James' Fenster geklopft haben, damit es zunächst nach Zufall aussah. Meinen Verfolgungswahn verstärkte. »Du kannst mich doch nicht so sehr gehasst haben!«

»Hassen«, sagt er. »Du hast Mum ermordet.«

»So war es wirklich nicht, Ben. Du warst zu klein, um dich zu erinnern, wie es war. Sie konnte nicht mehr selbst essen, sich nicht anziehen oder zur Toilette gehen. Sie hatte keine Würde mehr, kein Leben.«

»Sie hat immer noch gelacht. Witze gemacht.«

»Für uns hat sie ein tapferes Gesicht aufgesetzt. Das ist alles.« Das Kim-Spiel – das über das Tablett gebreitete Geschirrtuch – Ben merkte sich nur, was ihm gefiel. »Sie konnte so nicht mehr weitermachen.«

»Sie hatte mich! Uns.«

»Und sie liebte uns. Wirklich. Aber sie wollte nicht mehr leben.«

»Das glaube ich dir nicht. Sie hätte sich niemals dafür entschieden, mich zu verlassen.«

»Sie hatte die ganze Zeit Schmerzen, Ben.«

»Es wäre ihr bald besser gegangen!«

»Sie lag im Sterben!« Wir schreien uns jetzt an. Die ganze Zeit mache ich mich hinter dem Rücken wütend an den Knoten zu schaffen. Lockere den Strick. Winde die Handgelenke hin und her, schabe die Haut ab.

»Iris sagte, es würde ihr besser gehen. Sie hat es versprochen. Sie hat es gewusst. Sie war erwachsen.«

»Sie war ein Feigling. Sieh mal.« Ich dämpfe die Stimme. »Wir haben nie richtig darüber geredet, aber das hätten wir tun sollen. Damals warst du noch zu klein, um es zu verstehen, aber jetzt bist du erwachsen. Mum hatte eine Motoneuron-Erkrankung. Da ist eine Heilung ausgeschlossen.«

»Aber Iris hat versprochen …«

»Iris wollte dich schützen. Und ich auch. Ben. Mum wollte sterben. Sie hat mich angefleht, ihr zu helfen. Wie konnte ich da Nein sagen? Sie litt. Es war das Beste.«

»Es war Mord.«

»Das war es nicht. Nicht wirklich«, widerspreche ich schwach.

»Wenn es das nicht war, wenn es wirklich das war, was sie wollte, warum hast du es mir dann nicht erzählt? Ich musste es über jemand anderen herausfinden. Kannst du dir vorstellen, wie beschissen sich das angefühlt hat?«

»Es ist ein Schock. Ich weiß. Und ich verstehe das. Hör mal, lass Matt gehen. Es hat nichts mit ihm zu tun. Binde mich los, und wir können nach Hause gehen und anständig darüber reden. Ich werde dir alle Fragen beantworten.«

»Ich kann Matt nicht gehen lassen.«

»Warum nicht?«

»Weil du der Polizei bereits gesagt hast, dass Matt uns beide umbringen wird. ›Mein Mann, Matt, er hat meine Tante umgebracht und meinen Bruder verletzt. Er versucht, mich umzubringen. Er wird uns beide umbringen.‹« Er ahmt meine Stimme nach. »Sie werden mich nicht eine Sekunde lang verdächtigen. Du wirst die Klippe hinunterfallen und Matt ebenso. Ich werde sagen, dass er auch mich zu töten versucht hat, aber in einem Kampf derjenige war, der über den Felsvorsprung gestürzt ist.«

Ben schneidet sich mit dem Messer in den Arm, und Blut rinnt über die Haut. »Sieh dir an, was passiert ist, als wir gekämpft haben.« Auch wenn ich seine Gesichtszüge erkannt hätte, wäre er in diesem Moment immer noch ein Fremder für mich gewesen.

Ben braucht vier Anläufe, bis es ihm gelingt, Matt über die Schulter zu hieven. Seine Knie knicken unter dem Gewicht ein, als er ihn aus der Tür schleppt. Ich schreie und schreie. Meine Schreie mischen sich mit dem Gekrächze der hungrigen Möwen. Ben kommt mit leeren Händen zurück, und ich bin am Ende, willenlos, als er mich hochhebt und nach draußen trägt, doch als wir zur Felskante kommen, sehe ich Matt auf dem Boden liegen. Ben hat ihn noch nicht hinuntergeworfen. Bis jetzt. Sofort spüre ich einen Funken Hoffnung, dass er es sich anders überlegt hat, bis er sagt: »Ich wollte, dass du zuschaust. Ich möchte, dass du weißt, wie es sich anfühlt, wenn man jemanden verliert, den man liebt.«

Er wirft mich auf den Boden, und ich schnappe nach Luft. Etwas Hartes, Scharfes gräbt sich in meinen Rücken. »Ben.« Ich rede weiter, und meine Finger tasten dabei nach dem Gegenstand, auf den ich gefallen bin. Ein Stück Feuerstein. Ich beginne damit am Knoten zu säbeln. Langsam. Systematisch.

»Halt!«, schreie ich, als er einen Schritt auf Matt zu macht. »Erinnerst du dich daran, dass ich dir immer etwas vorgelesen habe, wenn du nicht schlafen konntest? Diese Nonsensgedichte, die du so mochtest?«

»Hör auf, Ali. Das bedeutet mir nichts mehr. Meine ganze Kindheit war eine Lüge. Von hinten bis vorne.«

»Nicht alles. Noch nicht einmal das Meiste. Es tut mir furchtbar leid wegen Mum, aber wenn ich noch einmal in derselben Situation wäre, täte ich es wieder. Ganz sicher.«

Er stürzt sich mit dem Messer auf mich, und ich ducke mich, aber er ist so dicht vor meinem Gesicht, dass ich spüre, wie die Stahlklinge an meinem Ohr vorbeizischt.

»Warte!« Ich bearbeite immer noch fieberhaft das Seil. »Wenn man nicht mit ihrem baldigen Tod gerechnet hätte, wäre sie obduziert worden. Sie hätten die Tabletten gefunden, und es hätte eine Ermittlung gegeben. Der Arzt hätte gewusst, dass Mum zu schwach gewesen war, um das Glas mit den Tabletten aufzubekommen. Sie hätten gewusst, dass sie Hilfe gehabt hatte, und ich wäre verhaftet worden. Aber es gab keine Ermittlungen, denn es handelte sich um einen zu erwartenden Tod, Ben. Man rechnete damit.«

Ich spüre, wie das Seil reißt. Der Druck lässt nach, und meine Hände sind frei.

»Ben.« Der Boden schwankt, als ich mit schwachen, kraftlosen Knien auf die Füße springe. Ben sieht unsicher aus, und ich weiß, dass er darüber nachdenkt, was ich ihm gerade erzählt habe. »Gib mir das Messer.« Ich strecke die Hand aus. »Bitte.« Wir umkreisen uns wie Haie, und jenseits der Klippen tost hungrig das Meer.

»Eulerich und Miezekatz stiegen ins Boot«, beginne ich, und er fängt an zu weinen. Hinter ihm verschmilzt das schäumende Meer mit dem wolkenverhangenen Himmel.

»Benjamin … legen Sie die Waffe weg«, dröhnt eine Stimme. Eine bekannte Stimme. PC Hunter.

»Wir haben Bens Handy geortet. Alles in Ordnung mit Ihnen, Ali?«, ruft PC Willis. »Treten Sie zurück.«

Doch ich kann nicht. Ich gehe ohne meinen Bruder nirgendwohin.

Ich strecke die Hand aus, doch er schüttelt den Kopf.

»Sie nahmen mit sich hinein einen Honigtopf und sechs Groschen, verpackt in einen Tausendmarkschein.« Ich spreche jetzt leise, aber seine Lippen bewegen sich bei jedem einzelnen Wort, das ich sage. Er erinnert sich daran, wie es war, als er jung war. Wie es sich angefühlt hatte, geliebt zu werden.

»Der Eulerich sah empor und spielte kühn auf seiner Gitarre …«

Mit einem kehligen Schrei stürzt sich Ben auf mich, und das Messer gleitet ihm aus der Hand. Ich breite die Arme aus, um ihn aufzufangen, doch ich werde vom vorstürzenden PC Hunter umgeworfen.

»Er hat das Messer fallen lassen!«, schreie ich. Ben reißt panisch die Augen auf und weicht zurück. »Halt! Er hat das Messer fallen lassen!« Meine Kehle ist wund, aber es ist zu spät. Ben ist wieder einen Schritt zurückgetreten und verschwindet jenseits der Felskante.

Kapitel 55

Als Ben hinter der Felskante verschwindet, gibt es einen Moment, der unglaublich langsam und unglaublich schnell erscheint. Unglaublich schmerzlich. Ich kann nicht atmen, gebe merkwürdige schluckaufähnliche Laute von mir, und gleichzeitig baut sich in meiner Brust ein ständig größer werdender Druck auf, der sich in einem erschütternden, herzzerreißenden Schrei entlädt und wie Sandpapier in der Kehle kratzt.

Sobald ich mich aufgerappelt habe und auf die Felskante zulaufe, spüre ich Arme um meine Taille und kämpfe dagegen an – »Er hatte kein Messer« –, doch sie halten mich unerschütterlich fest. Meine Knie geben nach, als PC Willis das Polizeiauto an den Rand des Felsens fährt und das Fernlicht einschaltet, während PC Hunter Anweisungen ins Walkie-Talkie blafft. Ich gehe nicht zu Boden und weiß, dass mich Matt festhält. Ich versuche, seine Finger von mir zu lösen, rufe die ganze Zeit Bens Namen, doch schließlich verpufft meine Energie, und ich lehne mich gegen Matt.

Und wir warten.

Im Vergnügungspark mit Dad vor all den Jahren hatte ich mich so losgelöst von allem gefühlt, als ich in der Walzerbahn herumgewirbelt wurde. Im Hier und Jetzt aber auch wieder nicht.

Unfähig, Formen zu erkennen. Geräusche. Verschwimmende Lichter. Alles sehend, aber nichts aufnehmend. So fühle ich mich im Moment, als der Krankenwagen eintrifft und ich hinten hineingeführt werde. In eine kratzende graue Decke gewickelt, setze ich mich. Tränenlos.

»Gibt es etwas Neues?«, frage ich immer wieder. Matt ist nicht von meiner Seite gewichen und weiß genauso wenig wie ich. Der Himmel ist jetzt rostrot. Die Abenddämmerung bricht herein, aber die Felskuppe ist überflutet von blau blinkenden Lichtern. »Da sind Felsvorsprünge«, sage ich immer wieder und zucke zusammen, denn der Gedanke, dass Bens zerschmetterter, blutüberströmter Körper auf einem Felsen liegt, ist leichter zu ertragen als die Vorstellung, hinaus ins aufgewühlte Meer gezogen worden zu sein, wo das Boot der Rettungsschwimmer orangefarben und klein auf den Wellen schaukelt. Darüber das Surren des Helikopters. Mit diesem ganzen Aufgebot werden sie ihn finden. Wie auch nicht? Und wir werden reden und alles wird sich finden. Das rede ich mir jedenfalls ein, aber es ist eine Lüge, die nicht einmal ich glaube.

Ich bin eine Mörderin.

Ich reibe meine Handgelenke, spüre die kalte Gänsehaut und versichere mich, dass ich keine Handschellen angelegt bekommen habe.

Noch nicht.

Aber ich weiß, dass das nur eine Frage der Zeit ist.

Anscheinend aus dem Nichts wird mir ein Kaffee gereicht, und ich umklammere den Styroporbecher, drücke ihn zusammen und schütte heiße Flüssigkeit über meine Finger.

»Wir sollten Sie bald ins Krankenhaus bringen«, sagt der Sanitäter erneut, und wieder schüttle ich den Kopf. »Sie können hier nichts tun und wollen doch sicher Ihre Tante sehen, oder?«

Iris lebt, ist aber bewusstlos, wird mir erzählt. Ein Herzinfarkt.

»Ich dachte, Ben hätte sie umgebracht«, hatte ich gesagt, als mir PC Willis die Nachricht mit ihrer beruhigenden Stimme überbrachte.

»Sie hatte mir eine Tasse Tee gekocht, und wir unterhielten uns gerade, als Ben hereingestürmt kam. Bevor wir wussten, was los war, schlug er mir auch schon auf den Kopf«, erzählt mir Matt. Seine Wange ist grün und blau und die Lippe geschwollen. »Als ich wieder zu mir kam, war ich gefesselt. Iris weinte und Ben … Ich habe ihn noch nie so erlebt. Er war aufgewühlt und hat immer wieder das Gleiche erzählt. Es sei Iris' Schuld, dass eure Mutter gestorben war. Sie hätte an jenem Abend nicht das Haus verlassen und die ganzen in der Schublade gehorteten Medikamente dalassen dürfen. Hat deine Mutter …?«

»Es ist kompliziert«, antworte ich, und ich weiß, dass es nur eine Frage der Zeit ist, bis die ganze schmutzige Wahrheit so im Rampenlicht stehen wird wie ich jetzt.

»Was hat Iris gesagt?«

»Sie wiederholte ständig, wie leid es ihr täte, und versuchte wirklich, ihn zu beruhigen, aber er war kurz davor zusammenzubrechen.«

Das wundert mich nicht. Ben muss gewusst haben, als die Polizei das Verschwinden von Chrissy untersuchte, dass es nicht lange dauern würde, bis seine Rolle in dieser Sache herauskam. Ticktack. Die Zeit lief für uns alle ab.

»Iris sagte ihm, es sei alles ihre Schuld gewesen.«

Ich atme zittrig. Oft hatte ich mich gefragt, ob Iris ahnte, dass ich Mum in jener Nacht geholfen hatte. Es schien doch ein merkwürdiger Zufall zu sein, dass sie nach dem Gespräch eines natürlichen Todes gestorben war, aber Iris hatte nie gefragt, und ich hatte ihr nichts erzählt.

Matt fährt fort: »Iris versuchte Ben zu erklären, dass eure Mum wirklich krank gewesen war und nie mehr gesund geworden wäre. Er fing an zu weinen und fragte sie, weshalb sie ihm immer erzählt habe, es ginge eurer Mutter bald wieder besser. ›Ich dachte, es wäre menschlicher‹, sagte Iris. ›Du warst noch so klein.‹ ›Das war Ali auch, und du weißt, was sie getan hat‹, blaffte Ben sie daraufhin an.«

Ich dachte, ich wäre völlig betäubt, unfähig, etwas zu fühlen, aber Matt reibt meine Hände, bis sie warm sind, und dann fährt er liebevoll fort.

»Iris ist kollabiert, Ali. Ben hat sie nicht angefasst.«

Sie war unter dem Gewicht der Wahrheit zusammengebrochen. Ich frage mich, ob sie die Geschichte über die Jahre neu geschrieben hat, um sie erträglicher zu machen, so wie ich es versucht hatte. Aber das funktioniert nicht. Man kann Geheimnisse nicht vergraben. Sie werden immer wieder ausgegraben. Dunkel und schmutzig und bereit zu zerstören. Mein Blick wandert zum verfallenen Cottage. Ich kann den Geist unserer Familie picknicken sehen. Mum, die behauptete, dass sich meine Haare locken würden, wenn ich die Brotrinden äße. Iris, die Ben versprach, dass Mum wieder gesund werden würde. Diese kleinen Notlügen, die eine Familie miteinander verbinden. Lügen, die erzählt werden, um zu beruhigen. Lügen, die man erzählt, weil die Wahrheit einfach zu hässlich ist. Zu grausam.

Jetzt hört man Rufen. Eindringliches Knacken von Walkie-Talkies. Der Helikopter dreht endlos seine Kreise. Das Schnellboot pflügt eine schaumige Spur durch die schlachtschiffgrauen Wellen.

PC Willis schaut herüber. Ihr Pferdeschwanz schwingt keck hin und her und straft die Ernsthaftigkeit der Situation irgendwie Lügen. Doch anstatt zu mir zu kommen, dreht sie sich weg.

»Keine Neuigkeiten sind gute Neuigkeiten«, pflegte meine Mum immer zu sagen, und ich halte mich daran und versuche zu verdrängen, dass sie es nach Dads Festnahme und der endlosen Untersuchungshaft nicht mehr gesagt hatte.

Ich nehme einen Schluck Kaffee und schmecke das Salz des Meerwassers auf den Lippen. Über uns steht der Mond als Sichel am Himmel. Bald werden sie die Suche einstellen. Dann wird es zu dunkel sein.

»Ich dachte, du wärst es gewesen«, sage ich träge zu Matt.

»Was?«

»Alles. Ich konnte nicht verstehen, beziehungsweise verstehe auch jetzt nicht, weshalb du mich nicht mehr willst. Seit dem Abend, an dem wir wegen Craig und Jules gestritten haben, scheinst du deiner Arbeit einen größeren Stellenwert einzuräumen als unserer Ehe. Alles schien wichtiger zu sein als ich. Ich dachte, du hättest eine Affäre mit Chrissy. Ich habe ein Foto von ihr und … ich nehme an, es ist Ben, gefunden, aber er erzählte mir, es seist du. Und dann gab es noch eine Nachricht, die sie an ihn geschrieben hatte und von der ich auch dachte, du seist gemeint. Jules hat zufällig ein Telefonat von Chrissy und Ben mitgehört und nahm an, du wärst die Person am anderen Ende gewesen.«

»Für mich hat es immer nur dich gegeben.« Matt zieht meine Hand an die Lippen und küsst die eiskalten Fingerspitzen. Ich bringe nicht die Energie auf, ihm die Hand zu entziehen. »Wie konntest du so etwas denken?«

»Matt, irgendwer versuchte, mir etwas zuleide zu tun, und du hast nach unserer Trennung eine Lebensversicherung abgeschlossen. Hast die Sachen im Haus zusammengepackt. Ich dachte, du hättest vor, mich umzubringen.« Ich sage das genauso sachlich wie jemand, der dachte, es gäbe Tee, und dann einen Kaffee vorgesetzt bekommt. Mir ist alles egal. Nur Ben nicht.

»O Gott!« Das ist alles, was er nach langer Zeit sagt, als wir sehen, wie ein weiteres Polizeiauto eintrifft. Ein weiterer Krankenwagen.

»Ich hab's vermasselt«, gibt er schließlich zu, und es ist schwer, seine leise Stimme über die herankrachenden Wellen und die hektische Betriebsamkeit zu verstehen. Ich kann meinen Blick jedoch nicht von der Stelle losreißen, an der Ben verschwunden ist, um Matt anzuschauen. »Ich hatte alles auf eine Karte gesetzt mit Craig und war ein hohes Risiko eingegangen. Das Geschäft lief sowieso nicht gut. Seit Monaten wuchsen die Schulden an.«

»Warum hast du mir das nicht gesagt?«

In guten wie in schlechten Zeiten.

»Weil ich ein Idiot bin. Weil ich dachte, es sei mein Job als dein Ehemann, dich zu schützen. Du hast nie Materielles gefordert. Alles, was du wolltest, war eine Familie. Liebe. Ein Dach überm Kopf. Ich bin seit Monaten nicht mehr in der Lage, die Hypothek zu bezahlen. Deine Hälfte der Zahlungen wird von meiner Kontoüberziehung geschluckt, sobald du sie auf mein Konto überweist. Ich habe alle Briefe vor dir versteckt und dachte, es sei besser, wenn du ausziehst. Ich habe versucht, an mehr Verträge als freiberuflicher Mitarbeiter zu kommen, und mich sogar bei Agenturen für einen Vollzeitjob gemeldet, aber überall wird gespart und das Marketingbudget beschnitten. Ich habe einen zusätzlichen Job bei Tesco angenommen und fülle abends die Regale auf. Ich dachte, dass das helfen würde, aber verglichen mit dem, was ich brauche, um meine Schulden zu begleichen, ist es ein Tropfen auf den heißen Stein.«

»Du wolltest also abhauen? Davonrennen?«

»Ich habe …«, er räuspert sich, »meine Sachen in Ordnung gebracht. Ich nehme an, so würde man das nennen.«

»Und was soll das heißen?«

»Mir ist alles zu viel geworden, und ich wollte, dass du finanziell abgesichert bist.«

»Zu viel?« Diesmal schaue ich ihn an. Er weicht meinem Blick aus.

»Ich hatte alles geplant. Habe die Lebensversicherung abgeschlossen und hätte ein paar Monate gewartet, bis … na ja. Ich hätte es wie einen Unfall aussehen lassen. Zusammengepackt habe ich alles, damit du hinterher nicht meine Sachen hättest durchgehen müssen. Ich habe sogar die Schlösser ausgetauscht, damit du nicht diejenige gewesen wärst, die mich gefunden hätte. Ich weiß, dass Mr Henderson nachschauen gekommen wäre, wenn er mich ein paar Tage nicht gesehen hätte. Es schien mir das Richtige zu sein. Für dich. Ich liebe dich, Ali. Ich habe nicht einmal in unserem Bett schlafen können, seitdem du gegangen bist, und im Gästezimmer auf der Luftmatratze kampiert.«

Eigentlich sollte ich Verständnis haben. Mitleid. Doch alles, was ich spüre, ist ein unbändiger Hass, als ich ihm meine Hand entziehe.

»Du verdammter egoistischer Mistkerl! Du weißt *überhaupt nichts v*on Liebe!«

Aber was ist Liebe? Einem Vater vergeben, der einen schrecklich dummen Fehler begangen hatte, um für seine Familie zu sorgen? Einen Bruder vor der brutalen Wahrheit zu schützen, wenn er jedes Recht hatte, Ehrlichkeit zu erwarten? Ein Glas Wasser an die Lippen einer sterbenden Mutter zu halten, während sie die Tabletten schluckt, die man ihr auf die Zunge gelegt hat? Was ist Liebe? Ich habe keinen blassen Schimmer.

Ich stehe auf. Irgendetwas treibt mich vorwärts. Ich spüre Matts Blick auf meinem Rücken und seine Reue. Seinen

Kummer. Seine Schuldgefühle. Aber ich kann nicht dafür verantwortlich sein. Ich habe selbst genug zu tragen.

»Ali.« PC Willis kommt auf mich zu, und wir nähern uns langsam, vorsichtig. »Wir haben einen Körper geborgen. Es tut mir so leid.«

Und dann kann ich endlich weinen.

ich, es ist leichter für sie als für mich. Diejenige, die zurückgeblieben ist. Doch die Zeit vergeht wie immer.

Es schien unmöglich, dass der auf den Dächern liegende Schnee schmelzen und Narzissen mit gelben Köpfen aus ihrem dunklen Schlummer erwachen würden. Doch das taten sie. Die Welt dreht sich weiter, auch wenn meine entzweigebrochen ist, und das Leben geht weiter.

Matt und ich reden regelmäßig miteinander. Zwischen uns gibt es jetzt ein Verständnis, das es vorher nicht gab. Mitgefühl. Wir sind nicht zusammen, aber wir befinden uns in einer Symbiose. Ab und zu finde ich nach seinen Besuchen eine Terry's Chocolate Orange, und das lässt mich lächeln. Wegen seiner Depressionen ist er in Behandlung, und ich arrangiere mich mit der Tatsache, dass ich nie wieder Gesichter erkennen werde. Zwei schwache Seelen ergeben keine starke. Keiner von uns hat die Scheidung eingereicht, und trotz allem will ich das auch nicht. Eines Tages werden wir vielleicht mehr als Freunde sein, aber derzeit bin ich zufrieden mit mir selbst, den sonntäglichen Mittagessen mit Mr Henderson, den Treffen auf einen Kaffee mit PC Willis. Steph, wie ich sie jetzt nenne. Sie hat mich fabelhaft unterstützt. Die Wahrheit über Mums Tod war herausgepurzelt, wie das bei der Wahrheit oft der Fall ist, und als ich gestanden hatte, war mir eine Last von den Schultern genommen worden. Ich wusste, dass ich, sollte ich ins Gefängnis kommen, dort freier sein würde als all die Jahre zuvor. Das Warten war endlos, aber nach langen Überlegungen und Diskussionen, in die ich nicht involviert war, wurde erklärt, dass aufgrund meines jugendlichen Alters und der Jahre, die vergangen waren, keine Anklage erhoben werden würde. Ich wurde als ein *Opfer der Umstände* bezeichnet und schüttelte den Kopf, als Steph mir das erzählte. Ich hasse immer noch das Wort »Opfer«, auch nach allem, was ich durchgemacht habe. Besonders wegen allem, was ich durchgemacht habe.

Ich arbeite nicht mehr im Altersheim. Da ich die Bewohner nicht mehr auseinanderhalten konnte, bestand die Gefahr, dass ich ihnen die falschen Medikamente aushändigte, und mich gehen zu lassen, war absolut richtig. Doch weniger schmerzhaft war es deswegen auch nicht. Trotzdem besuche ich das Heim immer noch regelmäßig. Ich nehme Branwell mit, und die Bewohner beschäftigen sich mit ihm. Einschließlich Iris, die jetzt dort wohnt. Sie ist oft still. Nachdenklich. Immer sitzt sie schweigend am Fenster und schaut zu, wie die Besucher den sich schlängelnden Weg heraufkommen. Ich frage mich, ob sie auf ihre Schwester wartet. Auf Ben. Schneller als ich wird sie mit ihnen vereint sein, und irgendwie beneide ich sie darum.

Ich verzweifelte bei der Suche nach einem neuen Job. Mein Zustand trübte alles, was ich versuchte, aber dann wurde mir eine Stelle bei der Wohltätigkeitseinrichtung angeboten, die mein Rettungsanker gewesen war und andere mit Prosopagnosie unterstützt. Und davon gibt es mehr, als man vermuten würde. Ich mache Überstunden, besetze das Telefon am Abend und auch an Wochenenden. Dazwischen mache ich mit Branwell lange Spaziergänge auf der Promenade und durch die Parks, aber nicht entlang der Felskuppen. Niemals entlang der Felskuppen.

Das Haus, das Matt und mir gehört hatte, wurde gepfändet. Matt hatte schon ewig die Hypothekenraten nicht bezahlt, und ich wollte nicht in dem Haus bleiben, das ich mit Chrissy bewohnt hatte. Ich zog an den Stadtrand, wollte unbedingt weg, aber gleichzeitig auch in dem Ort bleiben, der mich mit Ben verband.

James und Jules schicken mir oft E-Mails, auf die ich immer öfter antworte. Es stellte sich heraus, dass keiner von ihnen in einem Versuch, James aus dem ganzen bedauerlichen Schlamassel herauszuhalten, das Prism angezündet hatte. Das war Carl gewesen. Die Bar brachte nicht mehr das Geld ein, was sie einmal eingebracht hatte. Kein Wunder, dass er so erpicht auf Bargeld gewesen war, um seine Lieferanten zu bezahlen. Er dachte, über die Versicherung könne er das Problem lösen. Bis er verhaftet wurde. Aber es steht mir nicht zu, das zu beurteilen. Wir sind alle schuldig, weil wir Dinge tun, von denen wir denken, sie sind eine gute Idee, bis wir geschnappt werden. Nicht wahr?

Ich habe James und Jules gebeten, mich nicht anzusprechen und mir zu sagen, wer sie sind, wenn sie mich in der Stadt treffen. Ich bin noch nicht so weit, von Angesicht zu Angesicht mit ihnen zu reden, doch ich arbeite daran. Manchmal denke ich noch an den Stromstoß, der mich durchfuhr, als James' Hand in der Bar meine berührte und wie er mich zum Lachen brachte. Chrissy hatte mir mal gesagt, dass Vergebung befreie, aber ich mache einen Schritt nach dem anderen und beginne mit Dad. Wir haben uns Briefe geschrieben, richtige, die man in den Briefkasten wirft. Und heute treffen wir uns zum ersten Mal nach seiner Entlassung.

»Wie werde ich dich erkennen?«, hatte er geschrieben, und ich musste fast lachen. Ich bin wahrscheinlich die Letzte, der man solch eine Frage stellen sollte, aber dann erinnerte ich mich an meine Bewältigungsstrategien, die kleinen Merkmale, die ich anwende, um mir das Leben zu erleichtern.

»Ich bin diejenige mit dem schwarz-weißen Hund, der völlig übertrieben mit dem Schwanz wedelt.«

Gesichtsblindheit ist Fluch und Segen zugleich. Ich hätte sie mir natürlich nie ausgesucht – wer täte das schon –, aber dadurch bleibe ich präsent. Beschäftige mich mit meiner Umgebung. Ich beobachte die kleinen Dinge, mit denen sich andere nicht beschäftigen. Automatisch beurteile ich Körpersprache und Stimmung. Nehme Farben intensiver wahr, damit ich sie später wiedererkenne. Wenn mir ein blaues Top gezeigt wird, kann ich sagen, ob ich es schon einmal gesehen habe. Das ist alles andere als einfach, denn es gibt dreiundsiebzig verschiedene Blautöne und Hunderte von Abstufungen dazwischen. Ich erinnere mich stets an die kleinen Dinge.

Dad wird gleich hier sein. Ich beuge mich zu Branwell hinunter und streichle ihn. Seine Ohren sind gespitzt und die Muskeln angespannt. Er zerrt nicht an der Leine wie sonst, wenn er im Park herumrennen will, sondern er weiß, dass wir auf etwas warten. Auf jemanden.

Dad. Ich lasse mir das Wort immer wieder durch den Kopf gehen. Es ist so lange her. Kurz frage ich mich, ob das hier eine gute Idee ist. Ob ich nicht nach Hause gehen sollte, bevor er kommt, aber ein sechster Sinn flüstert mir zu, dass es dazu zu spät ist. Er ist da.

Ich schaue auf, und mein Herz setzt bei der tief in meinem Bewusstsein verborgenen Erkenntnis einen Schlag aus. *Dad.* Er ist mir immer noch vertraut, als er sich am Ententeich herumdrückt und mich intensiv mustert, unsicher und verängstigt. Ich lächle. Ein Pulk Picknicker stapft durch mein Blickfeld. Sie haben altmodische Weidenkörbe voller Essen dabei, und die Kinder tragen Kricketschläger und Fußbälle. Eine Familie. Das Einzige, was ich nicht habe, aber jetzt vielleicht doch wieder.

Er ist immer noch da. Bewegt sich nicht. Sogar von hier aus spüre ich seine Beklommenheit und frage mich, was er erwartet. Wut? Enttäuschung? Tränen? Aber Liebe? Erwartet er Liebe?

Zu meiner Linken ertönt Pfeifen. Die Männer spielen Fußball und buhen einen Mitspieler aus. Ich schaue jedoch nicht hin. Jeder ist ein Fremder. Alle außer ihm.

Zwischen uns liegen nur wenige Meter, aber uns trennen viele Meilen und Jahre. Ich weiß, dass er sich auch vorstellt, wieder zurück in unserem Haus zu sein. Ich frage mich, ob er mich in Gedanken zu Bett bringt und Mum zu »Sweet Talking Woman« in der Küche herumwirbelt, wo der Duft nach Lebkuchenmännern aus dem Backofen strömt, oder ob er sich gegen die um seine Handgelenke zuschnappenden Handschellen wehrt, während sich die entsetzten Gesichter seiner Kinder in sein Gedächtnis einbrennen.

Ich richte mich auf und schlage nach einer Biene, die gemächlich an meinem Ohr vorbeischwirrt. Es ist ein absolut perfekter Tag. Weiße Quellwolken, die am kornblumenblauen Himmel stehen. Er nickt. Nur einmal, und ich nicke ebenfalls. Dann mache ich einen Schritt nach vorn und noch einen. Aufkommende Emotionen schnüren mir die Kehle zu. Ich erinnere mich daran, dass ich zu alt bin, um mich in seine Arme zu werfen. Mittlerweile bin ich fast so groß wie er.

Er kommt auf mich zu, beißt sich auf die Unterlippe, als wäre der Moment zu viel für ihn. Ich suche seine Gesichtszüge ab. Bis jetzt hatte ich die winzige Hoffnung, dass ich ihn trotzdem noch erkennen würde, wie Mum, aber das ist nicht der Fall. Trotzdem geht mir sein Anblick zu Herzen. Wie konnte ich je glauben, ihn zu hassen. Diesen Mann, der mir das Leben geschenkt hat.

Trotz der Wärme stellen sich mir die Nackenhaare auf, als hätte mir jemand mit dem Finger über die Haut gestrichen.

»Sarah?« Eine vertraute Stimme hinter mir. Eine Stimme, die mich tausend Mal getröstet und mir hundert Gutenachtgeschichten vorgelesen hat.

»Dad?« Ich wirbele herum, um ihn anzuschauen.

»Tut mir leid, eigentlich sollte ich dich Ali nennen«, sagt der Mann, der unverkennbar mein Vater ist. Aber wer hat mich dann beobachtet?

Verwirrt werfe ich einen Blick über die Schulter zum Ententeich. Der Mann, der mir zugenickt hatte, zieht sich jetzt zurück, doch sein Blick ist immer noch auf mich gerichtet. Er hebt die Hand zu einem einzigen Abschiedsgruß, und als er sich von mir abwendet, sehe ich, dass er sich etwas von der Wange wischt.

Ich glaube, es ist eine Träne.

Ben?

In ihrem Boot, wie Erbsen so grün, fuhren sie
unter den Sternen hin.

Danksagung

Ich bin überwältigt, dass ich die Danksagung für mein viertes Buch schreibe, und wieder gehörte ein fabelhaftes Team dazu, es zum Leben zu erwecken. Wie immer ein herzliches Dankeschön an Lydia Vassar-Smith, ohne die ich vielleicht in einem Haufen unaufgefordert eingesandter Manuskripte für immer dahinvegetiert hätte. Danke an alle bei Bookouture, besonders an meine Redakteurin Jenny Geras für ihre Einsicht, nebst Jennier Hunt, und an Kim Nash sowie Noelle Holten für ihre Publicity-Zauberei. Ebenso an Janette Currie für ihre Lektoratsfähigkeiten. Ein weiteres großes Dankeschön an Cath Burke und an das Team bei Sphere, Little, Brown für die Veröffentlichung meiner Taschenbücher. Wieder hatte ich Glück bei der Titelseite mit einem großartigen Entwurf von Henry Steadman. Ein herzliches Dankeschön an Rory Scarfe für deine beruhigende Gegenwart und all die Agenturdinge, um die du dich im Hintergrund kümmerst.

Ich bin so dankbar für all die fantastischen Leser und Autoren, die ich das Vergnügen hatte sowohl online wie offline kennenzulernen. Ihr alle erhellt meinen Tag.

Ich war unglaublich bewegt und unglaublich inspiriert von all den YouTubern, die ihre Reise mit MND vloggen. Ein tief empfundenes Dankeschön dafür, dass ihr uns an euren enorm unterschiedlichen Erfahrungen teilhaben lasst. Ich werde immer wieder auf euren Vlogs vorbeischauen und euch anfeuern.

Ein Dankeschön an Professor Daniel Lasserson für sein neurologisches Expertenwissen und an Lisa Hardy für ihren Input in Sachen Polizeiarbeit. Jegliche Fehler gehen komplett auf mein Konto.

Mick Wynn, deine Beiträge waren wie immer erhellend. Danke, Symon Adamson, für deine ständige Unterstützung. Auch Lucille Grand möchte ich dafür danken, dass sie immer zur Stelle war. Emma Mitchell – verdammt, ich liebe dich! (Und nein, das habe ich nicht irgendwo kopiert …)

Ein dickes Dankeschön an meine Freunde, die mich unterstützen (und in den vergangenen Jahren nicht viel von mir gesehen haben), besonders an Sarah Wade, Hilary Tiney und Natalie Brewin – ich schätze eure Freundschaft.

Auch bei meiner Familie möchte ich mich bedanken – es gibt mich noch! Besonders bei meiner Mutter, bei Karen, Bekkii Bridges und Pete Simmons.

Callum, Kai und Finley – ihr drei wachst viel zu schnell, und ich bin irrsinnig stolz auf euch. (Finley, in diesem Buch wurde keinem Tier etwas zuleide getan – ein Versprechen ist ein Versprechen!)

Dieses Buch war für mich eine emotionale Arbeit. Danke, Tim, für deine Liebe und Unterstützung.

Und Ian Hawley, hast du es gesehen?

Quellenverzeichnis

Eulerich und Miezekatz von Edward Lear und Gwen Fulton in der Übersetzung von Josef Guggenmos, Verlag Sauerländer, Aarau/Frankfurt 1978.

Printed in Germany
by Amazon Distribution
GmbH, Leipzig

20038247R00214